Stockholm 1897: Drei Männer begeben sich auf eine Expedition, sie wollen mit einem Heißluftballon den Nordpol erreichen. Darunter auch der junge Nils Strindberg. Die Familie und seine Verlobte Anna sind gegen das Vorhaben, doch Nils setzt sich gegen alle Bedenken durch. Die Expedition scheitert. Trotz zahlreicher Rettungsversuche bleibt die Gruppe verschwunden. Bis 1930, als norwegische Robbenfänger die Leichen der drei Männer auf einer kleinen Insel im arktischen Ozean entdecken.

Anna erreicht die Nachricht vom Auffinden der Expedition in England, wo sie mittlerweile lebt, und die Erinnerung holt sie mit aller Macht ein. Die Erinnerung an die verzweifelte Hoffnung, Nils werde doch irgendwann zurückkehren. Und an ihre Sehnsucht, die unstillbar war – und sich auf den falschen Mann richtete ...

›Unter dem Nordlicht‹ folgt den Spuren dreier Menschen, deren Lebenswege trotz weiter Entfernung auf verhängnisvolle Weise miteinander verschränkt sind. Und es erzählt eine große und tragische Liebesgeschichte, wie sie aufwühlender nicht sein könnte.

Jenny Bond wurde in Sydney geboren. Sie lebt mit ihrem Mann und zwei Söhnen in Canberra, wo sie als Journalistin und Werbetexterin arbeitet. ›Unter dem Nordlicht‹ ist ihr erster Roman.

Jenny Bond
UNTER DEM NORDLICHT

ROMAN

Aus dem Englischen
von Andrea O'Brien und Ursula Wulfekamp

DUMONT

Deutsche Erstausgabe
Februar 2015
DuMont Buchverlag, Köln
Alle Rechte vorbehalten
© 2013 by Jenny Bond
Published by Arrangement with HACHETTE AUSTRALIA PTY LTD,
Sydney, NSW, Australia
Die australische Originalausgabe erschien 2013 unter dem Titel
›Perfect North‹ bei Hachette Australia, Sydney
© 2015 für die deutsche Ausgabe: DuMont Buchverlag, Köln
Umschlag: Lübbeke Naumann Thoben, Köln
Umschlagabbildung: © plainpicture/Briljans
Satz: Fagott, Ffm
Gesetzt aus der Dante und der Times New Roman
Druck und Verarbeitung: CPI books GmbH, Leck
Gedruckt auf säurefreiem und chlorfrei gebleichtem Papier
Printed in Germany
ISBN 978-3-8321-6282-5

www.dumont-buchverlag.de

Für Chris, der sagte: »Schreib!«

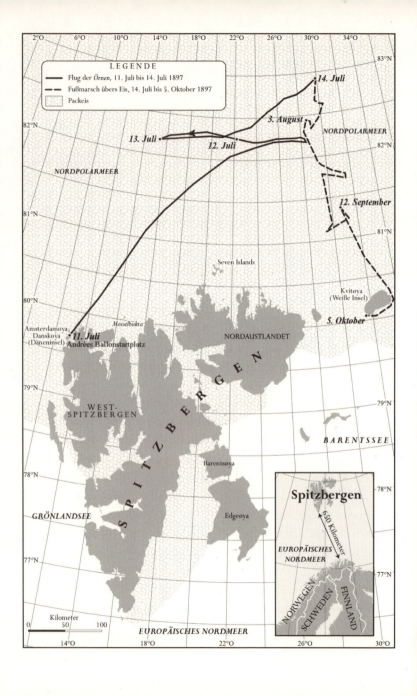

ALBANY EXPRESS
16. JANUAR 1896

Eine abenteuerliche Expedition

Albany, New York. Die vom schwedischen Ingenieur Salomon August Andrée geplante Expedition zum Nordpol mit einem Gasballon nimmt allmählich Gestalt an. Die Fertigung des Ballons soll in Paris erfolgen. Dr. N.G. Ekholm von der Universität Uppsala wird die Expedition als Meteorologe begleiten. Ein Fotograf namens Strindberg soll die Ballonfahrt mit Luftbildaufnahmen dokumentieren.

Die viertausendfünfhundert Kubikmeter fassende Hülle des Luftschiffs besteht aus mehreren, unterschiedlich dicken Lagen gefirnisster Seide, die somit absolut wasserdicht ist.

Die Kosten für die Herstellung des Gefährts belaufen sich auf ungefähr fünfzigtausend Francs. Die Konstrukteure werden die Expedition zunächst bis nach Spitzbergen begleiten, wo sie sich um die Befüllung des Ballons und die Vorbereitungen für die Reise kümmern. Am 11. Mai soll der Ballon fertiggestellt sein. Ein Schiff der Königlichen Marine wird die Chemikalien für die Erzeugung des Wasserstoffgases und das Baumaterial für die Halle, in der der Ballon befüllt werden wird, von Schweden nach Spitzbergen transportieren. Der Ballon soll von der Dänen-Insel aus starten, die nordöstlich von Spitzbergen, sechshundertfünfzig Kilometer vom Nordpol entfernt liegt.

Das Luftschiff besitzt ein dreiarmiges Schleppseil mit einem Gesamtgewicht von tausend Kilogramm und ein Steuersegel, die es den Fahrern erlauben, die Geschwindigkeit des Ballons zu drosseln, und die ihn bis zu einem gewissen Grad steuerbar zu machen. Von ihrem Startplatz in unmittelbarer Nähe zum Nordpol aus werden die Luftschiffer innerhalb weniger Stunden in geografische Breiten gelangen, die keine andere Expedition je zuvor hat erreichen können. Anhand von Aufnahmen wird es möglich sein, genau zu dokumentieren, über welche Gebiete der Wind die Expeditionsmitglieder treibt. Dabei sorgen die Schleppseile dafür, dass der Ballon nicht höher als zweihundert Meter steigt.

Die Besatzung hofft, nach der Überquerung des Nordpols bald auf bewohnte Gebiete zu stoßen oder zumindest auf eine Ansiedlung, wo sie landen und von Walfängern gesichtet werden können.

Nach Berechnungen von Dr. Ekholm soll die Fahrt in der Luft mindestens fünfzehn Tage dauern. Während dieser Zeit wird der Ballon über dreitausend Meilen zurücklegen. Dabei sollen zweitausend fotografische Aufnahmen entstehen.

Völlig offen bleibt, wie sich die Männer fünfzehn Tage lang vor der extremen Kälte in der Luft über den Regionen des ewigen Winters schützen wollen. Fellkleidung wird diesen Ansprüchen wohl kaum genügen. Bereits das Überleben auf dem Eis, wo zumindest gewisse Möglichkeiten bestehen, Schutz zu finden, gestaltet sich erwiesenermaßen als höchst schwierig. Umso unmöglicher erscheint daher dieses Unterfangen, bei dem die Männer in einer instabilen Gondel unablässig extremen Temperaturen ausgesetzt sein werden. Es scheint, als würde diese Expedition zu nichts anderem führen, als mehreren Menschen den Tod zu bringen.

Teil 1

DER ERSTE VERSUCH

Kapitel 1

STOCKHOLM, SCHWEDEN
AUGUST 1895

Im Salon der Familie Strindberg herrschte betretenes Schweigen. Erwartungsvoll musterte Nils seinen älteren Bruder Erik, doch der zeigte keinerlei Reaktion. Seine Mutter saß stumm im Sessel, während sein Vater stur die Wand anstarrte. Der zwölfjährige Tore durchbrach schließlich die Stille.

»Das wird bestimmt ein wunderbares Abenteuer.« Nils lächelte Tore dankbar zu. »So eine Gelegenheit bietet sich doch nur einmal im Leben. Außerdem wird Nils als Held zurückkehren.«

»Wenn er überhaupt zurückkehrt«, murmelte Erik. Er zog betont langsam an seiner Zigarette.

Nils bedachte ihn mit einem bösen Blick, den Erik umgehend erwiderte.

»Ab ins Bett, Tore. Es ist spät«, sagte die Mutter leise.

»Die ersten Menschen am Nordpol! Nils wird in die Geschichte eingehen. Versteht ihr das denn nicht?«

»Tore!«

Nils fuhr Tore durchs Haar. »Ins Bett mit dir. Wir sehen uns morgen.« Tore marschierte durchs Zimmer und schloss vernehmlich die Tür hinter sich.

Der Vater wandte sich Nils wieder zu. »Hast du noch Zeit, darüber nachzudenken?«

»Ich habe bereits zugesagt. Meine Entscheidung ist gefallen. Andrée ist ein hervorragender Ballonfahrer und Ingenieur. Er ist Mitglied des Stadtrats. Wenn du seinen Vortrag vor der Akademie gehört hättest, würdest du dir keine Sorgen mehr machen.«

»Andrée ist ein Spinner, ein überehrgeiziger Ballonnarr«, unterbrach ihn Erik so laut, dass seine Mutter zusammenzuckte. »In einem Ballon zum Nordpol fahren? Ist das sein Ernst? Ist das dein Ernst? Sogar dieser Amerikaner Greely hält ihn für unzurechnungsfähig. Und John Wise, Andrées großes Vorbild, ist vor fünfzehn Jahren spurlos mit seinem Ballon über Lake Michigan verschwunden.«

Die Brüder starrten einander wütend an, wurden aber jäh von hektischen Geräuschen in der Eingangshalle unterbrochen. Sekunden später betrat Sven völlig zerzaust den Salon, er roch nach Bier.

»Entschuldigt die Verspätung«, sagte er arglos. »Habe ich was verpasst?«

»Hör auf zu grinsen, du Kretin«, fuhr Erik ihn an. »Ob du was verpasst hast? Nein, hast du nicht. Außer dass Nils lebensmüde ist.«

Sven runzelte die Stirn und warf seiner Mutter einen fragenden Blick zu. »Was soll das heißen?«

»Gar nichts, Liebling«, erwiderte sie ruhig. »Morgen früh wird Nils dir alles erzählen. Du gehörst ins Bett.« Rosalie küsste ihren Sohn sanft auf die Wange und manövrierte ihn zur Tür. Sven widersprach nicht.

Als Kind hatten Eriks Größe und Benehmen ihm in der Familie den Spitznamen »Wikinger« eingebracht. In dieser Hinsicht schlug er nach seinem Vater Oscar. Obwohl er nur sechzehn Monate älter war als Nils, betrachtete sich Erik dennoch als Beschützer seines Bruders, was Nils furchtbar ärgerte.

So banal das Thema auch sein mochte, die beiden widersprachen sich grundsätzlich. Ihr ewiger Wettstreit darum, das letzte Wort zu haben, brachte ihre Lehrer an den Rand der Verzweiflung und ihre Mutter zum Weinen – doch sie waren einander die treuesten Freunde.

Nils seufzte ungeduldig. »Greely hatte keinerlei Erfahrung mit Ballons, nur deshalb sind bei der Expedition vor zehn Jahren zwanzig Mitglieder seiner Mannschaft gestorben.« Seine Stimme schwoll an. »Woher sollte er also wissen, wie man erfolgreich die Arktis erforscht?«

Erik lachte verächtlich. »Und wer gibt Andrée das Geld für sein tolldreistes Unterfangen? Außer dir, mein lieber Bruder, der töricht genug ist, Geld und Zeit daran zu verschwenden?«

»Der König. Er wird alles tun, damit Schwedens Flagge die erste ist, die am Nordpol weht.«

»Wie viele seid ihr, Nils?«, fragte sein Vater. »Nur ihr beide?«

»Nein, Papa. Es gibt noch einen Dritten, Nils Ekholm. Er ist Meteorologe. Ein sehr bekannter, wie es scheint. Andrée und er sind alte Kollegen.«

Nun mischte sich auch die Mutter ins Gespräch ein. »Aber warum sollst ausgerechnet du mitfahren, mein Liebling?«

Nils setzte sich neben seine Mutter auf die Sessellehne und nahm ihre Hand. »Andrée hat mich aus praktischen Erwägungen ausgewählt, Mama. Er braucht einen jungen, kräftigen Mann, einen, der die harten Bedingungen aushält.

Außerdem sind meine wissenschaftlichen Kenntnisse nützlich für ihn.«

Nils war wie immer sehr bescheiden. In Wahrheit war er ein hoch qualifizierter, angesehener Physiker, der Assistent von Svante Arrhenius, einem bekannten Wissenschaftler und führend in der Erforschung des Treibhauseffekts war. Nils' Wissen war für Andrée ausgesprochen wertvoll.

»Ich werde Luftdruck und Windrichtung aufzeichnen, die Bewegung der Eisschollen notieren und andere meteorologische Beobachtungen vornehmen«, erklärte Nils ruhig. »Hoffentlich werde ich mit wertvollen Erkenntnissen für die Universität nach Stockholm zurückkehren.«

Rosalie nickte, doch in ihren blauen Augen spiegelte sich nach wie vor Angst.

»Außerdem hat Andrée von meinen fotografischen Arbeiten gehört, Mama. Er will die gesamte Expedition auf Film festhalten. Wer wäre dafür besser geeignet als ich?« Nils unterstrich seine letzte Bemerkung mit einem unsicheren Kichern.

Er vermied es jedoch zu erwähnen, dass Andrée ihn mitnichten angesprochen hatte. Nils hatte dem Abenteurer nach dem Vortrag an der Schwedischen Akademie der Wissenschaften im Februar nicht nur gratuliert, sondern dem Mann auch seine vollste Unterstützung zugesichert.

Rosalie lächelte nachsichtig, erhob sich und verließ das Zimmer. Nils sah ihr schweigend nach. Er verglich die Zeit auf seiner Armbanduhr mit der auf der Standuhr in der Ecke und war erstaunt, dass beide erst acht Uhr zeigten.

Erik war offenbar wenig beeindruckt von den Ausführungen seines Bruders, denn er ließ sich mit einem hörbaren

Schnauben auf dem Sofa nieder, das unter seinem Gewicht ächzte.

Nils richtete seinen ganzen Unmut gegen seinen Bruder. »Du hast dir bereits einen Namen gemacht, Bruder. Dein Wissen wird in Amerika hoch geschätzt, und ich bin sicher, du wirst dir dort eine sehr einträgliche Existenz aufbauen können. Das hier ist meine Gelegenheit, mich hervorzutun und bekannt zu werden.«

Erik erhob sich unvermittelt, trat ans Fenster und blickte auf die Straße. Als er sich endlich wieder seinem Bruder zuwandte, grinste er schief.

»Nun, wenn diese Tollheit überhaupt eine Aussicht auf Erfolg haben soll, dann nur mit deiner Unterstützung. Du bist der fähigste Mann, den ich kenne, Bruder.« Erik ergriff Nils' Hand und schüttelte sie. Dann zog er seinen Bruder völlig unvermittelt an sich und schloss ihn in die Arme. Er war stolz auf Nils' Mut, hatte aber auch Angst, ihn zu verlieren. Er konnte seinen Bruder zwar nicht davon abhalten, seinen eigenen Weg zu gehen, doch dass es gerade dieser Weg sein musste, versetzte Erik in große Sorge.

Nils hingegen überraschte und erschreckte der plötzliche Gefühlsausbruch seines Bruders. Was für ein bemerkenswerter Tag!

»Aber du musst es nicht tun«, sagte Erik. »Ich werde Stockholm verlassen …« Er sprach nicht zu Ende, denn seine Hoffnungen konnte er nicht in Worte fassen. Erik war sich bewusst, dass er einen großen Schatten warf. Doch wie konnte er seinen Bruder davon überzeugen, dass es weniger waghalsige Möglichkeiten gab, aus diesem Schatten herauszutreten? Nils nickte, um zu zeigen, dass er seinen Bruder verstanden hatte.

Doch gleichzeitig schwieg er, als Zeichen dafür, dass sein Entschluss feststand.

Schließlich meldete sich ihr Vater zu Wort. »Ich hätte nie erwartet, dass du an einem derart unbesonnenen Experiment teilnehmen würdest, Nils. Eigentlich habe ich immer Erik für den Starrkopf in unserer Familie gehalten, der keinem Risiko aus dem Weg geht. Auch Sven packt jede Gelegenheit beim Schopfe, was mich immer zu Tode ängstigt, und Tore ist sowieso ein geborener Draufgänger. Du warst immer der Vernünftige.« Oscar ergriff die Hand seines Sohnes. »Ich verstehe, was du damit zu erreichen hoffst, und wünsche dir alles Glück der Welt. Aber meine Warnungen werden nicht die letzten sein. Ich bin sicher, deine Verlobte wird auch etwas dazu sagen wollen.«

Inmitten dieser hitzigen Auseinandersetzung war eine Person völlig übersehen worden. Nils wandte sich um und warf der dunkelhaarigen jungen Frau in der Ecke einen erwartungsvollen Blick zu. Die erhob sich prompt. »Ich würde gern ein wenig an die frische Luft gehen«, sagte sie und verließ mit einem höflichen Lächeln das Zimmer.

Kapitel 2

Diese Dinge hier in der Wüstenei, diese toten Gegenstände,
die doch einst lebten oder dem Leben dienten, sie rückten uns den
Gegensatz von Leben und Tod in jähe Helle. Menschen mit warmem Blut
in den Adern, die das Leben liebten, sind hier über die Schwelle
des Todes geschritten. Hier haben sie gelebt, sind hier untergegangen.

Knut Stubbendorff, 1930, »Die ›Isbjørn‹ vor Vitø«

KVITØYA, NORWEGEN
SEPTEMBER 1930

Der Journalist stieg vorsichtig aus der Schaluppe und betrat die trostlose, verschneite Tundra. Ein passender Ort für den Tod, dachte Stubbendorff. Er war völlig übermüdet, und hinter seinem rechten Auge kündigten sich Kopfschmerzen an. Mit einer Handbewegung strich er sich die weißblonden Strähnen aus dem Gesicht und betrachtete die Gegend.

Was für den Fünfundzwanzigjährigen vor einer Woche als Abenteuer begonnen hatte, als willkommene Abwechslung in seinem von Lokalnachrichten und Todesanzeigen geprägten Journalistenalltag, hatte sich schon bald als Mühsal entpuppt. Nachdem er ein seetaugliches Schiff mit Funk organisiert, mit betrunkenen, einfältigen Robbenfängern über

Kosten und Reisezeiten verhandelt und die raue nächtliche Reise ins norwegische Niemandsland überstanden hatte, war vom Reiz der großen Aufgabe nicht mehr viel geblieben.

Im grellen Sonnenlicht kniff er die blassblauen Augen zusammen und ließ den Blick über das Eismeer und den wolkenlosen Himmel wandern. Stubbendorff war sich nicht sicher, was er hier finden würde, vielleicht nur einige jämmerliche Überreste, die die Eisbären und die *Bratvaag*-Expedition vor zwei Wochen zurückgelassen hatten. Eigentlich hätte er die *Bratvaag* bei ihrer Rückkehr nach Norwegen abfangen und den Geologen Dr. Gunnar Horn zu seine Entdeckung befragen sollen. Doch schlechtes Wetter hatte die Abfahrt verzögert, und das geplante Treffen war geplatzt. Horns Funde befanden sich mittlerweile in Norwegen und würden bald der wissenschaftlichen Kommission in Schweden übergeben werden, sodass Stubbendorff sich damit begnügen musste, seine Reise an den Ort zu dokumentieren, der über Nacht zum berühmtesten und abgelegensten Friedhof der Welt geworden war.

Er und seine Begleiter – ein kürzlich vom *Aftonbladet* engagierter Fotograf, der Kapitän und sechs Besatzungsmitglieder der *Isbjørn* – schritten zielstrebig auf den Felsrücken zu, der sich von Ost nach West über die Insel erstreckte. Auf dem Gipfel des Felsens stand ein mit drei Halteseilen befestigter Holzpfahl. Darunter befand sich ein Geröllhaufen, den Horn und seine Mannschaft aus herumliegenden Steinen zu einem Mahnmal aufgehäuft hatten. Stubbendorff hatte sich noch keine fünfzig Schritt vom Strand entfernt, da wurde er bereits belohnt: Am Fuß des Felsrückens lagen ein Schlitten sowie verschiedene Kleidungsstücke und diverse Alltagsgegenstände, die man zum Zelten verwendete, ein Kompass, ein Topf und ein Messer. Nach über dreißig Jahren im Eis waren diese Gegenstände nun durch die ungewöhnliche Wärme und den geringen Schneefall in diesem Sommer freigelegt worden. Der Journalist fragte sich, warum Horn sie wohl zurückgelassen hatte. Vielleicht war er zu sehr von der Entdeckung der beiden vom Eis konservierten Leichname gefesselt gewesen?

Stubbendorff blieb stehen und sah sich um. Der Fund übertraf seine Erwartungen. Alles lag dort noch so, wie die drei es zurückgelassen hatten, so als könnten sie jederzeit wiederkommen und ihren Alltag im Lager wieder aufnehmen. Plötzlich nahm sein Auftrag völlig neue Dimensionen an. Wenn die Mitglieder der Expedition gewusst hatten, dass es keine Chance mehr für sie gab, wie und warum waren sie dann trotzdem weitergezogen? Sie waren offenbar bis zum bitteren Ende nicht von ihrer täglichen Routine abgewichen. Dabei wäre es mehr als verständlich gewesen, wenn sie sich einfach im Eismeer ertränkt hätten. Wäre das nicht die einfachste Lösung gewesen? Der eiserne Überlebenswille dieser Männer beeindruckte Stubbendorff zutiefst.

Als Bergman ihm diesen Auftrag erteilt hatte, war er sofort darauf eingegangen, denn er betrachtete es als Fluchtmöglichkeit aus dem Alltag. Im Büro des *Aftonbladet* verging die Zeit nur schleichend. Auf der Uhr an der Wand über Bergmans Tür krochen die Zeiger bisweilen so langsam vorwärts, dass Stubbendorff glaubte, sie seien stehen geblieben. Außerdem würde ihm diese Arbeit bei der Zeitung zu größerem Ansehen und, mit etwas Glück, zu Bergmans Gunst verhelfen können. Für die drei Männer jedoch war das Eis zum Verhängnis und Kvitøya zu ihrem Gefängnis geworden. Und doch ließen die Fundstücke, die er hier entdeckt hatte, darauf schließen, dass sie nicht aufgegeben hatten. Plötzlich schnürte es ihm so heftig die Kehle zu, dass er fast zu ersticken glaubte.

Ein Matrose beugte sich hinab und zog eine kleine Axt aus dem Schlamm. Er holte aus und tat, als würde er kämpfen, wohl um seine älteren Gefährten zu unterhalten. »Nichts anfassen! Lasst alles so liegen. Ich will es so fotografieren und festhalten, wie wir es vorgefunden haben«, befahl Stubbendorff.

Überrascht ließ der Junge die Axt fallen. Stubbendorff zog rasch Notizbuch und Stift aus der Manteltasche. Sein ungewöhnlich scharfer Ton würde die stumpfsinnige Mannschaft hoffentlich davon abhalten, Souvenirs vom Fundort mitgehen zu lassen. Die gedankenlose Alberei des jungen Matrosen hatte ihn mit einem Zorn erfüllt, den er gar nicht von sich kannte. Doch es war ihm wichtig, alles zu dokumentieren.

Er lockerte seinen Schal, denn auf seiner Oberlippe hatten sich Schweißperlen gebildet. Auch wenn die Polarsonne noch so heiß brannte, wurde er sich schlagartig seiner Verantwortung bewusst. Wäre er nicht hier gewesen, hätten sich die Seemänner gegriffen, wonach ihnen der Sinn stand, und wären mit ihrer Beute nach Norwegen zurückgekehrt. Er war weder Geologe, Archäologe noch Historiker und erst recht kein Abenteurer. Dennoch hatte er das Gefühl, der Einzige hier zu sein, der die überragende Bedeutung dieses Fundes bemessen konnte und die Verantwortung, die dies nach sich ziehen würde.

Während er all die noch halb im Eis festgefrorenen Gegenstände sorgfältig auflistete, ertönte von der nördlichen Seite des Felsrückens ein Schrei. »Herr Stubbendorff, hierher! Wir haben was gefunden!« Schon von Weitem sah er, dass sich die vier Männer über einen Knochen beugten, der aus dem Schlamm ragte.

»Sieht aus wie ein Beinknochen, vielleicht vom Oberschenkel«, vermutete Stubbendorff. »Wie kommt es, dass Horn den übersehen hat?«

»Von wem stammt der Ihrer Meinung nach?«, fragte einer der Männer.

»Ich habe nicht die geringste Ahnung.« Stubbendorff räusperte sich. »Vielleicht von Frænkel, dem dritten Mann. Könnte aber auch von Andrée oder Strindberg sein. Ich vermute, die Bären haben sich bereits über die Leichen hergemacht. Die wissenschaftliche Kommission wird herausfinden müssen, welche Gebeine zu wem gehören.«

Die Männer warteten auf Stubbendorffs Anweisungen. »Wir sollten eine Aufnahme davon machen«, meinte er. »Wenn Horn diesen Knochen übersehen hat, gibt es hier unter Umständen noch mehr ...« – Der Journalist fand nicht gleich das passende Wort – »Überreste.«

»Ich bezweifle, dass man irgendetwas übersehen hat, Herr Stubbendorff«, bemerkte Anton Hallen, der Kapitän der *Isbjørn*.

»Was wollen Sie damit sagen?«

»Das Eis. Ich vermute, dass wie-heißt-er-noch ...«

»Horn.«

»... dass Horn nicht alles aus dem Eis herausbekommen hat. Das ist zwei Wochen her. Seit seiner Abreise ist das Eis weiter abgeschmolzen.«

Stubbendorff nickte. Die Erklärung leuchtete ihm ein.

Den ganzen langen Tag über suchten die Männer die Insel weiter ab und stießen auf die Überreste eines Unterkörpers.

Die Bären hatten die Gebeine in der unmittelbaren Gegend verstreut. Wie bei einem morbiden Puzzle wurden nun die Knochenfunde zusammengetragen und unter andächtigem Schweigen an die jeweils richtige Stelle gelegt.

Stubbendorff lief mit aufgekrempelten Hemdsärmeln um das Skelett herum, schob die Knochen hier und da vorsichtig an die richtige Stelle und legte neue, aus dem Eis geborgene, gesäuberte und ihm zur Begutachtung vorgelegte Funde dazu. Er war zwar kein Biologe, vermutete aber, dass die Knochen des Torsos und des Unterkörpers nahezu vollständig waren. Sollte es sich hier um die sterblichen Überreste Frænkels handeln, so war der Mann im Alter von erst siebenundzwanzig Jahren gestorben, sinnierte Stubbendorff. Er war nur zwei Jahre älter gewesen als er selbst.

Während er die Knochen immer wieder neu ordnete, damit sie auch wirklich an der passenden Stelle lagen, und vorsichtig um die Überreste herum schritt, dachte er über die drei Männer und ihre Leistung nach. Mut und Pioniergeist hatten sie zu Helden gemacht. Strindberg war, wie er selbst, erst fünfundzwanzig gewesen. Automatisch verglich Stubbendorff seine eigenen Leistungen mit denen des Forschers.

Er dachte zurück an den Augenblick, als die Weichen gestellt worden waren. Als er Bergman mit dem Telegramm in seinen dicken Fingern zur Tür hereinkommen und direkt auf seinen Schreibtisch zugehen sah. Er wäre am liebsten davongelaufen. Stattdessen war er wie angewurzelt sitzen geblieben und hatte den Blick starr auf die Schreibmaschine gerichtet.

»Der Herausgeber will etwas für sein Geld«, hatte Bergman erklärt. »Die Zeitung hat vor dreißig Jahren einen Großteil der Expedition finanziert und dafür die Exklusivrechte an der Geschichte verlangt. Damals sind sie leer ausgegangen. Ein paar Nachrichten von den Brieftauben, die sie mitgenommen hatten, aber ansonsten keinerlei verwertbares Material. Jetzt, wo das Lager gefunden wurde, wollen sie endlich Kasse machen.«

Stubbendorff war mit allen Einzelheiten der Andrée-Expedition vertraut. Die Erzählung vom tragischen Schicksal der mutigen Männer gehörte zu den beliebtesten Gute-Nacht-Geschichten seines Vaters und hatte Stubbendorff schon als Kind in ihren Bann gezogen. Doch hier auf Kvitøya wurde ihm klar, dass das Projekt eine persönliche Dimension bekommen hatte, die er nur schwer in Worte fassen konnte.

Als es kälter wurde, brach Stubbendorff die Suche ab. »Die Sonne ist bald verschwunden. Wir sollten zum Schiff zurückkehren und morgen in aller Frühe weitermachen.« Er wickelte die Knochen in eine Persenning, knotete alles mit einem Seil zusammen und trug das Bündel über der Schulter zum Strand. Dabei stolperte er über ein Stück Treibholz und stürzte auf die Knie.

Gerade wollte er sich wieder aufrichten, da fiel sein Blick auf eine Silhouette im Eis. Stubbendorff beugte sich weiter vor, bis seine Nase fast den Boden berührte. Es handelte sich um Kopf und Oberkörper eines Mannes, der auf der linken Seite lag, den linken Arm angewinkelt. Der Tote war vom Eis umschlossen. Stubbendorff erhob sich, konnte den Blick aber nicht abwenden. Seit der Tod ihn ereilt hatte, lag dieser Mann hier unberührt in der Kälte, dachte er.

Er rief ein paar Männer zu Hilfe. Nachdem sie die Gebeine aus ihrem Eissarg befreit hatten, entfernten sie mehrere Lagen Kleidungsstücke und stießen schließlich auf das Ske-

lett. Doch als Stubbendorff es mit einem kleinen Spaten frei-
legen wollte, brach es entzwei. Er schluckte schwer und musste die Augen schließen, bevor er weitere Anweisungen geben
konnte. »Wickelt die Gebeine in eine Persenning und bringt
sie an Bord.«

Der Schädel des Toten wurde zuletzt exhumiert. Der Kopf
ruhte auf der linken Hand.

»Lasst ihn liegen«, sagte Stubbendorff leise. »Den nehme
ich.«

Während die Sonne hinter dem Horizont versank, starrte
er in die leeren Augenhöhlen. War dieser Mensch mutig oder
einfach nur dumm gewesen? Von seinem ambitionierten Unterfangen war nichts übrig geblieben als Knochen. Ein Leben
vorzeitig verwirkt, den Bären zum Fraß vorgeworfen. Als
Stubbendorff auf das Schiff zuging, den Schädel wie einen
Fußball unter dem Arm, musste er an Shakespeares dänischen
Prinzen denken. An Bord legte er den Schädel in der Kapi-
tänskajüte zu den anderen Überresten in eine Truhe, die er
verschloss, dann kehrte in seine kleine Kabine zurück, wo er
sofort einschlief.

Als Stubbendorff erwachte, sah er auf die Uhr. Schon fast sieben. Er hatte zehn Stunden geschlafen und verspürte großen
Hunger. Rasch lief er in Richtung Messe. Wie sich herausstellte, hatten die anderen bereits gefrühstückt, also gab er sich
mit einem in Sirup getauchten Kanten Brot zufrieden, trank
schnell eine Tasse Kaffee mit Zucker und ging an Deck.

Das Wetter war umgeschlagen. Wo gestern noch die Sonne geschienen hatte, war nun feuchter Nebel, und am Horizont drohte ein Schneesturm.

»Guten Morgen, Herr Stubbendorff. Auch schon wach? Für die Robbenjagd wären Sie völlig ungeeignet. Seit dreißig Jahren stehe ich mit der Morgendämmerung auf.« Hallen lachte rau und zündete sich eine Zigarette an. »Sogar nach dem gestrigen Tag war ich …«

Stubbendorff unterbrach ihn. »Was sagen Sie zum Wetter?«

»Ein Unwetter hält auf uns zu, so viel ist mal sicher. Wissen Sie, wenn ich ehrlich bin, habe ich die Existenz dieser Insel bis gestern für Seemannsgarn gehalten, das betrunkene Matrosen spinnen«, gestand der Kapitän. »In den letzten fünfzig Jahren ist es garantiert niemandem gelungen, nach Kvitøya zu segeln, die Insel war immer von dichtem Nebel und Eis umgeben.«

»Also wird das ungewöhnlich warme Wetter wohl nicht andauern?«

»Richtig. Es wundert mich, dass es nicht schon längst umgeschlagen ist.«

Stubbendorff bewegte sich in Richtung Steuerbord, beugte sich über die Reling und betrachtete die Insel. Tausend Gedanken gingen ihm durch den Kopf. Bergman wartete sicher schon sehnsüchtig auf seinen Bericht. Er wollte Schlagzeilen, einen reißerischen Aufmacher, einen Skandal oder wenigstens einen Text, der für kontroverse Diskussionen gut war. Doch all das würde Andrée und seinen Männern nicht gerecht werden. Stubbendorff war überzeugt, dass es einen Grund gab, warum er das Lager ausgerechnet jetzt, nach dreißig Jahren, entdeckt hatte. Es musste einen Sinn haben, dass das Eis geschmolzen war.

Andrée, Strindberg und Frænkel hatten bestimmt Frauen, Mütter, Geliebte, vielleicht sogar Kinder gehabt. All die Jahre ohne Gewissheit leben zu müssen, war sicher quälend für sie gewesen. Für Stubbendorff war die Sache klar. Diese drei bemerkenswerten Männer verdienten ein Denkmal. Wenn er jetzt abfuhr, würde all das, was er in Kvitøya zurückließ, für weitere Jahrzehnte unter dem Eis verborgen bleiben oder wenigstens so lange, bis das extreme Wetter in dieser polaren Region erneut eine kurze Pause einlegte. Bis jetzt hatte die Mannschaft nur einen Bruchteil dessen aufs Schiff gebracht, was auf der Insel begraben lag.

Er wandte sich wieder an den Kapitän: »Wir sollten die Insel weiter absuchen und so viel wie möglich mitnehmen, bevor das Wetter umschlägt. Könnten Sie zwei Mitglieder Ihrer Mannschaft anweisen, für die Gebeine des Mannes, den wir gefunden haben, einen Sarg zu zimmern?« Der Kapitän nickte. Die restlichen Männer bestiegen mit Stubbendorff die Beiboote, die sie an Land bringen würden.

Stubbendorff hörte die Windböen schon aus der Ferne, die Sicht wurde schlechter, und er sah, dass man auf der *Isbjørn* die Sturmflagge gehisst hatte. Schnell befahl er den Männern, die sich weit im Gelände verstreut hatten, in die am Strand wartenden Ruderboote zu steigen. Den ganzen Tag über waren unzählige Fundobjekte von der Insel zur *Isbjørn* transportiert worden. Stubbendorff hatte den Männern aufgetragen, alles in seine Kajüte zu bringen. Die Mannschaft arbeitete bereitwillig mit, doch er bemerkte eine gewisse Nachlässigkeit. Einige der Gegenstände waren bereits zerbrochen. Die Männer hatten keine Ahnung von der Bedeutung dieser grausigen Schatzsuche.

Am Abend nach dem Essen widmete sich Stubbendorff der gewaltigen Aufgabe, die Fundstücke, die hastig in seiner Kajüte deponiert worden waren, korrekt zuzuordnen. Er nummerierte die Gegenstände, beschrieb sie detailliert in seinem Notizheft und ordnete sie dann bestimmten Gruppen zu. Nach mehreren Stunden sah Stubbendorff auf die Uhr. Sie zeigte acht Uhr abends, aber er wusste, dass es später sein musste, denn die Sonne war bereits vor Stunden untergegangen. Er tippte auf das Ziffernblatt. Die Zeiger waren stehen geblieben. Die Feuchtigkeit, dachte er. Dabei war die Uhr ein Geschenk seiner Mutter zum sechzehnten Geburtstag gewesen.

Vorsichtig bahnte er sich einen Weg durch die Objekte, die fast den ganzen Boden bedeckten, und ließ sich im Schneidersitz auf dem einzigen noch freien Platz mitten in die Kajüte nieder. Als er tief Luft holte und für einen Moment die Augen schloss, überkam ihn plötzlich eine große Erschöpfung, sein Hals brannte, und der Rücken schmerzte. Er kratzte sich die hellen Bartstoppeln am Kinn, und da erst fiel ihm ein, dass er der Zeitung noch nicht telegrafiert hatte. Bergman ging bestimmt schon die Wände hoch. Stubbendorff beschloss, die Neuigkeiten gleich bei Tagesanbruch zu melden. Dann erhob er sich und setzte seine Arbeit fort.

Kapitel 3

*Da lagen nun die seidendünnen aufgeweichten Papierblättchen, ich
behandelte sie Stück für Stück, sah, wie die unleserlichen Schriftzeichen
oder Zeichnungen immer deutlicher hervortraten, je trockener das Papier
wurde, ich las eine ganze Schilderung des Abenteuers, von den Toten
selbst niedergeschrieben. ... Nie in meinem Leben hat sich vor mir eine
so ergreifende Handlung Akt um Akt abgespielt.*

Knut Stubbendorff, 1930, »Die ›Isbjørn‹ vor Vitø«

KVITØYA, NORWEGEN
SEPTEMBER 1930

Stubbendorff machte sich daran, die rechteckige Blechdose zu
öffnen, die die Männer in den eisbedeckten Felsen geborgen
hatten. Dieses Fundstück hatte er sich bis zum Schluss auf-
bewahrt: Das Gewicht verriet, dass die Dose etwas Wichtiges
enthalten musste. Der Deckel war festgerostet. Vorsichtig be-
arbeitete er den Rand mit dem Taschenmesser, und schließlich lag der Inhalt vor ihm.

Der Reporter fand vier Notizhefte und eine Reihe loser
Blätter, die sorgfältig in Öltuch gewickelt und mit Stroh um-
hüllt waren. Sie hafteten fest aneinander. Selbst nach zehn
Stunden in seiner stickigen Kajüte waren sie nur ein wenig
angetaut. Zwar konnte er die Hefte noch nicht öffnen, doch

er vermutete, dass sich hinter den nüchternen Ledereinbänden die Tagebuchnotizen Andrées, Strindbergs und Frænkels verbargen. Wenn dies der Fall war, würde er vielleicht endlich ein dreißig Jahre altes Geheimnis lüften können.

Behutsam schob er sein Messer zwischen zwei Blätter. Eines zersprang wie hauchdünnes Eis. Die Hefte haben so lange im Boden gelegen, dachte Stubbendorff, dass sie miteinander verschmolzen sind. Weil er fürchtete, die Hefte zu zerstören, wenn er seine Versuche fortsetzte, klappte er unwillig das Messer zusammen. Doch irgendetwas musste er tun, sonst würde das Papier beim Auftauen vielleicht zerfallen.

Wahrscheinlich gab es in Stockholm Experten, die Rat wussten, ein gewissenhafter, bebrillter Archivar vielleicht, der die präzise Temperatur für das korrekte Auftauen der Tagebücher kannte. Wahrscheinlich saß er in den düsteren Kellern eines Museums und konnte die einzelnen Seiten genau im richtigen Moment mithilfe absonderlicher Spezialwerkzeuge sorgfältig voneinander lösen, ohne dass sie zerstört werden würden. An Bord aber gab es einen solchen Spezialisten nicht.

Der Journalist gähnte herzhaft, kniff die Augen zusammen, bis sie tränten, dann nahm er wieder sein Messer zur Hand. Nach zwölf Stunden akribischer Fleißarbeit hatte er herausgefunden, dass es einen bestimmten Zeitpunkt im Tauprozess gab, wenn die Seiten zwar noch steif, aber dennoch biegsam genug waren, um sie mit dem Messer voneinander zu lösen. In seiner kleinen Kajüte baute er eine provisorische Trockenanlage – zwei parallel unter die Decke gespannte Leinen, die über die gesamte Länge der Kajüte verliefen. Jedes Mal, wenn er eine Seite freigelegt hatte, legte er sie zum Trocknen vorsichtig über beide Leinen. Bald hatte er fünf solcher Leinen angebracht und konnte sich nur noch gebückt durch die Kabine bewegen.

Seinen Chef in Stockholm hatte er vergessen, ebenso Essen und Schlafen. Feuereifer hatte ihn ergriffen, und er hielt sich nicht damit auf, sein Motiv zu hinterfragen.

Hartnäckiges Klopfen an seiner Kajütentür riss Stubbendorff aus der Arbeit. Unrasiert, mit wirren Haaren und blutunterlaufenen Augen trat er vor den entsetzten, sprachlosen Kapitän. Hallen sah einen Mann, der um Jahre gealtert schien.

»Das Wetter wird sich nicht mehr ändern. Es ist sinnlos zu warten. Wir könnten hier festfrieren, das Risiko ist zu groß«, sagte er. »Ich habe bereits ein Kabel nach Tromsø geschickt und sie über unsere sofortige Rückkehr informiert.«

Stubbendorff musterte ihn aus verquollenen Augen.

»Für Sie sind einige Telegramme gekommen. Eines vom *Aftonbladet*, das andere von der wissenschaftlichen Kommission in Stockholm.«

Stubbendorff nahm sie stumm entgegen.

»Geht es Ihnen nicht gut, Herr Stubbendorff?« Als Hallen über die Schulter des Journalisten spähte, fiel sein Blick auf das Durcheinander in der Kajüte.

»Sie müssen entschuldigen, Herr Kapitän, aber ich habe die ganze Nacht gearbeitet. So bedauerlich die Abreise auch ist, ich verstehe Ihre Gründe vollkommen. Könnten Sie mir vielleicht einen Happen zu essen zukommen lassen? Und wäre es unter Umständen möglich, jemanden damit zu beauftragen, mich in zwei Stunden zu wecken?« Mit diesen Worten schloss Stubbendorff die Tür und fiel in seine Koje.

*Wir standen auf, und ich kochte ein wenig Essen – Kakao
mit kondensierter Milch, Keks und Butterbrot. Um 4.30 Uhr
machten wir uns auf den Weg und haben uns nun vier und
eine halbe Stund lang mit unseren Schlitten abgemüht und
abgewürgt. Wir haben richtiges Sudelwetter: nasser Schnee
und Nebel. Aber die Stimmung ist gut. Den ganzen Tag
über haben wir uns lebhaft unterhalten. Andrée hat uns
von seinen Lebensschicksalen erzählt, wie er ins Patentamt
kam u.v.a. Frænkel und Andrée sind jetzt auf Erkundung
vorangegangen. Ich blieb bei den Schlitten sitzen und nutze
die Zeit, um an dich zu schreiben. Bei euch daheim ist es
jetzt Abend, und du hast einen guten, munteren Tag hinter
dir, wie ich.*

Nils Strindbergs Tagebuch, 31. Juli 1897

Einige Stunden später wurde Stubbendorff geweckt, und während die Schaluppe rollend und stampfend nach Tromsø fuhr, nahm er sich die sorgfältig präparierten Papiere vor. Zwei Hefte enthielten rein wissenschaftliche Beobachtungen wie meteorologische Messwerte, Diagramme und andere Notizen. Die unterschiedlichen Handschriften verrieten, dass eines Frænkel, das andere Strindberg gehört haben musste. Er blätterte sie nur flüchtig durch, vieles verstand er nicht.

Ein weiteres Heft, das Andrées Notizen enthielt, war weit mehr als ein Logbuch der Expedition, es schilderte detailliert alle Erfolge und Rückschläge, die den drei Männern widerfahren waren.

Stubbendorff kannte die Geschichte der Expedition zwar, sie war ihm aber immer wie eine Abenteuergeschichte erzählt worden, in der drei mutige Männer Heldentaten vollbrachten. Aus dem Tagebuch erfuhr er jetzt die genauen Einzelheiten.

Schon wenige Stunden nach ihrem Start am 11. Juli 1897 war die *Örnen* »in langsames Trudeln geraten und verlor an Höhe«. Die Männer hatten daraufhin so viel Ballast abgeworfen wie möglich, aber im dichten Nebel war die *Örnen* feucht und schwer geworden, sodass sie nur noch wenige Fuß hoch stieg. Eine holprige Reise mit vielen Bodenberührungen folgte, bei der Strindberg und Frænkel seekrank wurden.

Doch Andrée ließ sich nicht entmutigen. »Ist es nicht ein wenig seltsam, hier über dem Polarmeer zu schweben?«, schrieb er. »Der erste Mensch zu sein, der diese Gegend mit dem Ballon überquert? Ich frage mich, wann uns die ersten Forscher nachfolgen werden. Wird man uns für Narren halten oder unserem Beispiel folgen? Ich kann nicht leugnen, dass uns großer Stolz erfasst. Nach dem, was wir nun erreicht haben, sind wir sogar bereit, dem Tod ins Auge zu schauen. Ist nicht all dies Ausdruck einer starken Persönlichkeit, die es nicht ertragen kann, als eine von vielen zu leben und zu sterben, vergessen von den folgenden Generationen? Ist es Ehrgeiz?«

Stubbendorff holte tief Luft und schloss kurz die Augen, während er über Andrées Fragen nachdachte. Dann las er weiter. Am frühen Morgen des 14. Juli ging die *Örnen* auf dem Packeis nieder. Die Männer beschlossen auszusteigen und traten den Fußmarsch über das treibende Packeis nach Osten Richtung Franz-Joseph-Land an, wo sich ein größeres Lager für die Expedition befand. Nach einem mehr als zweiwöchigen Marsch mit schwer beladenen Schlitten im Schlepptau waren sie mit dem Eis schneller nach Westen abgedriftet, als sie in östliche Richtung gegangen waren. »Das ist nicht sehr ermutigend«, schrieb Andrée. »Aber so lange es sinnvoll erscheint, halten wir an unserem Kurs nach Osten fest.«

Bald aber beschlossen die Forscher, nach Westen zur kleinen Inselgruppe Seven Islands zu ziehen, wo ein weiteres Vorratslager angelegt worden war.

Dort kamen sie allerdings nie an, wie Andrée berichtete. Schlecht ausgerüstet und von Verletzungen und Krankheit geschwächt, gelangte die Gruppe schließlich Anfang Oktober das erste Mal seit ihrer Abreise auf festen Boden. Die Insel hieß Kvitøya. Andrées letzter zusammenhängender Eintrag am 7. Oktober lautete: »Niemand hat den Mut verloren. Mit solchen Kameraden kann man sich erheben aus allen möglichen Umständen.«

Der Journalist schloss das Heft und trat an das kleine Bullauge seiner Kajüte. Während er sich den Nacken rieb, hielt er konzentriert Ausschau nach dem Horizont, doch der Nebel war zu dicht. Also nahm sich Stubbendorff das letzte Heft vor und las die erste Seite, auf der stand: »Die Grübeleien und Vorstellungen des Nils Strindberg, Juli 1897«.

Das Heft enthielt genau das, was es verhieß: eine Niederschrift der Ideen und Gefühle des jungen Forschers, seine Ängste und seine Träume von der Zukunft. Strindberg beschrieb die enge Kameradschaft mit seinen beiden Kollegen, wie sie während der Rast nach einem zehnstündigen Fußmarsch durch kniehohen Schnee »schwatzten, aßen und tranken«, und dabei »frohen Mutes waren«. Die Männer gaben wohl ein ungewöhnliches Trio ab, das sich auch in extremsten Situationen amüsieren konnte. Als Andrée einen Bären erlegte, neckte Strindberg ihn wegen der Qualität des Fleisches, das er als »zäh wie Ledergaloschen« beschrieb. Die drei hatten sogar festliche Kleidung im Gepäck, inklusive Zylinder, um für die feierliche Rückkehr gerüstet zu sein.

Stubbendorff gewann den Eindruck, dass die Männer sich stets einig waren. Während der gemeinsamen drei Monate scherzte man miteinander, beging Geburtstage und Feiertage. Obwohl doch jeder von ihnen schon recht früh geahnt haben musste, dass die Expedition zum Scheitern verurteilt war, versetzte keiner den anderen mit seinen persönlichen Zweifeln in Unruhe. Strindberg war glücklich, sich in Begleitung solch standhafter Männer zu befinden.

Am tiefsten beeindruckt war Stubbendorff jedoch von Strindbergs Erinnerungen an den Alltag mit seiner Familie in Stockholm. Als Einzelkind war der Journalist fasziniert von den kindlichen Späßen des älteren Bruders Erik und der jüngeren Brüder Sven und Tore. Strindberg beschrieb, wie »Erik und Sven stets das Spiel vorgaben, das fast immer mit Wikingern oder Drachen zu tun hatte.« Bei Mannschaftsspielen bekamen »Tore und ich keinen Stich gegen Erik und Sven, doch wir beschwerten uns nicht. Es war einfach zu lustig.« Die Welt dieser Jungen erschien Stubbendorff, der sich selten und nur ungern an seine Jugend erinnerte, völlig fremd.

Die Jungs stachelten sich nicht nur gegenseitig zum Lernen und zu Hochleistungen an, sondern wurden auch von ihren Eltern dazu ermutigt, die ihnen dabei alle Freiheiten ließen. Strindberg erinnerte sich an »grässliche Konzerte, die wir unseren Eltern zuliebe für Gäste geben mussten, bei denen Erik sang, während Sven, Tore und ich Geige und Klavier spielten.« Seinen Aufzeichnungen zufolge respektierten seine Eltern sämtliche seiner Entscheidungen, bis auf den Entschluss, sich Andrée anzuschließen.

Stubbendorff dachte an seine Mutter, die alles getan hatte, um ihren Sohn ständig zu überwachen, weil sie fürchtete, ihr würde der Zorn Gottes oder, schlimmer noch, der Gemeinde zuteil, wenn sie die Zügel auch nur ein wenig locker ließ. In den Jahren nach dem Tod seines Vaters hatte Stubbendorff sich dagegen aufgelehnt. Bei den Mahlzeiten hatte er seine Ellbogen auf dem Tisch aufgestützt, sich geweigert, am Gottesdienst teilzunehmen, sich mit Kindern herumgetrieben, mit denen umzugehen die Mutter ihm verboten hatte, nie »danke« oder »bitte« gesagt. Der Ungehorsam des jungen Stubbendorff war von einer Vehemenz, die Frau Stubbendorff bei einem Kind nie für möglich gehalten hatte und die sie zutiefst erzürnte. Schon der geringste Regelverstoß wurde mit Schlägen und Schimpftiraden geahndet. Der Unterschied zwischen seiner und der Kindheit der Gebrüder Strindberg hätte größer nicht sein können, und diese Feststellung schmerzte ihn. Er drückte das Heft kurz an seine Brust, dann las er weiter.

Ein Großteil der Notizen Strindbergs war allgemeiner Natur, doch er hatte auch einige Liebesbriefe an seine Verlobte Anna Charlier verfasst. Diese Briefe kamen aus tiefstem Herzen – das erkannte Stubbendorff auf den ersten Blick –, aber keiner von ihnen enthielt einen Hinweis auf Strindbergs düsteres Schicksal. Im Gegenteil, sie waren durchweg munter, sorglos, sogar heiter. Er beschrieb die Ballonfahrt und berichtete, dass sie »so wunderbar dahinfuhren, dass es um jeden Atemzug schade war, denn das machte den Ballon nur noch leichter.« Er schilderte Anna, wie er mit seinem Schlitten in die »Suppe« fiel, aber seine einzige Sorge »deinem Bildnis, mein liebster Schatz, für den herannahenden Winter« galt. Strindberg ermunterte seine Liebste, »sich weiter den Hochzeitsvorbereitungen zu widmen, auch wenn ich etwas später als erwartet zurückkehren werde«. Und ständig versicherte er ihr, dass er sie im Herzen trage. »Ich sehne mich nach dem Duft deines Haares und danach, wieder in die dunklen Seen deiner Augen tauchen zu dürfen«, schrieb er.

Die starke Zuneigung Strindbergs zu dieser Frau, dieses unerschütterliche Gefühl, war in jedem einzelnen Brief zu spüren. Stubbendorff kannte nichts Vergleichbares, eine solche Liebe lag außerhalb seiner Vorstellungskraft. Er kniff die Augen zusammen und versuchte sich an einen Augenblick zu erinnern, in dem sein Vater und seine Mutter in seiner Gegenwart miteinander gelacht, sich umarmt oder wenigstens einen Blick ausgetauscht hätten. Doch die beiden hatten wie Fremde im selben Haus gelebt und jeder auf seine Weise dasselbe Kind großgezogen.

Anna Charlier hatte Strindbergs Briefe nie gelesen, und vielleicht waren sie auch gar nicht dafür bestimmt gewesen, aber es machte Stubbendorff traurig, dass eine so einzigartige Liebe ein derart tragisches Ende gefunden hatte. Er fragte sich, aus welchen Gründen Strindberg sich Andrée angeschlossen und warum er diese Frau verlassen hatte. Strindberg war ein Narr gewesen. Er hatte den Tod verdient.

Aber dieses Tagebuch enthielt eine große Geschichte. Bergman würde entzückt sein.

Als Stubbendorff die Augen schloss und langsam einschlief, entspannten sich sein Körper und sein Geist. Ihm wurde klar, dass er wenig wusste über die Verstrickungen der Liebe. Aber als er wieder erwachte, hatte sich seine Unbarmherzigkeit aufgelöst wie ein Traum.

Kapitel 4

TORQUAY, ENGLAND
SEPTEMBER 1930

Atemlos schreckte sie hoch. Sie setzte sich auf, doch ihr Mann lag ruhig atmend neben ihr im Bett. Erleichtert legte sie ihre zitternde Hand auf die Brust und stellte fest, dass sie schweißgebadet war. Sie stand auf und ging ins Bad. Ihr dunkles Haar war feucht, und das Nachthemd klebte ihr am Rücken.

Während sie sich kaltes Wasser über Gesicht und Brust laufen ließ, betrachtete Anna ihr Spiegelbild. Immer noch atmete sie heftig, und ihre großen Hände zitterten. Wieso hatte sie nach all diesen Jahren plötzlich wieder einen so fürchterlichen Alptraum?

Der erste Alptraum hatte sie heimgesucht, als Nils verkündet hatte, dass er an der Expedition teilnehmen würde. An jenen Abend konnte sie sich noch ganz genau erinnern. Sie musste wohl ziemlich gefasst gewirkt haben, als ihr Verlobter der entgeisterten Familie sein Vorhaben unterbreitet hatte.

Es schmerzte so sehr, denn sie und Nils waren während ihrer Beziehung immer enge Vertraute gewesen. Als sie sich begegnet waren, hatten ihr sein offenes Gesicht und seine unkomplizierte Art sofort gefallen. Noch bevor ihre Romanze begann, hatte er sie stets mit einem herzlichen, aufrichtigen

Lächeln begrüßt, das sie den ganzen Tag lang begleitete. Er behandelte sie bei allen Überlegungen, Kommentaren oder Fragen als Ebenbürtige, als würde er gar nicht bemerken, dass sie eine Frau war. Und genauso sprach er mit großem Eifer mit ihr über sein Studium, seine Arbeit und seine Freunde. Wenn sie an Sonntagnachmittagen die verwinkelten Straßen der Staden mellan broarna entlangspazierten, vertraute er ihr regelmäßig die Sorgen an, die er sich um seine Karriere machte. Wenn Anna ihm Ratschläge geben konnte, fühlte sie sich bedeutsam und respektiert. Die beiden wurden bald zu Vertrauten. Die Liebe kam erst später.

Nicht allein die Vorstellung, Nils zu verlieren, beunruhigte sie, es war vielmehr die Tatsache, dass er sie bei seiner Entscheidung überhaupt nicht zurate gezogen oder sie eingeweiht hatte. Nie zuvor war Nils so gefühllos vorgegangen, und sie wusste nicht, wie sie darauf reagieren sollte. Er hatte ihr einen Antrag gemacht, den sie angenommen und sich damit an ihn gebunden hatte. Jetzt hatte er seine Pläne ohne Rücksicht auf sie einfach geändert. In ihrer Ohnmacht war ihr nichts anderes übrig geblieben, als den Raum zu verlassen.

Bei ihrer Rückkehr war Nils allein gewesen. Er saß auf dem Sofa, den Kopf zwischen den Händen, eine Zigarette im Mund. Er blickte auf, und in seinen blauen Augen erkannte sie so etwas wie Schuldgefühl.

Er drückte die Zigarette aus, dann sagte er: »Es tut mir so leid. Es gibt keine Entschuldigung, nur Feigheit und Gier.« Ihre Verwirrung war ihr wohl deutlich anzusehen. »Ich wusste nicht, wie ich es dir sagen sollte. Das war der falsche Weg, und das tut mir furchtbar leid.«

»Wieso nennst du dich gierig?«

»Ich will alles. Dich heiraten und auf diese Reise gehen.«
Seine innere Qual war offensichtlich.

»Das ist keine Gier.« Anna nahm seine Hände und setzte
sich. Er vergrub das Gesicht in ihrem duftenden Kleid. »Dir
ist nie etwas versagt worden. Du bist in der Vorstellung groß
geworden, dass du dein Leben selbst bestimmen und alles
erreichen kannst, wenn du nur willst. Das hat dich zu dem
Mann gemacht, der du heute bist, nur ...«

»Wenn du unsere Verlobung deswegen lösen willst, schreibe ich Andrée sofort, dass ich doch nicht an der Expedition
teilnehme.« Sie wusste, dass dies kein Ultimatum war. Seine
Stimme klang nicht verärgert.

»Du hast meine Gefühle verletzt«, erklärte sie, »egal, wie
unwichtig das nun erscheinen mag, nachdem du uns deine
Pläne eröffnet hast.« Nils drückte sie fest an sich und küsste
sie innig auf die Stirn. Dann schmiegte er sich erleichtert und
wie ein Kind in ihren Schoß. Es dauerte eine Weile, bis Anna
weitersprach.

Es stand in ihrer Macht, seine Abreise zu verhindern. Nur
eine Träne wäre genug. Anna strich ihrem Verlobten übers
Haar. Er hatte sein Vorhaben nicht mit ihr besprochen, weil
er nicht wollte, dass sie ihn davon abhielt. Ihr war auch klar,
dass Nils an diese Expedition glaubte, gleichgültig, was sie
oder ihre Familie davon halten mochten. Vielleicht stimmte
wirklich, was er gesagt hatte: Er glaubte an den wissenschaftlichen Nutzen dieser Reise. Und dennoch war sie überzeugt,
dass Erik eine entscheidende Rolle bei der Entscheidung seines Bruders gespielt hatte.

»Du musst mitfahren. Ich möchte nicht für deine Enttäuschung verantwortlich sein, und ich werde unsere Verlobung

nicht lösen. Du wirst zu mir zurückkehren, das weiß ich sicher.« Es fiel ihr schwer, ihre Stimme zu beherrschen. »Aber du darfst mir nie wieder etwas verschweigen.«

In jener Nacht hatten die Alpträume angefangen.

Als die *Isbjørn* in den Hafen von Tromsø segelte, wurde sie von zwei Kriegsschiffen, der *Svenskund* und der *Michael Sars,* empfangen, deren Flaggen auf Halbmast gehisst waren. Die beiden mächtigen Schiffe geleiteten den Robbenfänger bis zur Nemak Pier. Ein Meer aus Blau und Gelb säumte die Küste, und eine riesige Menschenmenge hatte sich hinter Absperrungen versammelt.

Stubbendorff stand an Deck und betrachtete das feierliche Spektakel, an dem er nicht ganz unbeteiligt war. Er hatte Bergman und der Kommission per Telegramm von den Neuigkeiten berichtet. Sicher steckte sein Chef hinter diesem Empfang. Das würde eine gute Titelgeschichte abgeben.

Er beobachtete, wie ein Mann im Anzug und seine Begleiter aus einem Ruderboot stiegen und an Bord gingen, während er sich eine weitere Zigarette anzündete. Es war Bergman, und er wurde von einem Fotografen begleitet. Hallen brachte die beiden umgehend zu Stubbendorff.

»Wunderbar! Wunderbare Arbeit!« Überschwänglich klopfte Bergman seinem Mitarbeiter auf die Schulter. »Als ich tagelang nichts von Ihnen hörte, habe ich mir schon Sorgen gemacht, aber das hier ist großartig. Nach dreißig Jahren ist das Rätsel endlich gelöst, und wer ist dafür verantwortlich? Die Verkaufszahlen werden in die Höhe schießen!«

»Es freut mich, dass Sie zufrieden sind.« Stubbendorff hatte auf der Rückfahrt in aller Eile einen Artikel mit der Überschrift »Gespräche mit den Toten« verfasst. Der melodramatische Text schilderte die letzten Tage der Forscher – etwas reißerisch zwar, aber man würde den Hinterbliebenen damit nicht zu nahe treten. Eben der typische Blödsinn, den Bergman verlangte.

»Zufrieden ist gar kein Ausdruck, mein lieber Stubbendorff. Ab Montag werden Sie im Nachrichtenressort an den großen Storys arbeiten. Sie haben hervorragende Arbeit geleistet.« Mit diesen Worten überreichte Bergman seinem Mitarbeiter einen Umschlag. Ein schneller Blick verriet Stubbendorff, dass er mindestens hundert Kronen enthielt.

»Vielen Dank«, sagte er emotionslos und stopfte den Umschlag in seinen Tornister. »Diese Männer waren herausragende Persönlichkeiten.«

Bergman nickte abwesend, seine Aufmerksamkeit galt der Menschenmenge.

In weniger als einer Woche war die gesamte Nation offenbar in einen Andrée-Taumel geraten. Für Bergman hätte es nicht besser kommen können, dachte Stubbendorff. Die Leichen der beiden anderen Forscher hatten die letzten vierzehn Tage in der Obhut der wissenschaftlichen Kommission im Krankenhaus in Tromsø verbracht. So hatte Bergman lediglich dafür sorgen müssen, dass sie am Tag der Ankunft der *Isbjørn* in den Hafen überführt wurden. Die Wirkung wäre ungleich größer, wenn die drei Toten gemeinsam einträfen, genau wie sie damals abgereist waren. Bergman hatte Stubbendorff gedrängt, als Sargträger zu fungieren. Beim Gedanken daran schüttelte der junge Journalist den Kopf und lächelte verdrießlich. Früher einmal hatte er den bulligen, lauten Redakteur bewundert. Doch das gehörte der Vergangenheit an.

Die Mannschaften der beiden Kriegsschiffe bildeten ein Ehrenspalier, während die Särge auf ein Podium getragen wurden, wo mehrere Honoratioren Reden hielten. Die Veranstaltung ging völlig an Stubbendorff vorbei, er konzentrierte sich auf die drei von der schwedischen Flagge bedeckten Särge.

Er hatte beschlossen, seine Anstellung beim *Aftonbladet* zu kündigen. Daher konnte er die hundert Kronen im Tornister gut gebrauchen – wenn er sparsam war, würde das Geld gut ein Jahr reichen. Während er in der Sonne stand und sich nichts sehnlicher wünschte, als dass dieser Pomp ein baldiges Ende finden möge, lief ihm der Schweiß den Rücken herunter, sodass er kaum ruhig stehen bleiben konnte. Er ließ den Blick über die Menschenmenge schweifen und fragte sich, ob Anna Charlier wohl darunter war.

Als die Redner geendet hatten, wies Bergman die Träger an, langsam mit den Särgen zu den Leichenkutschen zu schreiten.

Gewehrsalven ertönten und viel Oh! und Ah! aus dem Publikum. Kinder hielten sich die Ohren zu. Zum getragenen Takt der Militärtrommeln traten die glücklosen Forscher ihre letzte Reise an. Die schwarzen Kutschen glänzten in der Sonne. Während er dem Mann, den er auf Kvitøya gefunden hatte, das letzte Geleit gab, lenkten die regelmäßigen Trommelschläge seine Gedanken zurück auf die kleine Insel, wo die Forscher in der eisigen Hölle auf ihren Tod gewartet hatten. Er versuchte, sich in sie hineinzuversetzen, ihren Schrecken nachzuempfinden. Hatten sie jede Sekunde wie einen furchtbaren Schlag gegen die Zuversicht erlebt? Oder hatten sie die ihnen verbleibende Zeit wie die letzten köstlichen Bissen einer Henkersmahlzeit genossen?

Bergman bewegte sich hektisch durch die Menge, was

Stubbendorff jäh aus seinen Gedanken riss. Der Mann versuchte, seinen Fotografen an die besten Stellen für einen guten Schnappschuss zu dirigieren. Nach fünfundzwanzig Jahren im Zeitungsgeschäft war Bergmans großer Moment endlich gekommen. Beim Anblick der wenig eleganten Bewegungen dieses plumpen Mannes musste Stubbendorff fast lächeln, denn es lag eine unfreiwillige Komik darin.

Die Särge wurden auf die Kutschen gehoben, und Stubbendorff verfolgte, wie sie ihre langsame Reise zum Krankenhaus antraten, gefolgt von einer großen Schar Patrioten. Er verspürte einen schmerzlichen Verlust, und während die Parade nach und nach verschwand, erfassten ihn plötzlich Schuldgefühle. Als er das Lager der Forscher entdeckt, ihre Habseligkeiten an sich genommen und ihre Tagebücher gelesen hatte, war Stubbendorff Zeuge einer fremden Welt geworden, die ihm nun zu entgleiten schien.

»Hier ist er, Herr Borg. Das ist Knut Stubbendorff.« Kapitän Hallens Stimme unterbrach seine Gedanken.

»Guten Morgen, Herr Stubbendorff. Mein Name ist Elling Borg, ich bin Präsident der wissenschaftlichen Kommission. Ich möchte Ihnen für Ihre Bemühungen danken.«

Man schüttelte sich die Hände und tauschte Höflichkeiten aus.

»Ihrem Telegramm entnehme ich, dass Sie den größten Teil von Andrées Lager bergen konnten. Die Kommission würde diese Fundstücke nun gern in ihre Obhut nehmen, am liebsten sofort. Wir möchten die Gebeine der Männer so schnell wie möglich nach Stockholm überführen. Außerdem hätten wir noch einige Fragen an Sie, aber das machen wir später, wenn Sie wieder in Stockholm sind.«

»Selbstverständlich. Sämtliche Fundstücke befinden sich in meiner Kajüte.« Stubbendorff suchte in seinen Taschen nach dem Schlüssel. »Ich gehe sofort aufs Boot und hole meine Sachen, dann haben Sie freie Bahn. Ich möchte Ihnen nicht im Wege sein.«

»Danke für Ihre Hilfe. Wir wissen das zu schätzen. Wenn wir die Fundstücke gesichtet haben, melden wir uns bei Ihnen.«

Die Männer verabschiedeten sich mit einem Händedruck, und Stubbendorff machte sich auf den Weg zur *Isbjørn*. Zuerst waren seine Schritte noch entspannt, doch schon bald trieb ihn etwas zur Eile, sodass er das letzte Stück fast rannte. In der Kajüte verschloss er die Tür hinter sich und ließ seinen Blick durch den Raum schweifen. Er war außer Atem, und die Sorge, die plötzlich von ihm Besitz ergriffen hatte, ließ seinen Puls höher schlagen. Die Fundstücke hatte er sorgfältig in Holzkisten verstaut. Aber die Seiten der Tagebücher hatte er in vier säuberlich zusammengebundenen Stapeln offen auf der Koje liegen lassen. Drei Hefte legte er auf die Kisten, dazu sein eigenes Notizheft, in dem er die Funde dokumentiert hatte. Die Seiten aus Strindbergs Tagebuch jedoch steckte er in seinen Tornister und ging damit von Bord.

Kapitel 5

TORQUAY, ENGLAND
SEPTEMBER 1930

»Hier steht, dass die Leichen für die Beisetzung auf einem Kriegsschiff nach Stockholm überführt werden. Ende des Monats werden sie dort eintreffen.« Annas Mann saß am Frühstückstisch und beugte sich über die Tageszeitung. »Es wird ein Staatsbegräbnis. Nicht schlecht.«

Anna stand mit dem Rücken zum Tisch am Herd und rührte mit gleichmäßigen Bewegungen im Haferbrei. Die Augen hatte sie starr auf den Kochlöffel und das Muster gerichtet, das sich in dem weißlichen Brei abzeichnete. In der vergangenen Nacht hatte sie kaum ein Auge zugetan und war weit vor Morgengrauen aufgestanden. Immer wieder hatte sie den Artikel gelesen und darin nach Namen von Personen gesucht, die sie einmal gekannt und geliebt hatte, bis die Schritte ihres Mannes im oberen Stockwerk erklungen waren.

Als die Träume vor drei Nächten wieder angefangen hatten, war Anna ratlos gewesen, weil sie keinen Grund dafür erkennen konnte. Am Morgen der zweiten Nacht wartete sie, bis ihr Mann das Haus verlassen hatte, und durchsuchte dann ihren Bettkasten. Schließlich wurde sie fündig. Sie setzte sich mit untergeschlagenen Beinen auf das Bett und betrachtete lange die Dose aus poliertem Holz mit den eingravierten Gänseblümchen auf dem Deckel und ihren Initialen, die jemand mit geschickter Hand in die rechte untere Ecke geschnitzt hatte. Anna wusste genau, was sich darin befand. Sie rief sich jeden einzelnen Gegenstand wieder ins Gedächtnis. Doch sie brachte es nicht fertig, die Dose zu öffnen.

Am selben Nachmittag ging sie auf dem langen Weg an der Küste entlang in die Stadt. Sie brauchte frische Luft und atmete die kühle, salzige Brise tief ein. Sonne und etwas Bewegung, hoffte sie, würden die Unruhe und Trauer mindern, die ihr aus dem Traum nachgingen. Doch als sie auf die Hauptstraße einbog, bot sich ihr ein furchtbarer, unerwarteter Anblick, der sämtliche Mutmaßungen über ihre innere Aufruhr zunichte machte: Im Schaufenster des Tabakladens hing die Titelseite des *Daily Mirror*. Beim Anblick der Schlagzeile wurde ihr klar, dass sie an diesen Tag keine Besorgungen machen würde. Sie kaufte die Zeitung und ließ sich eilig auf einer Bank mit Blick auf den Hafen nieder, um die Neuigkeiten zu lesen. Ihr Blick fiel auf die Aufnahmen von Andrée, Frænkel und Nils am Tag ihrer Abreise nach Spitzbergen. Außerdem zeigte das Blatt Bilder von den Männern mit dem Ballon und eine Porträtaufnahme von Nils. Das Bild hatte er anlässlich seines einundzwanzigsten Geburtstags machen lassen.

Als sie seine feinen Gesichtszüge mit dem angedeuteten Lächeln betrachtete, erinnerte sie sich unwillkürlich an die Berührung seiner Lippen und den Klang seiner Stimme. Sie wünschte, sie könnte sein helles Lachen noch einmal hören. Könnte sein Bildnis doch sprechen! Plötzlich stieg Übelkeit in ihr auf, so groß war ihr Schmerz. Jetzt mach dich doch nicht lächerlich, schalt sie sich, und steckte die Zeitung in ihre Tasche, um sich wieder ihren Aufgaben zu widmen.

Doch auf dem Heimweg fiel ihr die bekannte Wendung ein, nach der jeder Mensch irgendwann von seiner Vergangenheit eingeholt wird. War es das, was gerade geschah? Es war die schwerste Entscheidung ihres Lebens gewesen, Nils die Freiheit zu geben, seine Ziele zu verfolgen. Ihn ziehen zu lassen, war ein großes Opfer gewesen, größer als er je geahnt hatte. Als deutlich wurde, dass die Expedition gescheitert war, hatte Anna sich diese letzte Szene im Salon der Strindbergs immer wieder in Erinnerung gerufen, hatte daran gedacht, wie Nils den Kopf in ihren Schoß gelegt hatte, während sie ihre Entscheidung abgewogen hatte. In den vergangenen Jahren hatte sie sich viele Ereignisse aus der Erinnerung passend zurechtgelegt und so die Löcher im Gewebe der Vergangenheit geflickt. Nicht einmal Erik wusste von ihrer Unterhaltung mit seinem Bruder an jenem Abend und von ihrer Entscheidung, ihn ziehen zu lassen. Als keine Hoffnung mehr bestand, hatte sie den Kontakt zu Nils' Familie dann auch recht bald abgebrochen, denn sie fürchtete zur Verantwortung gezogen zu werden und konnte sich ihren Anteil an der Tragödie nicht eingestehen. Die Jahre nach seiner Abreise lagen hinter einem Schleier aus Schuldgefühlen, Bedauern, Angst und Trauer.

Als der Haferbrei heftig zu brodeln begann, nahm Anna die Stimme ihres Mannes wieder wahr. »Nun, Andrée und seine Männer haben es zweifellos verdient. Und ein ordentliches christliches Begräbnis wird den Hinterbliebenen in ihrer Trauer Trost spenden. Du kannst dich wahrscheinlich an alles erinnern. Offenbar war ihre Abreise eine ziemliche Sensation«, sagte er und wartete auf ihre Antwort. »Damals warst du doch in Stockholm, nicht wahr? Das war doch bestimmt eine große Sache, stand es nicht in allen Zeitungen?«

Anna starrte in den Topf. »Aber sicher. Ich kann mich sehr gut daran erinnern.«

»Aber in einem Ballon! Was für eine dumme Idee, von Anfang an zum Scheitern verurteilt. Ein Wunder, dass sie überhaupt so weit gekommen sind.«

»Ja, da magst du recht haben.« Anna füllte die Schüsseln mit Brei und stellte sie auf den Tisch. Dann aßen sie und ihr Mann schweigend ihr Frühstück.

Nachdem Gil zur Arbeit gegangen war, holte Anna die Dose aus dem Schlafzimmer und trug sie nach unten in die Küche. Eine Stunde war schon verstrichen, ehe sie sich endlich traute, sie zu öffnen. Sie enthielt die Andenken an ihr anderes Leben. Briefe von Nils, Eintrittskarten zu Galerien, Konzerten und Ausstellungen, die sie gemeinsam besucht hatten, und einige Fotografien. Eine Aufnahme von ihr und Nils, die anlässlich ihrer Verlobung entstanden war, betrachtete sie länger.

Dann leerte sie den Inhalt der Dose auf den Tisch und sah ihn sich genau an. Zärtlich fuhr sie mit dem Zeigefinger über Nils' Handschrift und ertastete die leichten Einkerbungen auf dem Papier. Sie hielt sich die Eintrittskarte zu einem Liederabend an die Nase und schnupperte daran, weil sie hoffte, so ein Stück Vergangenheit zurückholen zu können. Obwohl die Andenken schon lange ihren Geruch verloren hatten, glaubte sie, Mozarts Preußische Quartette zu hören, und wiegte sich sanft zu den Klängen der Musik. Sie lächelte glücklich.

Für einen Augenblick saß sie wieder neben ihrem Verlobten in der fünften Reihe des Festsaals der Universität und wiegte ihren Kopf im Rhythmus der Musik. Aus dem Augenwinkel meinte sie sogar zu sehen, wie Nils mit seinen langen Fingern den Takt auf seinem Bein mitklopfte. Anna strich beim Zuhören über die weichen Falten ihres lavendelblauen Rocks und spielte abwesend mit den winzigen gestickten Fliederblüten. Das Kleid hatte sie unter der Anleitung ihrer geschickten Schwester genäht. Als Herr Strindberg, ein gut aussehender Geigenlehrer, mit dem sie sich angefreundet hatte, sie zu einem gemeinsamen Konzertbesuch einlud, hatte sie innerhalb kürzester Zeit ein neues Kleid gebraucht. Geschneidert hatte Anna es selbst, doch ihre erheblich talentiertere Schwester Gota hatte den Stoff mit ihren Stickereien in ein wahres Blütenmeer verwandelt. Anna war zwar mit dem Ergebnis ihrer eigenen Arbeit unzufrieden, denn das Kleid saß schlecht, doch an Gotas Stickereien war nichts auszusetzen.

Anna ließ den Blick durch den kleinen Saal schweifen und betrachtete das Publikum. Es waren überwiegend Studenten, die meisten wohl um die zwanzig. Nils hatte ein gemeinsames Abendessen vorgeschlagen, falls Anna nach dem Konzert noch Zeit haben sollte. Gota hatte ihr geraten, den Abend so lange wie möglich zu genießen. Doch Anna hatte nicht zu Mittag gegessen, und so knurrte ihr Magen so laut, dass sie fürchtete, die anderen zu stören.

Vogelzwitschern riss sie aus ihren Erinnerungen. Sie ließ die Hände sinken, öffnete die Augen und sah ihr Bild im Spiegel auf der Rückseite der Küchentür. Sie war neunundfünfzig Jahre alt, und ihr Gesicht war füllig geworden. Mittlerweile war ihre Kinnpartie erschlafft und ging fast konturlos in den Hals über. Sie hatte Falten auf der Stirn und an den Augen, und viele graue Haare durchsetzten ihr dickes kastanienbraunes Haar. Als sie vor den Spiegel trat, strich sie ihr moosgrünes Kleid glatt. Sie hatte immer noch eine gute Figur, dachte sie, aber ihre Kleider waren trist und formlos, sie besaßen keinerlei Ähnlichkeit mit Gotas Kreationen. Plötzlich kam sie sich sehr alt und einsam vor, so fern von Stockholm.

Kapitel 6

STOCKHOLM, SCHWEDEN
MITTSOMMER, JUNI 1894

Anna und Gota standen Seite an Seite an der Tanzfläche und beobachteten, wie die Paare vergnügt über die Holzbretter wirbelten. Beim Tanzen im heißen Saal war Anna ins Schwitzen geraten. Als sie sich ungeduldig die feuchten Haarsträhnen aus dem Gesicht strich, hörte sie ihre Schwester Gota lachen.

»Anna, schau dich mal an! Du bist krebsrot im Gesicht, und die Blumen in deinem Kranz hängen ganz welk herunter. Deine Frisur sieht aus, als wärst du in einen Regenschauer geraten. Vielleicht sollten wir heimgehen. In dem Zustand wird dich ohnehin niemand auffordern.«

Die schonungslose Ehrlichkeit ihrer Schwester versetzte Annas guter Laune eigentlich immer wieder einen Dämpfer, aber diesmal konnte Gota ihrer beschwingten Stimmung nichts anhaben. Sie setzte den Blumenkranz ab und unterzog die Gänseblümchen einer genaueren Betrachtung. Heute früh waren sie noch ganz frisch gewesen.

»Die haben wirklich schon mal ansprechender ausgesehen«, sagte sie lachend zu Gota. »Es war ein schöner Abend, aber wir sollten wohl besser gehen.« Die Schwestern hatten schon den ganzen Tag gefeiert – zuerst beim Aufstellen der Mittsommerstange in Stortorget, dann während des Essens bei den Larssons, für die Anna als Gouvernante arbeitete, und schließlich beim Tanz an der Riddarfjärden-Bucht. Annas Füße schmerzten wohlig, und ihr Kopf war leicht von den wenigen Schlucken Wodka, die ihre Schwester ihr aufgenötigt hatte.

Um ihre Schwester bei Laune zu halten, setzte sie den Kranz schief auf den Kopf zurück. Dabei wurde sie von dem Mann, der überraschend um den nächsten Tanz bat, völlig überrumpelt.

»Entschuldigen Sie, meine Damen.« Der Mann machte eine abrupte Verbeugung, richtete sich dann aber an Anna. »Ich hoffe, Sie wollen nicht schon aufbrechen. Am besten stelle ich mich zunächst einmal vor. Ich heiße Erik Strindberg. Würden Sie mir die Ehre geben, Sie zu Ihrem letzten Tanz zu geleiten?«

Schon früher an diesem Abend hatte Gota Annas Aufmerksamkeit auf ihn gelenkt. »Hier gibt es keinen Mann, der besser aussieht oder der vornehmer wäre. Er ist Architekt, weißt du das? Er schaut die ganze Zeit zu uns herüber. Hoffentlich fordert er mich zum Tanzen auf«, hatte sie ihrer Schwester zugeflüstert.

»Er sieht ziemlich ungehobelt aus, außerdem lacht er zu laut«, hatte Annas knappe Antwort gelautet.

Fru Strindberg, Eriks Mutter, hatte Gota als Schneiderin engagiert, und Gota war einige Male zur Anprobe im Haus der Strindbergs gewesen. Danach langweilte sie Anna stets mit ihren Beschreibungen der prächtigen Möbel und der feinen Manieren der Dame des Hauses. Außerdem erging sie sich in Vermutungen über Erik Strindberg, den begehrenswertesten der vier Söhne des Hauses. Gota hatte gehofft, Erik hier zu treffen. Seine Mutter hatte ihr verraten, dass die Familie nicht wie sonst auf dem Land feiern würde, weil der jüngste Sohn mit Windpocken im Bett lag.

Während Erik auf eine Antwort wartete, warf Anna einen schnellen Blick auf ihre Schwester, deren rundes Gesicht wie immer keinerlei Regung zeigte. Ob sie sich ärgerte? Doch sie wollte den jungen Mann nicht kränken, also dachte sie nicht länger nach und sagte: »Danke, sehr gern. Ich heiße Anna Charlier.« Es ging schließlich nur um einen Tanz.

»Anna Charlier aus Schonen.«

»Richtig. Aber woher wissen Sie das?«, fragte Anna erstaunt.

»Alles an Ihnen sagt mir das«, bemerkte er selbstbewusst, nahm Annas Hand und führte sie in die Mitte des Saals.

Die Musik war schnell und temperamentvoll. Die grazilen Bewegungen ihres Partners überraschten sie. Er war groß, deshalb hatte Anna vermutet, er würde ungelenk sein. Doch er bewegte sich behände und umfasste sie mit angenehm kraftvollem Druck an der Taille. Sie genoss es, wie er sie leichten Fußes durch die Menge manövrierte. An diesem Abend hatte Anna schon viele Tanzpartner gehabt. Einige waren Freunde von der Universität, andere waren Fremde – doch keiner der jungen Männer hatte über Eriks Sicherheit verfügt.

Als die Musik vorüber war, verbeugte Erik sich erneut. »Sie sind eine sehr gute Tänzerin und haben ein wunderbares Lächeln, Fröken Charlier. Würden Sie mir einen weiteren Tanz schenken?«

Noch kein Mann war Anna je mit solcher Liebenswürdigkeit begegnet. Sie wusste nicht, ob sie erschrecken oder sich freuen sollte. »Das würde ich ja gern, aber meine Schwester möchte gehen. Wir waren den ganzen Tag auf den Beinen, und es ist schon vier Uhr.«

»Aber vor einer halben Stunde ist die Sonne aufgegangen. Der Tag hat gerade erst angefangen, außerdem …«, sagte er und wies auf Gota, die bereits wieder munter das Tanzbein schwang, »… sieht Ihre Schwester überhaupt nicht müde aus.«

Beide lachten.

»Sie könnten noch ein wenig bleiben und mir erlauben, Sie und Ihre Schwester nach Hause zu begleiten. Ihre Schwester könnte die Anstandsdame sein. Ich komme aus einer sehr guten Familie«, erklärte er. »Wir sind in Stockholm recht bekannt.« Hoffnungsvoll sah Erik sie mit seinen blauen Augen an.

Anna bemerkte, dass sie trotz der offensichtlichen Zuneigung ihrer Schwester zu diesem jungen Mann ebenfalls ein gewisses Interesse an Herrn Strindberg zu entwickeln begann. Gota hatte schon recht gehabt, es gab hier keinen Mann, der ihm das Wasser reichen konnte. Anna gefiel sein Gesicht, es schien ihr herzlich und einladend, und sie fühlte sich von seiner körperlichen Präsenz angezogen. Seine forsche Art war zwar gewöhnungsbedürftig, aber auch erfrischend. Außerdem fühlte sie sich geschmeichelt, dass ein so vornehmer Herr Interesse an ihr fand.

»Wie großzügig von Ihnen. Aber ich glaube, ich würde mich gern ein wenig ausruhen. Ich bin wirklich sehr erschöpft.«

»Selbstverständlich. Setzen Sie sich doch, ich bringe Ihnen etwas zu trinken.«

Erik war schnell wieder zurück, und auch wenn die beiden an diesem frühen Morgen nicht mehr miteinander tanzten, unterhielten sie sich doch angeregt über die verschiedensten Themen. Wie schon beim Tanz führte Strindberg auch hier souverän das Wort und hatte zu jedem Thema viel beizusteuern. Später, als Anna sich vor Gota wegen ihres Benehmens rechtfertigte, beschrieb sie seine Ansichten als solide. Während sie am Wasser der Bucht gesessen hatten, waren viele Bekannte von Erik und auch seine Familie vorbeigekommen. Sie entboten den beiden Mittsommergrüße und gingen dann weiter. Bei jeder Begegnung erklärte Erik Anna genau, in welcher Beziehung die betreffende Person zu ihm und der Familie stand. Anna tat, als wäre sie interessiert. Doch zu keinem Zeitpunkt fragte er sie nach ihren Interessen, ihrer Herkunft, ihrem Beruf, ja, nicht einmal Gota erwähnte er, obwohl er sie doch kannte. Und nur selten sah er Anna direkt an. Glaubte er sie zu kennen, nur weil er wusste, dass sie aus Schonen kam?

Wollte er sie, das Mädchen vom Lande, mit seinem Benehmen beeindrucken? Dazu brauchte es nicht viel. Anna stammte aus einer einfachen Familie. Die Zweizimmerwohnung, die sich die Schwestern in Stensbastugränd teilten, befand sich direkt neben einer Brauerei. Sogar an den heißesten Tagen des Sommers hielten sie die Fenster geschlossen, weil es unerträglich nach Hopfen stank. Sie waren wenig besser gestellt als einfache Arbeiter, doch dank der Nähkunst ihrer Schwester wusste niemand davon.

Als die Musiker ihre Instrumente zusammenpackten, kam Gota auf Anna und Erik zu.

»Sollen wir Herrn Strindberg erlauben, uns nach Hause zu begleiten?«, fragte Anna. Gota war ganz außer Atem und erklärte mit geröteten Wangen: »Ich habe gerade Fangen gespielt. Sehr vergnüglich.«

Anna warf Erik einen peinlich berührten Blick zu, doch seine Miene zeigte keine Regung. »Fangen spielt man auf dem Schulhof, Gota«, schalt Anna ihre Schwester. »Jetzt ist dein Kleid ganz schmutzig geworden.«

»Anna ist furchtbar tugendhaft, Herr Strindberg. Man könnte sie glatt für die ältere Schwester halten«, sagte Gota auf dem Heimweg. »Manchmal frage ich mich, ob sie überhaupt weiß, was Spaß ist.«

Erik lächelte Gota höflich zu, als er Annas Arm nahm und sie in Richtung Staden mellan broarna, in der Altstadt, führte. Gelegentlich sah sich Gota in besonders engen Gassen gezwungen, hinter ihnen zu bleiben, und während Anna groß genug war, Eriks langen Schritten zu folgen, musste Gota mit ihren kurzen Beinen fast rennen, um den Anschluss nicht zu verlieren und der Unterhaltung folgen zu können. Anna war froh, dass es ihrer Schwester so unmöglich war, sie weiter zu blamieren, doch ihr war klar, dass Gota diese Situation verrückt machte.

Auf dem zwanzigminütigen Weg nach Stensbastugränd plauderte Erik ununterbrochen weiter. Als sie am Friedhof von Trångsund vorbeikamen, ließ er sich wortreich über die beiden Skulpturen am Eingang aus. Vor dem Buchgeschäft *Hemlins* in der Västerlånggatan ratterte er seine letzten Einkäufe herunter, in der alphabetischen Reihenfolge der Autorennamen. Anna nickte nur.

»Sie kennen sich in Stockholm so gut aus, Herr Strindberg«, plapperte Gota drauflos. »Da könnten Sie glatt als Stadtführer arbeiten.«

Natürlich kennt er sich hier aus, du dumme Gans, dachte Anna. Schließlich hat er sein ganzes Leben hier verbracht.

Außerdem ist er Architekt, da ist es sein Beruf, die Stadt gut zu kennen. Am liebsten hätte sie ihre Schwester geknebelt, so peinlich waren ihr deren Schmeicheleien in dieser ohnehin schon unangenehmen Situation.

Je länger sie so nebeneinander hergingen, desto ungehaltener wurde Anna. Dachte dieser Mann eigentlich, sie würde die Stadt nicht kennen, in der sie wohnte? Als sie den Järntorget erreichten und Anna ihr Wohnhaus schon sehen konnte, beschleunigte sie ihren Gang. Erleichtert stand sie schließlich vor ihrer Haustür.

»Recht herzlichen Dank, Herr Strindberg«, sagte Gota. »Wie nett, dass Sie uns begleitet und Ihr bemerkenswertes Wissen über diese Stadt mit uns geteilt haben.«

Schweig still!, flehte Anna ihre Schwester innerlich an.

»War mir ein Vergnügen, Fröken«, entgegnete er. »Dürfte ich Sie nun bitten, mich eine Minute mit Ihrer Schwester allein zu lassen?«

Dieses Ansinnen stieß bei beiden Schwestern auf Befremden. Gota sah ihre Schwester pikiert an.

»Ich versichere Ihnen, dass ich nichts Unanständiges im Sinn habe«, erklärte er freundlich, aber bestimmt.

Anna deutete mit einem leichten Nicken an, dass sie einverstanden war. Es beeindruckte sie, wie Herr Strindberg mit ihrer Schwester umging. Sie selbst hatte sich noch nie so verhalten. Widerwillig nahm Gota Abschied und ließ die beiden allein zurück.

Während Anna wartete, was Erik zu sagen hätte, ließ sie ihren Blick durch die leere Gasse wandern. Die Stadt würde sich bald schlafen legen. Die Sonne hatte schon Kraft, dabei war es erst sieben Uhr morgens.

Sie wandte sich Erik zu. Sein Blick ruhte auf ihr, doch er schwieg.

»Vielen Dank, Herr Strindberg, ich habe mich gut amüsiert.«

»Das Vergnügen war ganz meinerseits. Sie sind sehr hübsch, Fröken Charlier. Ich würde sie gern wiedersehen. Es würde mich freuen, bei passender Gelegenheit Bekanntschaft mit Ihrem Herrn Vater zu machen, sobald es Ihnen passt.«

»Sowohl meine Mutter als auch mein Vater sind verstorben. Es gibt nur noch meine Schwester hier in Stockholm.«

»Das tut mir leid. Wenn Ihre Schwester uns bei einem Ausflug begleiten könnte, würde ich sie gern mitnehmen. Vielleicht zu einem Konzert oder einem Picknick im Bergianska trädgården? Der Garten steht gerade in voller Blüte.«

Es war ihm offenbar noch nicht einmal in den Sinn gekommen, dass Anna ihn vielleicht gar nicht wiedersehen wollte. Er war gut aussehend und privilegiert, der Spross einer einflussreichen Familie. Die meisten Frauen in ihrem Alter und ihrer Position würden sich um eine solche Verbindung reißen. Könnte sie ihm seine Überheblichkeit nachsehen? Seine Arroganz ignorieren? Wichtiger noch, war ihre Zuneigung zu Erik Strindberg groß genug, um den Zorn ihrer Schwester auf sich zu nehmen, die bereits ihr Interesse an ihm bekundet hatte?

Sie war sicher, dass Gota an der Haustür lauschte und ebenfalls auf Annas Antwort wartete.

»Es tut mir aufrichtig leid, Herr Strindberg. Ich glaube nicht, dass ich Sie wiedersehen kann. Momentan habe ich sehr viel zu tun und kaum freie Zeit.«

Seine Miene verdunkelte sich so sehr, dass Anna ihre knappe Antwort umgehend bedauerte. Sie hatte seine Worte und

Handlungen für eitel gehalten, doch nun erkannte sie auf einmal, dass er lediglich versucht hatte, sie damit für sich zu gewinnen.

Doch als Anna sprechen wollte, hob Erik die Hand.

»Danke für Ihre Zeit, Fröken, ich will Sie nicht länger belästigen. Es tut mir leid, wenn ich Ihnen Umstände bereitet haben sollte. Einen schönen Tag noch.« Erik sah ihr noch einen Moment ins Gesicht, dann gab er ihr die Hand und eilte davon.

Anna sah ihm nach, betrachtete seinen breiten Rücken und wünschte, er würde sich noch einmal umdrehen. Wenn er das tut, dachte sie, rufe ich ihn zurück und gebe ihm eine zweite Chance. Doch ihre Hoffnung wurde nicht erfüllt. Als er um die Ecke bog, spürte sie einen Stich des Bedauerns und blieb ein paar Minuten auf der Straße stehen, weil sie ihrer Schwester noch nicht unter die Augen treten wollte.

Später an diesem Morgen schalt Gota sie dafür und behauptete, Erik hätte ihrer beider Zukunft entscheidend verbessern können. Auch Annas Einwand, sie habe lediglich die Gefühle ihrer Schwester schonen wollen, konnte Gota nicht beschwichtigen. Nie wäre sie so dumm gewesen, Erik Strindbergs Avancen zurückzuweisen. Annas Torheit sei unbegreiflich. Als sie mit ihrer Tirade fertig war, stürmte Gota, die immer noch Verwünschungen murmelte, aus der Wohnung. Verwirrt und bestürzt blieb Anna allein am Küchentisch zurück.

Kapitel 7

STOCKHOLM, SCHWEDEN
JULI 1894

Stocksteif saß Anna in dem stillen Zimmer, vor Angst wagte sie kaum zu atmen. Hätte sie sich doch nur anders hingesetzt. Ihr Rücken schmerzte, aber es war zu spät. Wenn sie sich jetzt bewegte, würde sie nur den Ärger ihrer beiden Schüler auf sich ziehen. Anna hörte sie konzentriert atmen.

»Ich glaube, mein Porträt ist fertig«, verkündete die dreizehnjährige Johanna Larsson freudig. »Jetzt muss ich es nur noch signieren.« Das tat sie mit schwungvollen Bewegungen, dann erhob sie sich von ihrem Hocker. Nachdem sie sich die Kohle von den Händen gerieben und ihre Brille ein Stück die Nase hochgeschoben hatte, zog sie den Malerkittel aus.

»Aber ich bin noch nicht so weit«, maulte Kalle Larsson. »Bitte bewegen Sie sich nicht, Fröken, und du darfst auch nicht mit ihr reden, Johanna.«

Johanna trat ans Fenster. Sie richtete ihr Haarband und sah hinunter auf die Straße. Sie hatte die Hände in die Hüfte gestemmt, während sie leise vor sich hin summte, dann drehte sie sich schnell herum und erfreute sich daran, wie der Rock ihr dabei um die Beine wirbelte.

»Mutter hat gesagt, der neue Geigenlehrer kommt heute

Nachmittag.« Sie blickte in die Runde, aber Kalle ging ganz in seinem Bild auf, und Anna versuchte, still zu sitzen.

»Um zwei Uhr«, trällerte sie, um seine Aufmerksamkeit zu erhalten. »Mutter sagt, er studiert irgendwas an der Universität. Seinen Namen hat sie aber nicht erwähnt. Im Sommer unterrichtet er immer. Letzte Woche, als wir im Museum waren, hat er sich bei Mutter vorgestellt. Ich wünschte, ich hätte ihn gesehen. Hoffentlich sieht er gut aus. Als Student muss er noch ziemlich jung sein. Die letzte Geigenlehrerin war entsetzlich. Fanden Sie nicht auch, Fröken? Sie sah aus wie ein Troll.« Anna schwieg, bedachte sie aber mit einem mahnenden Blick. Johanna kicherte. »Fru Bruse. Sie war immer so mürrisch. Eine veritable Spielverderberin.« Das Mädchen schob die Brille noch weiter hinauf.

Anna erfuhr erst jetzt, dass der junge Lehrer heute seinen ersten Tag hatte. Fru Larsson hatte sie im Juni gefragt, ob sie jemanden empfehlen könnte. Das konnte sie nicht, und danach hatte sie nichts mehr gehört. Insgeheim teilte sie Johannas Meinung über Fru Bruse. Eine höchst übellaunige Person. Weil Anna den Kindern auch Klavierunterricht erteilte, war sie manchmal gezwungen, sie beim Geigenspiel zu begleiten. Fru Bruse hatte ihren Schülern diese Stunden immer besonders vergällt und sowohl die Kinder als auch Anna mit größtmöglicher Geringschätzung behandelt. Entsprechend spärlich waren die Fortschritte der beiden gewesen. Doch es war Anna, die an den Musikabenden der Familie von der Mutter dafür gescholten wurde. Fru Bruses Nachfolger würde hoffentlich umgänglicher sein.

Abrupt erhob sie sich und wandte sich Johanna zu. Kalle stöhnte – er war immer noch nicht fertig.

»Du bist nicht alt genug, um dich über solcherlei Dinge auszulassen, Johanna«, sagte Anna. »Wollen wir uns die Bilder ansehen?«

Das Mädchen ging nicht auf den Vorschlag ein. »Auf dem Land sind viele Mädchen in meinem Alter bereits verheiratet. Stimmt doch, oder?«

»Deine Situation ist aber anders. Glücklicherweise besteht für dich kein Grund, früh zu heiraten. Wenn du alt genug bist, wirst du unter deinen Verehrern wählen können. Jetzt zeig mir eure Porträts.«

Anna war in einer Bauernfamilie aufgewachsen, doch sie hatte kein Interesse, sich mit ihren jungen Zöglingen über das Landleben zu unterhalten. Anna und Gota waren nicht zur Schule gegangen, sondern von ihrer Mutter unterrichtet worden. Andere Kinder hatten sie nur sonntags in der Kirche getroffen. Oft dachte Anna an ihre Kindheit zurück und fragte sich, ob Gota und sie überhaupt noch etwas miteinander zu tun hätten, wenn sie nicht Schwestern wären. Wenn ihre Töchter sich stritten, hatte Sofia Charlier sie ermahnt und immer wieder betont, wie glücklich sie sich schätzen konnten, einander zu haben.

Obwohl Anna die Launen und den Hochmut ihrer Schwester nicht verstand, hatte sie mit der Zeit gelernt, sie hinzunehmen.

Als die Mutter gestorben war, hatte ihr vorzeitig verwitweter Vater versucht, die beiden Töchter so früh wie möglich mit den Söhnen der umliegenden Bauern zu verkuppeln. Albert Charlier hatte gehofft, seine Kinder würden mit ihren Männern auf den Hof ziehen und auf diese Weise sicherstellen, dass zwar nicht der Name, aber doch zumindest der Hof nach seinem Tod von der Familie weitergeführt werden würde. Sein Wunsch blieb unerfüllt. Immer wieder hatte er Anna und Gota gesunde, ehrliche Burschen mit aufrichtigem Blick vorgestellt, doch kein Einziger hatte die Gunst der Schwestern erlangen können. Ihre ernsten Gesichter und starken Körper hatten Gota derart amüsiert, dass sie regelmäßig in unkontrolliertes Gelächter ausgebrochen war, kaum dass ein Anwärter den Hof verlassen hatte, während Anna sich im Stillen um ihre Zukunft sorgte.

Trotz seiner theatralischen Wutausbrüche war Albert ein weichherziger Kerl, der es nicht fertigbrachte, seine Töchter unglücklich zu machen, nur um ein Stück Land zu retten. Außerdem hatte die Mutter ihren beiden Töchtern gewisse Manieren beigebracht, die den meisten Bauerntöchtern fremd waren. So kam Albert letztlich zu dem Schluss, dass er das gute Werk seiner Frau zunichte machen würde, wenn er Anna und Gota mit zwei ungeschlachten Bauernsöhnen vermählen würde.

Als Albert Charlier starb, fiel der Hof an seinen Bruder. Der Onkel war bereit, die beiden Mädchen durchzufüttern, solange sie bleiben wollten, doch die Schwestern zog es in die Stadt. Nichts hielt sie mehr in Åby. So erhielten sie eine großzügige Summe, die ihnen zusammen mit dem Erlös aus dem Verkauf des Klaviers einen Neubeginn in Stockholm ermöglichte. Gota fand bald Arbeit als Näherin, und Anna nahm an der Universität Unterricht in Musik, Kunst und Literatur. Recht bald verdingte sie sich als Hauslehrerin bei den wohlhabenden Familien der schwedischen Mittelschicht. Zu ihrer großen Freude fand sie schließlich eine Anstellung als Gouvernante von Johanna und Kalle Larsson. Schon zwei Jahre später sagte ihr Dienstherr oft, sie sei ein Teil der Familie. Die Kinder behandelten sie wie eine große Schwester, und Fru Larsson lud sie zu diversen gesellschaftlichen Anlässen sowie zu den musikalischen Abenden in ihrem Hause ein. Doch Anna fühlte sich nie recht wohl in Gesellschaft ihrer Dienstherrin. Sie hatte das Gefühl, für Fru Larsson Teil eines Projekts zu sein. Wie schon ihre Mutter war auch ihre Dienstherrin eifrig bemüht, Anna unter die Haube zu bringen. Doch sie hatte den Larssons nie von ihrer Herkunft erzählt, und das bereitete ihr zunehmend Sorgen. Die jungen Herren, die den Teegesellschaften und Musikabenden der Larssons beiwohnten, wollten keine Bauerntochter zur Frau, da war sich Anna sicher.

Im Gegensatz zu ihrer Schwester hatte Anna keine großen Ambitionen zu heiraten. In ihrem Alter wäre die Suche nach einer guten Partie ohnehin Zeitverschwendung. Obwohl sie selbst gern einmal Kinder gehabt hätte, war sie bei den Larssons sehr glücklich und hatte trotz Gotas Flehen nicht den Wunsch, ihr Leben zu verändern. Gota hingegen widmete sich seit ihrem sechzehnten Lebensjahr leidenschaftlich der Suche nach einem Ehemann. Allerdings vergaß sie dabei oft ihren Stand, wie Anna bemerkte. Ihre Schwester hatte zwar ein hübsches Gesicht und eine kurvenreiche Figur, doch eine Frau aus der Arbeiterklasse, die neben der Brauerei wohnte, konnte wohl kaum erwarten, dass ein Mann wie Erik Strindberg um sie warb. Warum Anna da mehr Glück gehabt hatte, blieb ihr ein Rätsel, wenn auch ein erfreuliches.

Gedankenverloren betrachtete Anna ihr Gesicht auf den beiden Porträts. Sie waren zwar völlig unterschiedlich, doch auf beiden war sie recht deutlich zu erkennen. Johanna hatte ihre Arbeit mit großer Akribie ausgeführt. Jedes Detail war genau festgehalten, doch die Tiefe fehlte. Kalle hatte sich Zeit gelassen, war weniger akkurat vorgegangen, aber Anna empfand sein Bild als stimmiger. Die breiten, mit Kohle ausgeführten Linien und Schattierungen erzeugten eine Dunkelheit, die Anna faszinierte. Weiter kam sie jedoch nicht, denn ihre Zöglinge unterbrachen sie in ihren Überlegungen.

»Wer sollte dich schon heiraten wollen, ob jetzt oder später?«, neckte Kalle seine Schwester. »Du bist eine Brillenschlange und hast lauter Sommersprossen. Über die Ehe brauchst du dir gar keine Gedanken zu machen.« Johanna warf ihrem Bruder ein Kissen ins Gesicht. Das stachelte ihn nur noch mehr an. Anna konnte gerade noch dazwischengehen und eine Kissenschlacht verhindern.

»Draußen ist es so schön. Gehen wir doch in den Park.«

»Aber um zwei müssen wir zurück sein«, warf Johanna ein.

»Wir dürfen auf keinen Fall zu spät kommen«, sagte Kalle ironisch. »Wir können Johannas zukünftigen Ehemann doch nicht warten lassen!«

Um Viertel vor zwei kehrten sie zurück, wuschen sich die Hände, und Johanna bat Anna, ihr die Haare zu bürsten und ihre Schleife neu zu binden. Pünktlich um zwei Uhr saßen alle drei artig im Salon und warteten auf den neuen Lehrer. Die Kinder hatten ihre Geigen auf dem Schoß bereitliegen, aber keiner kam. Anna sah auf die Uhr. Es war fünf Minuten nach. Johanna rutschte auf dem Sofa herum, um sich noch besser in Szene zu setzen, während Kalle ein Buch aus dem

Regal zog. Nach weiteren fünf Minuten stürzte Fru Larsson zur Tür herein.

»Ist der Geigenlehrer schon erschienen?« Anna schüttelte den Kopf.

»Seltsam. Das sieht ihm gar nicht ähnlich. Sicher gibt es einen triftigen Grund dafür.« Fru Larsson sprach, als würde sie den Mann kennen.

»Darf ich fragen, wie der Mann heißt, Fru Larsson?«, erkundigte sich Anna.

»Herr Strindberg. Nils. Er ist der Sohn von Oscar und Rosalie Strindberg und studiert an der Universität. Irgendeine Naturwissenschaft, wenn mich nicht alles täuscht. Ein sehr kluger junger Mann, und ein wunderbarer Violinist. Herr Larsson und ich waren früher häufig bei seinen Aufführungen zu Gast«, erklärte sie mit einem zufriedenen, unattraktiven Grinsen.

Anna schlug das Herz bis zum Hals. »Die Strindbergs sind in Stockholm recht bekannt, nicht wahr?«

»Richtig. Eine sehr angesehene Familie. Sie haben vier Söhne, Erik, Sven, Tore und Nils. Es ist ein großes Privileg, Nils als Lehrer für meine Kinder gewonnen zu haben. Meine Bekanntschaft mit der Familie hat dabei vermutlich eine Rolle gespielt. Nils Strindberg ist ein ausnehmend distinguierter junger Herr.«

Wenigstens handelte es sich nicht um Erik, dachte Anna. Aber seinen Bruder im Haus zu haben, war vermutlich auch nicht gerade angenehm.

Zwanzig Minuten nach der vereinbarten Zeit klingelte es endlich an der Tür. Johanna setzte sich kerzengerade hin und schob ihre Brille hoch. Kalle stellte das Buch zurück, während Anna Hildas Schritten lauschte. Nach kurzem Gemurmel betrat das Dienstmädchen den Salon. »Herr Strindberg ist eingetroffen.« Die Worte klangen wie eine Anschuldigung. In ihren zwei Jahren bei den Larssons hatte Anna gelernt, dass Hilda Unpünktlichkeit zutiefst verabscheute. Beim Dienstmädchen hatte sich Herr Strindberg also bereits unbeliebt gemacht. Hatte man Hilda erst einmal verärgert, war es schwer, sich wieder gut mit ihr zu stellen.

»Es tut mir schrecklich leid, dass ich mich so verspätet habe«, sagte der junge Mann beim Eintreten. »Meine Armbanduhr ist stehen geblieben, und ich war im Labor.« Hilda hob ungläubig die Brauen. »Und wie ich nun aussehe! Den ganzen Weg bin ich gerannt. Der erste Eindruck ist ein schlechter, fürchte ich. Ach, verzeihen Sie mir bitte mein wirres Geschwätz.«

Seine Demut überraschte alle Anwesenden. »Bitte grämen Sie sich nicht, Herr Strindberg«, sagte Fru Larsson, die aufgesprungen war und seine Hand ergriffen hatte. »Wie schön, Sie endlich wiederzusehen.« Anna und die Kinder erhoben sich und warteten darauf, dem neuen Lehrer vorgestellt zu werden.

»Das sind meine Kinder Johanna und Karl.« Strindberg gab beiden die Hand. Johanna machte einen koketten Knicks.

»Und das ist Fröken Charlier, unsere Gouvernante.« Lächelnd ergriff Anna die Hand des jungen Mannes, der sie kraftvoll schüttelte.

»Ich freue mich auf unsere Zusammenarbeit, Fröken Charlier.« Er hob seinen Geigenkoffer in die Höhe. »Wie ich hörte, spielen Sie Klavier? Und das sehr gut, sagte man mir. Ich hoffe, ich blamiere mich nicht.«

»Seien Sie unbesorgt, Herr Strindberg, das wird nicht passieren«, erwiderte Anna. Schmunzelnd ließ Strindberg den Blick durch den Salon wandern.

»Hilda«, sagte Fru Larsson. »Würden Sie bitte den Tee und etwas Limonade für die Kinder servieren?« Hilda nickte mit strenger Miene.

»Bitte machen Sie meinetwegen keine Umstände«, wehrte Strindberg ab. »Hilda, wenn meine Unpünktlichkeit Sie von Ihrer Arbeit abgehalten hat, dann bitte ich Sie hiermit um Entschuldigung.«

»So viel Zeit habe ich gerade noch«, erwiderte Hilda. »Sie sehen etwas erhitzt aus. Ein Glas Limonade würde Ihnen guttun.« Das Dienstmädchen verließ mit einem selten gesehenen Lächeln den Salon.

»Ich muss mich für Hilda entschuldigen, Herr Strindberg. Sie steht schon seit Jahren bei unserer Familie im Dienst. Ich fürchte, sie hält sich für die Dame des Hauses und glaubt, dass wir« – Frau Larsson machte eine umfassende Geste, die alle im Raum einschloss – »nur dazu da sind, ihr das Leben zu erleichtern. Dennoch scheint sie Ihnen zugetan.«

Strindberg lachte aus voller Kehle, und die Gruppe setzte sich. Bald kehrte Hilda mit Tee und Limonade zurück. Anna war beeindruckt von der Leichtigkeit, mit der Strindberg Konversation machte, sowohl mit den Kindern als auch mit den Erwachsenen. Er fesselte Johanna und Kalle mit Anekdoten über seinen jüngeren Bruder Tore, dem offenbar ständig allerlei amüsante Missgeschicke unterliefen. Die Kinder waren begeistert und bettelten um weitere Geschichten. Die versprach er ihnen für seinen nächsten Besuch. Er plauderte mit seiner Gastgeberin über gemeinsame Freunde der Familien, dann unterhielt er sich mit Anna über die Universität und ihr Studium und lauschte ihr mit großer Aufmerksamkeit.

Anna konnte nicht umhin, Nils mit seinem Bruder zu vergleichen. Er war kleiner und schmaler. Sie fand ihn recht attraktiv. Seine Gesichtszüge waren feiner als die seines Bruders Erik und sein Haar dunkler. Er trug einen schmalen Oberlippenbart, doch die tiefblauen Augen der Brüder waren identisch – klar und lebendig.

Der wahre Unterschied aber lag in der Persönlichkeit. Nils schenkte den Menschen in seiner Umgebung volle Aufmerksamkeit, selbst dem oft sinnlosen Geschwätz der Kinder lauschte er interessiert und war dabei stets zu Scherzen aufgelegt. Anna bemerkte, dass er sich überhaupt nicht um Konventionen scherte und zu jedem Gesprächspartner eine persönliche Verbindung herstellte. Irgendwann hatte er angefangen, sie mit den Vornamen anzusprechen, was ihr nichts ausmachte, im Gegenteil, ihr gefiel seine zwanglose Art.

In den Jahren, in denen Anna im Dienst von selbstbewussten Herrschaften in angesehenen Häusern gestanden hatte, war es ihr gelungen, ihre Manieren zu kultivieren. Sie hatte sich die Umgangsformen ihrer Dienstherren angeeignet und deren Unterhaltungen sowie deren Benehmen genau beobachtet. Doch nun ließ sie sich völlig gehen, kaum dass eine halbe Stunde vergangen war – wie töricht von ihr! Sie war ein wenig verlegen wegen ihrer unangemessenen Ausgelassenheit und warf Fru Larsson einen besorgten Seitenblick zu. Doch auch Fru Larsson war Nils Strindbergs Charme erlegen.

Nach einer Weile kam Anna zu dem Schluss, dass Nils Strindberg sich vor allem durch seine Bescheidenheit von seinem Bruder unterschied. Nils ging diskret mit seiner Selbstsicherheit um, sein Bruder Erik hingegen trug sie wie eine Rüstung. Während Nils munter mit den Kindern plauderte, dachte Anna noch einmal genau über ihr Treffen mit seinem Bruder nach, das erst einige Wochen zurücklag.

»Nun, meine jungen Mariachis, was wollen wir spielen?« Strindbergs Stimme riss Anna aus ihren Gedanken. Johanna und Kalle waren verwirrt. »Denkt euch nichts, so heißen Musiker in Mexiko.«

»Waren Sie schon mal in Mexiko?«, fragte Kalle wissbegierig.

»Darüber erzähle ich euch ein anderes Mal. Jetzt geht's an die Arbeit.«

Fru Larsson empfahl sich. Auf dem Weg hinaus bedachte sie Anna erneut mit einem zufriedenen Lächeln. Und da dämmerte ihr, dass Nils Strindberg engagiert worden war, um Anna zu einer guten Partie zu verhelfen.

»Anna, würden Sie uns bitte begleiten?« Strindberg holte seine Geige und einen Stapel eselsohriger Noten aus seinem Koffer. »Händels Triosonate in g-Moll. Kennen Sie die?«

»Ich glaube nicht, aber ich werde mich schon durchkämpfen.« Lächelnd legte Anna die Finger auf die Tasten.

»Oh, Sie haben aber große Hände!«, rief Strindberg.

Hastig zog Anna ihre Hände zurück und legte sie in den Schoß. Es war ein Reflex, doch sie wusste genau, wie albern das wirken musste. Ihre Hände waren das Einzige, was Anna an ihrem Körper störte. Sie waren groß und kräftig. Gota nannte sie immer »Bauernhände«.

Kalle lachte: »… damit ich besser spielen kann!« Strindberg und Johanna stimmten in das Gelächter ein, und es dauerte

nicht lange, da konnte auch Anna sich nicht mehr zurückhalten und kicherte mit.

Als die vier sich wieder beruhigt hatten, sammelten sie
sich und ordneten die Noten. Kurz darauf erfüllte ihre Musik das Haus, sehr zu Hildas Ärger.

Kapitel 8

STOCKHOLM, SCHWEDEN
AUGUST 1894

Als der Sommer sich dem Ende zu neigte, war Strindberg bereits zu einem regelmäßigen Gast der Familie Larsson geworden. Aus einer Geigenstunde in der Woche waren rasch zwei und am Ende sogar drei geworden. Seit Juli war Strindberg bereits öfter in der Gåsgränd 6 anzutreffen als irgendwo sonst in Stockholm. Während Johanna und Kalle große Fortschritte beim Geigenspiel machten, entwickelte sich zwischen dem Lehrer und der Gouvernante eine feste Freundschaft. Im August trafen sich die beiden auch an Sonntagen, und zwar außerhalb des Hauses. Normalerweise besuchten sie dann Museen oder Galerien oder gingen im Park spazieren. Gelegentlich unternahmen sie auch eine Radtour oder Wanderung. In seiner Gesellschaft plauderte Anna mit einer Unbeschwertheit, die sie nie zuvor erlebt hatte. Selbst Gota erzählte sie nicht alles, was sie bewegte, denn die Schwester neigte zu Kritik und vorschnellen Urteilen.

Obwohl Anna und Nils nur Freundschaft verband, setzte Anna alles daran, die neue Beziehung vor ihrer Schwester zu verheimlichen. Sie freute sich, mit Nils befreundet zu sein, und drängte ihn nicht zu mehr. Das würde Gota nie verstehen.

Vor Gota konnte Anna ihre Beziehung zu Nils Strindberg verbergen, doch Margrit Larsson wusste schon recht früh Bescheid. »Mir scheint, Herr Strindberg hat Sie regelrecht ins Herz geschlossen, Anna«, flötete sie eines Morgens, und bei einer anderen Gelegenheit flüsterte sie ihr im Vorübergehen ins Ohr: »Mir ist aufgefallen, dass Sie sehr viel Zeit mit Herrn Strindberg verbringen. Sind Sie schon seinen Eltern vorgestellt worden?« Eines Nachmittags rief Fru Larsson Anna zu sich. »Meine Liebe, Sie stehen offensichtlich in einer engen Verbindung zu Herrn Strindberg. Wie sollen wir Ihrer Meinung nach weiter verfahren?«

»Verzeihung?«

»Nun, da Ihr Vater nicht mehr unter uns weilt, wäre es vielleicht angemessen, dass mein Mann mit Herrn Strindberg über Ihre Zukunft redet, finden Sie nicht?«

»Über was, Madame? Ich bin nicht sicher, was Sie meinen.«

»Anna.« Margrit setzte sich neben sie aufs Sofa und legte Annas Hand in ihre. Sie duftete stark nach ihrem Parfüm. Gardenien, dachte Anna. »Hat Herr Strindberg Sie über seine Absichten unterrichtet? Hat er schon über eine Heirat gesprochen?«

»Herr Strindberg und ich sind kein Liebespaar, Madame. Wir sind lediglich befreundet.«

»Ehen sind schon auf ganz anderen Fundamenten entstanden, meine Liebe.«

»Ich danke Ihnen für Ihre Anteilnahme, aber ich habe nicht die Absicht, unsere Verbindung offiziell zu machen. Herr Strindberg wäre bestimmt ähnlicher Meinung.«

»Sind Sie sicher?«, fragte Fru Larsson lächelnd. »Er scheint mir aber ein hingebungsvoller Verehrer zu sein. Hat er Ihnen denn nie Avancen gemacht?«

»Nein!«, widersprach Anna heftig. Sie war sicher, dass Nils keinerlei romantische Gefühle für sie hegte, schließlich galt seine ganze Aufmerksamkeit dem Studium und der Arbeit. Im September würde Nils wieder an die Universität zurückkehren und damit zweifellos aus ihrem Leben verschwinden.

Fru Larsson lächelte erneut. »Wirklich, Anna, das dauert mir nun schon lange genug. Es muss etwas passieren. Wir müssen die Verbindung offiziell machen. Ich kann es nicht zulassen, dass Ihr Ruf Schaden nimmt.«

Sobald sich eine günstige Gelegenheit bot, zog Anna sich zurück und ging Fru Larsson fortan aus dem Weg. Wenn Sie ihre Herrin hörte, räumte sie hastig mit den Kindern das Feld. Sie wollte über dieses Thema nicht reden, doch nun, da es einmal zur Sprache gekommen war, konnte sie es auch nicht mehr aus ihrem Kopf verbannen.

Wie Gota schien Margrit Larsson die Ehe als ultimatives Ziel zu betrachten. Schon als kleines Mädchen hatte Gota ständig darüber geredet, wie man am besten einen Mann finden könne. Gota suchte einfach einen Mann, der ihr eine abgesicherte und zufriedene Zukunft garantierte, aber keinen Seelengefährten. Vielleicht würde sich mit etwas Glück in solch einer Beziehung irgendwann auch so etwas wie Zuneigung einstellen, doch Gota würde nie auf eine gute Partie verzichten, nur weil sie nicht verliebt war.

Sie musste daran denken, wie zornig Gota gewesen war, als sie Erik zurückgewiesen hatte, weil sie ihre Schwester nicht hatte kränken wollen. Sie hatte Gota immer für selbstsüchtig gehalten, doch damals hatte Annas Rücksichtnahme die Schwester offenbar erst richtig erzürnt.

Manchmal, wenn sie von den Larssons nach Hause ging,

überlegte sie, wie es wäre, mit Nils verheiratet zu sein, ein gutes Haus zu führen, einen guten Mann und wunderbare Kinder zu haben. Anna hatte oft genug miterlebt, wie Margrit Larsson zu Veranstaltungen ging und Empfänge gab, um zu wissen, wie das Leben einer Ehefrau in der Mittelschicht aussah. Angenehm schien es zu sein, besonders, wenn man es mit einem liebevollen, klugen und zuvorkommenden Mann teilte. Vielleicht erwartete Anna einfach zu viel, wenn sie sich neben Liebe und Bewunderung auch Respekt und Zuneigung wünschte.

Außerdem fragte sie sich, ob sie Nils' Gefühle richtig eingeschätzt hatte. Da Fru Larsson zu glauben schien, er fühlte sich zu ihrer jungen Gouvernante hingezogen, fürchtete Anna, ihm vielleicht falsche Hoffnungen gemacht zu haben. Es war ihr unangenehm, die Beziehung weiterzuführen, ohne Klarheit über ihre jeweiligen Erwartungen zu haben, andererseits erschien es ihr unmöglich, das Thema offen anzusprechen, ohne aufdringlich zu wirken.

Ihrer Schwester hatte sie die Freundschaft zu Nils nur verheimlicht, weil Gota »kein Verständnis« dafür haben würde, und sie hatte sich immer wieder eingeredet, dass auch Margrit Larsson die besonderen Feinheiten ihrer Beziehung nicht nachvollziehen könnte. In Wahrheit, musste sie zugeben, war sie sich selbst nicht ganz im Klaren darüber, was sie und Nils eigentlich verband.

Anna hatte sich so daran gewöhnt, mit Nils über ihre Befindlichkeiten zu reden, dass es ihr schwerfiel, über ein solches Problem allein nachzudenken. Schließlich konnte sie die Unsicherheit nicht mehr ertragen und beschloss, mit ihm über ihre Freundschaft zu reden. Es war an einem Sonntagnachmittag, als die beiden gerade das Naturkundemuseum verließen.

Nils nahm ihren Arm und steuerte auf das Café im Park zu. Anna lächelte, dann fragte sie schüchtern: »Was bedeuten dir unsere Treffen eigentlich?«

»Was meinst du damit?«, fragte Nils.

»Na, ja, die Leute fangen langsam an, über uns zu tuscheln«, erklärte sie.

»Mit ›Leuten‹ meinst du Margrit Larsson, nehme ich an?«

Anna nickte schuldbewusst.

»Die Frau muss sich in alles einmischen. Margrit Larsson erfindet Skandale zu ihrer Unterhaltung.«

»Ich würde aber trotzdem gern wissen …«

»… welche Absichten ich hege?«

»Nein, das ist es nicht. Ach, das ist alles so schwierig. Es tut mir leid … ich möchte gern wissen, was du für mich empfindest. Mehr nicht.«

»Das ist eine angemessene Frage«, befand Nils. »Ich mag dich sehr gern, Anna. Du bist mir sehr wichtig geworden. Wenn ich ehrlich bin, komme ich nicht wegen Johannas und Kalles musikalischer Erziehung so oft ins Haus.«

Anna spürte, wie ihr das Blut in die Wangen schoss. »Ich danke dir für deine Aufrichtigkeit. Ich genieße unsere gemeinsame Zeit ebenfalls sehr.«

»Da ich noch nie verliebt war, weiß ich nicht genau, wie es sich anfühlt, aber ich glaube, dass es sein könnte. Dass ich dich liebe, meine ich. Immer wieder habe ich das Bedürfnis verspürt, dich zu küssen. Wenn du also einverstanden bist, sollte ich dir vielleicht offiziell ›den Hof machen‹, so heißt das doch wohl?«

»Oh … ja, ich glaube schon. Du meine Güte.« Sie blieb stehen und setzte sich einfach ins Gras. Lächelnd ließ Nils sich neben ihr nieder. Er legte sich hin, verschränkte die Hände im Nacken und spähte durch das Laub in den Himmel.

Was für ein sonderbarer Antrag, dachte sie, aber offenbar ehrlich gemeint. Sie betrachtete Nils von der Seite. Er hatte die Augen geschlossen.

Nils Strindberg war Naturwissenschaftler und Rationalist, mit Romantik hatte er wenig im Sinn. Vielleicht hatten Gota und Margrit Larsson ja recht: Mehr konnte sie nicht erwarten. Womöglich war die Vorstellung von der großen romantischen Liebe ohnehin ein Märchen.

Natürlich hegte sie Gefühle für diesen jungen Mann an ihrer Seite. Er war ihr wichtig, sie schätzte seine Meinung, genoss seine Gesellschaft – aber war das Liebe? Nils brachte ihr Achtung, Vertrauen und aufrichtige Zuneigung entgegen, sagte sie sich. War es Unsinn, mehr zu verlangen?

Nils drehte sich auf die Seite und stützte den Kopf auf. »Nun, was sagst du dazu?«

Bevor sie antwortete, musterte sie kurz sein gespanntes, ehrliches Gesicht. Sie wollte ihn auf keinen Fall kränken.

»Ja, du hast recht. Vielleicht sollten wir unsere Beziehung bekannt machen.«

»Hervorragend!«, rief er, sprang auf und zog Anna mit sich auf die Füße. »Gehst du mit mir in die Fotografieausstellung? Das ist eine exzellente Gelegenheit, meine Familie kennenzulernen.«

»Ausstellung?«

»Dazu habe ich dich doch sicher eingeladen. Oder nicht? Nun, ich habe einige meiner Fotografien bei einem Wettbewerb eingereicht. Sie werden nächsten Samstag im Schloss ausgestellt. Dann wird auch der Gewinner bekannt gegeben.«

»Wirklich? Es wäre mir eine Ehre mitzukommen. Danke für die Einladung.«

Auf dem Weg ins Café nahm Nils Annas Hand, sodass sie sich bei ihm einhaken konnte. Dabei drückte er zufrieden ihre Finger. Mit dieser zärtlichen Geste nahm ihre Verbindung neue Formen an.

Kapitel 9

*Als ich heute Morgen im Zelt saß und versuchte, den Primus-Kocher
anzuzünden, erinnerte ich mich daran, wie Tore und ich als Kinder
im Garten zelteten. Mein Bruder hatte das Zelt ganz allein aufgestellt,
bevor er mich einlud, mit ihm darin zu übernachten. Ich zögerte
zunächst, denn es war erst März und die Nächte noch sehr kühl, doch
er war so aufgeregt, dass es herzlos gewesen wäre, ihn zu enttäuschen.
Über dem Primus, ein Geburtstagsgeschenk von Mama und Papa,
erhitzte er etwas Suppe aus der Küche. Nach dem Essen legten wir uns
ins Gras und betrachteten den nächtlichen Himmel. Ich erklärte ihm
die Sternbilder und sagte ihm, wie sie hießen. Kurz bevor er einschlief,
gestand er mir, er habe eine großartige Nacht unter Brüdern genossen.*

Nils Strindbergs Tagebuch, 3. August 1897

STOCKHOLM, SCHWEDEN
SEPTEMBER 1930

Stubbendorff stand vor dem Haus in der Lilla Nygatan. Er
war zwar nicht sicher, was er sagen oder wie er sein Vorgehen
erklären sollte, doch er läutete trotzdem.

Ein hübsches junges Mädchen kam an die Tür und schenkte ihm ein warmherziges Lächeln. Sie trug einen Umhang aus
leichtem, fein gemustertem Stoff, der womöglich mal ein Bade-

mantel gewesen war. Er wurde an ihrer Taille mit einem Stoff-
gürtel zusammengehalten.

»Hallo, ich bin Knut Stubbendorff. Ich habe gestern angerufen und bin mit Herrn Strindberg verabredet. Ist er da?«

»Selbstverständlich. Er erwartet Sie bereits in seinem Atelier.« Die Frau öffnete ihm die Tür, und Stubbendorff betrat
das Haus der Familie Strindberg. Während er Hut und Mantel auszog, ließ er seinen Blick durch den Eingangsraum wandern. Das Haus war kein Prachtbau, im Gegenteil. Nach seiner
Rückkehr aus Tromsø hatte der Reporter sich in den Archi-
ven über die Familie informiert. Er war davon ausgegangen,
dass ein prominenter Mann wie der mittlerweile verstorbene
Patriarch Oscar Strindberg und dessen Söhne angesichts ihrer herausragenden Leistungen und gesellschaftlichen Stellung ein imposanteres Anwesen ihr Eigen nennen würden.
Doch dieses Haus war einfach nur einladend und gemütlich.
Der Nachmittag war bereits fortgeschritten, und durch die
offene Tür konnte Stubbendorff im Kamin ein Feuer flackern
sehen, das den Salon in ein warmes Licht tauchte.

Die Frau nahm seinen Mantel und legte den Hut an der
Garderobe ab. Ihr Haar war zu einem lockeren Zopf geflochten-
ten, der ihr lang über den Rücken herabhing, und sie trug keine Schuhe. Es musste sich wohl um Strindbergs Frau handeln.
Als sie sein Zögern bemerkte, lächelte sie ihm aufmunternd
zu und bat ihn mit einer Handbewegung, ihr durch den Flur
zu folgen. Mit leichten Schritten bewegte sie sich über den
fadenscheinigen weinroten Läufer. Stubbendorff ließ seinen
Blick von ihren zierlichen Füßen über die langen Beine bis
zum Gesäß hinauf wandern. Der Stoff ihres Mantels war fast
durchsichtig.

Offenbar spürte sie Stubbendorffs Blick, denn sie drehte sich um und zog kurz die Brauen hoch. Er spürte, wie ihm die Schamesröte in die Wangen stieg.

Während er der Frau weiter durch den Flur in den rückwärtigen Teil des Hauses folgte, bemerkte er erstaunt, dass an den Wänden überall Gemälde hingen, sodass kein Fleck mehr frei war. In den bunten Darstellungen erkannte er Bilder Kandinskys und Carl Larssons, daneben ein Porträt von August Strindberg, das von Edvard Munch stammte. Hier, dachte Stubbendorff, hängt die wohl demokratischste Sammlung der Welt. Die Werke großer Künstler hingen direkt neben denen bedeutungsloser Maler. Sogar mit seinem Laienverstand erkannte er, dass einige Bilder lediglich grobe Entwürfe zeigten.

Skulpturen zierten sämtliche Tische und Kommoden. Manche Formen waren undeutlich und unverständlich, bei anderen handelte es sich um Büsten von Männern und Frauen. Wie die Bilder, so waren auch viele der Skulpturen unfertig oder beschädigt.

Das Haus, so überfüllt es auch sein mochte, übte auf Stubbendorff eine große Faszination aus. Als Zeitungsreporter war er es gewohnt, dass seine Arbeit auf Seitenlänge gekürzt wurde. Während der ersten Monate in der Redaktion hatte er entsetzt zugesehen, wie seine Artikel zusammengestrichen oder in eine neue, ihm völlig fremde Form gebracht wurden. Beschreibende Passagen, die die Neugier des Lesers wecken sollten, wurden als überflüssig und selbstgefällig erachtet. Jeder Strich aus Bergmans roter Feder war eine tödliche Wunde. Zu schnell hatte er sich gefügt und seinen Schreibstil verknappt, dachte er wehmütig. Doch das gehörte eben dazu, wenn man überleben wollte. Sich anpassen oder untergehen. Doch hier, in dieser kreativen Unordnung, bereute er, dass er sich so schnell angepasst und seine Fantasie an die Kandare genommen hatte. Er befand, nie ein schöneres Haus betreten zu haben.

Die Frau klopfte leise an die Tür zum Atelier, an der ein Schild mit der Aufschrift »Bitte nicht stören. Forscher bei der Arbeit« hing. Ein Hüne öffnete ihnen. Er trug einen beinahe grotesken Schnurrbart, der sowohl seine Ober- als auch die Unterlippe bedeckte und ihm das Aussehen eines neckischen Affenpinschers verlieh. Sein weißer Kittel war voller Farbkleckse, ebenso die Hand, die der Mann seinem Gast entgegenstreckte. Stubbendorff war etwas überrascht, hatte er in seiner Einfalt doch den dreizehnjährigen Jungen aus Nils Strindbergs Tagebuch erwartet. Mit jenem jungen Burschen war der Journalist mittlerweile sehr vertraut, und ihn hatte er auch zu treffen gehofft. Welche Enttäuschung, dass ihm nun ein erwachsener Mann entgegentrat.

»Guten Tag, Herr Stubbendorff. Bitte, Agneta, bring uns Tee und ein paar Kleinigkeiten.« Die Frau zog sich rasch zurück, während Stubbendorff in das geräumige Atelier geführt wurde. Er erhaschte noch einen letzten Blick auf sie, bevor sie die Tür hinter sich schloss. »Sie ist eine Schönheit, nicht wahr?«, sagte Tore. Stubbendorff nickte. »Agneta ist meine Haushälterin, Sekretärin, ehemalige Muse, gelegentliches Modell. Ohne sie wäre ich verloren.«

Stubbendorff nickte erneut, denn er hoffte, auf diese Weise klüger zu wirken, als er sich vorkam.

Der Künstler wies seinem Gast einen zerschlissenen Sessel in der Ecke an. Stubbendorff konnte sich gar nicht sattsehen, so begeistert war er von diesem geräumigen Zimmer, doch Strindberg kam ohne Umschweife zur Sache.

»Ich bin Ihnen sehr verbunden, dass Sie mich aufgesucht haben, Herr Stubbendorff. Wir, also meine Familie, hatten eine Reise nach Tromsø in Erwägung gezogen, um Nils' Ankunft beizuwohnen. Aber ein solcher Zirkus! Nein, damit wollten wir nichts zu tun haben. Ziemlich pietätlos. Doch ich bin sehr interessiert an einem Gespräch mit dem Mann, der den Ort besucht hat, an dem mein Bruder den Tod gefunden hat.«

Beschämt rutschte Stubbendorff auf seinem Sitz herum. »Nur unter größter Zurückhaltung habe ich an den Feierlichkeiten teilgenommen. Die Pläne der Zeitung waren mir nicht bekannt. Kurz darauf habe ich meine Stellung gekündigt.«

»Ein Mann mit Prinzipien. Wie erfreulich! Ich nehme an, das *Aftonbladet* will einen Teil des Kuchens abbekommen, schließlich hat man lange darauf warten müssen. Aber genug von diesen Geiern. Erzählen Sie mir von Ihrer Reise.«

Agneta kehrte mit Tee und Butterbroten zurück. Tore erhob sich und half ihr, den Tisch zu decken. Stubbendorff bemühte sich, der jungen Frau sein würdevollstes Lächeln zu schenken.

»Ich wünsche euch einen wunderbaren Nachmittag«, sagte sie. »Wenn du noch etwas brauchst, gib mir bitte Bescheid.« Als sie dicht an Stubbendorff vorbeiging, roch er ihren Seifenduft.

Tore setzte sich wieder. »Wo waren wir stehen geblieben? Ach ja, Ihre Reise.«

Stubbendorff wusste nicht, wo er beginnen sollte. »Eine unglaubliche Erfahrung. Ich fühle mich geehrt, dass ich das alles sehen durfte. Ihr Lager war noch genau so, wie sie es zurückgelassen hatten …«

»Für die Ewigkeit eingefroren, sozusagen.«

»Ja, genau. Doch aus unerfindlichen Gründen war es an mir, sie aus der Ewigkeit zurückzuholen.«

»Sie sind Journalist, nicht wahr? Möchten Sie Ihre Geschichte niederschreiben?«

»Nein, darum geht es mir nicht.« Stubbendorff trank einen Schluck Tee. Er rang um die richtigen Worte. »Ich habe die Tagebücher gefunden. Es war klar, dass es sich um drei Männer mit außergewöhnlichen Fähigkeiten handelte. Das Tagebuch Ihres Bruders hat mich besonders bewegt. Er sprach mit wirklich sehr warmen Worten von seiner Familie und hat Sie alle offenbar von ganzem Herzen geliebt.«

»Er besaß einen außerordentlichen Verstand, hatte großes Talent und war sehr charmant«, sagte Strindberg. »Ich habe ihn sehr geliebt. Als Nesthäkchen der Familie wurde ich von meinen Brüdern Erik und Sven entsprechend behandelt, aber Nils begegnete mir stets mit Respekt. Weil er in mir so viel mehr erkannte als jeder andere, galt ihm meine ganze Liebe. Dies hier war sein Arbeitszimmer.« Er machte eine weit ausholende Handbewegung, die das ganze Zimmer einschloss. »Ich kann mir nicht vorstellen, irgendwo anders zu arbeiten.«

Unvermittelt erhob sich Strindberg und trat an einen Tisch vor dem Fenster. Er stand voll kleiner Skulpturen, die wie Tänzer in einem Ballsaal wirkten. Er wählte eine aus und brachte sie Stubbendorff zur genaueren Betrachtung.

»Die habe ich an der Akademie angefertigt. Sie sieht zwar nicht genauso aus wie er, aber so habe ich ihn in Erinnerung.«

Es war die Skulptur eines jungen Mannes in Hemdsärmeln. Auch seine Hose war aufgekrempelt, fast bis zum Knie. Den Kopf hatte er vor Lachen in den Nacken geworfen, und in den Händen hielt er ein kleines Segelboot. Der Ausdruck vollkommenen Glücks, den das Gesicht der Figur ausstrahlte, schien die Realität zu überhöhen.

»Meine Lehrer waren mit der Ausführung nicht zufrieden, doch die Arbeit an diesem Werk hat mich geläutert.«

»Es ist Ihnen sehr gut gelungen.« Stubbendorff erhob sich, um die Skulptur genauer in Augenschein zu nehmen. »Ich kenne nur wenige Bilder von Ihrem Bruder, doch nach allem, was ich aus seinen Niederschriften entnehmen konnte, haben Sie seine Persönlichkeit wirklich gut getroffen.«

»Das würde ich auch gern so sehen. Meine erste Frau behauptete, ich hätte meinen Bruder mit diesem Werk zu einem Gott erhöht. Als ich ihn das letzte Mal sah, war ich dreizehn Jahre alt, und mein Bruder war ein Idol für mich. Vermutlich betrachte ich ihn noch immer mit dem begeisterten Blick eines Jungen.« Er schwieg kurz. »Er war auch ein wunderbarer Musiker. Spielte hervorragend Geige. Damit hätte er berühmt werden können. Er war hoch begabt. Viel besser als ich.«

»Ja, in seinem Tagebuch schrieb er etwas über das Geigenspiel. Sie haben stundenlang mit ihm zusammen geübt, nicht wahr? Und seine Verlobte, Anna Charlier, spielte Klavier, wenn mich nicht alles täuscht?«

»Ja, richtig. So haben die beiden sich kennengelernt. Sie arbeitete als Gouvernante bei einer angesehenen Familie und gab den Kindern Geigenunterricht.«

»Wissen Sie, ob Anna Charlier noch in Stockholm lebt?«

Strindberg stellte betont vorsichtig seine Tasse auf den Tisch und räusperte sich. »Nein, ich glaube nicht. Ich kenne viele Leute, die ihrerseits wieder einen großen Bekanntenkreis in Stockholm haben, und ich bin sicher, ihr Name wäre irgendwann einmal gefallen, wenn sie noch hier leben würde. Es gab keine Eltern, aber ich glaube, sie wohnte mit ihrer Schwester zusammen.« Strindberg nahm seine Brille ab und rieb sich das Nasenbein, während er versuchte, sich den Namen wieder ins Gedächtnis zu rufen. »Es liegt mir auf der Zunge … Gota!«, rief er schließlich triumphierend. »Nach Nils' Abreise kam Anna immer seltener zu uns. Sein Verschwinden hat sie schwer getroffen. Seit damals habe ich nichts mehr von ihr gehört. Warum fragen Sie?«

»Im Tagebuch Ihres Bruders stieß ich auf mehrere Briefe an Anna Charlier, die er ihr während der Expedition geschrieben hat. Ich dachte, dass sie sie vielleicht lesen möchte.« Er gab Strindberg Zeit, über seinen Vorschlag nachzudenken. »Sie sind sehr persönlich. Wunderschön zu lesen.« Zögernd fügte er hinzu: »Dieses Tagebuch habe ich der wissenschaftlichen Kommission vorenthalten.« Er schämte sich ein wenig und fürchtete, damit den Groll seines Gastgebers zu erregen.

Doch Strindberg war amüsiert. »Keine Sorge, mein Lieber«, sagte er. »Private Herzensangelegenheiten gehen die Kommission auch nichts an. Wenn Sie Anna ausfindig machen können, hat sie ein gutes Recht darauf, diese Briefe zu lesen, auch wenn sie sie mit dreißig Jahren Verspätung erhält.«

Strindberg klopfte seinem Gast herzlich auf die Schulter, bevor er sich wieder seinem Tee widmete. Stubbendorff interpretierte die Geste als Zustimmung.

»Würden Sie das Tagebuch gern lesen? Ich habe es dabei.«

Strindbergs Miene wurde ernster. Er stützte den Kopf auf

die Hände und seufzte laut. Als er sich wieder aufrichtete, sah Stubbendorff die Tränen in seinen Augen. »Nein. Es waren seine persönlichen Aufzeichnungen, und er hätte nicht gewollt, dass sein kleiner Bruder die liest. Vorbei ist vorbei, wie man so schön sagt, obwohl damals einige Dinge geschehen sind, die ich gern ändern würde. Wenn man jung ist, handelt man allzu leicht aus einem Impuls heraus.«

Mit diesen Worten zog Strindberg ein Taschentuch hervor und putzte sich geräuschvoll die Nase. »Möchten Sie sehen, woran ich gerade arbeite, Herr Stubbendorff?«

»Ja, sehr gern.«

Der Künstler trat an seine Staffelei und nahm ein schwarzes Skizzenbuch herunter. Doch die Seite, die er seinem Gast präsentierte, war leer.

»Die Stadt hat angefragt, ob ich ein Denkmal zu Ehren meines Bruders entwerfen könnte. Natürlich habe ich zugesagt, aber jetzt habe ich ein Problem. Ich bin völlig blockiert. Meine Liebe zu Nils erweist sich als größtes Hindernis. Es fällt mir unendlich schwer, eine Skulptur zu erschaffen, die jeden einzelnen der drei Männer gleichermaßen würdigt. Meine bisherigen Überlegungen und Entwürfe waren viel zu allgemein und wurden keinem von ihnen gerecht.«

Stubbendorff war verwundert, aber auch geschmeichelt, dass Strindberg sich ihm anvertraute. »Vielleicht wäre es einfacher, sich auf die Ereignisse zu konzentrieren und nicht auf die Personen? Versuchen Sie, die Persönlichkeiten einfach zu vergessen«, meinte er.

Bei diesem Vorschlag schien ein Ruck durch den Mann zu gehen. Er war bass erstaunt. Als er schließlich Worte fand, klang er wie elektrisiert.

»Ein exzellenter Vorschlag, Herr Stubbendorff! Vielleicht will ich zu viel auf einmal. Ich sollte mich auf das Wesentliche konzentrieren, es einfacher machen.«

Der Journalist nickte zustimmend. Strindbergs Reaktion erstaunte ihn. Als er auf seine Armbanduhr schaute, fiel ihm ein, dass er sie noch immer nicht repariert hatte.

»Es freut mich, dass ich Ihnen helfen konnte«, sagte er und erhob sich. »Meine Uhr ist stehen geblieben. Können Sie mir sagen, wie spät es ist?«

»Fast fünf«, erwiderte Strindberg lachend. »Sie erinnern mich an meinen Bruder, Herr Stubbendorff. Seine Uhr funktionierte auch nie. Wenn er nicht gerade vergessen hatte, sie aufzuziehen, zog er sie zu weit auf oder legte sich damit in die Badewanne. Irgendwann hat er sie dann nicht mehr reparieren lassen und gescherzt, dass sein Gehalt dafür nicht reiche. Doch er nahm sie nie ab.«

»Meine ist auf Kvitøya stehen geblieben. Ich hatte noch keine Gelegenheit, sie reparieren zu lassen. Seitdem habe ich ständig Angst, zu spät zu kommen.«

»Ich glaube, es gehörte zur einzigartigen Persönlichkeit meines Bruders, dass er sich nicht um die Zeit scherte.«

»Wieso glauben Sie das?«

»Weil er sich nie beeilt hat. Er war immer sehr gelassen, egal, was passierte. Und was viel wichtiger für mich war, er hatte immer Zeit für seinen kleinen Bruder.«

Stubbendorff ging zur Tür. »Es ist schon spät. Ich will Sie nicht länger von der Arbeit abhalten. Ich bin schon gespannt auf die Skulptur.« Bei diesen Worten lächelte er und wies auf die leere Seite im Skizzenbuch.

Die Männer gingen schweigend über den vollgestellten

Flur. An der Haustür ergriff Strindberg den Arm seines Gastes. Stubbendorff spürte den Druck seiner Finger. Der Künstler war nur wenig größer als er selbst, und er stand so dicht vor ihm, dass er seinen Atem auf dem Gesicht spürte.

»Wenn Sie Anna finden, Herr Stubbendorff, richten Sie ihr bitte aus, dass ich sie gern sehen würde. Vor langer Zeit habe ich sie mit meinen Worten sehr verletzt. Das würde ich gern wiedergutmachen.«

Stubbendorff neigte fragend den Kopf.

»Ich habe ihr einmal großes Unrecht getan«, erklärte Strindberg nur, doch die Scham stand ihm ins Gesicht geschrieben.

Stubbendorff trat auf den Gehsteig hinaus und fragte sich, was er als Nächstes tun sollte. Er schaute nach rechts, dann nach links, und schließlich fiel sein Blick auf das kleine Café gegenüber. Er überquerte die Straße, so rasch ihn seine kurzen Beine trugen. Kaum hatte er sich vor einer Tasse süßem schwarzem Kaffee niedergelassen, zückte er sein zerschlissenes Notizbuch und notierte sich alle Einzelheiten der soeben geführten Unterhaltung.

Kapitel 10

PHILADELPHIA, PENNSYLVANIA, USA
JULI 1876

»Bitte greifen Sie zu, Mr Andrée«, sagte John Wise.

Andrée nahm Messer und Gabel und drehte das Besteck hin und her, ohne den Blick vom Teller abzuwenden. Wise schaute dem Treiben eine Weile neugierig zu, dann sagte er: »Meine Güte, Sie sind ja nur noch Haut und Knochen. Jetzt essen Sie endlich!«

Das tat er. Die Männer schwiegen, bis Andrée aufgegessen hatte, den Kopf hob und vorsichtig Messer und Gabel auf den Teller legte. Wise schob seinem Gast die Fleischplatte hin. Der junge Schwede nahm sich eine zweite Portion und hatte sie bereits verzehrt, als Wise noch bei seiner ersten Portion war. Andrée trank zwei große Gläser Wasser und wartete.

»Sie haben anscheinend schon lange keine vernünftige Mahlzeit mehr zu sich genommen, Mr Andrée«, bemerkte Wise.

Der junge Mann schüttelte den Kopf und lächelte verschämt.

»Warum nicht?«

»Ich habe kein Geld. Beim Schwedischen Pavillon habe ich ehrenamtlich gearbeitet, weil es beim Konsulat keine freien Stellen gab. Ich bin dort Portier.«

»Sie sind seit Mai in Philadelphia, richtig?«

Andrée nickte.

»Wie haben Sie dann die letzten beiden Monate gelebt?«

»Sparsam.«

Wise war amüsiert, aber die ehrliche Antwort des blassen Mannes entsetzte ihn auch. »Glauben Sie mir, Mr Andrée, Sie sehen nicht gut aus. Sie sind bleich und abgemagert. Wenn Sie sich nicht besser um sich kümmern, werden Sie bestimmt krank. Dann war Ihre ganze Arbeit umsonst.«

Andrée war tatsächlich ziemlich ausgemergelt. Zwar konnte er sich nicht erinnern, wann er sich das letzte Mal im Spiegel gesehen hatte, aber jedes Mal, wenn er sich über die Wangen strich, spürte er es selbst. In dem feuchten Kellergeschoss der Pension, in der er wohnte und die er gegen Kost und Logis instand hielt, musste man ja krank werden. »Warum sind Sie nach Philadelphia gekommen? Ich hoffe, Sie haben die weite Reise nicht nur auf sich genommen, um mich zu sehen?«

»Selbstverständlich bin ich an der Ballonfahrt interessiert. Aber ich bin auch Ingenieur, und als solcher möchte ich möglichst viel von der Weltausstellung sehen. Um meine Gesundheit kann ich mich sorgen, wenn ich wieder in Stockholm bin. Ich danke Ihnen für Ihre Anteilnahme, Mr Wise, aber ich bin heute bei Ihnen, um mit Ihnen über die Ballonfahrt zu sprechen.«

Einmal mehr war Wise von der direkten Art seines jungen Gastes beeindruckt. Er wagte zu bezweifeln, dass er mit nur dreiundzwanzig Jahren den Mut besessen hätte, derart freimütig mit einem Gentleman zu sprechen, der dreimal so alt und erfahren war wie er selbst. Wise hatte schnell gemerkt, dass Andrée es verabscheute, über vermeintliche Nebensächlichkeiten zu plaudern, weil diese nur von seinem eigentlichen Anliegen ablenkten.

Der Amerikaner warf einen schnellen Blick auf das Thermometer an der Wand. Im Haus herrschten über fünfunddreißig Grad, daher schlug er vor, sich auf die Veranda zu setzen, denn um diese Zeit kam meist ein leichter Wind auf.

Als sich die Männer dort niedergelassen hatten, fragte Wise: »Wie kann ich Ihnen helfen?«

»Auf der Überfahrt mit dem Dampfschiff las ich ein Buch mit dem Titel *Die Gesetze des Windes*.« Mit einem leichten Kopfnicken gab Wise seinem Gast zu verstehen, dass er das Buch kannte.

»Dabei kam mir der Gedanke, dass Ballons bei günstigen Winden für längere Reisen geeignet sein könnten, auch wenn man sie nicht lenken kann. Unter Umständen wäre es sogar möglich, mit einem Ballon den Atlantik zu überqueren.« Andrée sah sein Gegenüber erwartungsvoll an.

»Dieser Gedanke ist mir schon vor zwanzig Jahren gekommen, Mr Andrée. Doch daraus wurde nichts. Obwohl es diesen großen atlantischen Windstrom von Westen nach Osten tatsächlich gibt, ist es ziemlich schwierig, ihn genau zu lokalisieren. Und einen Ballon in einen Windstrom aufsteigen zu lassen, ist sogar noch schwieriger. Bei meinem letzten Versuch konnte ich glücklicherweise in New York notlanden. Wären wir irgendwo über dem Ozean zwischen hier und Europa abgestürzt … nun, das wäre unser Ende gewesen. Die Idee einer transatlantischen Ballonüberquerung habe ich schon vor Jahren aufgegeben.«

Konsterniert legte Andrée die Stirn in Falten. Wise war bei Sonnenschein, Hagel, Schnee, Gewitter und Sturm mit dem

Ballon gefahren. Schornsteine und Kirchturmspitzen hatten seine Fahrten behindert, er war durch Flüsse und Seen gezogen worden, durch Gärten und Wälder. Seine Ballons hatten sich gedreht wie Kreisel, hatten Feuer gefangen, waren explodiert und wie Steine auf die Erde gestürzt. Er hatte mehr als vierhundert Aufstiege bewältigt, aber nie eine Verletzung davongetragen. Seit Jahrzehnten beschäftigte er sich mit nichts anderem, doch bei diesem Vorhaben gab er sich einfach geschlagen?

»Man ist dem Wind ganz und gar ausgeliefert«, sagte Wise. »Und Sie können mir glauben, dass er sich gebärdet wie eine launische Primadonna. Könnte man den Ballon besser kontrollieren, vielleicht sogar ein wenig steuern, stünden die Chancen auf Erfolg besser. Wenn Sie meine Neuerungen bezüglich der Schleppseile kennen, dann wissen Sie, dass die Flughöhe des Ballons kontrolliert werden kann. Das ist der erste Schritt. Es ist wichtig, über oder unter der Strömung schweben zu können. Mr Andrée, ich kann Ihnen sagen, wie man einen Ballon baut, ihn startet, steigen und sinken lässt. Aber für den nächsten Schritt werde ich langsam zu alt. Den überlasse ich Ihnen.«

Andrée schwieg und richtete den Blick auf die im Westwind schwankenden Bäume am Rande von Wises Anwesen. Wise fürchtete, den Jungen enttäuscht zu haben.

»Würden Sie mich bei einem Aufstieg begleiten? Ich habe vor, meine Nichte am Unabhängigkeitstag auf eine Ballonfahrt mitzunehmen.«

Andrée war überrascht über die Einladung, nahm sie aber ohne Zögern an. Das würde sein erster Aufstieg werden.

Wise bezahlte Andrées Zugreise von Philadelphia nach Huntington. Andrée half Wise bei der Füllung des Ballons und verbrachte die Nacht im Gästezimmer des älteren Mannes. Tags darauf, als sich die Unabhängigkeit Amerikas zum hundertsten Mal jährte, fuhr Andrée mit Wise und Jemima, seiner Nichte, zu einem Feld, auf dem der Ballon auf die Abreise wartete. Dieses Spektakel wurde von vielen Zuschauern besucht, Andrée schätzte ihre Zahl auf einhundert. Wises Nichte, als Freiheitsgöttin verkleidet, wurde in die Gondel gehoben und mit hoch erhobener Fackel in der Hand fotografiert.

Nachdem Wise eine kurze Rede über die Bedeutung dieses Tages und die Bedeutung der Luftfahrt für die Nation gehalten hatte, stieg der Abenteurer zu Andrée und Jemima in die Gondel. Der Anker wurde eingeholt und die Sicherheitsleinen gekappt. Die Freiheitsgöttin winkte den Zuschauern zum Abschied, doch dann ging ein Raunen durch Menge: Statt sich prall gefüllt in die Luft zu erheben, fiel die Hülle schlapp in sich zusammen. Der Ballon blieb am Boden.

Eine Woche später zwang eine Darminfektion Andrée, mit dem ersten Dampfer nach Schweden zurückzukehren, wo er im Verlauf des nächsten Monats von seiner Mutter gesund gepflegt wurde.

Kapitel 11

STOCKHOLM, SCHWEDEN
SEPTEMBER 1930

Stubbendorff näherte sich seinem Elternhaus. Kurz davor blieb er stehen, bemerkte die abblätternde Farbe an den Mauern und fragte sich, was ihn an diesem Morgen in die Prästgatan trieb und warum er dieses Haus noch einmal sehen wollte, in dem er sechzehn Jahre seines Lebens verbracht hatte. Es schnürte ihm die Kehle zu. Eine Weile lang blieb er noch stehen und starrte auf die Wohnung im ersten Stock. Als er sich endlich dazu durchgerungen hatte, das Haus zu betreten und zur Tür mit der Nummer vier hinaufzusteigen, tat er dies mit einer Mischung aus dunkler Vorahnung und Bedauern.

Die Frau, die auf sein Klopfen hin öffnete, war nur noch ein Schatten seiner Mutter. Ein Gespenst. In den neun Jahren seit seinem letzten Besuch war sie um Jahrzehnte gealtert und geschrumpft. Ihre Haut war faltig und fast durchscheinend. »Ich habe dich vom Fenster aus gesehen.« Die Frau wies ungeduldig über die Schulter ihres Sohnes. »Hab mich schon gefragt, ob du hochkommst.«

»Darf ich reinkommen?«, fragte er.

Sie zog sich in die Wohnung zurück, ließ aber die Tür offen. »Schließ hinter dir ab. Bitte.«

Stubbendorff gehorchte, dann ging er durch den engen Flur ins Wohnzimmer. Dort sah es noch genauso aus wie früher, obgleich nun anstelle der Familienfotos Bilder von Jesus und der Jungfrau Maria an den Wänden hingen. Und auf jeder freien Fläche standen religiöse Statuen. Über dem Kamin hing ein großes Kreuz.

Ohne auf eine Einladung zu warten, ließ er sich auf dem Sofa nieder. Schon als Kind hatte er darauf gesessen. Der Stoff war abgewetzt. Seine Mutter blieb vor ihm stehen. Irgendwie kam ihm das Zimmer kleiner vor. Die Allgegenwart Gottes und die inquisitorische Persönlichkeit seiner Mutter schufen eine unerträgliche Atmosphäre. Stubbendorff zog den Mantel aus und legte ihn sich sorgsam über den Arm.

»Wie geht es dir, Mutter?«

»Ganz gut.«

»Hier hat sich nichts verändert.«

Sie nickte kurz.

»Könnte ich vielleicht etwas Wasser haben?«

Stubbendorffs Mutter verließ stumm das Zimmer und ging in die Küche. Er konnte hören, wie sie den Schrank öffnete und den Wasserhahn aufdrehte. Kurz darauf kam sie mit einem Glas Wasser in der Hand wieder zurück.

Er erhob sich. »Danke«, sagte er. Das Wasser war lauwarm, das Glas roch nach Seife. Nachdem er einen Schluck getrunken hatte, stellte er es neben sich auf den Tisch.

»Verzeih, dass ich dich nicht schon früher besucht habe.«

»Das letzte Mal war vor zehn Jahren.«

»Neun.« Noch während er das sagte, bemerkte er, wie kindisch und kleinlich es klang. »Aber egal, es ist schon lange her.«

»Richtig«, bestätigte sie. »Aber ich habe meinen Glauben und meine Arbeit in der Kirche.«

»Schön. Gut, dass du dich beschäftigst. Freut mich, dass du in einer höheren Berufung einen Lebenssinn gefunden hast.«

Darauf schwieg sie. Offenbar wollte sie sich immer noch nicht setzen. Als Stubbendorff sich erhob und Interesse an den Bildern und dem religiösen Zierrat im Zimmer vortäuschte, suchte er verzweifelt nach Stoff für eine Unterhaltung, gemeinsame Erinnerungen, egal was.

»Hast du gelesen, dass man Salomon Andrées Lager entdeckt hat?«, fragte er schließlich.

Die Mutter schüttelte den Kopf. »Ich lese keine Zeitung.«

Da bemerkte Stubbendorff, dass es in der Wohnung auch kein Radio gab. Hatte sie sich von der Welt abgeschottet?

»Das *Aftonbladet* hatte mich dorthin geschickt, nach Kvitøya. Dort habe ich einige Dinge gefunden, die den Männern gehörten ...« Stubbendorff wusste, dass seine Mutter ihm nicht zuhörte. Sie stand immer noch, ihr Blick ging ins Leere. »Kann ich mein Zimmer sehen, bitte?«, fragte er.

»Hmmm?«

»Mein Zimmer. Ich möchte mein altes Zimmer sehen.«

»Wie du willst.« In ihrer Stimme lag Verachtung.

Sein Zimmer befand sich neben dem Wohnzimmer. Der Anblick der Möbel – das Eisenbett mit seiner dünnen, nackten Matratze, der schmale Kleiderschrank mit den schiefen Türen – versetzte ihn sofort zurück in seine Kindheit. Dieses Zimmer war sein Rückzugsraum gewesen, hier hatte er Schutz und Geborgenheit gefunden. Auf diesem Bett hatte er endlich seine Freiheit entdeckt. Er hatte die Bücher seiner eigenen Wahl gelesen und sie auf dem Boden einer alten Spielzeugkiste versteckt. Manchmal hatte er auch in der Schullektüre gelesen, meist Texte zur Geschichte oder zum Erlernen von Fremdsprachen. Er war ein schneller Leser und besaß die Gabe, das angelesene Wissen nahezu Wort für Wort im Gedächtnis zu behalten. Oft schrieb er Abenteuergeschichten in der Art des schottischen Erzählers R.M. Ballantyne oder des Amerikaners Harry Castlemon. Die hatte er ebenfalls in der Spielzeugkiste versteckt.

Als er seiner Mutter im Alter von fünfzehn Jahren mitgeteilt hatte, dass er Schriftsteller werden wolle, hatte sie ihm abgeraten. Wie er sie denn zu unterstützen gedachte?, hatte sie gefragt. Er hatte eingelenkt und zunächst eine Karriere als Journalist begonnen, die er allerdings als Sprungbrett für eine erfolgreiche Autorenlaufbahn betrachtete. Drei Tage vor seinem sechzehnten Geburtstag hatte Stubbendorff eine Stelle als Lehrling beim *Aftonbladet* angetreten, und ehe er sich's versah, war er fünfundzwanzig geworden. In den dazwischenliegenden Jahren hatte er sein Selbstwertgefühl dank Bergman und seiner eigenen Trägheit fast völlig verloren.

»Ich habe deine Sachen vor einiger Zeit der Kirche gespendet, falls du deswegen hier bist.«

Das riss ihn aus seinen Gedanken. Seine Mutter stand direkt hinter ihm, hatte die Hände vor der Brust verschränkt.

Stubbendorff ging zur Spielzeugkiste am Fußende des Bettes und öffnete sie. Sie war leer. »Waren da Papiere drin? Hast du Notizhefte gefunden?«

Sie schüttelte den Kopf.

»Ich habe früher Geschichten geschrieben, in die Notizhefte, und sie in die Kiste gelegt. Bist du sicher, dass du nichts gefunden hast?«

»Natürlich bin ich sicher«, sagte sie verbittert. »Wofür hältst du mich? Für einfältig?«

»Dann muss ich mich wohl geirrt haben.«

»Tja, musst du wohl«, erwiderte sie emotionslos. »Wolltest du sonst noch was?«

Stubbendorff ließ sich auf die Kiste fallen. Er sah seiner Mutter ins Gesicht und fand weder Mitgefühl noch Herzlichkeit in ihren trüben grauen Augen. Was hatte er denn erwartet? Er hatte gehofft, sie würde ihm verzeihen, dass er sich so rasch aus ihrem Leben verabschiedet hatte und dass Reife und Lebenserfahrung es ihm ermöglichen würden, seine Mutter in einem anderen, wohlwollenden Licht zu sehen. Er hatte gehofft, seine Notizhefte zu finden. Und gehofft, dass sie auf ihr einziges Kind stolz sein würde.

»Nein, sonst nichts. Ich muss los«, sagte Stubbendorff und ging zur Tür. »Schön, dich wiedergesehen zu haben, Mutter. Kann ich irgendwas für dich tun?«

»Nein, nichts.«

»Ich habe ein wenig Geld …«

»Nein, danke.«

»Falls dir noch etwas einfällt oder … Ich wohne über der Gastwirtschaft in der Triewaldsgränd.«

»Auf Wiedersehen, Knut«, sagte seine Mutter und schloss die Tür hinter ihm.

Während er die Treppe hinunterlief, fragte er sich, was seine Mutter wohl mit seinen Heften gemacht hatte. Möglicherweise hatte sie sie für Abfall gehalten und gedankenlos in den Mülleimer geworfen oder sie im Herd verbrannt, weil sie sie für Hirngespinste ihres entfremdeten Sohnes hielt. Er hoffte allerdings, dass weder das eine noch das andere zutraf.

Kapitel 12

STOCKHOLM, SCHWEDEN
SEPTEMBER 1894

Als Anna ihrer Schwester von Nils erzählte, redete die ihr streng ins Gewissen.

»Eine Chance hast du schon verpatzt. Ich lasse nicht zu, dass sich das wiederholt.«

»Du redest von Erik.«

»Das tue ich, genau.« Sie grinste. »Jetzt habe ich ihn ganz für mich. Stimmt doch, oder? Wenn du Nils nicht auch verschreckst, meine ich.«

Heute war der Tag, an dem die Fotoausstellung stattfand, und Gota lief durch die Wohnung wie ein aufgescheuchtes Huhn, weil sie ihre Schwester unbedingt in eine aufsehenerregende Dame verwandeln wollte, die jedem Mann den Kopf verdrehen würde. Ihre Figur, machte sie Anna klar, würde die Unzulänglichkeiten in ihrer Persönlichkeit schon ausgleichen.

Die Zeit hatte nicht gereicht, um ein neues Kleid zu schneidern, doch Gota war es gelungen, eines ihrer eigenen Kleider so abzuändern, dass es Anna schmeichelte. Während Anna den Befehlen ihrer Schwester gehorchte – Hinsetzen! Aufstehen! Den Kopf drehen! Stillstehen! Atem anhalten! –, ermahnte sie sich, ihr Benehmen als Teil einer freundlichen und großzügigen Geste zu verstehen. Glücklicherweise fand die Veranstaltung am Nachmittag statt. Gota besaß zwar außergewöhnliches Talent als Näherin, doch sie konnte nicht zaubern. Selbst ihr wäre es nicht möglich gewesen, innerhalb von wenigen Stunden eine Abendrobe zu schneidern.

Doch es war nicht nur der Trubel, den Gota veranstaltete, der Anna verrückt machte. Sie hatte Nils vorgeschlagen, ihn im Schloss zu treffen, doch er hatte darauf bestanden, sie abzuholen. Das sei gar nicht nötig, hatte Anna daraufhin gemeint, schließlich hatten sie das früher auch nicht so gemacht, doch Nils hatte sie scherzhaft darauf hingewiesen, dass ein Mann seine Auserwählte abholen und auch wieder nach Hause begleiten müsse, wenn er ihr offiziell den Hof machen wolle. Margrit Larsson bestehe darauf, fügte er hinzu. Nils war noch nie in der Wohnung der Schwestern gewesen, und sie hatte ihm nichts über ihre Begegnungen mit Erik im Juni erzählt. Beides erfüllte sie mit Sorge.

Als Gota sie frisierte, beschloss sie, sich ihrer Schwester anzuvertrauen und sie um ihre Mithilfe zu bitten.

»Gota, ich habe Nils nie erzählt, dass ich seinen Bruder schon einmal getroffen habe. Würdest du das bitte nicht erwähnen?«

»Aha, was hast du vor?«

»Gar nichts«, erwiderte Anna. »Ich habe es nur nicht erwähnt, weil es mir unangenehm war.«

»Aber Erik wird die Ausstellung doch auch besuchen, oder nicht?«

»Ja, sicher. Hoffentlich sagt er auch nichts darüber. Ich weiß, dass Nils seiner Familie von mir erzählt hat. Vielleicht hat Erik mich vergessen.«

»Das hat er bestimmt. Bei einem Herren seines Standes stehen die Frauen doch Schlange.«

Anna nahm diese Beleidigung als Hoffnungsschimmer. Vielleicht war ihre Begegnung beim Tanz an der Riddarfjärden-Bucht nur eine von vielen ähnlichen Begebenheiten im Leben des sehr begehrten Erik Strindberg gewesen.

»Wahrscheinlich hast du recht. Ich mache mir unnötig Sorgen.«

»Wenn du meinst, dass du dich sorgen müsstest, bist du ziemlich eingebildet. Soll ich dich begleiten? Als Anstandsdame?« Gota hielt inne und betrachtete erwartungsvoll Annas Spiegelbild. »Dann könnte ich ihn ablenken. Wäre das nicht wunderbar? Wenn Erik Strindberg sich in mich verliebt, könnten wir eine Doppelhochzeit feiern.«

»Du klingst wie Johanna Larsson. Niemand heiratet. Zügle deine Fantasie.«

Anna scheuchte ihre Schwester zur Seite und stellte sich vor den langen Spiegel. Das Kleid war rosa, und obwohl Anna die Farbe nicht mochte, war sie entzückt von der Arbeit ihrer Schwester. Gota hatte die vielen Rüschen am Rock entfernt und die Ärmel leicht gekürzt. Seltsam, wie eine derart grobe Person ein so wunderbares, perfekt passendes Kleid nähen konnte. Entgegen Annas Wunsch hatte Gota das Dekolleté tiefer ausgeschnitten und Anna bei der Gelegenheit darauf hingewiesen, dass die geschlossenen Ausschnitte ihrer Kleider sie wie eine Giraffe mit Kropf wirken ließen. Danach hatte sie allerdings auch angemerkt, dass Annas Dekolleté zu ihren Vorzügen und nicht versteckt gehöre. Anna hatte die Haare lose hochgesteckt, und einige glänzende Locken fielen ihr ins Gesicht. Gota hatte sogar eine gestärkte

Schleife aus demselben Material genäht und sie Anna ins Haar gesetzt.

Nun saßen die Schwestern am Küchentisch und warteten auf Nils Strindberg. Anna rückte die kleine Vase voller Gänseblümchen zurecht, die sie zur Dekoration auf den Tisch gestellt hatte, wo sie allerdings nur enttäuschend wenig zur Verschönerung des Zimmers beitrugen. Hoffentlich war Nils pünktlich, denn es war sehr warm in der Wohnung. Und eigentlich kam er immer zu spät. Wenn sie noch länger hier sitzen musste, würde sie bestimmt schwitzen. Doch pünktlich um zwölf klopfte es an der Tür.

Nils küsste Anna zur Begrüßung sanft die Hand. Dann trat er behände vor Gota und wiederholte die Geste. Er unterhielt sich mit ihr, als wären sie alte Freunde, was Anna sehr freute. Sie war froh, dass Nils' angeregte Unterhaltung ihrer Schwester wenig Raum für Antworten ließ. Zu Annas Erstaunen und Erleichterung schien Nils das kleine Zimmer und den Hopfengestank gar nicht zu bemerken.

Als sie unter den zwölf filigranen Kristallleuchtern standen, die die mit Gold verzierten Wände der Galerie erleuchteten, konnte Anna fast nicht glauben, dass sie keine Stunde zuvor noch in ihrer schäbigen Wohnung gesessen hatte. Was für ein Unterschied!

Nils führte sie durch die Ausstellung und zeigte ihr seine Fotografien. Fünf zeigten verschiedene Orte in Stockholm – die Skeppsbron bei Sonnenuntergang, den Weihnachtsmarkt in Stortorget, Norrbro im Morgengrauen, das eisbedeckte Reiterstandbild von König Carl XIV. an der Slussplan und die Kirche Maria Magdalena an Allerheiligen. Die sechste Aufnahme aber unterschied sich von den anderen. Sie war im Salon der Larssons aufgenommen und zeigte Johanna und Kalle, die vor ihren Notenständern mit ihren Geigen unter dem Kinn von Herzen lachten. »Das ist wunderschön, Nils. Ich wusste gar nicht, dass du sie fotografiert hast. Johanna wird sich freuen, wenn sie hört, dass ihr Bild im Schloss ausgestellt ist. Wir müssen es ihnen unbedingt zeigen.«

»Eigentlich wollte ich sie beim Üben fotografieren«, erklärte Nils, »doch je mehr ich sie ermahnte, ernst zu sein, desto mehr lachten sie. Die kleinen Rabauken. Sie haben sich unmöglich benommen. Als Modelle völlig ungeeignet. Aber als ich den Film entwickelte, stellte ich fest, dass dieses Bild eine Momentaufnahme darstellt, genau wie die anderen. Einen Moment, der mich zwar geärgert hat, aber dennoch, ich habe ihn auf Papier gebannt.«

»Du wirst bestimmt gewinnen«, flüsterte sie. Einen Augenblick lang verspürte sie ein tiefes Glücksgefühl. Dieses Treffen mit Nils bereitete ihr große Freude. Er war talentiert, aufmerksam und amüsant, und sie fühlte sich ihm ebenbürtig.

»Anna, meine Familie ist gekommen. Ich möchte, dass du sie kennenlernst.«

Da plötzlich begann sie sich ganz klein zu fühlen.

Doch bevor Anna etwas erwidern konnte, stand eine stattliche Frau in smaragdgrüner Seidenrobe vor ihr und ergriff ihre Hand. »Welches Vergnügen, Sie endlich kennenzulernen, meine Liebe. Mein Sohn hat mir auf seine zerstreute Art viel zu wenig von Ihnen erzählt – nur wie sehr er Sie verehrt, natürlich. Ich freue mich, dass Sie hier sind. Was für ein entzückendes Kleid. Es steht Ihnen ausgezeichnet – ein Bild der Weiblichkeit.«

Dir Gruppe lachte höflich über das Wortspiel der Mutter. Anna war noch nie so überschwänglich begrüßt worden. Fru Strindberg stellte sie den anderen Familienmitgliedern vor.

»Mein Mann konnte uns leider nicht begleiten. Er musste geschäftlich nach Göteborg. Aber hier kommt mein ältester Sohn Erik. Er und sein Vater gleichen sich wie ein Ei dem anderen.«

Erik trat auf Anna zu und ergriff ihre Hand. »Mein Vergnügen, Fröken.« Seine Miene verriet nichts. Eriks Hand war warm.

»Ich freue mich auch, Sie kennenzulernen.«

»Mein Bruder spricht viel von Ihnen. Er ist Ihnen sehr zugetan. Kein Wunder.«

»Danke, Herr Strindberg.«

»Sie arbeiten zusammen, richtig? Bei den Larssons? Haben Sie sich dort kennengelernt?«

»Ja, genau.«

»Ich bin überrascht, dass Sie trotz Ihrer Arbeit noch Zeit für gesellschaftliche Anlässe haben. Das Leben einer Gouvernante ist doch sicher sehr anstrengend.«

Anna nickte.

»Wie gut, dass Sie etwas von Ihrer kostbaren Zeit für meinen Bruder erübrigen konnten.«

Er ist gekränkt, dachte Anna. Erik Strindberg wusste noch haargenau, wer sie war: Die Frau, die ihm einen Korb gegeben und ihm damit eine Wunde geschlagen hatte. Und ihre Verbindung zu Nils war das Salz darin. Sie wollte etwas sagen, ihr Verhalten erklären. Sie hatte nie die Absicht gehabt, ihn zu verletzen. Aber hier war nicht der richtige Ort.

Nils zeigte auch seinen Brüdern die Fotografien. Die vier verstehen sich so gut, dachte Anna, obwohl sie verschiedener nicht sein könnten. Tore sah Nils am ähnlichsten, beide waren klein und geschmeidig, beweglich in Körper und Geist. Sven kam nach seiner Mutter Rosalie und machte die eindrucksvollste Figur. Mit seiner schlanken Statur erinnerte er an einen Kranich. Er ging langsamer und sehr viel bedächtiger als Nils und Tore, die eiligen Schrittes durch die Galerie marschierten. Schließlich betrachtete sie Erik. Er war so groß wie Sven, aber breiter gebaut. Für Gota wäre er der attraktivste Mann im Raum, und viele würden sich ihrem Urteil anschließen. Anna bemerkte die Reaktionen der anderen Frauen, an denen er vorüberging, wie sie um seine Aufmerksamkeit buhlten und hinter ihren Fächern tuschelten. Erik ignorierte sie alle, er hatte nur Augen für seine Brüder und die Ausstellung.

Anna leistete Rosalie Gesellschaft. »Meine Liebe, wer hat Ihnen dieses wunderbare Kleid genäht? Es ist schlicht und doch so elegant, wie gemacht für diesen Anlass.«

»Meine Schwester, Madame, die Sie, glaube ich, kennen. Gota Charlier.«

»Ach, tatsächlich? Natürlich gehören Sie zusammen. Sie ist eine sehr gute Näherin.« Rosalie musterte Anna genau. »Seltsam«, sagte sie schließlich, »ich kann keinerlei Ähnlichkeit feststellen.«

»Die Leute behaupten, wir seien sehr verschieden.«

Rosalie nickte nachdenklich, bevor sie sich bei Anna unterhakte und mit ihr durch die Galerie schritt.

Dabei unterhielten sich die Frauen über Annas Arbeit als Gouvernante, ihre Beziehung zu Nils und die Fotografien. Während des ganzen Treffens wirkte Rosalie Strindberg gegenüber Anna nie herablassend, und sie unternahm auch keinerlei Einschüchterungsversuche. Nachdem Anna sie vom Tod ihrer Eltern unterrichtet hatte, fragte Rosalie nicht weiter nach Gota und Annas Herkunft. Stattdessen deutete sie die Entscheidung der beiden Schwestern, sich in Stockholm ein neues Leben aufzubauen, als Zeichen einer starken Persönlichkeit und guten Erziehung, und beides schätzte sie außerordentlich. Anna war sich im Klaren darüber, dass sie für die männlichen Mitglieder der Familie Strindberg keine gute Partie darstellte. Dennoch behandelte die Mutter sie mit Respekt. Und das hob Annas Stimmung.

Sie spazierten weiter, und Rosalie drückte vertraulich Annas Arm. »In Abwesenheit Ihrer Mutter, meine Liebe, würde ich mich Ihrer gern ein wenig annehmen, wenn Sie es erlauben. Ihnen mit Rat und Tat zur Seite zu stehen, wäre mir eine große Freude. Seit fünfundzwanzig Jahren lebe ich in einem Haus voller Männer. Ich finde es herrlich, dass endlich eine weitere Frau unter uns weilt.«

Rosalie Strindberg hatte das Gesicht und das Benehmen eines jungen Mädchens. Ihre Augen funkelten, und sie sprang mit großer Begeisterung von einem Thema zum nächsten. Ihr Lachen war spontan, und sie schenkte jedem ihre volle Aufmerksamkeit. Anna erkannte diese Charakterzüge in Nils wieder. Doch sie entdeckte auch eher autoritäre Züge an Rosalie. Sie bewegte sich mit großer Selbstsicherheit, den langen Hals gestreckt, das Kinn erhoben und den Blick über die Köpfe der Anwesenden hinweg auf etwas gerichtet, was von größerem Interesse schien. Rosalies goldblondes Haar war im Nacken zu einem komplizierten Knoten gebunden, und sie trug den kleinen runden Hut leicht schief auf dem Kopf. Mit der eindrucksvollen Pfauenfeder darin wirkte sie umso respekteinflößender. Darin war Erik ihr ähnlich, dachte Anna.

Um zwei hatte sich das Publikum in einem Halbkreis um die Bühne am Ende der Galerie versammelt. Links und rechts davon standen die zehn Teilnehmer. Anna stand allein in der hintersten Reihe. Sie sah, wie Rosalie Strindberg in vorderster Reihe mit einer ähnlich elegant gekleideten Dame sprach. Tore und Sven standen ganz in ihrer Nähe und unterhielten sich leise. Von Erik fehlte jede Spur.

Eine Stimme hinter ihr ließ sie zusammenzucken. »Guten Tag, Fröken. Genießen Sie den Nachmittag?« Sie wandte sich um. Erik musste sich von hinten angeschlichen haben.

»Ja, ja sehr.« Dann nahm sie all ihren Mut zusammen und sagte: »Danke, dass Sie nichts von unserem früheren Treffen erwähnt haben.« Sie sah in seine tiefblauen Augen. »Es war dumm von mir, es Nils zu verschweigen. Ich weiß selbst nicht, warum ich das tat.«

»Als Nils mir erzählte, dass er sein Herz an eine wunderschöne Gouvernante namens Anna Charlier verloren hatte, war mir klar, dass Sie ihm nichts von unserem kleinen Aufeinandertreffen an der Bucht erzählt hatten. Was auch immer Ihre Gründe gewesen sein mochten, es lag mir fern, Sie oder meinen Bruder an diesem Tag in Verlegenheit zu bringen.«

Die beiden schwiegen eine Weile. Das Publikum hatte sich in Erwartung einer Ansprache einige Minuten lang ruhig gehalten, nun aber wurde es wieder lauter, weil sich der Auftritt verzögerte. Anna spürte Eriks Ärmel an ihrer Haut. Sie holte Luft, um etwas zu sagen, tat es dann aber doch nicht. Gern hätte sie mit Erik gesprochen, aber ihr fehlte der Mut dazu.

»Dein Kleid ist sehr hübsch«, sagte Erik schließlich. Seine Stimme klang unbeteiligt, der Blick schweifte in die Ferne. »Als ich dich heute Nachmittag sah, konnte ich kaum glauben, dass du noch schöner aussehen kannst als damals beim Tanz.«

»Ich meine mich zu erinnern, dass ich an jenem Morgen ziemlich derangiert ausgesehen haben muss, oder vielleicht kam es mir auch nur so vor.«

»Du warst einfach du selbst – unverstellt, sorglos, verspielt.« Erik sah sie lächelnd an. »Es schmerzt mich, dass du meinen Antrag nicht annehmen konntest.«

Anna war verwirrt. Tausend Gedanken gingen ihr durch den Kopf. Erik hatte recht. Sie hatte seinen Antrag nicht angenommen. Das war gedankenlos und wenig feinfühlig gewesen. Was dachte er nur von ihr? Sie wollte es ihm erklären, ihm von Gota erzählen, dass sie gefürchtet hatte, die Gefühle ihrer Schwester zu verletzen. Würden sie es miteinander versuchen, wenn sie noch mal von vorn beginnen könnten? Es war zu spät, darüber nachzudenken. Offiziell war sie mit seinem Bruder liiert. Sie ließ die Schultern hängen. Ein unbeteiligter Beobachter mochte in ihrer Körperhaltung so etwas wie Hoffnungslosigkeit erkennen.

Anna merkte zwar nicht, dass Erik sich bewegte, doch sie spürte, wie seine große warme Hand ihre Finger berührte. Sanft hielt er sie umschlossen, und als sie sie ihm nicht entzog, ergriff er die ganze Hand. Unsicher hob sie den Blick, in seinen Augen lag eine große Zuversicht. Ihr klopfte das Herz, freudige Erregung und ein völlig neues Gefühl der Sehnsucht erfüllten sie. Kurz schloss sie die Augen. Verborgen in den Falten ihres Kleides hielten die beiden sich in einer stummen Geste der Vertrautheit an den Händen, während das Publikum die Zeremonie verfolgte, und lösten sich erst wieder voneinander, als die Veranstaltung beendet war.

Der Applaus riss sie aus ihrer innigen Verbindung. Als die ersten Gratulanten zu dem Gewinner eilten, flüchtete Anna auf den Balkon. Sie lehnte sich über die breite Steinbrüstung, starrte auf den Hafen am Horizont und versuchte, sich wieder zu beruhigen. Tränen stiegen in ihr auf. Sie schloss die Augen, um nicht weinen zu müssen. Mit einem lauten Seufzer drückte sie sich in die hinterste Ecke. Warum hatte sie sich nur so kompromittiert? Wie konnte sie sich aus dieser Situation wieder befreien?

Obwohl sie oft an Erik gedacht hatte, war sie sich erst an diesem Nachmittag, bei ihrer zweiten Begegnung, über ihre Gefühle für ihn klar geworden. Jedes Treffen mit Nils hatte nur ihre Zuneigung zu dem Mann verstärkt, den sie damals kennengelernt hatte. Wie ihre Freundschaft zu Nils, war auch ihre Sehnsucht nach seinem Bruder gewachsen. Was ihr in der Beziehung zu Nils fehlte, hatte sie nur umso intensiver für Erik eingenommen. Warum konnte sie Nils nicht lieben? Bewunderung, Zuneigung, Treue – das genügte nicht. Wie oft hatte Nils ihre Hand gehalten? Doch nie hatte seine Berührung sie so erregt wie Eriks. Beschämt vergrub sie das Gesicht in den Händen.

»Anna! Da bist du ja.« Als sie aufsah, stand Nils vor ihr und hielt stolz seine goldene Siegermedaille in der Hand. »Warum hast du nicht gewartet, um mir zu gratulieren?«

»Alle wollten mit dir reden, und es war so heiß im Raum. Herzlichen Glückwunsch, Nils. Ich bin so stolz auf dich. Wusste ich's doch.«

»Du bist ganz rot im Gesicht. Ist alles in Ordnung?«

»Aber sicher. Es war nur so voll in der Galerie, und es hat so lange gedauert.« Sie musste ihn unbedingt ablenken, gefasst und sachlich wirken. »Wofür willst du die Gewinnsumme ausgeben?«

»Für meine fotografische Ausrüstung. Ich habe das Gefühl, die Zeit, die ich für mein Hobby geopfert habe, war gut investiert. Meine Arbeit trägt erste Früchte.« Die Aufregung in seiner Stimme blieb ihr nicht verborgen. »Es könnte mehr daraus werden. Die Medaille beweist es.«

Spontan schloss er Anna in die Arme. »Die Preisrichter waren besonders beeindruckt von dem Bild mit den Kindern. Das wird mein nächster Schritt: Ich werde mich der Porträtfotografie widmen. Du könntest mir Modell sitzen. Würde dir das gefallen?«

»Ja, selbstverständlich. Ich tue alles, wenn ich dir damit helfen kann.« Anna zwang sich, so begeistert wie er zu klingen.

»Das war ein wunderbarer Nachmittag, nicht wahr? Du hast meine Familie kennengelernt, und ich weiß aus zuverlässiger Quelle, dass dich alle anbeten. Du hast im Stockholmer Schloss Tee getrunken, und ich habe eine Goldmedaille und fünfundzwanzig Kronen gewonnen.« Er flüsterte ihr sanft ins Ohr: »Doch dieser Nachmittag wäre absolut perfekt, wenn ich dich küssen dürfte.«

Margrit Larsson würde behaupten, eine Frau solle sich nicht vor dem Heiratsantrag küssen lassen. Doch Nils hielt sich nicht an diese Konvention, und Anna schämte sich noch so sehr, dass sie alles getan hätte, um ihre Schuldgefühle zu beruhigen. Er umschlang ihre Taille. Seine freie Hand strich ihr sanft über die Wange. Ihre Lippen berührten sich in völliger Harmonie, so wie sie es bei ihrem ersten Kuss niemals erwartet hätte. Nils hielt sie noch fester, und seine Zunge ertastete ihren Mund. Das alles war so angenehm, so natürlich, dass sie ihre Überraschung verbarg und auch ihre Zunge den Weg in seinen Mund fand, was Nils ein unterdrücktes Stöhnen entlockte. Er schmiegte sich noch enger an sie, bis seine Oberschenkel gegen die ihren drückten. Anna öffnete seinen Mantel und umschloss seinen Oberkörper. Dann streichelte sie seinen Rücken. Als sie sich schließlich voneinander lösten, sagte er ihr, dass er sie liebe, und sie versicherte ihm, dass sie seine Gefühle erwidere.

»Wir gehen besser wieder hinein. Die Leute fragen sich sonst noch, wo wir bleiben«, sagte Nils leise, gab sie aber noch nicht ganz frei.

Anna schmiegte sich an seine Schulter und schloss die Augen. Sie hatte gehofft, mit dem Kuss ihr taktloses Verhalten zu revidieren. Doch die Lust und Freude, die sie Nils geschenkt hatte, vermochten ihr schlechtes Gewissen nicht zu beruhigen. Als sie den Blick hob, sah sie Erik im Eingang zur Galerie stehen. Während er die Szene betrachtete, lag in seinem Gesicht ein Ausdruck tiefer Verzweiflung. Und als er schließlich niedergeschlagen die Galerie betrat, nahm er Annas Herz mit sich.

Kapitel 13

STOCKHOLM, SCHWEDEN
APRIL 1887

Andrée stand so heftig vom Schreibtisch auf, dass er seinen
Stuhl umwarf, der mit einem Krachen auf dem Holzboden
seiner engen Amtsstube aufschlug. Doch Andrée eilte unbeirrt und mit ausgestreckter Hand seinem Gast entgegen.

»Welche Ehre, Herr Nobel. Ich hatte sie gar nicht erwartet!« Das entsprach allerdings nicht ganz der Wahrheit. Als
Chefingenieur des Patentamtes waren Andrée die schwierigen Umstände der von Nobel angestrebten Erneuerung seines Patents für Dynamit wohlbekannt.

»Natürlich haben Sie das nicht«, sagte der ältere Mann un-
gehalten und ignorierte Andrées immer noch ausgestreckte
Hand. Er sprach lauter als nötig. Andrée konnte den Akzent
nicht genau zuordnen, doch er war sicherlich dem bewegten
Leben und den weiten Reisen seines Besuchers geschuldet.

»Ich kam zufällig hier vorbei und dachte mir, ich könnte
die Angelegenheit gleich persönlich erledigen. Es ist müßig,
Briefe hin- und herzuschicken.« Nobel wedelte mit seinem
Gehstock herum, um seinen Worten mehr Nachdruck zu ver-
leihen. »Reine Zeitverschwendung.«

»Wie recht Sie doch haben. Ich bin Ihnen gern behilflich.«

Als Andrée mit dreiunddreißig Jahren den Posten als Chefingenieur angetreten hatte, bestand seine erste Amtshandlung darin, alle bestehenden Patente zu prüfen. Dabei war ihm aufgefallen, dass Alfred Nobel sein Patent nicht, wie gesetzlich erforderlich, alle sieben Jahre neu beantragt hatte. Umgehend hatte er den älteren Herren daraufhin schriftlich darüber informiert, doch nach achtzehn Monaten der Korrespondenz war ein jäher Stillstand eingetreten.

Andrée hatte den großen Mann in der Tür seines Büros sofort erkannt. Alfred Nobel gehörte schon seit vielen Jahren zu seinen persönlichen Helden. Als Chemiker, Erfinder, Unternehmer und furchtloser Abenteurer war Nobel ein Vorbild für Andrées Ambitionen. Der ältere Herr nahm seinen pelzbesetzten Mantel und den Hut ab und reichte sie Andrée. Dann ließ er sich auf einem Stuhl nieder, wobei er mit seinem Gehstock laut auf den Boden zwischen seinen langen dürren Beinen schlug. Er nickte abrupt, womit er Andrée wohl mitteilen wollte, dass auch er sich setzen durfte.

»Im Jahre 1867 erhielt ich das Patent auf Dynamit, Herr Andrée, und in den folgenden zwei Jahrzehnten hat man mich kein einziges Mal aufgefordert, einen Antrag auf Patenterneuerung zu stellen.« Nobels Ton war bestimmt, aber nicht unhöflich.

Andrée hätte sein Gegenüber gern darauf hingewiesen, dass es Nobels Anwälte waren, die sich weigerten, für diesen Fehler geradezustehen, und sein wiederholtes Ersuchen um Bereinigung der Angelegenheit geflissentlich ignoriert hatten. Stattdessen sagte er jedoch: »Meine Vorgänger und das Amt haben diesen Umstand übersehen, und dafür möchte ich mich entschuldigen, Herr Nobel. Dennoch schreibt das Gesetz vor, dass Patente alle sieben Jahre erneuert werden müssen, sonst laufen sie aus.«

Auf seinen Stock gestützt beugte Nobel sich vor und musterte Andrée. »Verstehe ich Sie richtig, dass jede dahergelaufene Person in den letzten dreizehn Jahren durch einfache Antragstellung ein Patent auf Dynamit bekommen hätte?«

»Ja, das ist richtig.«

»Sie sind erstaunlich gelassen, Herr Andrée. Das hätte sehr, sehr böse ausgehen können.«

»Die möglichen Konsequenzen sind mir durchaus bewusst«, erwiderte Andrée. »Doch nichts davon ist eingetreten, und der nächste Schritt besteht darin, diesen Misstand sofort zu beheben. Ich werde meinen Sekretär anweisen, die nötigen Unterlagen und ein wenig Tee vorzubereiten.« In den vergangenen zwei Jahren seiner Amtszeit hatte Andrée viele solcher Nachlässigkeiten des Patentamtes bereinigt. Nichts war ihm verhasster als unerledigte Angelegenheiten und Schlamperei.

Er verließ das Büro und kehrte kurze Zeit später mit einem Tablett und den Unterlagen zurück. »So, da haben wir alles. Sollen wir gemeinsam die nötigen Papiere ausfüllen?«

Andrée schenkte Tee ein und setzte sich wieder. Nachdem er Nobel einige Fragen gestellt hatte, notierte er sich die Antworten. Als er fertig war, las er alles noch einmal durch.

»Das war's. Sie müssen noch auf jeder Seite unterschreiben, mein Herr, und Ihr Patent wird erneuert.«

»Vielen Dank, Herr Andrée. Sie sind sehr tüchtig. Ich wünschte, Ihre Vorgänger hätten ähnlichen Sachverstand walten lassen.«

Andrée lächelte. Die anfängliche Missstimmung zwischen den beiden Männern war verflogen. Andrée beobachtete Nobel dabei, wie er jede Seite durchlas und unterschrieb. Der Chefingenieur ging ganz und gar in seiner Karriere auf und hatte sich von allen gesellschaftlichen Verpflichtungen losgesagt, und dazu gehörte auch der Umgang mit Frauen. Doch für ihn bedeutete dies kein Opfer. Er wusste, dass seine Kollegen ihn für arrogant, unfreundlich und sogar leicht verrückt hielten. Seit seiner Kindheit hatte er nur ein Ziel gehabt – Herausragendes zu leisten. Was konnte er von dem Herrn ihm gegenüber lernen? Hier bot sich eine Gelegenheit, die Andrée nicht ungenutzt verstreichen lassen wollte. »Wenn Sie noch ein wenig Zeit erübrigen könnten, mein Herr, hätte ich ein anderes Anliegen, das ich gern mit Ihnen besprechen würde.«

»Nur zu. Fahren Sie fort.«

»Letztes Jahr habe ich eine Organisation gegründet, die Vereinigung der Erfinder. Der Schwedischen Erfinder. Ich möchte, dass diese Menschen in unserem Land ein höheres Ansehen genießen, sie bei ihren Fragen zu Patenten und dergleichen beraten und ihnen den Austausch mit Gleichgesinnten ermöglichen. Ich hatte gehofft, Sie für diese Sache gewinnen zu können. Ihre Unterstützung würde unser Anliegen sehr fördern.«

»Das klingt ja höchst interessant.«

Das erste Treffen der beiden Pioniere dauerte drei Stunden. Fast zu jedem Thema hatten die Männer unterschiedliche Meinungen, sei es Wissenschaft, Technik, Religion oder Politik. Doch am Ende dieses langen Gesprächs hatte Nobel sich einverstanden erklärt, bei der nächsten Versammlung der Vereinigung der Schwedischen Erfinder im folgenden Monat als Redner zur Verfügung zu stehen.

Beschwingt begleitete Andrée seinen Gast bis zur Straße und half ihm in die wartende Kutsche. Die beiden verabschiedeten sich mit einem Händedruck.

Kapitel 14

STOCKHOLM, SCHWEDEN
AUGUST 1895

Anna saß auf der Granitbank im hübschen kleinen Garten vor der Küche der Strindbergs. Sie spürte, wie die Kälte der Sitzfläche durch ihr Kleid hindurch bis zu ihren Oberschenkeln vordrang. Doch sie genoss dieses Gefühl, denn im Salon der Strindbergs war es unerträglich stickig gewesen. Am klaren, spätsommerlichen Himmel ging die Sonne unter und ließ die weißen Steinplatten des Hofs aufleuchten, sodass sie die Augen schließen musste.

Anna kämpfte mit den Tränen. Im Juni, an Mittsommer, hatte Nils ihr einen Heiratsantrag gemacht, ihr die Expedition aber verschwiegen. Sie hatte den Antrag ohne nachzudenken angenommen, doch jetzt ging er in die Welt hinaus und ließ sie zurück.

Anna hörte, wie sich die Tür öffnete, und wenig später spürte sie eine sanfte Berührung im Nacken. Sie wunderte sich über Nils' plötzliche Zärtlichkeit. Doch weil sie das Gefühl genoss, hielt sie die Augen geschlossen und neigte den Kopf ein wenig vor. Sie spürte seinen warmen Atem auf ihrer Haut und schauderte. Er massierte ihr die Schultern, und Anna fand den sanften Druck seiner Hände ganz wunderbar. Sie seufzte, umschloss seine Hände, führte sie über ihre Schultern und legte den Kopf in den Nacken. Sie küssten sich.

Doch plötzlich fuhr Anna hoch. »Erik!«, rief sie entsetzt. »Wie kannst du es wagen?«

»Willst du mir tatsächlich weismachen, du hättest mich nicht erkannt? Sind mein Bruder und ich uns so ähnlich?«

»Selbstverständlich dachte ich, es wäre Nils. Glaubst du, ich hätte dir sonst erlaubt, mich anzufassen und zu küssen? Wenn uns jemand gesehen hätte ...« Anna war zornig.

»Ich habe gemerkt, wie aufgelöst du warst. Ich wollte dich nur trösten.«

»Kein Wunder, dass ich aufgelöst war. Das waren wir ja wohl alle.« Ihre Stimme hallte lauter im Garten wider, als sie es beabsichtigt hatte. Doch Erik hatte recht, sie brauchte in diesem Augenblick Trost, und er war der Einzige in diesem Haus, der das gespürt hatte. »Was erwartest du von mir?«, fragte sie etwas ruhiger. »Soll ich Nils verlassen und mit dir durchbrennen? Selbst, wenn ich das wollte – das könnte ich Nils nie antun.« Anna hatte noch nie so offen mit jemandem darüber gesprochen. »Ich kann nicht glauben, dass er mir einen Heiratsantrag gemacht hat, obwohl er vorhatte, mich zu verlassen – und das nach so kurzer Zeit!«

»Nils hat noch nie viel über die Konsequenzen seines Handelns nachgedacht«, meinte Erik. »Sobald ihn eine Idee fasziniert, widmet er sich ihr mit Leib und Seele ... und denkt nicht daran, welche Folgen das für andere haben könnte.«

»Warum verteidigst du ihn?«

»Er ist mein Bruder. Ich kann nichts dafür, dass er auch ein Narr ist.« Beide lächelten. »Es war falsch, dir einen Heiratsantrag zu machen, wo er doch an der Expedition teilnehmen will. Wahrscheinlich hat ihn eine romantische Laune beim Mittsommerfest dazu getrieben … doch du solltest seine Aufrichtigkeit nicht anzweifeln.«

Eine Weile betrachtete Erik schweigend seine Hände.

»Warum hast du seinen Antrag angenommen?«, fragte er schließlich.

Obwohl Anna Mittsommer mit Nils verbracht hatte, war sie in Gedanken bei Erik gewesen. Er hatte den Sommer nicht in Stockholm, sondern auf Reisen in Frankreich verbracht. Sie hatte ihn die ganze Zeit über vermisst. Oft schloss sie die Augen und dachte an jenen Nachmittag in der Ausstellung zurück und an das wohlige Schaudern, das er bei ihr ausgelöst hatte. Egal, wie sehr sie sich schalt, sie konnte der Verlockung nicht widerstehen.

In letzter Zeit hatte sie sich oft von außen betrachtet und ihre Handlungen als irrational und absurd empfunden.

»Ich konnte nicht anders.«

»Liebst du Nils denn?«

»Irgendwie schon.« Anna berührte vorsichtig Eriks Hand. Sie hoffte, er würde die Bedeutung dieser kleinen Geste verstehen.

»Heirate mich, Anna. Heirate mich und komm mit mir nach Amerika.« Erik sprach leise, aber mit Nachdruck. »Ich liebe dich, Anna. Seit ich dich das erste Mal gesehen habe. Und obwohl du es nie ausgesprochen hast, glaube ich, dass auch du mich liebst.«

Anna rang um Fassung, bevor sie antwortete. Sie wollte weder Erik noch Nils verletzen. Doch Erik hatte recht, und die Vorstellung, mit ihm nach Amerika zu fliehen, war sehr verlockend. Die Heftigkeit ihrer Gefühle für ihn erschreckte und erregte sie zugleich. Er würde alles daran setzen, sie glücklich zu machen. Doch sie konnte nicht mehr zurück, ihr Weg mit Nils war bereits vorgezeichnet. Nils war liebevoll, großzügig und humorvoll. In seiner Gesellschaft war sie entspannt und zufrieden. Obwohl sie zornig und gekränkt war, weil er seine Entscheidung ohne sie getroffen hatte, wollte sie die Verlobung nicht lösen, denn damit würde sie ihn nur unnötig strafen. Nils war empfindsam und weniger belastbar als sein Bruder.

Sie fragte sich, wie das vergangene Jahr verlaufen wäre, wenn sie Nils nicht kennengelernt hätte oder es ihn gar nicht geben würde. Hätte sie sich nach ihrer ersten falschen Entscheidung auf eine Beziehung mit Erik eingelassen? Wäre es zu einer dauerhaft glücklichen Ehe mit ihm gekommen? Wahrscheinlich. Doch Nils war auf der Welt, sie hatte ihn im Haus der Larssons kennengelernt, und dass er Eriks kleiner Bruder war, konnte nur als bedauerliche Wendung des Schicksals, als unerfreulicher Zufall gewertet werden.

»Ich werde auf Nils warten. Verzeih, Erik. Ich will die Anziehung zwischen uns nicht leugnen. Du siehst gut aus, bist intelligent, sehr amüsant und ich genieße deine Gesellschaft.« Sie erhob sich und sammelte sich kurz, bevor sie fortfuhr. »Aber ich will Nils nicht wehtun, und ich glaube, dir geht es ebenso. Ich danke dir für dein liebes Angebot. Ich hoffe, dass wir dennoch Freunde bleiben können. Gute Nacht, Erik.«

Als sie in die Küche zurückkehrte, schloss sich über ihr leise ein Fenster. Doch sie war so in ihren Gedanken gefangen, dass sie es nicht hörte. Erik spähte hinauf in den ersten Stock, aber dort war alles dunkel.

Kapitel 15

STOCKHOLM, SCHWEDEN
MITTSOMMER, JUNI 1895

Nils hielt Annas Taille beim Tanzen fest umschlungen. Sie hatten vor Sonnenuntergang gegessen und geschlafen, sodass sie sich jetzt, um vier Uhr morgens, in inniger Umarmung und unbeschwert auf dem Tanzboden amüsieren konnten. Federleicht fühlte sich Anna, als sie so mit Nils über die Holzbretter wirbelte. Sie schmiegte sich an seinen Hals und roch seinen Atem, der sommerlich nach Erdbeeren duftete. In der wärmenden Morgensonne küsste er sie auf die geröteten Wangen. Nie war sie glücklicher gewesen.

Die Sonnenwendfeier war Annas Lieblingsfest. Sie genoss die beschwingte Leichtigkeit, die die ganze Stadt erfüllte. Das Fest mit seinen üppigen Speisen, Geselligkeit und Blumen war wie ein Licht in dunkler Zeit.

»Hast du Blumen unters Kissen gelegt, Anna?«, flüsterte Nils ihr ins Ohr.

»Natürlich nicht. Was für ein dummer Aberglaube.«

»Aber was ist mit deinem zukünftigen Mann? Woran willst du ihn erkennen, wenn er im Traum zu dir kommt?«

»Ich glaube, er ist schon bei mir«, erwiderte Anna keck und küsste ihn sanft.

So tanzten und lachten sie, Stunde um Stunde. Fast kam sie sich vor wie im siebten Himmel, wenn sie es nicht besser gewusst hätte. Das Wasser, die aufgehende Sonne, die kühle Brise und der Duft von Erdbeeren – etwas Schöneres konnte sie sich gar nicht vorstellen.

Doch plötzlich verstummte die Kapelle. Eilig verstauten die Musikanten ihre Instrumente in den Koffern. Andere machten sich gar nicht erst die Mühe, sondern flohen, das Instrument in der einen, den Koffer in der anderen Hand, hastig von der Bühne.

Verwirrt blickte Anna zu Nils, doch der hatte die Augen geschlossen und hielt sie nur noch fester.

Anna beobachtete, wie die Gäste fluchtartig den Tanzboden verließen. Dann bemerkte sie das Wasser, das um ihre Füße floss. Das Wasser war über die Ufer getreten und überflutete auch den Ponton, auf dem sich der Tanzboden befand. Einige Frauen hoben die Röcke und suchten auf höher gelegenem Gelände Zuflucht, andere wurden von ihren Partnern ins Trockene getragen, nur Anna und Nils blieben wie angewurzelt stehen. Sie versuchte, sich aus Nils' Griff zu befreien, doch er bemerkte weder den Aufbruch der anderen Gäste, noch das Wasser, sondern lächelte vor sich hin und schnupperte an ihrem Haar. Bald löste sich der Ponton aus der Verankerung und trieb schwankend über die Bucht.

Am Ufer hatte sich mittlerweile eine Menschenmenge versammelt, die den beiden zurief, sie sollten springen und ans Ufer schwimmen. Da versetzte Anna Nils einen Stoß und merkte, dass sie die Füße nicht vom Boden lösen konnte. Sie versuchte die Schuhe abzustreifen, doch die Insel schwankte und schaukelte so stark, dass sie hinfiel. Nils half ihr wieder auf die Beine und hielt sie fest. Mit sanfter Stimme versicherte er ihr, dass ihnen nichts geschehen würde. Sie standen schon bis an die Oberschenkel im Wasser und klammerten sich aneinander fest. Schließlich gab Anna den Kampf auf. Die Stimmen am Ufer hörte sie nicht mehr, als sie langsam in Nils Armen unter Wasser glitt.

Während sie tiefer sanken, durchbrachen die Sonnenstrahlen die Wasseroberfläche und tauchten Nils' Gesicht in ein fast feierliches Licht. Anna spürte, wie ihr Brustkorb immer enger wurde, doch sie blickte unverwandt in Nils' friedliche blaue Augen, und ihre Angst wich. In den starken Armen ihres Liebsten schmiegte sie sich an seine Schulter und schloss die Augen.

Anna erwachte. Verwirrt sah sich im Schlafzimmer um, fasste sich an Brust und Stirn. Sie schwitzte, und ihr langes Haar klebte an ihrem Gesicht. Sie strich es zurück, und ihr Blick fiel auf ihren Mann Gil, der friedlich neben ihr lag und schlief. Auf dem Nachttisch hinter ihm stand ein Wecker, die Zeiger standen auf Viertel nach drei.

Anna schlug die Bettdecke zurück und trat ans geöffnete Fenster. Während sie die kühle Nachtluft einatmete, kam sie langsam wieder zur Ruhe.

Als sie eine Weile hinter den zugezogenen Vorhängen am Fenster gesessen hatte, fing sie an zu zittern. Eigentlich musste sie das verschwitzte Nachthemd ausziehen, wenn sie sich nicht erkälten wollte. Doch ihr fehlte einfach die Kraft dazu. Seit sie von der Entdeckung auf Kvitøya erfahren hatte, war sie nicht mehr sie selbst. Manchmal hatte sie das Gefühl, dass dies in den letzten dreißig Jahren nie anders gewesen war.

Der Wunsch, einfach allem zu entfliehen, der sie schon so lange begleitete, war inzwischen übermächtig geworden.

Der Vorhang wurde abrupt zur Seite geschoben. »Hallo, meine Süße«, sagte Gil und setzte sich neben sie. »Kannst du nicht schlafen?«

»Ich habe schlecht geträumt.«

»Kann ich dir was holen? Ein Glas Wasser vielleicht?« Sanft strich er ihr über die Wange, dann berührte er besorgt ihren Arm.

»Du bist ja völlig durchgefroren! Komm, ich hole dir deinen Morgenmantel.« Gil kam mit den beiden Morgenmänteln zurück. Er war groß, hatte einen unförmigen Körper, und seine Bewegungen waren langsam, aber zielgerichtet. Immer wieder hatte Gils vorsichtige Art sie beruhigt und entspannt. So auch jetzt.

Er legte ihr den Morgenmantel um die Schultern und schloss sie fest in die Arme. Obwohl ihr schnell wieder warm wurde, brannte ihr Gesicht noch immer vor Kälte. Das Gefühl erinnerte sie an den Winter in Schweden. Sie seufzte.

Anna spürte, wie Gil sich entspannte, sein Kopf lag schwer auf ihrer Schulter. Er war dabei, einzuschlafen. Seine Schicht im Hotel ging bis Mitternacht, um halb eins war er neben sie ins Bett gekrochen. In seinen massigen Armen, erhitzt von seinem Körper und seinem warmen Atem, schloss Anna die Augen und gab sich dem Augenblick hin.

Stubbendorff lag in seinem beengten Zimmer auf dem schmalen Bett und starrte auf den Riss, der sich quer über die Decke zog. Während er sich noch eine Zigarette anzündete, fragte er sich, wie spät es wohl war. Wie lange hatte er schon hier gelegen und über die dramatischen Begebenheiten nachgedacht, in die er nun verwickelt war?

Der Besuch bei Tore Strindberg hatte ihn in seinem Entschluss bestärkt, aber er war auch enttäuscht gewesen. Der kurze Einblick in das Leben des Künstlers hatte ihn zwar belebt und inspiriert, doch er hatte immer noch keine Ahnung, wo oder wie er Anna Charlier finden könnte. Ob sie wusste, dass man das Lager in Kvitøya gefunden hatte? Die Nachrichten von der Entdeckung waren um die Welt gegangen. Sie müsste zum Einsiedler geworden sein, um es nicht erfahren zu haben.

Als er sich auf die Seite drehte, fiel sein Blick auf die einzelnen Blätter aus dem Tagebuch von Nils Strindberg, die neben seinem Bett auf dem Boden lagen. Er hatte sie so oft gelesen, dass er sich an jedes Wort erinnerte. In diesem Buch, diesem Stück Geschichte mit seinen kleinen Wasserschäden, lag der Grund für seine Schlaflosigkeit. Drei Männer waren auf Kvitøya gestorben, doch die Geschichte war noch nicht zu Ende. Das wäre sie erst, wenn Anna Charlier das Tagebuch in den Händen hielte und die Briefe gelesen hätte, die Stubbendorff auswendig kannte. Er würde keine Ruhe finden, bevor sie es nicht in Händen hielt.

Wieder dachte er über das nach, was er bisher in Erfahrung gebracht hatte. Soweit er dies einschätzen konnte, hatte zwischen den Verlobten kein Streit geherrscht. Nils hatte ihr von seiner Freude über die bevorstehende Hochzeit und ihre gemeinsamen Zukunft geschrieben. Anna schien ein Teil der Familie gewesen zu sein. Seltsam war allerdings, dass sie dann einfach verschwunden war, wie Tore ihm erzählt hatte. Man würde doch meinen, dass die Familie ihr Trost gespendet hätte.

Es gab mehrere Spuren, die Stubbendorff verfolgen konnte. Mit Tore hatte er bereits gesprochen, dem Bruder, über den Nils mit so viel Liebe geschrieben hatte, der aber keine Ahnung hatte, wo Anna sich aufhielt. Obwohl seine Abschiedsbemerkung doch sehr merkwürdig gewesen war. Welches Unrecht hatte er ihr wohl vor all diesen Jahren angetan? Erik Strindberg war direkt nach dem Aufbruch der Expedition nach Amerika ausgewandert, und Nils' Vater war vor vielen Jahren gestorben. Als Nächstes würde sich Stubbendorff an Sven Strindberg und dessen Mutter wenden, und natürlich würde er Gota, Annas Schwester, aufsuchen. Er drückte die Zigarette aus, schob das Kissen zurecht und las die vertrauten Zeilen erneut.

Kapitel 16

STOCKHOLM, SCHWEDEN
APRIL 1895

»Können Sie sich noch an mich erinnern, Herr Andrée?« Alfred Nobel stand auf derselben Türschwelle, auf der er bereits vor acht Jahren gestanden hatte. Er war deutlich gealtert. Sein Haar und Bart waren weißer, er stützte sich schwer auf seinen Gehstock, und die Zeit hatte die Falten noch tiefer in sein Gesicht gegraben. Doch seine Stimme, die durch das Büro hallte, klang wie eh und je.

»Aber selbstverständlich, Herr Nobel. Wie schön, Sie wiederzusehen.« Andrée ergriff die Hand des Mannes und schüttelte sie herzlich, während Nobel seinem Gegenüber den Arm drückte. »Ich bin sicher, Ihre Patente wurden erneuert. Darum habe ich mich persönlich gekümmert.«

Nobel betrat das Zimmer und sah sich um. Der Schreibtisch war leer, überall am Boden lagen Aktenberge, und in den Ecken standen ordentlich gestapelte Kartons.

»Ich komme nicht wegen der Patente, mein Freund. Aber offenbar habe ich Glück, Sie überhaupt noch hier anzutreffen. Geben Sie Ihre Stellung auf?«

»Ja, das ist meine letzte Woche. Nächstes Jahr gehe ich auf eine lange Reise, und darauf muss ich mich vorbereiten.«

»Nur nicht so bescheiden, mein lieber Herr Andrée – darf ich Sie Salomon nennen?« Nobel lachte. »Ich habe in der Zeitung von Ihren Plänen gelesen. Ehrlich gesagt habe ich Ihre Karriere seit unserem letzten Treffen genau verfolgt.«

»Ich fühle mich geehrt.«

»Im Februar, als Sie Ihre Rede vor der Akademie der Wissenschaften gehalten haben, war ich leider in Amerika. Meine Abwesenheit habe ich sehr bedauert. Danke Ihnen trotzdem für die Einladung.« Andrée nickte, während Nobel sich vorsichtig auf einem Stuhl niederließ. »Aber ich habe das Protokoll gelesen. Ihre Rede war hervorragend, sehr überzeugend.«

»Und wieder fühle ich mich sehr geehrt.« Andrée war in der Tat hocherfreut. Oft hatte er an sein Treffen mit Alfred Nobel und dessen Rede vor der Vereinigung der Schwedischen Erfinder zurückgedacht. Damals hatte sogar das *Aftonbladet* darüber berichtet. Im Zuge dieser Veranstaltung waren die Mitgliederzahlen in die Höhe geschnellt. Andrée fühlte sich dem Mann zutiefst verpflichtet. Doch er hatte nicht damit gerechnet, dass ein Mann vom Kaliber eines Alfred Nobel auch nur einen weiteren Gedanken an einen kleinen Angestellten im Patentamt verschwenden würde.

»Darf ich offen sprechen?«, fragte Nobel. Andrée nickte. »Man hat mir empfohlen, meine letzten Dinge zu ordnen – bedeutungsschwangere Worte. Meine Ärzte glauben offenbar, dass ich nicht mehr lange auf dieser Welt weilen werde.« Nobel erhob sich und trat um die Aktenstapel herum ans Fenster.

»Ich habe keine Kinder, Salomon. Meine Brüder und Neffen werden mein Unternehmen erben. Aber ich möchte Ihnen helfen.« Nobel wies auf einen Stuhl.

Andrée ließ sich darauf nieder.

»Ich betrachte mich als Weltbürger, habe in mehreren Ländern gelebt und noch mehr besucht. Reisen hat mich in vielerlei Hinsicht weiser und reicher gemacht. Mein lieber Freund Victor Hugo hat mich einmal als Europas reichsten Vagabunden bezeichnet. Im Alter bin ich anscheinend sentimental geworden. Mein Land hat mir viel gegeben, jetzt würde ich Schweden gern etwas zurückgeben.«

Andrée fehlten die Worte, denn er konnte sich denken, was Nobel vorschlagen würde.

»Ihre Expedition verdient Hochachtung, und Sie auch. Mit einem Ballon zum Nordpol fahren? Mancher würde das als Torheit bezeichnen. Ich aber nenne es eine mutige Pioniertat. Kein Mensch hat das bisher geschafft, gleichgültig, mit welchem Transportmittel. Ich würde Sie gern unterstützen und Ihre Ballonfahrt finanzieren.«

Andrée hatte zwar die Kosten der Expedition berechnet, doch an mögliche Sponsoren bisher keinen Gedanken verschwendet. Er war einfach davon ausgegangen, dass Industrielle, Mitglieder der Königsfamilie und andere Honoratioren ebenfalls fest mit dem Erfolg seines Unternehmens rechnen und ihn unterstützen würden. »Ich bin Ihnen sehr dankbar, doch es gibt sicherlich würdigere Zwecke, in die Sie investieren könnten. Ich zweifele nicht daran, dass ich das Geld bekommen werde.«

»Seien Sie nicht naiv, Salomon, und erwarten Sie bloß nicht, dass Sponsoren bei Ihnen Schlange stehen. Die reichsten Menschen sind auch die geizigsten. Ich kenne mich da aus, denn ich gehöre dazu. Ich rate Ihnen, möglichst viel Geld zu erbetteln, zu leihen und, wenn nötig, zu stehlen. Das habe ich auch nicht anders gemacht.«

Nobel zog einen Umschlag aus der Innentasche seines Mantels. Es handelte sich um einen Scheck über zwanzigtausend Kronen. Die Summe war über dreißig Mal höher als Andrées Jahreseinkommen.

Er schüttelte Nobel die faltige Hand. »Ihre Investition wird sicher belohnt«, sagte er.

Am Ende der folgenden Woche, die Andrée damit verbracht hatte, Sponsoren und Direktoren um finanzielle Mittel anzugehen, begann er, an seiner Überzeugungskraft zu zweifeln.

Andrée schrieb Nobel einen weiteren Dankesbrief, in dem er auch darauf hinwies – mit voller Absicht, wie Nobels Sekretär befand –, dass das Spendenaufkommen wenig ermutigend ausgefallen war. Schon drei Tage später erhielt Andrée einen weiteren Scheck über fünfundsechzigtausend Kronen – die Hälfte der geschätzten Expeditionskosten.

Stubbendorff wälzte sich schlaflos in seinem Bett herum, bis er sich im Morgengrauen schließlich geschlagen gab. Als aus dem Café der Duft nach Kaffee in seine Wohnung hinaufzog, schlug er endgültig die Bettdecke zurück und stand auf. Rasch wusch und kleidete er sich, denn er wollte seiner Wohnung so schnell wie möglich entfliehen. Sein Tornister war momentan der wertvollste Gegenstand, den er besaß. Er sprang die Treppen hinunter auf die Straße. Trotz der schlaflosen Nacht strotzte er vor Tatendrang. Er hatte drei Spuren, die er bis zum Ende verfolgen würde.

»Guten Morgen, Knut. Welch seltener Anblick! Als du noch angestellt warst, habe ich dich zu einer so frühen Stunde nie so munter gesehen. Was hast du denn vor?« Die anderen Gäste lachten, als Ivar Skarsgård Stubbendorff mit diesen Worten einen Kaffee über den Tresen schob.

»Ach, nichts Besonderes.« Stubbendorff kannte den Humor seines Vermieters.

»Bei einem Arbeitgeber willst du dich in dem Aufzug wohl kaum vorstellen. Muss ich mir wegen der Miete Sorgen machen?«

»Überhaupt nicht.« Rasch trank Stubbendorff seinen Kaffee aus und schob dem Mann einen Zehn-Kronen-Schein hin, mehr als genug für das Getränk.

»Huch, so ein großzügiges Trinkgeld. Wer ist gestorben?«

»Ich bin zu etwas Geld gekommen. Das sollte für die nächsten drei Monate reichen. Du musst dir über meine finanzielle Zukunft keine Sorgen machen, Ivar.«

»Aber ich mache mir Sorgen, Knut. Wo kommt das Geld her? Pferdewetten? Kampfhunde? Wird demnächst die Polizei an meine Tür klopfen?« Skarsgård brach in brüllendes Gelächter aus und blickte Beifall heischend in die Runde. Seine Gäste stimmten lauthals ein.

»Du hast eine allzu schlechte Meinung von mir. Es handelt sich um eine Sonderzahlung von meinem Arbeitgeber. Ein Zeichen der Dankbarkeit für meine Verdienste um seine Zeitung.« Stubbendorffs Stimme hatte einen angriffslustigen Unterton.

»Ha! Jetzt weiß ich genau, dass du die Unwahrheit sagst. Du bist doch der größte Faulpelz, den ich kenne.«

»Ich habe ein neues Kapitel aufgeschlagen, Ivar. Mein Leben wird sich völlig verändern.«

»Und wie?«

Auf dem Weg zur Tür wandte sich Stubbendorff noch einmal um. »Das weiß ich noch nicht so genau«, sagte er. Zum ersten Mal seit er denken konnte, fehlten dem alten Sack hinter der Theke die Worte.

»Ich kann Ihnen nicht helfen, Stubbendorff.«

»Die Information, die ich brauche, ist nicht für meine Zeitung. Keine Sorge, es handelt sich um eine persönliche Angelegenheit.«

»Nein, kommt überhaupt nicht infrage.« Der junge Beamte vom Standesamt kam hinter seinem Schreibtisch hervor und ergriff Stubbendorffs Arm. »Ich möchte, dass Sie jetzt verschwinden. Wenn Frost Sie hier erwischt, schmeißt er mich raus.« Er bugsierte Stubbendorff unsanft zur Tür.

»Seien Sie doch vernünftig, Palmgren. Zwei Namen brauche ich, mehr nicht. Ich verspreche Ihnen, dass ich Sie danach nie mehr belästige.« Stubbendorff faltete die Hände wie zum flehenden Gebet und rang sich ein gewinnendes Lächeln ab.

»Muss ich Sie denn daran erinnern, Stubbendorff, dass Sie mich fast um die Stelle und meinen guten Ruf gebracht hätten? Sie haben vertrauliche Informationen in der Zeitung zitiert. Frost war völlig außer sich. Ich hatte Ihr Wort, doch das war wertlos. Ich hatte noch drei Monate Probezeit. Und ich wollte heiraten. Drei Monate hatte ich Angst, dass man mich rauswirft.«

»Palmgren, Sie sind zwar Angestellter der schwedischen Kirche, aber ein Mönch sind Sie nicht, das weiß ich ganz genau.«

»Was soll das heißen?«, fragte der junge Mann argwöhnisch.

»Muss ich Sie an den Abend des 16. Juli 1929 erinnern, Palmgren? Wer hat dafür gesorgt, dass nichts über diesen Vorfall im *Aftonbladet* zu lesen war? Frost war es nicht, aber ich kann mich bestimmt wieder daran erinnern, wer …« Stubbendorff schloss die Augen und tat, als würde er sich einen bestimmten Namen ins Gedächtnis rufen wollen. »Fröken Maria Olander. Die lässt sich bestimmt leicht finden. Ich brauche nur an ihren üblichen Aufenthaltsorten zu suchen. Eine sehr hübsche Dame, wenn ich mich recht erinnere. Wie viel hat sie Ihnen noch gestohlen, während Sie schliefen? Fünfundsiebzig Kronen? Geld, das Sie beim Pferderennen gewonnen hatten, nicht wahr? Fröken Olander hat es vermutlich schon ausgegeben, aber sie wäre sicher gern bereit, Frost ihre Sicht auf die Dinge zu erzählen. Ich bin mir nur nicht ganz sicher, wie die Kirche auf einen solchen Skandal reagieren würde. Vermutlich wird man es vertuschen wollen. Also wird man Sie natürlich feuern. Vielleicht möchte man an Ihnen aber auch ein öffentliches Exempel statuieren. Das sähe der Kirche doch ähnlich, oder?« Stubbendorff sparte sich das Beste bis zum Schluss. »Haben Sie nicht vor Kurzem geheiratet?«

Markus Palmgren brachte kein Wort hervor. Innerlich fragte er sich, was schlimmer wäre, der Zorn seiner Frau, der seines Chefs oder der des Herrn.

Stubbendorff lächelte milde. »Ich glaube, wir sind quitt. Ich arbeite nicht mehr für die Zeitung. Schauen Sie einfach nach, was Sie zu den beiden Namen finden können, dann sind Sie mich endgültig los.«

»Welche Namen?«

»Anna und Gota Charlier. Mehr Information habe ich nicht.« Stubbendorff gab Palmgren einen Zettel mit den Namen der beiden Frauen.

Palmgren nickte, schob das Papier in seine Hosentasche und setzte sich wieder an seinen Schreibtisch.

Als Stubbendorff an diesem Nachmittag zurückkehrte, fing Skarsgård ihn ab. »Gut, dass ich dich erwische, Knut. Ich habe einen Brief für dich.« Er wartete, bis Stubbendorff zu ihm an den Tresen kam.

»Der Bursche, der ihn abgegeben hat, sah sehr nervös aus. Hat nicht mal was getrunken. Ist er ein Informant? Betreibst du irgendwelche dunklen Geschäfte?«

»Nein, nicht im Geringsten. Keine Ahnung, worum es da geht.« Stubbendorffs wortkarge Reaktion ärgerte Skarsgård. Er warf ihm den Umschlag hin, sodass er auf dem Boden landete.

»Ein belegtes Brot und eine Tasse Kaffee«, sagte Stubbendorff, hob den Brief auf und zog sich an einen Tisch am Fenster zurück.

KNUT STUBBENDORFF: STRENG VERTRAULICH, stand in dicken Lettern auf dem Umschlag. So ein Trottel, dachte Stubbendorff. Kein Wunder, dass Skardsgård neugierig geworden war. Er öffnete den Umschlag und überflog den Inhalt.

Gota Elin Gustava Charlier (geb. 3. März 1869), ehelichte
William Neve am 13. Oktober 1913
Beruf des Ehemannes: Metzger
Keine Kinder
Gota Neve, geb. Charlier
Letzte bekannte Anschrift: Munkbroleden 32
Beruf: Näherin

Anna Albertina Constancia Charlier (geb. 25. Juli 1871)
Beruf: Gouvernante
Letzte bekannte Anschrift: Stensbastugränd 21

Als Skarsgård das Brot und den Kaffee servierte, faltete Stubbendorff den Brief zusammen und steckte ihn wieder in den Umschlag.

AFTONBLADET, STOCKHOLM, SCHWEDEN,
3. MAI 1896

Andrées tollkühne Reise

Die Ballonexpedition des Salomon Andrée ist nun bis zur Abfahrt finanziell abgesichert. Dank der freundlichen Unterstützung von König Oskar II. und diversen Zuwendungen anderer Stellen konnten die Organisatoren der Expedition den Ballon und das nötige Zubehör erwerben.

Vom Startpunkt bis zum Nordpol sind es mehr als tausend Kilometer. Andrée geht davon aus, den Weg schnell zurücklegen zu können, wenn er sein Luftschiff in eine Strömung lenken kann, die ihn direkt nach Norden trägt. Meteorologen halten den Glauben an dieses Phänomen zwar für töricht, da Andrée aber schon lange in dieser kalten Region gelebt hat, mögen seine Erkenntnisse nicht ganz abwegig sein. Durch die Kraft des Windes könne sein Ballon in überraschend kurzer Zeit die Gegend um den Nordpol erreichen, behauptet Andrée.

Tatsächlich gehen die Forscher davon aus, innerhalb von nur vierzig Stunden an ihr Ziel zu gelangen und es näher in Augenschein nehmen zu können. Danach planen sie, sich auf die Suche nach der nächsten Siedlung zu machen, allerdings in geringerem Tempo. Spätestens nach fünfzehn Tagen werden Andrée, Strindberg und Ekholm ihren Berechnungen zufolge sicher, wohlbehalten und mit intaktem Ballon in Britisch-Nordamerika landen.

Kapitel 17

STOCKHOLM, SCHWEDEN
MAI 1895

Der König saß an seinem monumentalen Schreibtisch, als Kommandant Ehrensvärd von der Königlichen Marine seine Privatgemächer betrat. Ehrensvärd stand eine ganze Weile vor dem Monarchen, bis dieser endlich seinen Kopf hob und das Schriftstück, dem er zuvor größte Aufmerksamkeit geschenkt hatte, über den Schreibtisch schob. König Oskar lehnte sich auf seinem Stuhl zurück und strich sich bedächtig über den ergrauten Bart, während Ehrensvärd das Dokument rasch überflog. Er hatte es bereits am Tag zuvor gründlich gelesen.

»Setzen Sie sich.« Der König wies auf einen freien Stuhl. »Was halten Sie davon?«

»Andrée kann in seiner Argumentation sehr überzeugend sein.«

»Und, hat er Sie überzeugen können?« Der König beäugte seinen Berater kritisch.

»Nein. Ich kann nur empfehlen, dieses Vorhaben nicht zu unterstützen, weder finanziell, noch politisch. Sein Plan scheint mir …«, Ehrensvärd suchte nach dem passenden Wort, »… unklug.«

»Tatsächlich? Wie interessant. So, wie er die Pläne in seinem Vortrag darstellte, fand ich sie durchaus nachvollziehbar.« Mit seinen sechsundsechzig Jahren war der König noch genauso scharfsinnig wie bei seiner Inthronisierung vor fast einem Vierteljahrhundert. Kapitän Ehrensvärd war mit solchen Beratungsgesprächen bestens vertraut. Er wusste, dass der König keinen Aspekt unbeachtet lassen würde, bevor er schließlich seine Entscheidung traf.

»Nachvollziehbar, ja – sehr verführerisch. Aber höchst unrealistisch. Der Mann ist ein Traumtänzer, Majestät. Er hat zwar ein wenig Erfahrung mit der Ballonfahrt, ist neunmal mit seinem Luftschiff, der *Svea*, aufgestiegen, aber in der arktischen Wildnis kennt er sich nicht aus. Er ist Beamter beim Patentamt, Majestät.«

»Da mögen Sie wohl recht haben«, sagte der König. Er erhob sich und trat ans Fenster. »Aber was er sagte, ist völlig zutreffend. Seit Generationen haben Männer versucht, mit Schiffen und Schlitten den Pol zu erkunden, und alle sind gescheitert. Ein Ballon könnte die Lösung sein.«

Ehrensvärd erhob sich ebenfalls und trat neben den König. »Mit Verlaub, Majestät, aber ich glaube, er hat Euch mit diesem Detail geblendet. Eine Reise zum Nordpol mit einem Luftschiff, das nie zuvor getestet wurde und dazu die von Andrée aufgezählte Ausrüstung transportieren soll … Schlitten, fotografische Geräte, Kojen für drei Männer, Proviant für vier Monate, ein Boot, ein Zelt, Waffen und Munition …«

»Ehrensvärd!«, unterbrach der König. »Ich glaube, Ihre Position als Kommandant der Königlichen Marine geht mit einer gewissen Voreingenommenheit gegenüber Luftschiffen und deren Fähigkeiten einher.«

»Das hoffe ich nicht, Eure Exzellenz«, entgegnete Ehrensvärd. »Ich nehme meine Rolle als königlicher Berater sehr ernst. Mein Rat beruht auf einer sachlichen Betrachtung der Tatsachen. Ich fürchte, Andrées Vortrag war darauf angelegt, das patriotische Herz des Publikums zu berühren.«

»Aber stehende Ovationen, sowohl in der Akademie als auch bei der Gesellschaft für Anthropologie und Geografie, sprechen doch für sich. Das sind Gelehrte, Ehrensvärd – wollen Sie damit sagen, Andrée hat sie alle getäuscht?«

Ehrensvärd lachte höflich. »Selbstverständlich nicht, Majestät. Ich glaube, die Leute haben sich von der Atmosphäre hinreißen lassen. Die erste Nation zu sein, die den Nordpol erreicht – danach streben die Schweden doch schon seit Jahrzehnten. Ich gebe gern zu, dass ein Sieg in diesem Wettlauf überaus ruhmreich wäre. Solcherlei Erfolge schmieden eine Nation für Generationen zusammen. Doch ein Versagen – ein Scheitern von einem derart gewaltigen Ausmaß, wie ich es befürchte – würde Schweden zum Gespött machen. Eine solche Expedition mit voller Inbrunst zu unterstützen, könnte katastrophale Folgen haben.«

»Das Problem, mein lieber Ehrensvärd, ist nur, dass ich eine Spielernatur bin, und obwohl die Chancen schlecht stehen …« Der König ließ den Satz unvollendet. »Aber sechs Tage! In sechs Tagen von Spitzbergen zum Nordpol. Schon nach einem Monat wären die Männer wieder zu Hause. Mein Gott, Nansen ist bereits seit einem Jahr unterwegs. Wir haben keine Zeit zu verlieren. Wenn Andrée sofort startet, haben wir vielleicht noch eine Chance. Außerdem hat Nobel ihm fünfundachtzigtausend Kronen gegeben.«

»Das habe ich auch gehört. Doch verzeihen Sie meine Gefühllosigkeit, Nobel wird bald sterben. Er kann es sich leisten, töricht zu handeln. Ich habe die Region mit dem Segelschiff bereist, habe die Eisschicht und die Bedingungen dort gesehen und weiß, dass es nicht möglich ist, Majestät.« Ehrensvärd hielt dem Blick seines Souveräns stand. »Ich garantiere Ihnen, es ist nicht möglich.«

Der König nickte und kehrte an seinen Schreibtisch zurück. »Wenn ich ihm nichts gebe, entziehe ich ihm damit ausdrücklich meine Unterstützung. Sollte die Expedition dennoch Erfolg haben …«

Ehrensvärd beendete den Satz. »… wäre das schlecht für Euren Ruf. Das sehe ich auch so. Andrée würde sich an die Zeitungen wenden, und Ihr wärt der Neinsager, der dieses große schwedische Unterfangen nicht unterstützt hat. Meine Lösung lautet: Ihr gebt ihm eine symbolische Summe. Spendet Andrée eine wenig Geld und verkündet öffentlich Euren Glauben an das Gelingen der Expedition, aber Ihr solltet dabei nicht zu enthusiastisch klingen. Auf diese Weise wird Euer Ruf keinen Schaden nehmen, einerlei ob er es schafft oder nicht.«

»Ich soll mich also nach allen Seiten absichern, meinen Sie.«

»Genau. Dreißigtausend Kronen. Die Summe ist hoch genug, um nicht kleinlich zu wirken, aber nicht übertrieben.«

»Das scheint mir die sicherste Lösung.« König Oskar setzte sich. »Das ist alles. Danke.« Ehrensvärd wandte sich zum Gehen, doch eine letzte Frage des Königs hielt ihn zurück. »Glauben Sie wirklich, dass die Expedition völlig chancenlos ist?«

»Leider ja. Mein Mitgefühl gilt den Männern, die Andrée auf seiner Mission begleiten, wer sie auch sein mögen.« Mit einer knappen Verbeugung verließ er das Gemach.

Lilla Nygatan,   5. Juni 1896
Stockholm

Liebste Anna,

herzlichen Glückwunsch zum Geburtstag, meine Geliebte.
Ich weiß, Du hältst Dich zur Zeit in Mölna auf. Mama hat
mir vor meiner Abreise von ihren Plänen berichtet. Es quält
mich, dass ich die Feierlichkeiten verpassen werde, und mein
Herz protestiert lautstark, doch ich bin sicher, Mama, Papa
und die Jungs werden alles tun, was in ihrer Macht steht,
um Deinen fünfundzwanzigsten Geburtstag unvergesslich
zu machen. Sei versichert, liebste Anna, dass meine Gedanken
nur Dir allein gelten.

Deinen nächsten Geburtstag und alle anderen danach
werden wir gemeinsam verbringen. Ich habe geschworen,
nie wieder an einem Deiner Geburtstage zu fehlen. Hoffentlich
haben wir unser Ziel bereits erreicht und sind als Helden in
der Wildnis Kanadas, Alaskas oder Sibiriens gelandet,
wenn Erik Dir diesen Brief gibt. Andrée hofft doch tatsächlich,
in San Francisco zu landen! Wenn wir Glück haben, sind
wir vielleicht schon auf dem Heimweg. Denk nur!

Ich wünsche Dir einen wundervollen, sonnigen Tag im Kreise
der Familie. Während ich diese Zeilen schreibe, kann ich
sogar den Erdbeerkuchen schmecken.

Meine Kameraden und ich schicken Dir ein vierfaches Hoch!
zu Ehren deines Geburtstags.

Von ganzem Herzen, Nils

Kapitel 18

MÖLNA, LIDINGÖ, SCHWEDEN
25. JULI 1896

»Es ist viel zu heiß, finden Sie nicht, Herr Strindberg?« Gota
drehte kokett an ihrem Sonnenschirm herum. Ein Spatz buhlt
um die Gunst eines Kranichs, dachte Anna und wünschte,
ihre Schwester würde endlich mit dem Theater aufhören.

»Da haben Sie völlig recht«, erwiderte Sven und leerte seine Limonade in einem Zug. »Leider erwartet mich mein Bruder auf dem Platz. Entschuldigen Sie mich bitte, Fröken.«

Er wandte sich Anna zu und ergriff ihre Hand. »Ich bin
sehr froh, dass wir alle hier zusammen sind. So ein Wochenende wie dieses hätte Nils auch gefallen. Nach meinem Spiel
setzen wir unsere Unterhaltung fort. Ich glaube nicht, dass es
lange dauert, denn ich spiele gegen Erik.«

Gota machte einen kurzen Knicks, und Sven eilte auf den
Tennisplatz.

»Er ist charmant, so charmant. Ein bisschen mager vielleicht,
aber das lässt sich leicht ändern. Entzückendes schwarzes
Haar, und diese blauen Augen …«

»Sven ist ein Frauenheld, Gota. Er ist ein netter Kerl, aber
ich rate dir, dich nicht in ihn zu vergucken. Ich habe den Eindruck, er hat kein Interesse an einer festen Bindung.«

»Ach, Anna! Du bist immer so vorsichtig. Jeder Mann will sich doch binden, wenn er die richtige Frau trifft.« Als würde jemand an ihrem Sonnenschirm ziehen, marschierte Gota schnurstracks zum Platz.

Anna schenkte sich ein wenig Limonade ein und setzte sich ins Zelt, um das Spiel zu verfolgen. Erik war ein hervorragender Spieler, und mit seinen kraftvollen Schlägen konnte er auf dem Tennisplatz jedem Respekt einflößen. Sie wusste, dass Nils ihn noch nie geschlagen hatte. Doch Svens flinke Art und sein langgliedriger Körperbau machten ihn zu einem ebenbürtigen Gegner. Egal, wohin Erik den Ball auch schlug, Sven parierte mit großer Genauigkeit. Es war ausgesprochen attraktiv anzusehen, wie er mit seinen langen Beinen über den Platz flog und den Schläger nach dem Ball ausstreckte. Das Spiel, das von Tores Neckereien untermalt wurde, der den Schiedsrichter gab und das Spiel kommentierte, indem er seine Brüder ständig aufzog, bot Anna an ihrem Geburtstag eine kurzweilige Ablenkung.

Weil Nils nicht da war, hatte Rosalie darauf bestanden, das Fest zu organisieren. Sie plante ein Wochenende mit Tennisspielen und einem Picknick und mietete für die ganze Familie eine Hütte in Mölna auf Lindingö. Dort hatten die Strindbergs schon Urlaub gemacht, als Erik und Nils noch Kinder waren. Annas Bitte, die Feierlichkeiten abzublasen, war an Rosalies unerschütterlichem Enthusiasmus gescheitert. Als sich dann bei der Ankunft aber herausstellte, dass es sich bei der Unterkunft tatsächlich um eine kleine, bescheidene Hütte handelte, war Anna beruhigt.

Das kleine Holzhaus hatte eine breite Veranda, die im blassesten Blau gestrichen war, das Anna je gesehen hatte. Die

Zimmer waren luftig und die Betten bequem. Es gab keine Bediensteten, sodass Rosalie sich eigenhändig um den Haushalt kümmern musste, einschließlich des Kochens. Die Erwähnung dieses Umstands löste unter den Männern der Familie große Heiterkeit aus. Rosalie entschuldigte sich bei Anna, dass es nicht genug Platz gab und sie sich ein Zimmer mit ihrer Schwester teilen musste. Doch Anna wies ihre Gastgeberin höflich darauf hin, dass sie seit ihrer Geburt jeden Tag im selben Zimmer mit ihrer Schwester geschlafen hatte.

Beim Frühstück hatte Rosalie großen Aufwand betrieben. Champagner wurde geöffnet und es wurden Geschenke überreicht. Sven hatte eine kleine Dose aus Birkenholz angefertigt. Drei Gänseblümchen waren in den Deckel eingraviert, und in der rechten unteren Ecke prangten ihre Initialen. Oscar und Rosalie schenkten ihr die Noten des »Romantischen Walzers« von Debussy. Dann gab Rosalie ihr noch ein weiteres Geschenk, einen Ballen dunkelblauen Stoffs. Gota sprudelte vor Begeisterung über seine Qualität.

Nachdem auch Erik Anna gratuliert hatte, hielt er sich für den Rest des Frühstücks eher im Hintergrund. Ob er das Brot schnitt, es mit Marmelade bestrich, den Käse schnitt oder seinen Kaffee trank, er tat es mit kalkulierten Handbewegungen. Anna bedachte er mit keinem einzigen Blick.

Nach dem Frühstück bereitete man sich auf das morgendliche Tennisturnier vor. Anna blieb bis zum Schluss im Wintergarten sitzen. Als sie ihre Geschenke schließlich zusammensuchte, kehrte Erik zurück. Er blieb mit den Händen in den Hosentaschen im Türrahmen stehen.

»Ich habe noch etwas für dich.«

»Das ist doch nicht nötig«, sagte Anna, obwohl sie zuvor

versucht hatte, ihre Enttäuschung zu verbergen, als sie von Erik kein Geschenk bekommen hatte. Von einer Minute auf die nächste war sie in Hochstimmung.

»Was ich dir geben will, kommt nicht von mir. Nils hat dir vor seiner Abreise diese Zeilen geschrieben.« Er zog einen Brief aus der Hosentasche. »Er hat mich gebeten, ihn dir an deinem Geburtstag zu geben. Ich wollte warten, bis die anderen weg sind. Tore und Mama hätten ihn unbedingt auch lesen oder zumindest wissen wollen, was drinsteht. Ich glaube, dass mein Bruder mich deswegen gebeten hat, ihn dir persönlich zu übergeben. Ich lasse dich jetzt damit allein.«

Nachdem er ihr den Umschlag gegeben hatte, verließ Erik das Zimmer. Anna kehrte zu ihrem Platz zurück und legte den Brief vor sich auf den Tisch. Sie hatte Angst, ihn zu lesen. Sie fühlte sich ertappt, so als würde Nils neben ihr stehen, ihre Gedanken lesen und bewerten. Sie fühlte sich auf zutiefst irritierende Weise zu Erik hingezogen. Eigentlich bestand der größte Teil der Faszination, die Anna für Erik empfand, sogar darin, dass sie sich seine Anziehungskraft nicht erklären konnte. Erschreckenderweise musste sie ständig an ihn denken, rief sich jede seiner Handlungen und Worte wieder und wieder ins Gedächtnis. In der vergangenen Nacht hatte sie ihre Hand sogar an die Zimmerwand gelegt, weil sie wusste, dass er nebenan schlief, und gehofft, so seine Nähe zu spüren. Anna trank den letzten Schluck Kaffee. Er schmeckte kalt und bitter.

Der Inhalt des Briefes zwang sie, ihr Verhalten in Mölna kritisch zu hinterfragen, und sie beschloss, sich in Abwesenheit ihres Verlobten schicklicher zu benehmen. Nils' liebevolle Worte und seine Gedanken an die gemeinsame Zukunft beschämten sie. Doch das war bestimmt nicht seine Absicht gewesen. Er hatte diese Zeilen ohne Argwohn geschrieben, denn er kannte ihre wahren Gefühle nicht.

Während sie so im Schatten saß und das muntere Treiben auf dem Tennisplatz verfolgte, gönnte Anna sich ein wenig Entspannung. Die vormittägliche Hitze und die Possen der Brüder vertrieben schon bald ihre trüben Gedanken. Das Spiel geriet zunehmend zur Farce. Sven und Erik waren schon bald schweißgebadet und konnten vor lauter Lachen nicht mehr weiterspielen. Jeder erklärte den anderen zum Sieger. Sie trafen sich am Netz, gaben sich die Hand und schlossen sich in die Arme, nur um sich umgehend auf Tore zu stürzen, den sie mit Bällen bewarfen. Kurz darauf kamen sie zu Anna ins Zelt und fielen über die kalte Limonade her.

»Nicht mal Limonade kann Mutter machen«, beschwerte Tore sich laut.

»Was willst du damit sagen?«, entgegnete Sven und zog eine Grimasse. »Ich mag es, wenn die Limonade sauer schmeckt.«

»Ihr würdet euch nicht so aufführen, wenn eure Mutter hier wäre und nicht in der Stadt, um für unser Abendessen einzukaufen«, warf Anna ein.

»O nein! Vergiftungsgefahr! Und das bei deinem Geburtstagsessen, Anna. Das haben wir nur dir zu verdanken«, rief Sven.

Die drei lachten, dann forderte Tore Sven zu einem Spiel heraus. Gota, die gerade zu ihnen stoßen wollte, vollführte prompt eine effektheischende Kehrtwende und setzte sich wieder auf ihren schattigen Platz am Spielfeldrand.

Erik stellte sein leeres Glas auf den Tisch und räusperte sich. »Genießt du deinen Geburtstag?«, fragte er, gab Anna aber keine Chance zu antworten. »Bis jetzt hatten wir ja fan-

tastisches Wetter … Schon seit unserer Kindheit verbringen
wir hier die Ferien. Da hinten in der Bucht haben Nils und
ich den besten Angelplatz entdeckt.« Er wies mit dem Finger
auf eine Stelle hinter den Bäumen. »Aber schwimmen kann
man dort nicht so gut. Zu seicht. Zum Schwimmen gehen
wir meist an den Strand. Zu dieser Jahreszeit ist das Wasser
wunderbar warm. Das sollten wir morgen unbedingt machen,
wir alle, meine ich natürlich.« Er unterbrach sich abrupt und
schenkte sich noch ein Glas Limonade ein.

»Ich bin euch sehr dankbar. Deine Familie hat mir etwas
ermöglicht, was ich sonst nie erlebt hätte.«

»Ich habe auch ein Geschenk für dich«, sagte Erik

Vor Aufregung und Erwartung schlug Annas Herz schneller. Ihre Augen strahlten voller Vorfreude.

»Beim Frühstück war nicht der richtige Zeitpunkt. Und
dann war da Nils' Brief …«

»Natürlich, das verstehe ich.«

»Im Nachhinein muss ich sagen, dass es ein ziemlich ein-
fältiges Geschenk ist. Es ist zu persönlich. Doch als ich es sah,
musste ich an dich denken, und dann bin ich wohl etwas über-
mütig geworden … Jetzt, wo ich es dir geben will, verlässt mich
der Mut.«

»Das klingt aber spannend! Wenn es dir unangenehm ist,
bitte fühle dich nicht verpflichtet. Bestimmt gibt es viele junge Damen, für die das mysteriöse Geschenk passender ist. Du
solltest eine von ihnen damit beglücken.« Anna lächelte Erik
an.

»Es gibt keine außer dir, Anna. Verspotte mich nicht.« Sofort schämte sie sich für ihre frivole Koketterie. Sie passte nicht
zu ihr, sondern eher zu Gota.

Erik nahm ihre Hand und führte Anna hastig über den Rasen zum Haus. Auf der Veranda bat er sie, draußen zu warten, während er das Päckchen holte. Es war schwül, doch von Süden wehte eine leichte Brise. Anna hoffte auf Regen am Nachmittag, doch der Himmel war strahlend blau.

Erik kam mit den Händen auf dem Rücken aus dem Haus. »Schließ die Augen und streck die Hände aus«, wies er sie an. »Herzlichen Glückwunsch, meine Schöne. Und jetzt mach die Augen auf.«

In ihrer Hand lag eine kleine, mit lavendelfarbenem Papier umwickelte Schachtel. Erik grinste breit.

»Mach es auf!«

»So schönes Papier. Ich mag es gar nicht zerreißen.«

Vorsichtig löste sie das Geschenkband und gab Erik die Verpackung. Dann öffnete sie den Deckel der schwarzen Dose. Entgeistert blickte sie auf das, was sich darin verbarg: Eine Kette mit einem Silberherz, ungefähr so groß wie ein Fünfzig-Öre-Stück, lag glänzend auf einem Bett aus schwarzem Samt.

»Gefällt es dir? Komm, ich helfe dir.« Eifrig legte Erik ihr den Schmuck an. Das Herz schmiegte sich an ihre Brust, das Metall lag kalt auf ihrer warmen Haut.

»Sie ist schwer.«

Er lächelte zufrieden.

»Wie wunderschön. Ich weiß gar nicht, was ich sagen soll, Erik.«

Als Anna in Tränen ausbrach, legte Erik ihr den Arm um die Schultern und führte sie zu einer Bank. Während er in seinen Taschen nach einem Tuch kramte, versuchte sie, sich zu beruhigen. Ein Gefühl der Zerrissenheit ergriff sie, und sie sah keinen Ausweg.

»Na, na«, sagte Erik, während er ihr die Tränen trocknete. »Wenn ich gewusst hätte, dass mein Geschenk eine solche Wirkung haben würde, hätte ich es mir anders überlegt. Was ist denn los?«

»Was für eine Misere«, sagte Anna. »Was sollen wir nur tun, Erik? Einen Augenblick lang hatte ich Nils vergessen. Es gab nur dich und mich. Aber das kann nicht sein. Nils wird immer zwischen uns stehen. Ich bin ihm versprochen, und du bist sein Bruder. Siehst du nicht, wie hoffnungslos das ist?«

Erik schloss ihr Gesicht in seine Hände und küsste sie sanft auf den Mund. »Weine nicht, Liebste«, sagte er und strich ihr über die Wangen.

Anna brannten die Augen, doch sie fühlte sich erleichtert. Ohne sich dessen bewusst zu sein, hatte sie die letzten zwei Jahre auf diesen Moment gewartet. Als er sie in die Arme schloss, schmiegte sie sich eng an seine Schulter. Beide blickten in den Garten. Er wartete, bis Anna sich gefasst hatte, dann sprach er weiter.

»Ich weiß nicht, was aus uns wird, Anna. Aber wir müssen ehrlich sein, und du musst eine Entscheidung treffen.« Seine Stimme klang freundlich, aber bestimmt.

»Das habe ich doch bereits.«

»Vielleicht war es nicht die richtige.«

Schweigend saßen sie beieinander. Die Sonne trübte Annas Blick. Sie schloss die Augen und ließ sich in Eriks Arme sinken. Sie hörte den regelmäßigen Schlag seines Herzens, das beruhigende Summen der Hummeln und das Sirren der Fliegen und weiter entfernt das Gelächter von Tore und Sven.

Anna hob den Kopf und sah Erik direkt in die Augen. Dann küsste sie ihn. Er schmeckte nach Salz, Zucker und Zitronen.

Als sie sich wieder in seine Arme sinken ließ, fuhr sie sich mit der Zunge über die Lippen. Ihre Zärtlichkeit überraschte ihn vollkommen, und er zog sie näher an sich. Während Anna in Gedanken versunken mit ihrem Anhänger spielte, wanderten seine Fingerspitzen über ihren Arm, erkundeten ihre Ohren, ihr Haar und ihren Nacken. Dann küsste er sie sanft auf die Stirn. Jede diese Gesten war völlig unerwartet und erfüllte sie mit Wonne. Sie drückte sich fester an seine Brust und spürte, wie sein Kinn auf ihrem Kopf ruhte.

»Anna, bist du da?« Gota war offenbar auf die Veranda getreten. Schlagartig lösten die beiden sich, als Gota um die Ecke kam.

»Hoppla! Ich wollte nicht stören«, flötete sie völlig unbeeindruckt. »Ihr beiden wart plötzlich wie vom Erdboden verschluckt. Ich dachte, ich mache mich mal auf die Suche und schaue nach, ob was passiert ist. Aber ihr scheint ja wunderbar alleine zurechtzukommen.«

Erik stand wie versteinert da und atmete schwer. Die Haut an Annas Gesicht und Hals war rot und fleckig.

»Was für ein entzückender Anhänger, Anna.« Neugierig trat Gota näher. »Von Herrn Strindberg, nehme ich an?«

Anna nickte.

»Was für ein aufmerksames Geschenk. Du bist wirklich ein Glückspilz.« Gotas Blick wanderte von Anna zu Erik.

Anna starrte sie an, spürte aber, wie sich Erik neben ihr entspannte. Mit einem Räuspern trat er einen Schritt vor und setzte zu einer Erklärung an, doch Gota kam ihm zuvor.

»Nun, ich muss wieder zu den anderen. Sven und Tore amüsieren sich köstlich. Ihr solltet euch auch dazugesellen, wenn ihr so weit seid.«

Mit diesen Worten spazierte sie davon. Anna und Erik hörten nur noch ihr unbekümmertes Summen.

Erik ergriff Annas Hand, doch sie zog sie weg und trat an die Brüstung. »Das muss ein Ende haben. Schluss damit. Ich halte das nicht aus.«

»Komm mit mir nach Amerika«, sagte Erik. »Die Familie wird es verstehen – vielleicht nicht sofort, aber später, und Nils wird schon darüber hinwegkommen … Du kennst ihn nicht so gut wie ich, Anna. Er hält eine Menge aus, und wenn er wüsste …«

»Nein! Ich bin mit deinem Bruder verlobt. Wie kannst du so kaltherzig sein? Sein Brief … er wäre am Boden zerstört. Er vertraut mir, er liebt mich. Ich kann ihn nicht länger hintergehen. Das muss ein Ende haben.« Sie tastete nach der Kette.

»Ich dulde nicht, dass du allein bestimmst, wie unsere Beziehung verläuft. Wir stehen erst am Anfang. Du liebst mich, das weiß ich genau«, sagte Erik.

»Du irrst dich.« Ruhig legte sie die Kette in Eriks Hand und ging davon.

Der Regen kam noch an diesem Nachmittag und bereitete dem Treiben im Freien ein Ende. Während die Männer auf der Veranda Schach spielten und Rosalie in der Küche beschäftigt war, vertrieben Anna und Gota sich im Aufenthaltsraum die Zeit. Sie hatten Rosalie Hilfe angeboten, doch diese hatte ihnen versichert, sie sei froh, die Küche für sich zu haben. Anna holte sich einen Roman aus dem Regal, und ihre Schwester stickte. Doch Anna konnte sich nicht konzentrieren. Gota hatte den morgendlichen Vorfall mit keiner Silbe erwähnt, was völlig untypisch für sie war. Und was sie gesehen

152

hatte, war nicht zu missdeuten gewesen. Sie hatte Anna und Erik in flagranti erwischt. Und die Tatsache, dass keiner von ihnen eine Erklärung hatte liefern können, musste den Verdacht ihrer Schwester noch bestätigt haben. Anna wusste, dass Gota nicht ruhen würde. Es war nur eine Frage der Zeit, bis sie die Angelegenheit aufs Tapet bringen würde. Daher beschloss Anna, die Sache selbst anzusprechen.

Sie legte das Buch in ihren Schoß und seufzte. »Ich möchte dir erklären, was du heute Morgen gesehen hast.«

Ohne von ihrer Arbeit aufzusehen, sagte Gota: »Und was war das?«

»Erik und mich.«

»Ja und?«

»Du hast Erik und mich zusammen gesehen.«

»Nun, es ist recht einfach, Anna. Ich weiß genau, welches Spiel du treibst. Dabei hast du mein vollstes Verständnis. Ich finde dein Vorgehen nur recht und billig«, erklärte sie munter, während sie die Nadel geschickt durch den Stoff gleiten ließ.

»Wie bitte?«

»Falls Nils von seiner aberwitzigen Expedition nicht zurückkehrt, ist der Bruder vorbereitet und wartet schon auf dich. Ein grandioser Plan, finde ich.«

»Nein, so ist es überhaupt nicht«, entgegnete Anna. »Wie kannst du so etwas auch nur denken?«

»Ist doch ganz logisch«, erwiderte Gota langsam, als spräche sie mit einer Idiotin. Ihr Blick war immer noch auf die Stickerei gerichtet.

»Das ist das Letzte, was ich damit bezwecke. Ich bin mit Nils verlobt und habe ihm die Ehe versprochen.« Die Reaktion ihrer Schwester machte Anna wütend, überraschte sie aber auch.

»Natürlich bist du das, aber …«

»Lass mich ausreden, Gota.« Anna wählte die nächsten Worte mit Bedacht. »Ich liebe Nils, fühle mich aber auf unwiderstehliche Weise zu Erik hingezogen. Ich kann es nicht erklären. Du musst mir glauben, dass ich es versucht habe.« Anna rang mit den Tränen. Sie wollte nur, dass ihre Schwester sie verstand, sie tröstete und beruhigte.

»Na, das kann ich gut verstehen. Er sieht fantastisch aus und ist sehr charmant. Ein feiner Herr. Hast du ihn Tennis spielen sehen? Architekt ist er auch. Du weißt, dass er ein gutes Einkommen hat. Ich kann dir nur zu deiner Wahl gratulieren.«

»Er ist nicht meine Wahl. Ich habe Nils gewählt. Und Erik habe ich klargemacht, dass es keine Zukunft für uns gibt. Ich wäre dir dankbar, wenn du den Vorfall von heute Morgen als fürchterlichen Fauxpas betrachten und niemandem davon erzählen würdest. Nils wäre am Boden zerstört.« Ihre Stimme drohte zu kippen.

»Psst!«, sagte Gota sanft. »Alle können dich hören. Natürlich verrate ich nichts. Wenn du das so wünschst.«

»Genau das wünsche ich.« Anna verließ das Zimmer. Die Gesellschaft ihrer Schwester war ihr unerträglich geworden.

Kapitel 19

STOCKHOLM, SCHWEDEN
AUGUST 1896

Anna saß im Salon der Strindbergs. Sie war nervös. Erik war gegangen, um seinen Bruder vom Bahnhof abzuholen, und Tore dekorierte hastig die Eingangshalle und den Esssalon mit blau-gelben Flaggen und selbstgemachten Girlanden. Kleine Ballons hingen wie Lampions von der Decke, und ein kunstvolles Arrangement aus drei Tonfiguren, die eine schwedische Flagge in Watteschnee steckten, beherrschte Rosalies Tischdekoration. Seit er von der Rückkehr seines Bruders erfahren hatte, war Tore unermüdlich darum bemüht gewesen, die Expedition in der Familie als Triumph darzustellen, obwohl Eriks Zynismus und die wachsende Kritik in der Presse dies mitunter schwierig gestalteten.

Rosalie hatte sich in die Küche zurückgezogen, um dort die Vorbereitungen für das Festmahl anlässlich der Rückkehr ihres Sohnes zu überwachen, während Oscar sich in sein Studierzimmer verabschiedet hatte, nachdem ihm Tores gnadenloser Optimismus zu viel geworden war.

»Kann ich dir helfen?«, fragte Anna Tore.

»Nein danke«, erwiderte er knapp. »Alles fertig.« Tore kniete auf der Fensterbank und spähte ungeduldig zwischen den roten Vorhängen hindurch, um nach der Kutsche Ausschau zu halten.

Anna lehnte sich im Sessel zurück und schloss die Augen. Ihr Mund war trocken, und ihre Hände zitterten leicht. Als sie Rosalies Brief über den fehlgeschlagenen Expeditionsstart und Nils' Rückkehr erhalten hatte, war sie vor Erleichterung in Tränen ausgebrochen. Doch nun, eine Woche später, brodelte in den Zeitungen bereits die Gerüchteküche. Andrée habe schon den nächsten Versuch geplant, hieß es dort. Sie betete darum, dass dies nicht stimmte. Und wenn doch, war Nils hoffentlich nicht mehr mit von der Partie. Sie wusste, dass Erik seinen Bruder mit allen Mitteln von einer erneuten Teilnahme abhalten würde.

Nach dem Wochenende in Mölna war Anna teilnahmslos und nervös gewesen und hatte die Tage bis zur Rückkehr ihres Verlobten gezählt. Sie hatte jede Gelegenheit genutzt, um sich unter der Bettdecke zu verkriechen. Rosalie hatte zwar versucht, Anna in Familienunternehmungen einzubinden, doch mit wenig Erfolg. Nur um nicht unhöflich zu erscheinen, hatte Anna sich gelegentlich dazugesellt, obwohl sie Erik aus dem Weg gehen wollte.

»Da sind sie! Da sind sie!«, rief Tore, sprang von der Fensterbank und flitzte zur Tür.

Beklommen erhob sich Anna und strich den Rock glatt. Sie trat ein wenig näher an die Tür. Als sie den Kopf wandte, sah sie durch den Spalt in den Vorhängen die Kutsche vorbeifahren. Als sich die Kutschentür öffnete, schloss sie schnell die Augen. Rosalie kam aus der Küche und richtete im Spiegel in der Eingangshalle ihr Haar. Dann stellte sie sich neben ihren Mann, der unbemerkt aus seinem Zimmer gekommen war.

»Komm, Anna, gesell dich zu uns«, sagte sie.

Anna öffnete die Augen und bewegte sich langsam auf die Personen zu, die bald ihre Schwiegereltern sein würden. Rosalie ergriff Annas kalte Hand. Oscar, der schweigsame Riese, räusperte sich unablässig. Sven eilte die Treppe herunter, wobei er sich Krawatte und Jackett zurechtzupfte. Auch er warf einen schnellen Blick in den Spiegel und strich sich das schwarze Haar aus der Stirn.

»Das Begrüßungskomitee ist versammelt«, verkündete er, während er sich neben Anna positionierte. Sie blickte in sein kantiges Gesicht und lächelte. Seine Hände waren tief in den Hosentaschen vergraben, und er war ungewöhnlich angespannt.

Anna bemerkte, dass alle im Haus gemischte Gefühle hegten. Sie freuten sich, hatten aber auch Angst vor dem, was sie vielleicht erwartete. Sie wollten Nils ermutigen und ihn aufmuntern, ihn aber auch davon abhalten, seine Torheit zu wiederholen. Angespannt standen sie da und warteten darauf, dass er durch die Tür trat.

»Du siehst erschöpft aus«, sagte Erik. »Als hättest du seit deiner Abreise kein Auge zugetan.«

Erik hatte seinen Bruder alleine vom Bahnhof abgeholt. Dass es keinen jubelnden Empfang gegeben hatte, war Nils zwar aufgefallen, es hatte ihn aber nicht sonderlich gekümmert. Es war ihm sogar lieber so. Nun saßen sich die Brüder in der Kutsche auf dem Weg in die Lilla Nygatan gegenüber.

»So fühle ich mich auch.« Nils gähnte breit und schüttelte heftig den Kopf. »Obwohl ich am ersten August noch ein paar Stunden geschlafen habe. Wie geht es der Familie? Und Anna?«

Erik zögerte. »Die Familie hat dich vermisst. Mama hat sich sehr in sich zurückgezogen, Papa auch, und zwar noch mehr als üblich, und Sven hatte seit deiner Abreise nur drei – richtig, nur drei – Affären. Tore hat jede Einzelheit der Expedition in den Zeitungen verfolgt und verwandelt unser Haus in diesem Augenblick in ein Museum, das dir und deinen Leistungen gewidmet ist.«

»Und Anna?«, fragte Nils.

»Ihr scheint es gut zu gehen. Mama hat sie zu ein paar Konzerten und Teenachmittagen mitgenommen – du weißt ja, wie sie ist.« Erik unterbrach sich und schaute kurz aus dem Fenster. »Und, war es so, wie die Zeitungen behaupten: Schlechte Windverhältnisse für einen Ballonstart?«

»Ja, es stimmt alles.« Nils klang erschöpft, er sah abgemagert aus. Dunkle Schatten lagen unter seinen Augen. Obwohl er nur gut zwei Monate fort gewesen war, merkte sein Bruder, dass die Expedition ihn verändert hatte. »Kaum hatten wir den Ballon gefüllt und alles für den Abflug vorbereitet, schlug der Sturm in Windstille um. Beides extrem ungünstig für eine Ballonfahrt.«

»Wie war Andrée?«

»Ganz ruhig.« Nils unterdrückte ein Gähnen. »Natürlich war er enttäuscht, aber angesichts der Kosten, der jahrelangen Planung und dem ganzen Aufwand hat er sich wacker gehalten. Er war weder verzweifelt noch zornig.«

Seltsamer kleiner Mann, dachte Erik. Doch er verkniff sich jeglichen Kommentar. »Und Ekholm?«

»Der Mann hat gezetert und getobt und Andrée ständig widersprochen. Anklagen, Vorwürfe und Drohungen. Unmöglich. Ich konnte mich nicht gegen Andrée stellen, weil er der

Expeditionsleiter ist, doch manche Vorbehalte Ekholms waren durchaus berechtigt. Aber auf dem Ohr war Andrée völlig taub.«

»Ich dachte, die beiden seien alte Freunde. Welche Vorbehalte hatte Ekholm denn?«

»Der Ballon hat Gas verloren«, erklärte Nils. »Ekholm meinte, er würde jeden Tag fast siebzig Kilo Auftrieb verlieren. Bei einem solchen Verlust würde man es nie bis zum Nordpol schaffen. Ekholm nannte Andrées Vorstellungen, bis nach Kanada oder Russland zu kommen, einen Witz. Es sei völlig unmöglich, den Ballon dreißig Tage lang in der Luft zu halten.«

Erik hätte seinen Bruder am liebsten an den Schultern gepackt und geschüttelt. Er wollte, dass Nils sich aufregte, frustriert wäre, sich weigern würde, einen zweiten Versuch zu unternehmen, und Andrée endlich als den Narren erkennen würde, der er war. Seine stoische Haltung verstörte Erik. Wie sollte er seinen Bruder beschützen, wenn der sich nicht einmal selbst schützen wollte?

Erik musste an einen Zwischenfall denken, als sie beide noch Kinder gewesen waren. Damals, Nils war zwölf Jahre alt gewesen, hatten die Strindbergs in der Woche um Mittsommer ihre Verwandtschaft aus Göteborg zu Gast gehabt. Der Sohn dieser Familie, Edvard, damals vierzehn Jahre alt, war ein bösartiger Junge, den keiner außer Nils leiden konnte. Auch Erik verabscheute seinen Cousin und unternahm alles, um die Freundschaft zwischen Edvard und Nils zu unterwandern, indem er so oft wie möglich auf Edvards Schwächen herumritt. Doch Nils mochte seinen Cousin aus Gründen, die Erik nie verstand. Edvard heckte hinterlistige Pläne aus, die Nils umsetzen musste. Einen Wäschekorb mit alter

Kleidung anzünden, den Hund der Familie an einen Baum binden, Geld aus der Börse seines Vaters stehlen – noch heute lachte die Familie über den schlechten Einfluss, den Edvard damals auf Nils hatte. Doch Erik fand das Ganze nicht witzig – weder damals noch heute. Er hatte sich um seinen kleinen Bruder gesorgt, weil er eine unbekannte Seite an ihm entdeckt hatte – er war leicht zu verführen und nicht bereit, auf die Stimme der Vernunft zu hören.

Erik hatte keinen anderen Ausweg gesehen, als das Problem vor der Rückreise der Familie nach Göteborg am folgenden Tag persönlich in die Hand zu nehmen. Den Sommer über hatte er von seinem Vater Boxunterricht bekommen. Am letzten Abend schlug er dem kleineren Cousin vor, sich nach dem Essen im Garten zu treffen. Dort schlug er ihm zweimal wortlos mit voller Wucht ins Gesicht.

Am nächsten Morgen verließ Edvard Stockholm mit einem blauen Auge und aufgeplatzter Lippe. Als die Familie im folgenden Jahr wieder zu Besuch kam, hielt sich Edvard von Nils fern und nahm sich vor Erik in Acht wie ein geschlagener Hund. Er hatte seine Lektion gelernt. Aber Nils war sehr zornig auf seinen Bruder gewesen, denn obwohl Edvard kein Wort über den Vorfall verloren hatte, wusste Nils genau, was passiert war. Tagelang hatte er kein Wort mit seinem Bruder gewechselt, bis er ihm dem Familienleben zuliebe schließlich vergeben musste. Aber Erik war nicht mehr dreizehn, und er konnte nicht mit einem Schlag ins Gesicht verhindern, dass Andrée Einfluss auf seinen Bruder nahm.

Aber es war einfach lächerlich, dass Nils an dieser Sache festhielt. »Der Ballon hat Gas verloren?«, fragte Erik. »Wie das denn? Das ist ihnen ja früh aufgefallen.«

»Durch die Nähte. Durch die acht Millionen Nadelstiche entlang der Nähte. Lachambre hat zwar versucht, sie mit Seidenstreifen zuzukleben, aber das hat nicht gehalten.« Achselzuckend lehnte Nils den Kopf ans Fenster und schloss die Augen.

Erik betrachtete das entspannte Gesicht seines Bruders und fragte sich, was er als Nächstes tun sollte. Plötzlich schlug Nils die Augen auf und sah seinen Bruder eindringlich an.

»Ich möchte dir etwas von der Expedition erzählen, aber du musst mir versprechen, dass du es für dich behältst.« Erik nickte. »Ekholm hat Andrée vorgeworfen, er würde die Vorbereitungen zu schnell vorantreiben. Er meinte, man hätte den Ballon schon vor dem Transport nach Danskøya füllen und in Frankreich testen müssen. Andrée riskiere wegen seines Terminplans unser Leben.«

»Was meinst du dazu?«

»Ich bin nicht sicher. Alles, was Ekholm anführte, klang logisch und völlig nachvollziehbar. Aber Andrée ist fest entschlossen. Er kann sehr überzeugend sein.« Nils schüttelte verwundert den Kopf. »Dann hat Ekholm ihm sogar Betrug vorgeworfen.« Nils räusperte sich. »Ekholm hat behauptet, dass der Ingenieur, der den Ballon füllen sollte, von Andrée angewiesen worden sei, immer wieder Gas nachzufüllen, um Ekholms Messungen zunichte zu machen.«

Erik runzelte die Stirn. »Das wundert mich nicht. Andrée wollte den Start unbedingt durchführen, und zwar um jeden Preis. Er hofft, als Held in die Geschichte einzugehen, und dafür riskiert er sein Leben und auch deines. Außerdem wächst der Druck auf ihn täglich.«

»Was meinst du damit?«

»Bei eurer Abreise hat man euch in Stockholm und Göteborg zugejubelt, und das ganze Volk stand hinter euch. Aber die Verzögerungen haben euch die Kritik der Presse und der Sponsoren eingetragen. Alfred Nobel, der verrückte alte Kauz, hat im *Aftonbladet* seine Meinung kundgetan.« Nils verzog den Mund zu einem skeptischen Lächeln. »Er mag ja verrückt sein«, fuhr Erik ernst fort, »aber die Öffentlichkeit liebt ihn und hört auf das, was er sagt. Die Erwartungen waren hoch, aber sie haben sich nicht erfüllt. Die Presse, das Volk, die Sponsoren, der König – alle wollen Ergebnisse sehen. Und dann ist Nansen auch noch zum gleichen Zeitpunkt wie ihr nach Tromsø marschiert.«

»Nansen hat den Nordpol nicht erreicht.«

Erik beugte sich vor. »Er ist aber ziemlich nah rangekommen. Eure Expedition hat nicht mal den Boden verlassen.«

Die Brüder schwiegen eine Weile, bis Nils schließlich das Wort ergriff. »Andrée will es nächstes Jahr zur gleichen Zeit noch mal versuchen.«

»Arroganter alter Sack!«, entgegnete Erik. »Und was hältst du davon?«

»Ekholm wird definitiv nicht dabei sein, das hat er unmissverständlich klargemacht. Mit Andrée und seiner Expedition will er nichts mehr zu tun haben. Aber ich bin mir nicht sicher.«

Erik fehlten die Worte. Allein über einen zweiten Versuch nachzudenken, war reine Idiotie. Er schüttelte den Kopf und rieb sich die Stirn. »Du forderst das Schicksal heraus. Wenn du noch mal mit ihm fahren willst, spielst du mit dem Leben. Diesmal bist du heil davongekommen. Treib es nicht zu weit.«

»Ich glaube nicht an Vorsehung oder Schicksal. Hast du vergessen, dass ich Wissenschaftler bin?«

»Was soll das heißen?«

»Nichts. Ich weiß noch nicht, was ich tun werde, wenn er einen zweiten Versuch startet. Aber, Erik, bitte erwähne Anna oder der Familie gegenüber nichts davon.«

Die Kutsche hielt, bevor Erik etwas erwidern konnte. »Wir sind da. Bist du bereit?«

Nils nickte und stieg aus.

Kapitel 20

STOCKHOLM, SCHWEDEN
AUGUST 1896

Anna und Nils saßen nebeneinander. Sie waren das erste Mal seit seiner Ankunft allein. Die Männer hatten sich nach dem Abendessen noch mehr als eine Stunde angeregt über die Einzelheiten der Expedition unterhalten, bis Rosalie drei ihrer Söhne und ihren Mann aus dem Salon geschickt hatte. Anna und Nils waren zurückgeblieben und saßen nun auf dem Sofa nebeneinander wie zwei Fremde. Obwohl es nur einige Zentimeter waren, lagen Welten zwischen ihnen.

Schließlich berührte Nils Annas Finger, mit denen sie nervös am Brokat des Sofas herumzupfte. Sie sahen sich tief in die Augen, bevor Nils das Wort ergriff.

»Lass uns sofort heiraten. Morgen oder übermorgen.«

Panik erfasste Anna.

»Warum jetzt? Wir wollten doch eine Trauung an Mittsommer.«

»Wir haben August.«

»Ich weiß. Aber es ist nicht Mittsommer.« Anna wusste, wie schwach ihre Ausrede klang.

Als Nils seine Hand wieder wegzog, verschwand auch das Gefühl, das die beiden kurzzeitig verbunden hatte. Das geschah so plötzlich, dass es Anna den Atem verschlug. Nils legte den Kopf in die Hände. »Hast du deine Meinung geändert?«

»Nein, das ist es nicht. Ich bin nur überrascht. Du wolltest doch an Mittsommer heiraten. Da haben wir uns auch verlobt, und du hast gemeint, es sei romantisch. Was hat sich geändert?«

»Ich möchte jetzt mit dir als Ehemann zusammen sein. Es gefällt mir nicht, dass ich warten muss.«

»Aber du kannst doch mit mir zusammen sein, wir haben es doch schon …« Anna unterbrach sich, weil ihr die passenden Worte fehlten. Sie spürte, wie ihr die Hitze in die Wangen schoss.

»Nein, ich meine richtig, mit Verantwortung, als Mann und Frau, in unserem eigenen Heim und unserem Bett.« Nils erhob sich und ließ sich auf der anderen Seite des Salons am Klavier nieder. »Es ist noch mehr als das. Ich möchte, dass unser gemeinsames Leben so bald wie möglich beginnt. Am liebsten noch in dieser Minute.«

Seine Eile machte ihr Angst. »Beim Essen hat keiner gefragt, weil niemand die Antwort hören wollte«, sagte Anna.

»Wovon redest du?«

»Die Zeitungen schreiben, dass Andrée bereits an den Plänen für den zweiten Versuch im nächsten Sommer arbeitet. Stimmt das?«

»Ja. Er will es noch einmal versuchen. Er hat das Gefühl, zu viele Menschen enttäuscht zu haben.«

»Bist du dabei?«

»Er hat mich gefragt, oder vielmehr, er geht einfach davon aus. Ich habe noch nichts dazu gesagt. Nur, dass ich ein wenig Zeit mit meiner Familie und mit dir verbringen möchte.«

Er erhob sich, ging zu Anna hinüber und nahm ihre Hand. »Wollen wir das Thema auf morgen vertagen?«, fragte er sanft. »Spielst du für mich? Das habe ich so vermisst.«

»Aber sicher.«

Anna setzte sich ans Klavier. Nils zog die Schuhe aus, lehnte sich zufrieden lächelnd auf dem Sofa zurück und verschränkte die Hände im Nacken. Als die ersten Takte erklangen, schloss er die Augen, lächelte aber immer noch. Sie spielte Händel. Mit diesem Stück hatte Nils sie bei ihrer ersten Begegnung bei den Larssons vertraut gemacht. Er hatte es auswendig gekonnt, während sie, Johanna und Kalle vom Blatt spielen mussten und kaum mit seinem schwungvollen Tempo hatten mithalten können. »Herr Strindberg mag Sie«, hatte Johanna später verkündet. »So benimmt Kalle sich auch immer, wenn ihm ein Mädchen gefällt.«

Anna hatte Johanna zwar wegen ihrer albernen Bemerkung gescholten, sich insgeheim aber geschmeichelt gefühlt, und so war sie leichtfüßig durch diesen Tag gegangen.

Bald war Nils eingeschlafen. Anna spielte etwas leiser, bis die Klänge kaum noch hörbar waren. Schließlich beendete sie ihr Spiel. Nils blieb reglos liegen. Als sie bis fünfzig gezählt hatte, erhob sie sich und ging zur Tür. Auf dem Weg dorthin küsste sie ihn auf die Stirn. Weil sie zu müde war, sich von der Familie zu verabschieden, schlüpfte sie in der Diele hastig in ihren Mantel und verließ das Haus. Tores aufwendige Dekoration war bereits entfernt worden.

Sie war gerade ein paar Schritte gegangen, da hörte sie die Haustür laut hinter sich ins Schloss fallen. Schwere Schritte folgten ihr, sie hallten geräuschvoll durch die stille Gasse.

»Anna, warte!«, rief Erik.

Sie blieb stehen und drehte sich um.

»Ich habe gesehen, dass mein Bruder schläft, und Tore hat mir gesagt, dass du gegangen bist. Tore hätte dich nicht allein gehen lassen sollen.« In seiner Eile hatte Erik seinen Mantel vergessen. Auch Krawatte und Hut fehlten. So wirkte er weniger Respekt einflößend, sondern viel zugänglicher.

»Tore trifft keine Schuld. Es war mir nicht klar, dass er mich gesehen hat. Ich wollte keine Umstände machen. Es ist kein Problem für mich, die kurze Strecke allein zu gehen.«

»Nils würde mir nie verzeihen, wenn ich dich allein gehen ließe. Bitte erlaube mir, dich zu begleiten. Obwohl ich ein wenig derangiert aussehe. Verzeih!«

Als sie Eriks verlegene Worte hörte, schwand Annas anfängliche Beunruhigung. Sie fand seine Unsicherheit liebenswert.

Also nickte sie und setzte ihren Weg fort. Erik folgte ihr dicht auf den Fersen. Es war fast Mitternacht und die Lilla Nygatan menschenleer. Der Mondschein ließ die Gasse umso einsamer wirken. In Eriks Gegenwart fühlte sich Anna völlig sicher. Die Wärme seines nahen Körpers und sein regelmäßiges Atmen beruhigten sie.

»Dir ist bestimmt kalt«, sagte sie, ohne sich umzudrehen.

»Mir geht es gut.«

Schließlich blieb sie doch stehen und wandte sich zu ihm um. Seine Hände steckten in den Hosentaschen.

»Du siehst aber aus, als würdest du frieren.«

»Vielleicht ein bisschen.«

Er nahm ihre Geste als unausgesprochene Aufforderung, an ihre Seite zu treten. Dann gingen sie nebeneinander her wie ein Paar, das schon viele gemeinsame Spaziergänge unternommen hatte. Gelegentlich tauschten sie einen Blick und lächelten.

Wäre sie jetzt mit Nils unterwegs, würde sie sich wie selbstverständlich bei ihm unterhaken und sich zum Schutz vor der Kälte an ihn schmiegen. Stattdessen umschloss sie ihre Tasche fester und starrte entschlossen geradeaus.

»Nils will, dass wir sofort heiraten.«

Erik antwortete nicht, doch sie spürte, wie sein Körper sich anspannte. Er verlangsamte seine Schritte. Ihr Herz raste, und sie wünschte, sie könnte ihre Worte ungesagt machen. Sie ärgerte sich über ihre Redseligkeit. Doch es gab niemanden sonst, dem sie sich anvertrauen konnte. Gota, ihre Freunde, sogar Rosalie würden sich lediglich über die bevorstehende Hochzeit freuen und behaupten, Nils sei ein Romantiker und seine Beweggründe aufrichtig. Er habe sie eben vermisst und sich nach ihr gesehnt, und das sei ja schließlich bei einem verliebten jungen Mann nicht ungewöhnlich. Keiner würde verstehen, dass die wahren Gründe in seiner Hoffnungslosigkeit und Verzweiflung lagen.

Als sie an der Tür zu Annas Wohnhaus angekommen waren, brach Erik schließlich das Schweigen. Er hatte die Hände immer noch in den Taschen vergraben und hielt den Blick auf den Boden gerichtet. »Was hast du ihm gesagt?«

»Nichts. Ich habe ihm keine Antwort gegeben. Ich glaube, er hat eingewilligt, Andrée bei seinem zweiten Versuch zu begleiten.«

Erik seufzte und blickte in den Himmel.

»Hat er darüber mit dir gesprochen?«, fragte Anna.

»Ja, aber da war er noch nicht sicher, ob er es tun würde.«

»Ich mache mir Sorgen.«

»Ich mir auch.«

Das war nicht die Antwort, die Anna sich erhofft hatte.

Lange standen sie voreinander, sahen sich in die Augen und suchten nach einer Antwort. Schließlich schloss Anna die Tür auf, und Erik machte sich auf den Heimweg.

»Danke, Janne. Würden Sie bitte nach Tore suchen und ihm auftragen, er soll die Aufgaben machen, die Herr Kall ihm aufgetragen hat?« Das Hausmädchen nickte Rosalie Strindberg zu und verließ den Salon.

»Wegen der ganzen Aufregung um Nils' Rückkehr haben wir Tores Hauslehrer heimgeschickt. Tore war so durcheinander. Kall hat sich seine paar Haare gerauft, und im Haus herrschte ein völliges Durcheinander, deshalb habe ich ihn weggeschickt. Aber ich musste ihm versprechen, dass Tore seine Lateinaufgaben bis heute Nachmittag erledigt.«

Anna trank einen Schluck Tee.

»Deine Frisur ist reizend, Anna. Hast du sie selbst gesteckt?«

»Nein, das ist die Arbeit meiner Schwester. Es macht ihr Spaß, mich herzurichten.«

»Und dein Kostüm – wie schick. Gota hat großes Talent. Ich muss sie bald mal besuchen. Sie ist die beste Schneiderin in der Stadt, glaube ich.« Anna lächelte respektvoll. »Vielleicht weiß deine Schwester, dass heute ein besonderer Tag ist.« Rosalie stellte ihre Teetasse zurück und hob die Brauen.

Anna fragte sich, worauf sie wohl anspielte.

»Nils hat mir erzählt, dass er so schnell wie möglich heiraten will. Ich dachte, vielleicht bist du gekommen, um Nils zu sagen, dass du auch dafür bist.«

Plötzlich wich alle Wärme aus dem Zimmer. Anna hob die Tasse und umschloss das zarte Porzellan mit ihren Fingern. Doch als sie spürte, dass die Tasse unter ihrem Druck zerbrechen könnte, löste sie ihren Griff wieder.

»Ich habe den Antrag noch nicht mit Gota besprechen können. Mit niemandem. Ich brauche wirklich mehr Zeit. Ich hatte mich so auf die Hochzeit an Mitsommer gefreut.«

»Das kann ich verstehen. Eine Hochzeitsfeier am Mittsommerfest wäre wunderbar. Aber Nils hat dich fürchterlich vermisst. Es wäre zwar ein wenig überhastet, die Feier jetzt schon auszurichten, aber ich glaube, ich könnte es schaffen. Es wäre mir eine Ehre, ein absolutes Vergnügen. Ich habe nur Söhne, meine Liebe, deshalb ist mir die Verbindung, die zwischen uns entstanden ist, umso wichtiger.«

Rosalies Miene war hoffnungsvoll, doch Anna erkannte auch die Angst dahinter. Die Hochzeit bedeutet ihr mehr, dachte sie. Seine Mutter hoffte, dass Nils nach der Trauung seinen Pflichten als Ehemann nachkommen und in Stockholm bleiben würde. Sie wollte, dass Anna sich mit ihr gemeinsam in die Hochzeitsvorbereitungen stürzen würde, Blumen und Tischschmuck aussuchte und ihr bei der Wahl des ehelichen Hauses behilflich wäre, denn all das würde ihren Sohn an Stockholm binden.

Das alles sagte Anna Rosalie allerdings nicht. Es stünde ihr nicht zu, außerdem vermutete sie, dass Rosalie sich nicht bewusst war, wie viel Verzweiflung aus ihren Worten sprach. Stattdessen sagte Anna: »Ja, auch ich schätze unsere Beziehung sehr. Doch ich muss die Angelegenheit erst in Ruhe mit Nils und meiner Schwester besprechen. Wen könnte ich denn sonst bitten, mein Hochzeitskleid zu nähen?«

Ihr unbeschwerter Ton schien Rosalies Sorge etwas zu beruhigen. Anna hatte andere Frauen oft auf diese Weise reden gehört, doch ihr fiel diese Scharade nicht leicht. Sie lehnte sich zurück, trank Tee und unterhielt sich mit Rosalie über andere Themen. Eine halbe Stunde später verließ sie den Salon, um zu Nils zu gehen.

Nachdem Anna die Tür hinter sich geschlossen hatte, lehnte sie sich an die Wand und holte tief Luft. Dann warf sie einen Blick in den Spiegel und richtete ihre Frisur. Im ersten Stock fiel eine Tür ins Schloss, und jemand kam die Treppe herunter. Annas Herz schlug höher.

Als er sie vor dem Spiegel sah, blieb er abrupt stehen. In Weste und Krawatte bot er ein imposantes Bild. Erik trug sein Haar etwas länger, als die Mode es vorsah, und frisierte seine Locken nicht mit Pomade zurück. Sein Teint war rosig und frisch, denn er hatte sich gerade rasiert. Auch darin verweigerte er sich der gängigen Mode. Anna hatte oft gehört, wie er seine Brüder wegen ihrer sorgfältig gewachsten Schnurrbärte aufzog. Er hielt seinen Hut in der Hand und war vermutlich auf dem Weg zur Arbeit.

Erik stand wortlos vor Anna, den Blick auf die Haustür gerichtet, und knetete nervös seinen Hut. Sie fand es unerträglich, wenn er sie nicht ansah.

»Willst du zu Nils?«

»Ja, aber deine Mutter hat mich abgefangen und darauf bestanden, mit mir Tee zu trinken …«

»Er ist in seinem Arbeitszimmer«, bemerkte Erik schroff. »Was wirst du ihm sagen?«

»Das weiß ich noch nicht. Ich muss erst mit ihm sprechen.«

Er schob sich an ihr vorbei und ergriff die Türklinke. »Ich würde es begrüßen, wenn ich bei meiner Rückkehr keine Festgesellschaft vorfinden würde und auf die Gesundheit des glücklichen Paares anstoßen müsste«, sagte er.

Darauf wusste Anna nichts zu antworten. Sie konnte kaum atmen, und ihre Augen brannten. Sie musste sich sehr beherrschen, um nicht die Fassung zu verlieren. Eine ganze Weile standen die beiden so voreinander, und keiner schien die richtigen Worte zu finden. Anna wünschte sich, Erik würde etwas Liebevolles sagen, doch sie traute sich nicht, ihn anzusehen, sondern erwartete jeden Moment die Haustür ins Schloss fallen und seine schweren Schritte in der Gasse zu hören.

»Ich liebe dich, Anna. Ich würde alles tun, um zu verhindern, dass du verletzt wirst. Aber diese Situation ist unerträglich. Ich halte es nicht aus, dir ständig zusammen mit meinem Bruder in diesem Haus zu begegnen. Jeden Tag wache ich auf mit der Hoffnung, dich zu sehen, doch wenn es geschieht, bricht es mir das Herz. Ich werde früher als geplant nach Amerika aufbrechen. Auf Wiedersehen, meine Schöne. Du siehst wunderbar aus heute.«

Kapitel 21

STOCKHOLM, SCHWEDEN
AUGUST 1896

Anna stand vor der Tür zu Nils' Arbeitszimmer. Sie strich sich den Rock glatt und ordnete ihre Frisur. Gota hatte ihrer Schwester klargemacht, dass sie sie an diesem Samstagmorgen wie eine Dame von Welt frisieren wolle, da Nils mittlerweile internationale Bekanntheit erlangt habe. Sie hatte Annas Haar am Hinterkopf zusammengefasst, stundenlang mit dem Lockenstab bearbeitet und den Kranz aus Ringellocken schließlich mit einem weißen Samtband zusammengebunden. Einige Locken fielen ihr dekorativ ins runde Gesicht.

Anna hatte sich beschwert, dass ihr Haar aussehe wie ein Vogelnest, aber Gota hatte behauptet, diese Frisur sei hochmodern.

Doch an dem Kleid, das Gota ihr vor Kurzem genäht hatte, fand Anna nichts auszusetzen. Es war aus dem dunkelblauen Stoff, den Anna als Geburtstagsgeschenk von Rosalie bekommen hatte. Begeistert hatte sie sich an diesem Morgen im Spiegel betrachtet, denn der Stoff schmeichelte ihrer Figur und fiel vorteilhaft über Hüfte und Oberschenkel, genau bis auf die Knöchel. Ein schickes, glatt gebügeltes Bolerojäckchen aus demselben Material gab den Blick frei auf ihre schmale Taille.

Als Nils' Teilnahme an Andrées Expedition vor einem Jahr bekannt geworden war, hatte ihm sein Vater das Arbeitszimmer im rückwärtigen Teil des Hauses überlassen. Scherzhaft hatte Oscar Strindberg verkündet, er würde seine Privatsphäre für den Fortschritt der Wissenschaft opfern. Nils und Tore hatten sich in der darauffolgenden Woche daran gemacht, das große, nach Süden ausgerichtete Zimmer zu renovieren. Tore hatte sogar ein Schild mit der Aufschrift »Bitte nicht stören. Forscher bei der Arbeit« gemalt. Nun befanden sich darin ein Labor, eine Dunkelkammer und eine Werkstatt. Hier widmete Nils jede freie Minute seinen Vorbereitungen, er arbeitete tags und nachts. Anna betrat das Zimmer nur ungern, denn es erinnerte sie an die Zukunft.

Tores aberwitziges Schild hing immer noch an der Tür. Anna klopfte vorsichtig an. Sie hörte Schritte, und Nils machte auf. »Bist du beschäftigt?«

Er stand im Türrahmen. Dann drängelte sich plötzlich Tore an ihnen vorbei und rannte durch den Flur davon.

»Tore! Vorsicht! Du hättest Anna fast umgerannt«, rief Nils seinem Bruder hinterher.

»Keine Sorge. Seine Mutter sucht ihn sowieso«, sagte Anna.

»Darf ich reinkommen?«

»Selbstverständlich. Tore hat mir gerade geholfen, meine Aufnahmen von Danskøya zu entwickeln. Einige Bilder sind ziemlich gut, aber wie du sehen kannst, muss ich noch an den Linsen arbeiten.«

Rasch zog sie ihre Jacke aus, schritt ins Zimmer und tat, als würde sie die Fotografien betrachten – verwirrende Wolken aus Grau und Weiß. Sie nickte mit vorgetäuschter Anerkennung. Es ging ihr alles zu schnell. Sie hatte auf eine kurze

Zeit der Unentschlossenheit gehofft, eine kleine Verschnauf-
pause, in der sie nicht daran zu denken brauchte, dass Nils nach
Danskøya zurückkehren würde.

»Setz dich doch. Magst du Tee? Wie spät ist es überhaupt?«
Nils sah auf seine Armbanduhr.

»Ich habe schon mit deiner Mutter Tee getrunken. Sie ist
sehr froh, dass du wieder zu Hause bist.«

»Ja, das merke ich. Nun setz dich doch bitte.« Nils bugsierte Anna auf einen Stuhl. Er ließ sich vor ihr auf dem Boden nieder und umfasste ihre Hände. Nach einem Augenblick
legte er seinen Kopf in ihren Schoß und seufzte.

Schließlich hob er den Blick, sah sie an und strich ihr mit
dem Daumen über die Lippen. »Hast du über unser Gespräch
von gestern Abend nachgedacht?«

»Ja, habe ich. Willst du Andrée nächstes Jahr begleiten?«

Es dauerte lange, bis Nils antwortete. Ihre nüchterne, di-
rekte Frage hatte ihn überrascht. Anna hielt seinem Blick stand.
Sie war fest entschlossen, ihm eine Antwort zu entlocken.

»Ja«, gab er schließlich zu.

»Dann warten wir mit der Hochzeit bis zu deiner Rückkehr.«

»Aber das kann Jahre dauern. Jetzt, da wir wissen, mit welchen Verhältnissen wir rechnen müssen, wissen wir auch, dass
es sich um Jahre handeln kann. Nansen war drei Jahre unterwegs. Wie kannst du nur so unromantisch sein? Willst du
wirklich so lange warten?«

»Ja.«

Nils erhob sich und marschierte ans Fenster. Er richtete
den Blick auf die Birke im Garten, die langsam ihr Laub verlor, und fragte: »Willst du mich bestrafen?«

Anna suchte nach den richtigen Worten. Tatsächlich war ihre Entscheidung nicht frei von Vergeltungswünschen. Nils hatte sein weiteres Vorgehen offensichtlich schon vor seiner Rückkehr nach Stockholm beschlossen. Er hatte Andrée sein Wort gegeben und damit alles besiegelt.

Eine weniger scharfsinnige Frau würde ihm seinen Wunsch wahrscheinlich umgehend erfüllen, doch Anna erkannte den Egoismus in Nils' Plänen und war nicht bereit, sich seinem Willen zu beugen. Wenn er sie heiraten wollte, dann zu ihren Bedingungen.

Irgendwie kam ihr die Situation unwirklich vor. Vielleicht träumte sie ja nur. Er war gerade vierundzwanzig Stunden in Stockholm und sprach schon wieder von der Abreise. Seinen Erzählungen beim gestrigen Abendessen nach zu urteilen, waren seine Erlebnisse wenig erquicklich gewesen – und die Expedition hatte nicht einmal richtig begonnen. Warum wollte er sich das noch einmal antun? Die Vorbereitungen, der kummervolle Abschied – alles ohne Erfolgsgarantie. Sie stellte sich neben ihn und blickte hinaus in den Garten. Der Wind wirbelte Blätter über den Boden. Anna verfolgte die Bewegungen, sortierte das Laub im Geiste nach Farben: braun, rostrot, orange, gelb. Sie spürte Tränen aufsteigen, doch sie würde nicht weinen.

»Es tut mir leid«, sagte Nils.

»Es gibt so viele Farben, die ich nicht kenne. Vielleicht kann Tore mir damit helfen. Mit Farben kennt er sich doch gut aus, oder?«

Nils antwortete nicht.

»Nächstes Jahr um diese Zeit wirst du nicht hier sein, um zu sehen, wie die Blätter fallen. Du wirst diese Jahreszeit verpassen und die nächste und übernächste und wahrscheinlich viele danach. In der Arktis unterscheiden sich die Jahreszeiten nicht sonderlich, soweit ich weiß.« Sie sah ihn regungslos an.

»Anna«, sagte er. Sie schwieg. Wortlos umschlang er ihre Taille und hielt sie ganz fest.

»Ich will dich nicht bestrafen, aber ich werde dich jetzt nicht heiraten.« Sie löste sich aus der Umarmung und strich sich die zerdrückten Locken aus dem Gesicht. »Dann würde ich jegliche Hoffnung aufgeben und mich in dein Schicksal fügen.«

»Mir wird nichts passieren. Es gibt kein Schicksal.«

Anna nickte und wandte sich wieder dem Fenster zu.

»Vielleicht wäre es leichter, wenn ich meine Entscheidung rechtfertigen könnte. Wenn du mehr über die Expedition wüsstest.«

Abrupt fuhr sie herum. »Das will ich gar nicht. Mehr zu wissen tröstet mich nicht über den Verlust hinweg, den ich schon jetzt empfinde. Aber ich kann dich nicht bitten zu bleiben, wenn du gehen willst. Deine Prinzipien und dein Stolz erzürnen mich, aber sie gehören auch zu den Eigenschaften, die ich an dir am meisten bewundere. Rationalität kann meinen Kummer nicht lindern. Die Wahrheit ist, dass ich dich verlieren werde, vielleicht für immer, und das ist alles, woran ich im Augenblick denken kann.«

Sie atmete schnell, ihre Wangen waren gerötet. Noch nie hatte Nils sie derart zornig erlebt. Gerade war sie noch so ruhig gewesen, und jetzt das. Er verstand gar nichts mehr.

Anna fragte sich, warum alles so kompliziert war. Die Situation überforderte sie. Ihr war klar, dass es Frauen gab, die diese Dramatik, die Irrungen und Wirrungen des Liebesspiels in vollen Zügen genossen. Frauen wie Gota zum Beispiel. Aber ihr schnürte es nur die Kehle zu. Am liebsten würde sie Nils alles erzählen. Dass sie Erik letztes Jahr an Mittsommer kennengelernt hatte, dass sie nicht nur bei jedem Kuss, sondern immerzu an seinen Bruder dachte. Eigentlich wäre das der einzige Weg. Doch aus unerfindlichen Gründen hatte sie eine andere Entscheidung getroffen, und nun gab es kein Zurück. Wieso war überhaupt die Rede von einer Hochzeit? Das war doch völlig absurd! Aber wenn sie die Verlobung löste, würde sie Nils und seine Mutter ins Unglück stürzen. Damit würde sie zeigen, dass sie nicht an seine Rückkehr glaubte. Sie befand sich in einer Zwickmühle. Nils alles zu gestehen, käme einer Bestrafung gleich, und das brachte sie nicht übers Herz. Und weil sie ihm die Wahrheit verschweigen musste, zürnte sie ihm.

»Du hättest deiner Mutter nicht von deinen voreiligen Hochzeitsplänen erzählen sollen.« Ihre Stimme wurde schriller. »Sie ist außer sich vor Freude, weil sie glaubt, dass wir bald heiraten. Ich wusste nicht, was ich darauf sagen sollte.«

»Verzeih«, erwiderte Nils.

Sie wandte sich vom Fenster ab und setzte sich aufs Bett. Sie fühlte sich völlig ohnmächtig. Es war nicht mehr zu ändern. Nils legte sich neben sie und bettete seinen Kopf wieder in ihren Schoß. Sie strich ihm sanft über das Haar, doch sie empfand nur Mitleid, während ihr Verlobter Tränen der Erleichterung auf ihr schönes, neues Kleid vergoss.

Kapitel 22

STOCKHOLM, SCHWEDEN
AUGUST 1896

Sie saßen einander gegenüber an dem kleinen Tisch in Annas Wohnung. Erik hielt seinen Hut in den Händen. Er war so groß, dass er wie ein Erwachsener auf einem Kinderstuhl wirkte. Die Wohnung lag im rückwärtigen Teil des Gebäudes und hatte früher wohl als Dienstbotenunterkunft des herrschaftlichen Hauses gedient. Erik füllte das kleine Zimmer fast komplett aus und konnte die niedrige Decke vermutlich ohne sich zu strecken mit der Hand berühren. Beim Eintreten hatte er sich sogar ducken müssen. Als sie ihren Blick durch das überfüllte Zimmer wandern ließ, schämte sie sich für die Zeitungsausschnitte mit Bildern der neusten Mode, die Gota voller Stolz an die Wände geheftet hatte.

Zwei kleine Betten direkt an der Wand, der Tisch, an dem sie gerade saßen, ein Herd und eine schmale Holzbank, mehr gab es nicht in dem größeren der beiden Zimmer, die sich die Frauen teilten. Das kleinere Zimmer wurde von Gota zum Nähen benutzt. Dort bewahrten beide auch ihre Kleider auf. Das Bad befand sich ein Stockwerk tiefer und die Toilette ein Stockwerk darunter im kleinen Innenhof. Anna fragte sich, ob der Anblick ihrer Behausung etwas an seiner Meinung über sie ändern und ihm ihre wahre Herkunft vor Augen führen würde. Es war so still, dass sie Erik atmen hörte. Beide waren sich der Bewegungen im Nebenzimmer bewusst.

»Es riecht nach Hopfen«, bemerkte Erik.

»Wir wohnen neben einer Brauerei.«

Gota kam aus ihrem Zimmer. »Ich gehe jetzt«, verkündete sie munter. Als Erik sich erhob, verfehlte er haarscharf einen Balken. Anna sah, dass Gota sich umgezogen hatte. »Ich bin zum Abendessen wieder da, Anna«, sagte sie.

Anna nickte Gota zu.

»Es war mir ein Vergnügen, Sie wiederzusehen, Herr Strindberg. Richten Sie Ihrer Mutter bitte meinen Dank für das wunderbare Wochenende in Mölna aus.« Beim Klang von Gotas schriller Kleinmädchenstimme zuckte Anna zusammen. »Ein unvergessliches Wochenende, in vielerlei Hinsicht.«

Erik räusperte sich. Er trat vor und reichte Gota die Hand. »Ich werde meinen Eltern Ihren Dank ausrichten. Schön, Sie wiedergesehen zu haben, Fröken Charlier.« Er verbeugte ich höflich.

Gota lief rot an und ging, sehr zu Annas Erleichterung, zur Tür. »Auf Wiedersehen. Vergiss nicht, deinem Gast eine Erfrischung anzubieten, Anna«, sagte sie und verschwand.

Kopfschüttelnd hob Erik die Hand. Anna wartete, bis auch die Haustür ins Schloss gefallen war, bevor sie sprach.

»Danke, dass du so schnell gekommen bist«, sagte sie. »Bitte entschuldige die Anwesenheit meiner Schwester. Eigentlich hätte sie nicht hier sein sollen. Es wäre nicht schicklich gewesen, dich auf der Arbeit aufzusuchen, und diese Angelegenheit lässt sich nicht bei dir zu Hause besprechen.«

»Deine Nachricht wirkte dringend, deshalb bin ich gleich

gekommen. Was möchtest du denn mit mir besprechen?« Er sah sie direkt an, aus seinem Blick sprach kein Argwohn, nur Zuneigung. Seine Stimme war ruhig, aber trotz seiner scheinbaren Gelassenheit hob und senkte sich sein Brustkorb sichtlich.

»Ich möchte, dass du deine Entscheidung überdenkst.«

»Und welche Entscheidung meinst du genau?«

»Deine eilige Abreise nach Chicago.«

»Aus welchem Grund bittest du mich darum?« Ein Lächeln umspielte seine Lippen. Er stützte sich mit den Ellenbogen auf dem Tisch ab und beugte sich vor.

»Es geht dabei nicht um mich«, erwiderte Anna. Mit gespieltem Interesse hob Erik die Brauen.

Ungerührt fuhr sie fort. »Nils wäre am Boden zerstört, wenn du vor dem nächsten Sommer fahren würdest. Er vertraut dir Dinge an, die er mit niemandem sonst teilen kann. Und er schätzt deine Meinung sehr. Ich glaube, es wäre ein großer Schlag für ihn und sein Vorhaben, wenn du nicht da wärst.«

»Deine Bitte ist furchtbar selbstlos.« Erik verhehlte seinen Sarkasmus nicht. »Ich werde darüber nachdenken. War das alles?«

Er sah sie direkt an. Die plötzliche Kälte in seinen Augen traf sie bis ins Mark, doch dahinter verbarg sich etwas anderes. Es war derselbe Blick, den sie auf dem Balkon im Schloss gesehen hatte. Übelkeit stieg in ihr auf. Als sie die Nachricht am Empfang seines Büros hinterlassen hatte, war Anna klar geworden, dass Erik in ihre Zeilen mehr hineinlesen könnte, als sie ihm tatsächlich schrieb. Sie hatte ihn sehen wollen, mit ihm sprechen, um ihn zu bitten, in Stockholm zu bleiben, und zwar zu ihrem eigenen Trost. Doch ihre Feigheit hatte ihr nicht erlaubt, genau dies auch in der Nachricht zu formulieren. Ihre Selbstsucht ekelte sie, es war ein perfider Schachzug gewesen.

Der Drang, auf ihn zuzugehen, damit er seine Härte verlor, war überwältigend. Sie sah es förmlich vor sich, wie sie aufstand und sich auf seinen Schoß setzte. Ihn umarmte, sein Gesicht mit zarten Küssen bedeckte, seinen Geruch in sich aufsog. Sie spürte seine Hände auf ihrem Rücken, wie er sie enger an sich heranzog, umarmte und festhielt. In diesem Augenblick wünschte sie nichts sehnlicher, als sich völlig an ihn zu verlieren. Doch sie blieb ihm gegenüber am Tisch sitzen und überlegte, was sie als Nächstes sagen sollte.

»Bitte, Erik, sei nicht so hart.«

Er erhob sich und warf seinen Hut auf den Tisch. »Ich bin hart? Du kennst meine Gefühle, und dennoch willst du, dass ich bleibe und meine Qualen verlängere? Sei ehrlich mit dir, Anna. Willst du Nils wirklich damit helfen? Lüg mich nicht an, verdammt. Ich sehe doch, wie du mich anblickst. Und was war an deinem Geburtstag? Ich täusche mich nicht.«

Sie traute sich nicht aufzustehen und musste die Hände falten, damit sie nicht zu stark zitterten. Mit zwei Schritten war er bei ihr. Er hob ihr Kinn und sah ihr in die Augen. Dann schien seine Wut zu weichen, und er ging vor ihr in die Hocke.

»Verzeih. Ich habe die Beherrschung verloren. Offenbar bringst du meine Stärken, aber auch meine Schwächen zum Vorschein.«

»Ich habe keine Angst vor dir, sondern vor mir selbst und davor, welchen Schaden meine Gefühle anrichten könnten.« Sie berührte seine Wange. »Ich möchte, dass du bleibst. Ich brauche dich.«

»Liebst du mich?«

Wie gern hätte sie seine Bitte erfüllt, wie gern wäre sie aufrichtig gewesen und hätte Ja gesagt. Damit wäre er zufrieden, mehr würde er nicht verlangen. Wenn sie ihm ihre Liebe gestand, gäbe es auch nach Nils' Abreise noch Hoffnung für sie beide, dann würde Erik bleiben. Doch sie brachte das Wort nicht über die Lippen. Es würde ihren Betrug besiegeln. »Ich weiß es nicht. Meine Gefühle für dich sind andere als die, die ich für Nils empfinde, aber ich fühle mich zu dir hingezogen. Meine Bitte ist egoistisch. Ohne dich könnte ich die nächsten acht Monate nicht ertragen.«

»Was sollen wir deiner Meinung nach tun?«

Anna trat an den Herd und schenkte zwei Tassen Kaffee ein. In Eriks gab sie zwei Löffel Zucker und brachte sie ihm. Eine Weile saßen die beiden schweigend da und tranken. Erst als die Brauereiarbeiter lautstark ihre Schicht antraten, ergriff Erik das Wort.

»Ihr seid euch ähnlicher, als ich zugeben mag«, sagte er. »Du und Nils.«

»Wieso?«

»Ihr habt euch auf einen Weg begeben, von dem ihr nicht abweichen wollt. Um keinen Preis. Wahrscheinlich ist das ein Zeichen von Charakterstärke.«

Oder von Feigheit, dachte Anna.

»Ich möchte nicht, dass Nils verletzt wird«, sagte Erik. »Ich liebe euch beide so sehr. Also bleibe ich bis zu seiner Abreise.«

»Erik, ich kann dir nichts versprechen.«

Er nickte ernst. »Auch ich kann dir nicht versprechen, dass sich meine Laune bessert, dass mein Benehmen in deiner Gegenwart nicht kränkend sein wird. Es wird mich immer schmerzen, dich zu sehen und zu wissen, dass ich dich nicht berühren, nicht küssen darf. Aber meine Entscheidung zu bleiben hat keine Auswirkungen auf das, was in der Zukunft liegt, Anna. Du brauchst mich. Alles andere ist unwichtig.«

»Danke.«

»Ich muss gehen. Gota kommt sicher bald zurück. Sie wird sich fragen, warum ich so lange geblieben bin.« Er nahm seinen Hut und bog die Krempe zurecht. »Aber bevor ich mich verabschiede, musst du mir eine Frage beantworten.«

»Selbstverständlich.«

»Wenn du dich so sehr von mir angezogen fühlst, wie du sagst, warum hast du unsere Beziehung nicht zugelassen?«

Wieder fiel es Anna schwer, die Wahrheit zu sagen. Die Gründe für ihr abweisendes Verhalten Erik gegenüber waren lächerlich. An diesem Morgen hatte sie sich über sein Benehmen geärgert und in ihrem Stolz verletzt gefühlt, doch der Hauptgrund hatte darin bestanden, dass sie ihre Schwester nicht verletzen und deren Zorn erregen wollte.

»Du musst mir versprechen, es für dich zu behalten.«

»Aber sicher.«

»Meine Schwester hat mir gegenüber ein romantisches Interesse an dir bekundet. Ich hatte Angst, ihre Gefühle zu verletzen, wenn ich dich wiedersehen und wir eine Beziehung aufnehmen würden. Ein Jahr später lernte ich Nils kennen.«

»Ich verstehe. Eine Laune des Schicksals. Wenn man an das Schicksal glaubt. Danke für deine Aufrichtigkeit.«

Anna gab Erik zum Abschied die Hand. Er streichelte sanft ihre Finger und küsste sie auf die Wange. Seine Lippen verharrten an ihrem Ohr, doch dann wandte er sich ab und ging. Kurz darauf fiel die Haustür ins Schloss. Anna stand so dicht an der Fensterscheibe, dass das Glas beschlug. Sie sah Erik in der Gasse zwischen ihrem Haus und der Brauerei verschwinden.

Teil 2

DER ZWEITE VERSUCH

CHICAGO HERALD, CHICAGO, IL

30. MAI 1897

Andrées Tod gewiss:
Dyche bangt um den Forscher

Andrées wagemutiger Versuch, mit einem Ballon den Pol zu erreichen, wird ihn mit größter Wahrscheinlichkeit das Leben kosten. Dieser Ansicht ist zumindest Professor Lewis L. Dyche von der Kansas State University, und es gibt in Amerika wenige Männer, deren Meinung größeres Gewicht hätte, wenn es um Polarexpeditionen geht.

»Sollte Andrée die Reise in seinem Ballon von Spitzbergen gen Nordpol tatsächlich antreten, wird er wohl nicht lebend heimkehren«, sagte Professor Dyche. »Seine Expedition ist ein Beispiel für außerordentliche Kühnheit, sie zeugt von unglaublichem Mut, doch sein Gegner ist die Natur in all ihrer Grausamkeit, und es ist höchst unwahrscheinlich, dass er zurückkehren wird.

Die Vorstellung, man könne den Nordpol in einem Ballon überqueren, hat etwas Bezwingendes, doch die Hindernisse, die sich dabei auftun, sind beinahe, wenn nicht völlig unüberwindlich. Im Vergleich zu diesem Unterfangen könnte man Nansens Drift durch die Polarströmungen als regelrecht planbar bezeichnen. Über Eis und Land kann man reisen, da hat man festen Boden unter den Füßen, doch wer kann schon die Luftströmungen vorhersagen?

Andrée ist bereits von Stockholm zu den Inseln von Spitzbergen aufgebrochen, die auf halber Strecke zwischen Norwegen und dem Nordpol liegen. Um den 20. Juni herum wird man den Ballon mit Gas befüllen, und wenn der Wind günstig ist, das heißt aus Süd oder Südost kommt, werden die Seile gekappt, und Andrée und seine Männer zu ihrer gefahrvollen und meiner Ansicht nach aussichtslosen Fahrt aufbrechen.

Nach Andrées Überzeugung hat Nansen den Nordpol nicht erreicht, weil er den Meeresströmungen vertraute, die Luftströmungen jedoch seien sicherer. Er verlässt sich darauf, dass die vorherrschenden Winde aus Süd oder Südost ihn über oder in die Nähe des Pols treiben und den Ballon schließlich über den nördlichen Polarkreis nach Alaska oder Sibirien tragen werden. Seit einem Jahr lässt der russische Staat in ganz Sibirien Flugblätter verteilen, in denen sie die Menschen auffordert, nach dem Ballon Ausschau zu halten und sich seiner Passagiere anzunehmen. Ähnliche Flugblätter wurden in Alaska und Grönland verteilt.«

Schwierigkeiten der Expedition

»Es heißt, in jenem Land kämen alle Winde aus dem Süden, weil es am Nordpol keine andere Richtung als Süden gibt. Winde, die aus allen Richtungen kommen, erzeugen Gegenströmungen, die den Ballon kreuz und quer treiben lassen. Bisweilen wird aufgrund der niedrigen Temperaturen vermutlich völlige Windstille herrschen, oder die Winde tragen den Ballon an eine Stelle, die Andrée gar nicht erreichen wollte, und lassen ihn im Stich, nur um später wieder aufzufrischen und ihn von seinem Kurs abzubringen. Ein paar Grade kann er im Wind korrigieren, doch bei Gegenwinden ist er machtlos.«

Gefahr von Eisnebel

»Die größte Gefahr stellt vermutlich der grausame, beißende Eisnebel dar, der jede Schutzkleidung durchdringt. Dieser Eisnebel entsteht, wenn Süd- und Nordwinde über den großen Eismassen aufeinandertreffen. Wie will Andrée in diesem undurchdringlichen Nebel Beobachtungen anstellen?

Woher will er wissen, dass er den Pol tatsächlich erreicht hat? Der Seemann orientiert sich, indem er zur Mittagszeit die Sonne und den Mond beobachtet. Am Pol gibt es keinen Mittag. Die Sonne wandert in immer kleiner werdenden Kreisen um den Himmel, bis sie am 21. Juni den höchsten nördlichen Punkt erreicht. Könnte Andrée landen und eine Weile dort verbringen, könnte er womöglich derartige Beobachtungen anstellen. Doch wenn er sich außerhalb des Ballons befindet, könnte dieser von unbeständigen Winden erfasst und fortgetragen werden, sodass Andrée seine Entdeckung nicht überleben würde. Selbst wenn es möglich wäre, den Ballon zurückzulassen und Ausflüge auf Schlitten zu unternehmen, könnten weder er noch seine Begleiter diese Mühsal körperlich ertragen. Man braucht wochenlanges Training,

um sich an die dort herrschenden Bedingungen zu gewöhnen.«

Andrée könnte nie zurückkehren

»Wie gesagt, Andrées Expedition ist faszinierend, vor allem wegen ihrer geringen Erfolgsaussichten und übertrifft jene Nansens hinsichtlich Tollkühnheit und Wagemut. Doch ich glaube nicht, dass sie durchführbar ist. Man wird den Pol eines Tages über Land – oder vielmehr über Eis – erreichen, und zwar im Rahmen einer gründlich geplanten Forschungsreise, bei der die Mannschaft jederzeit die Möglichkeit einer gefahrlosen Rückkehr hat. Ein Blitzbesuch am Pol durch die Luft klingt verlockend, doch ich halte ihn nicht für machbar, und ich fürchte, dass Andrées Versuch in einer Katastrophe enden wird, obwohl ich aufrichtig hoffe, dass er alles übersteht und in Amerika landet.

Die Erforschung der Pole ist ein Faszinosum, eine Herausforderung, welche die Natur den Menschen stellt. ›Erreiche den Pol‹, sagt sie, ›und dein ist der Preis.‹ Sie hat für derartige Versuche bereits Preise verliehen, und je näher der Forscher dem Pol kommt, desto größer ist dieser Preis. Nansens Preis bestand in weltweitem Ruhm und einem ansehnlichen Vermögen. Sollte Andrée den Pol tatsächlich erreichen und unversehrt heimkehren, wird er damit unsterblich werden, und die Welt wird ihm zu Füßen liegen. Für viele Männer ist dieser Preis einen Versuch wert.«

Kapitel 23

STOCKHOLM, SCHWEDEN
MAI 1897

Sie überquerten im Menschengewühl die kürzlich vollendete Djurgårdsbron, die Brücke zum Djurgården. Unvermittelt blieb Erik, der vornweg ging, stehen und sprang theatralisch auf und ab. »Hoffentlich hält sie das aus«, sagte er laut. Er sprach von der neuen Brücke.

Er selbst lachte, doch seine Begleiter taten ihr Bestes, den Scherz zu ignorieren, und gingen einfach weiter. Omnibusse voller Besucher fuhren an ihnen vorbei, die Reisenden spähten mit großen Augen hinaus und deuteten aufgeregt mit dem Finger auf das Bauwerk.

Anna hatte sich für den Ausflug etwas Leichtes angezogen, sie trug eine dünne weiße Baumwollbluse, deren Kragen sie offen stehen ließ, die Manschetten der weiten Ärmel endeten an den Ellbogen. Eigens für diesen Anlass hatte sie sich von einer Freundin einen Hut geliehen, doch Gotas Ermahnungen zum Trotz keinen Mantel mitgenommen. Nils war der neue Hut gar nicht aufgefallen, aber das war Anna gewöhnt, es störte sie nicht. Sie hielt sich nicht für eine Schönheit und kleidete sich nach ihrem ganz eigenen Geschmack. Der Hut allerdings, der ihr schief auf dem Kopf saß, hatte ihr auf An-

hieb gefallen, und sie freute sich, dass er auf ihren kastanienbraunen Locken so hübsch zur Geltung kam.

Ihr Ziel war die vielfach verhöhnte Ausstellungshalle, die
in Stockholm für Gesprächsstoff sorgte, seit der kontroverse
Bau der Öffentlichkeit vorgestellt worden war.

»Der Bau ist grotesk, ein einziges Schandmal«, sagte Erik.

»Das sagst du nur, weil sie nicht deinen Entwurf genommen haben«, widersprach Tore. »Ich finde die Halle famos. Du
weißt, es ist das größte Holzhaus, das je gebaut wurde, fast
siebzehntausend Quadratmeter Fläche hat es. Ich hoffe, es
bleibt bis in alle Ewigkeit stehen.«

»Das ist genau das, was die Organisatoren Trotteln wie
dir einreden wollen, damit sie zehn Kronen Eintritt bezah-
len.«

»Aber ich komme umsonst rein«, fuhr Tore auf. »Das tun
wir alle, dank Nils.«

»Darum geht es doch gar nicht.« Erik versetzte seinem Bruder einen Klaps auf den Kopf. Es war sinnlos, sich mit einem
Vierzehnjährigen auf eine solche Diskussion einzulassen.

Anna und Nils gingen dicht hinter Erik und Tore. Anna
hatte sich fest bei ihrem Verlobten untergehakt, heftete den
Blick auf Eriks breiten Rücken und genoss das Gefühl, sich
mit der Menge treiben zu lassen. Die ganze Stadt war durch
die Weltausstellung in Hochstimmung, die auch Anna ange-
steckt hatte. Sie spürte die fiebrige Erwartung, die in der Luft
lag. Als Erik sich Tore zuwandte, sah sie einen Moment sein
Gesicht und klammerte sich noch fester an Nils' Arm.

In fünf Tagen würde Nils nach Spitzbergen aufbrechen.
Die vergangenen acht Monate hatte Anna in der Hoffnung
gelebt, der zweite Versuch würde im Sande verlaufen. Nach

dem Scheitern des ersten Versuchs hatte sich die öffentliche Meinung gegen das ganze Unterfangen gewendet, frühere Unterstützer äußerten sich kritisch. Aber Andrée hatte nicht locker gelassen, und nun würde die Expedition stattfinden. Gota hatte Anna geraten, die acht Monate klug zu nutzen und Nils' Entschlossenheit nach Kräften zu untergraben. Schließlich hatte ihre Schwester zu Annas Entsetzen einen recht hinterhältigen Plan vorgeschlagen, um Nils an Stockholm und sie selbst zu binden. Doch es schien ihr falsch, ein Kind aus solchen Gründen in die Welt zu setzen.

Anna verbot sich alle dunklen Gedanken und beteiligte sich an Eriks und Tores scherzhaftem Schlagabtausch. »Ich bin derselben Meinung wie Tore. Es ist ein großartiges Bauwerk, die Kuppel und die Minarette sind hinreißend.«

Weder Erik noch Tore gingen auf ihre Bemerkung ein. Nils sagte: »Ich kann die Qualitäten durchaus erkennen – die architektonischen, meine ich, auch wenn Erik mir zweifellos widersprechen wird. Aber im Grunde erfüllt dieses Gebäude doch keinen Zweck.«

»Genau das meine ich ja, Bruder. Wozu ist es gut? Gebäude sollten eine Funktion erfüllen. Dieses erfüllt keinen Zweck, außer um eine schöne Aussicht zu verstellen«, antwortete Erik.

Nils bemerkte offenbar gar nicht, dass Anna das Gefühl haben musste, übergangen worden zu sein. »In den Zeitungen heißt es, dass es gleich nach Ende der Ausstellung abgerissen werden soll.«

»Das ist eine absurde Geldverschwendung«, sagte Erik. »Tausende Kronen für den Bau eines Gebäudes, das für den Abriss bestimmt ist, und dann noch einmal Tausende von Kronen für den Abriss selbst. Das schreit doch zum Himmel.«

»Dir kann man es auch überhaupt nicht recht machen«, sagte Tore. »Zuerst beklagst du dich über den Anblick, und dann echauffierst du dich über die Abrisskosten. Gib endlich zu, dass du beleidigt bist, weil sie sich nicht für deinen Entwurf entschieden haben.«

Tore und Nils lachten verschwörerisch.

»Ich habe aus zuverlässiger Quelle erfahren, dass die Stadtverwaltung Boberg und Lilljekvist einen Gefallen schuldete. Weil ihnen ein paar Bauaufträge entgangen sind, haben sie die Stadt der Verschwörung bezichtigt, woraufhin die Verwaltung ihnen schnell einen Knochen hingeworfen hat.«

»Ach, du willst also behaupten, dass die aufrechten und ehrenwerten Ratsmitglieder bestechlich sind?«, fragte Nils.

»Mitnichten«, sagte Erik. »Die Ratsmitglieder sind weder aufrecht noch ehrenwert.« Lächelnd warfen die Brüder sich einen Blick zu.

»Aber deine Firma hat trotzdem ein paar Bauten für die Große Ausstellung entworfen, oder?«, fragte Anna, obwohl sie genau wusste, welche Projekte unter Eriks Leitung entstanden waren.

»Ja.«

Anna sagte nichts mehr, weder zu Erik noch zu Tore. Sie wollte Nils nicht darauf aufmerksam machen, dass seine Brüder sie brüskierten. Ihr war klar, weshalb Erik sie mit Verachtung strafte. Er hatte sie gewarnt. Acht Monate waren seitdem vergangen, doch sein Schmerz war immer noch offensichtlich. In Annas Gesellschaft gab er sich mal mürrisch, dann wieder grob oder missmutig. Erstaunlicherweise war sie trotzdem froh, dass er ihre Bitte erfüllt hatte und in Stockholm geblieben war. Selbst in seinen verdrießlichsten Momenten war seine Anwesenheit ihr ein Trost. Sie war sich der Tatsache bewusst, dass sie nur eine Rolle spielte, wenn sie mit ihrem Verlobten und Erik zusammen war. Vom Unterhaken bei Nils bis hin zu ihren munteren Plaudereien – alles war nur aufgesetzt. Tores Distanziertheit hingegen wunderte sie. Seit Längerem schon verhielt er sich ihr gegenüber so abweisend. Aber das hing wahrscheinlich damit zusammen, dass er gerade vierzehn war, und in dem Alter waren junge Männer häufig ausgesprochen schwierige Zeitgenossen.

Eine Weile gingen die vier schweigend weiter, dann blieben sie stehen, Erik und Nils zogen ihre Mäntel aus. Anna beugte sich über das Geländer und beobachtete die Boote, die immer neue Menschenmengen zur Anlegestelle am Djurgården brachten. Die vom Wasser reflektierte Sonne blendete so stark, dass Anna rasch den Kopf wegdrehte.

»Wann treffen wir uns mit Andrée?«, fragte sie.

Nils hörte ein empörtes Zungenschnalzen aus Eriks Richtung.

»Um zwölf Uhr, vor Eriks Lieblingsgebäude.« Er schaute auf seine Armbanduhr.

»Wie spät ist es jetzt?«

»Halb zwölf.«

Sie kamen nur sehr langsam über die Brücke voran. Die Brüder debattierten darüber, was sie an dem Tag unternehmen sollten. Alle wollten unbedingt Skansen besichtigen, das erste Freilichtmuseum Schwedens, das auch einen Zoo hatte. Tore freute sich auf den Vortrag, den der Forscher Sven Hedin halten würde, aber er wollte auch die Eröffnungsrede König Oskars hören. Erik zog seinen jüngeren Bruder damit auf, dass er ihn ein ideales Ausstellungsobjekt für den ersten schwedischen Zoo nannte. Nils hoffte, einen Film zu sehen, den die Gebrüder Lumière in Frankreich gemacht hatten. Die Männer unterhielten sich angeregt, während Anna die Umgebung auf sich wirken ließ.

Als die kleine Gruppe schließlich das andere Ende der Brücke erreicht hatte, verlief sich die Menge zu ihrer Erleichterung sehr schnell. Vor ihnen lag die eindrucksvolle Weite des Djurgården, hier und dort von neuen Bauten, Museen und Buden durchsetzt, die allesamt in den Farben Schwedens geschmückt waren.

»Pünktlich wie die Maurer. Seid ihr wirklich gerade erst gekommen?« Wie aus heiterem Himmel war Sven aufgetaucht, an seinem Arm hing eine attraktive junge Frau in einem blütenweißen Leinenkleid.

»Wir kommen direkt aus der Stadt, aber der Weg über die Brücke hat ewig gedauert. Und wie seid ihr hergekommen?«, fragte Nils.

»Mit der Fähre. Ich hatte schon Angst, dass wir uns verspäten. Es war ein ziemliches Gedränge an Bord.«

Sven sah adrett aus wie immer. Weder die Hitze noch das Gewühl auf der Fähre hatte Spuren hinterlassen. Er richtete seine Krawatte und strich sich das schwarze Haar aus der Stirn. »Ich möchte euch Fröken Lotta Dahl vorstellen. Lotta, das ist meine Familie.«

Man tauschte Höflichkeiten aus. Nils warf einen Blick auf Annas Armbanduhr. »Bis wir Andrée treffen, ist noch ein bisschen Zeit. Ich hole uns eine Limonade.« Er machte sich auf den Weg zu einem kleinen Kiosk. Tore, Sven und seine Begleiterin folgten ihm.

Anna blieb allein mit Erik zurück. Nervös sah sie Nils hinterher. Die Schlange vor dem Kiosk war sehr lang. Anna beobachtete ihren Verlobten, wie er sich, die Hände in den Hosentaschen vergraben, am Ende anstellte. Sie warf Erik ein kleines Lächeln zu und schaute dann auf ihre Füße.

»Dein Hut gefällt mir«, sagte er.

»Danke.« Jetzt begegnete Anna seinem Blick. »Er gehört mir nicht. Ich habe ihn mir von meiner Freundin Lila geborgt.«

»Er ist trotzdem sehr hübsch und steht dir gut. Die gestickten Kornblumen auf dem Band haben genau dieselbe Farbe wie deine Augen.«

»Svens neue Bekannte ist bildhübsch«, erwiderte Anna verlegen.

»Kein Vergleich zu dir«, meinte Erik und trat einen Schritt zurück.

Kapitel 24

STOCKHOLM, SCHWEDEN
SEPTEMBER 1930

Um sich die Zeit bis zu seinem Treffen mit Sven Strindberg zu vertreiben, schlenderte Stubbendorff durch den Skulpturensaal der Liljevalchs Konsthall auf Djurgården. Der Raum war voller Besucher, die zwischen den prachtvollen Bögen flanierten, aber Stubbendorff konnte sich dennoch nicht vorstellen, dass er den Leiter der Galerie zwischen all den Menschen übersehen würde. Nicht nach allem, was er über diesen Kunstkenner und Lebemann gehört hatte. Zwei Tage zuvor hatte er bei dessen Sekretärin um ein Treffen gebeten. Er solle sich um elf Uhr im Hauptsaal einfinden, hatte sie ihm mitgeteilt. Strindberg habe kein Büro.

Stubbendorff war nur einmal vor vielen Jahren in der Galerie gewesen und hatte ihre Pracht damals gar nicht richtig zur Kenntnis genommen. Die Sonne schien durch die Fensterreihe rund um das Mezzanin. Er legte den Kopf in den Nacken und drehte sich langsam im Kreis, um den Bau richtig auf sich wirken zu lassen. Auf dem Mezzanin standen Menschen, stützten sich auf das Geländer und unterhielten sich. Vom Hauptsaal gingen mehrere kleinere Ausstellungsräume ab. Durch das Sonnenlicht und die Skulpturen, die Schritte und Stimmen der Besucher bekam der Raum, der auf Stubbendorff sonst etwas kalt und abweisend gewirkt hätte, eine freundliche, warme Atmosphäre.

Strindberg leitete die Galerie seit ihrer Eröffnung 1916 und hatte sich seitdem unermüdlich dafür eingesetzt, den ersten Ausstellungsraum für zeitgenössische Kunst in Schweden zu einer der führenden Galerien Europas auszubauen. Dabei waren ihm die Verbindungen seiner Familie und seine charismatische Persönlichkeit eine große Hilfe gewesen. Stubbendorff betrachtete die Skulpturen und studierte die Namen der Künstler. Ihn interessierten insbesondere die Werke des Bildhauers Tore Strindberg. Seit seinem Treffen mit dem Mann vor einer Woche hatte er viel über Kunst, Skulptur und die Familie Strindberg nachgedacht. Oscar und Rosalie Strindberg hatten vier außergewöhnlich begabte Söhne zur Welt gebracht – ein fast unglaublicher Zufall, wie Stubbendorff meinte. Welch magische Fähigkeiten hatte das Paar wohl besessen, dass die vier zu derart starken Persönlichkeiten herangewachsen waren?

Als er sich vorbeugte, um ein Werk näher zu betrachten, sah er aus dem Augenwinkel, dass sich die Köpfe der Umstehenden drehten. Das leise Stimmengewirr schwoll zu einem hektischen Flüstern an. Stubbendorff schaute auf und erkannte sofort, was diese Reaktion ausgelöst hatte.

Plötzlich stand ein imposanter, selbstsicherer, farbenfroh gekleideter Mann im Saal. Wie eine der ihn umgebenden Statuen stand er da und zog alle Blicke auf sich. Mit journalistisch geübtem Blick erkannte Stubbendorff in ihm sofort den Selbstdarsteller. Die hohe Besucherzahl in der Liljevalchs Konsthall war zweifellos auch dieser Persönlichkeit geschuldet: Wenn man hierherkam, war die Wahrscheinlichkeit groß, einen Blick auf den berühmten Galerieleiter zu erhaschen. Dieser Mann war das publikumswirksamste Exponat seines Hauses.

Als der Bann gebrochen war, drängten sich Leute um Sven, gaben ihm die Hand und beglückwünschten ihn zu seiner Kunsthalle. Amüsiert verfolgte Stubbendorff die Szene.

Schließlich legte sich die Aufregung, die Bewunderer zerstreuten sich, und Stubbendorff trat auf Sven zu.

»Herr Strindberg, ich bin Knut Stubbendorff.« Er streckte die Hand aus. »Ich bin der Journalist, den zu treffen Sie sich bereit erklärt haben.«

»Ja, natürlich. Schön Sie zu sehen. Ich habe mit meinem Bruder über Ihren Besuch gesprochen. Er war sehr von Ihnen angetan.« Herzlich schüttelte Strindberg ihm die Hand. »Er sagte, Sie hätten ihm geholfen, dem Morast seiner Arbeit zu entkommen. Das war seine Wortwahl, wenn ich mich recht entsinne.«

»Das ist sehr freundlich von ihm. Ich finde nicht, dass ich viel getan habe.«

»Aber doch, aber doch. Er hat mir aufgetragen, Ihnen nach Kräften zu helfen.« Strindbergs Lächeln zog sich über sein ganzes Gesicht. Die Offenheit und Liebenswürdigkeit der Brüder verblüffte Stubbendorff. Derart selbstlose Menschen wie Tore und Sven Strindberg hatte er noch nie kennengelernt. Es ging ihnen wirklich darum zu helfen. Noch erstaunlicher war, dass sie einem Fremden, der sich für ihre Familiengeschichte interessierte, tatsächlich ihre Zeit und Aufmerksamkeit schenkten.

»Aber bevor wir uns über Nils unterhalten, Herr Stubbendorff, möchte ich Ihnen gern die Galerie zeigen.«

Bei diesem Vorschlag drängte sich Stubbendorff zunächst der zynische Gedanke auf, dass es sich hierbei um eine reine Selbstvermarktungsmaßnahme handelte, doch als Strindberg ihm breit lächelnd die Hand auf den Rücken legte und ihn aus dem Hauptsaal führte, verflog seine Skepsis.

Strindbergs unerwartetes Auftauchen in den Ausstellungsräumen erregte dasselbe Aufsehen wie im Skulpturensaal. Während er sich mit den Besuchern unterhielt, betrachtete Stubbendorff seinen Gastgeber.

Sven trug das dichte, volle, schlohweiße Haar aus dem kantigen Gesicht gekämmt. Sein ähnlich weißer Schnurrbart war mit Wachs zu zwei schmalen, nach oben gedrehten Sicheln geformt, die die Augen optisch mit der eleganten Nase verbanden. Derart lange Nasenflügel hatte Stubbendorff noch nie gesehen. Er schätzte Sven auf über einen Meter neunzig. Er war sechsundfünfzig, doch seine jungenhaften blauen Augen blitzten munter, wenn er sich mit jemandem unterhielt.

Stubbendorff fiel auf, dass Strindberg sehr schnell sprach, sich aber bewusst und mit Anmut bewegte. Er erinnerte ihn an ein schönes Insekt, eine Gottesanbeterin etwa, in einem grünviolett karierten Anzug. Während Strindberg sich seinen Besuchern widmete, bewunderte der Reporter sein Geschick, die Mühelosigkeit, mit der er von einem Thema zum nächsten wanderte, die aufrichtige Höflichkeit und Dankbarkeit, mit denen er altbekannte Unterstützer begrüßte, und das Fachwissen, wenn er über die Kunstwerke sprach.

»Ach, Herr Stubbendorff, hier ist eins meiner Lieblingsstücke. Es stammt von dem spanischen Künstler Salvador Dalí – haben Sie schon von ihm gehört?«

»Nein.«

»Ich verfolge seine Arbeit seit über zehn Jahren, und endlich habe ich eines seiner Kunstwerke erwerben können.« Er drehte sich zu dem großen Gemälde um, das an der Wand hing. »Ich habe es in der Galerie Dalmau in Barcelona gefunden. Dort habe ich auch den Künstler kennengelernt, ein bemerkenswerter Mensch. Ziemlich extrovertiert.«

Stubbendorff trat näher an das Bild, um sein Lächeln über die mangelnde Selbsterkenntnis Strindbergs zu verbergen. Er las den Titel: *Junges Mädchen, am Fenster stehend.*

»Es ist ein Bildnis seiner Schwester Ana María. Sie ist sein einziges Modell.«

Das Gemälde, vorwiegend in Hellblau- und Lavendeltönen gehalten, zeigte die Rückenansicht einer Frau, die sich auf ein Fensterbrett stützte und aufs Meer hinaussah. Das Kleid fiel weich über ihren Rücken und ihr Gesäß. In ihrem Blickfeld lag nur ein kleines Segelschiff.

»Das Bild ist nicht typisch für Dalís Stil, aber irgendwie hat es mich angerührt. Es ist ruhig, friedlich, und die Frau wirkt ein bisschen verloren«, fuhr Strindberg fort. »Ich dachte, ich gebe ihr hier ein Zuhause.«

»Es ist sehr schön. Ana María fühlt sich hier bestimmt wohl. Ihre Galerie ist wirklich außergewöhnlich, Herr Strindberg.«

»Vielen Dank. Das zu hören, ist immer wieder schön. Und jetzt: Wie kann ich Ihnen helfen? Tore hat mir erzählt, dass Sie im Besitz von Nils' Tagebuch sind und mehr über unser Leben während dieser Zeit erfahren möchten. Außerdem versuchen Sie wohl, Anna zu finden.«

Während sie durch die Kunsthalle schlenderten, schilderte der Reporter knapp sein Anliegen.

»Um ehrlich zu sein, war ich damals wenig an all dem beteiligt. Meist lebte ich in meiner eigenen Welt. Ich war an der Universität und kam und ging, ganz, wie es mir gerade passte.«

Sie schlenderten weiter durch die zahlreichen Ausstellungsräume. »Aber natürlich erinnere ich mich an Anna. Sie hat bei den Strindbergs ziemlich viele Emotionen ausgelöst.«

»Wie meinen Sie das?«

»Ich war natürlich nie sicher, aber ich hatte immer den Verdacht, dass mein Bruder Erik besondere Gefühle für sie hegte. Wenn sie uns besuchen kam, wurde er besonders mürrisch, aber sobald er sie ansah, nahm sein Gesicht einen ganz zärtlichen Ausdruck an. Ich fand das damals eher amüsant. Und über seine Verdrießlichkeit musste ich immer lachen.«

Stubbendorff war überrascht. »Glauben Sie, dass sie seine Gefühle erwiderte?«

»Ich glaube, dass sie um seine Gefühle wusste. Man spürte ihr Unbehagen regelrecht, wenn Erik in ihre Nähe kam. Leider muss ich zugeben, dass ich das damals auch eher lustig fand. Aber sie liebte Nils von ganzem Herzen, das war nicht zu übersehen.«

»Im Tagebuch Ihres Bruders steht nichts, das auf eine Beziehung Annas zu Erik hindeuten würde. Was er über seinen Bruder schreibt, ist immer sehr respektvoll, und er hat Anna wirklich geliebt.«

»Aber natürlich. Nils hätte das nie bemerkt.« Strindberg legte Stubbendorff eine Hand auf die Schulter. »Nils war unglaublich intelligent, aber er war nicht das, was ich als lebensklug bezeichnen würde. Die Feinheiten der Liebe sind ihm entgangen. Und ich bezweifle sehr, dass Erik je seinen Gefühlen nachgegeben hätte. Er und Nils waren gute Freunde. Was immer er für Anna empfunden haben mag, er hat es nach Kräften verborgen, wenn auch nicht immer erfolgreich. Nils hingegen war naiv. Er wäre nie auf die Idee gekommen, dass sein Bruder mehr als rein freundschaftliche Gefühle für seine Verlobte hegen könnte. Erik hätte Anna in die Arme schließen und sich mit ihr in der Besenkammer vergnügen können, auch das hätte Nils nicht gemerkt. So wenig ähnlich sich die beiden auch waren, Herr Stubbendorff, sie standen sich sehr nah. Ich kann mir nicht vorstellen, dass Erik Anna umworben hätte.«

Stubbendorff nickte langsam, während er diese Informationen auf sich wirken ließ.

»Als Nils dann verschollen war, tat mir Anna sehr leid«, fuhr Sven fort. »Doch irgendwann ist sie einfach verschwunden. Mehrere Jahre war sie Teil unserer Familie gewesen, wir haben viele schöne Stunden miteinander verbracht. Und dann war sie plötzlich weg. Für meine Mutter war das besonders schlimm. Sie hatte ja keine Tochter. So bald nach Nils auch noch Anna zu verlieren – das war ein schwerer Schlag für sie.«

»Haben Sie eine Ahnung, wo sie heute ist? Ob sie überhaupt noch in Stockholm lebt?«

»Ich weiß gar nichts. Aber Mama könnte Ihnen vielleicht weiterhelfen.«

»Ob sie wohl etwas dagegen hätte, darüber zu sprechen?«
Strindberg schüttelte den Kopf.

»Wissen Sie, wie ich am besten Kontakt zu ihr aufnehmen kann?«

»Sie wohnt bei mir, Herr Stubbendorff. Sie ist schon vor ein paar Jahren aus der Lilla Nygatan ausgezogen. Tore mit seinen Modellen und den Ehefrauen und Kindern, ganz zu schweigen von den Kunstwerken, die er im Lauf der Jahre gehortet hat – da war irgendwann kein Platz mehr für sie. Er ist ein großartiger Künstler und ein wunderbarer Bruder und Sohn, aber in seinem Haus herrscht das reinste Chaos. Meine Mutter konnte es nicht mehr ertragen.

Sie redet gern von den Tagen, als ihre vier Jungen mit ihr unter einem Dach lebten und ihnen die ganze Welt offenstand. Und bezüglich Anna kann Mama Ihnen bestimmt auch weiterhelfen – die beiden verstanden sich sehr gut. Warum schauen Sie nicht vorbei? Wie wär's mit …« Strindberg schloss die Augen und überlegte kurz. »Nachmittags ist sie meist zu Hause. Meine Sekretärin gibt Ihnen die Adresse. Kommen Sie morgen Nachmittag, so gegen vier. Sollte sich etwas ändern, sagt meine Sekretärin Ihnen telefonisch Bescheid.«

»Vielen herzlichen Dank. Eines noch, wenn Sie einen Moment haben: Lebt Erik noch in Amerika?«

»Ja, aber nächste Woche kommt er nach Stockholm. Als sie das Lager entdeckten, hat er sofort eine Überfahrt gebucht. Er möchte bei der Trauerfeier dabei sein.«

Stubbendorff wusste nicht, wie lange das Treffen mit Sven Strindberg gedauert hatte, aber als er die Kunsthalle verließ, stand die Sonne schon hoch am Himmel, und ihm knurrte der Magen. Trotzdem beschloss er, von Djurgården zu Fuß über die Djurgårdsbron zu gehen. Er brauchte frische Luft und wollte nachdenken. Deswegen beugte er sich über das Geländer und sah ins Wasser. Eigentlich hatte er sich die Aufgabe, Nils Strindbergs Tagebuch seiner Verlobten auszuhändigen, ganz einfach vorgestellt. Aber nach dem Gespräch mit Sven war ihm klar geworden, dass er möglicherweise Familiengeheimnisse aufdeckte, die besser verborgen blieben.

Sein Verstand riet ihm, die Sache auf sich beruhen zu lassen, das morgige Treffen mit Rosalie Strindberg höflich abzusagen und das Tagebuch an einen der Brüder zu schicken, dazu ein freundlicher Brief, aus dem hervorging, dass er zu viel zu tun habe. Er schloss die Augen, um über einen Ausweg aus seiner Situation nachzudenken.

Anfangs waren die Motive seiner Suche völlig uneigennützig gewesen: Er hatte die Toten ehren und das Tagebuch seiner rechtmäßigen Besitzerin übergeben wollen. Aber nun hatte ihn die Geschichte in ihren Bann gezogen. Er holte sein Notizbuch heraus, faltete Palmgrens Brief auf und ging Richtung Munkbroleden davon.

Rastlos schritt Stubbendorff in seinem kleinen Wohnzimmer auf und ab, schaute zum Fenster hinaus auf die menschenleere Straße unter sich und stellte sich vor, wie die Stockholmer schlafend in ihren Betten lagen. Er zündete sich eine Zigarette an, setzte sich an den Tisch und blätterte fieberhaft in Strindbergs Tagebuch in der Hoffnung, etwas Wichtiges übersehen zu haben. Doch ihm war klar, dass das nicht der Fall war.

Seine Suche nach Gota Neve, die er am Nachmittag noch unternommen hatte, war erfolglos geblieben. Die gegenwärtigen Bewohner der Munkbroleden 32 hatten weder von einer Gota Neve noch von einer Gota Charlier gehört. Erschöpft und frustriert lehnte er sich im Stuhl zurück. Sein Blick fiel auf das kleine Segelboot, das oben auf seinem Bücherregal auf Grund gelaufen war. Er nahm es herunter, setzte sich wieder an den Tisch und strich vorsichtig über Segel und Ruder.

Sein Vater hatte ihm geholfen, das Boot zu bauen, da war er acht gewesen. Gemeinsam hatten sie das kleine Holzschiff fachmännisch in den schwedischen Farben bemalt. Eines Nachmittags im Sommer waren sie damit an den See gegangen. Sein Vater hatte gesagt, jedes Schiff brauche einen richtigen Stapellauf. Er hatte noch ein bisschen am Steuerruder herumgebastelt und es dann sacht auf den See gesetzt. Stubbendorff wusste noch genau, wie stolz sein Vater gewesen war. »Nicht schlecht für einen Bankangestellten«, hatte er gesagt.

Dann waren sie unterbrochen worden. Ein Arbeitskollege oder Nachbar hatte ihn entdeckt und ihm etwas zugerufen.

»Bleib hier, Knut. Halt gut die Schnur fest. Ich bin gleich wieder da«, hatte sein Vater ihm aufgetragen, ehe er die Böschung hinaufgelaufen war, um den Bekannten zu begrüßen.

Als Stubbendorff sich umdrehte, um zu sehen, wo sein Vater blieb, ließ er aus Versehen die Schnur los. Bevor er sie aus dem Wasser fischen konnte, hatte der Wind das Segel ergriffen und das Boot quer über den See getrieben, wo es sich in Zweigen verhedderte.

Aus Angst, sein Vater würde wütend sein, weil er nicht auf ihn gehört hatte, und aus Sorge, das Boot könnte untergehen, krempelte Knut die Hosenbeine hoch und watete ins Wasser.

Während er durch den Schlamm am Grund des Sees watete, spürte er die Kälte in seinen Körper aufsteigen. Stubbendorff schaute zu seinem Vater, der sich immer noch mit dem Bekannten unterhielt. Zögernd machte er einen Schritt auf das Boot zu, dann einen zweiten. Jedes Mal, wenn seine Füße im Schlamm versanken, kam er sich richtig wagemutig vor.

Mittlerweile ging ihm das Wasser bis zu den Knien, beinahe hatte er das Boot erreicht, nur ein paar Schritte noch.

»Knut, komm zurück!«, hörte er seinen Vater vom Ufer aus rufen. »Was in aller Welt machst du da?«

»Ich bin fast da, Papa. Gleich hab ich's.«

Dann ging er unter.

Unversehens hatte er den Boden unter den Füßen verloren. Wie ein junger Hund schlug er um sich, trat voll Angst mit den Beinen aus. Panik überwältigte ihn, er öffnete den Mund, um nach seinem Vater zu rufen, Wasser drang ihm in die Lunge.

Dann spürte er eine Hand am Hemdkragen. Er wurde aus dem See gezogen und lag in den Armen seines Vaters.

Und jetzt strauchele ich wieder, dachte Stubbendorff. Er war in dieses Geheimnis gewatet, aber dieses Mal war niemand da, der ihn wieder herausziehen würde. Sorgsam legte er das Boot beiseite, schlug das Tagebuch auf und begann zu lesen.

Kapitel 25

TORQUAY, ENGLAND
SEPTEMBER 1930

Anna dröhnte der Kopf. Sie saß am Tisch, hatte die Wange in die Hand geschmiegt und trank ihren Tee. Gil war hinter dem *Daily Express* verborgen. Bisweilen faltete er eine Seite der Zeitung zurück, aß einen Bissen Toast oder trank einen Schluck Tee.

»Die Trauerfeier ist Ende nächster Woche. Deine Leute ziehen wirklich alle Register. Anscheinend soll es eine richtig große Sache werden. Militärische Ehren, Blaskapelle, ein Marmor-Mausoleum. Einer der Brüder … wie heißt er …«– Gil zog die Zeitung näher heran – »Tore, Tore Strindberg, baut ein Denkmal. Hast du je von ihm gehört?«

»Ja.«

»Dann ist er also berühmt?«

»Ja, ziemlich berühmt. In Schweden, aber auch sonst.«

Gil faltete die Zeitung sorgfältig zusammen und legte sie neben sich. Dann berührte er Annas Fingerspitzen. »Was ist denn, mein Liebling? Du bist seit Tagen nicht ganz auf dem Damm.«

»Ich habe bloß entsetzliche Kopfschmerzen und bin sehr müde, sonst nichts.«

»Du hättest wirklich nicht aufzustehen brauchen, um mir Frühstück zu machen. Ich kann mir selbst zwei Scheiben Toast und eine Kanne Tee machen.«

Anne lächelte und nickte matt.

»Du schläfst nicht besonders gut. Ich merke doch, wie du dich die ganze Nacht im Bett wälzt. Willst du heute nicht mal zum Arzt gehen?«

»Ja, das mache ich. Das ist eine gute Idee.«

Anna wünschte sich, er würde aufbrechen. Sie hatte Angst vor den täglichen Bulletins ihres Mannes, regelrecht besessen war er von der Expedition, den Forschern, ihrem Leben und ihren Familien. Vermutlich ging seine Begeisterung für Abenteuergeschichten auf seine Vergangenheit als Seemann zurück. Aber gepaart mit ihren Albträumen und ihrer Übermüdung machte Gils Interesse an dem Thema ihr das Leben zur Hölle. Außerdem war es nur eine Frage der Zeit, bis ihr Name in den Zeitungen auftauchen würde.

Während sie so dasaß, ihrem Ehemann gegenüber, in einem fremden Land, hatte sie wieder einmal das Gefühl, in ihrem Leben gefangen zu sein.

Gil trat hinter Annas Stuhl und massierte ihr mit seinen dicken Fingern leicht die Schläfen. Sie schloss die Augen und gab sich der Berührung hin.

»Wie alt warst du damals? Fünfundzwanzig, sechsundzwanzig?«

Anna schlug die Augen auf. »Ja, so ungefähr.« Sie rutschte ein wenig nach vorn und entzog sich dadurch Gils Händen. »Du musst los, es ist schon spät.«

»Das stimmt. Wenn du zum Arzt gehst, schau doch kurz vorbei. Das tust du in letzter Zeit nicht mehr so oft.«

»Wenn ich es schaffe.«

»Dann bis später. Ich liebe dich.« Gil beugte sich vor und hob ihr Kinn an, um ihr einen Kuss auf den Mund zu geben. Er betrachtete ihr blasses Gesicht in seinen Händen. Nach ein paar Sekunden wandte sie sich ab, sein forschender Blick war ihr unangenehm.

»Ich liebe dich auch. Mach's gut.«

Sobald die Gartenpforte ins Schloss gefallen war, schlug Anna die Zeitung auf und blätterte sie durch, bis sie den Artikel über Andrée und die Expedition gefunden hatte. Darin stand nichts, was nicht schon in früheren Artikeln gestanden hatte. Meistens drehten sich die Geschichten um Andrée. Vermutlich, weil er der schillerndste der drei Männer gewesen war, der älteste und der Leiter der Gruppe. Außerdem vermittelte der Artikel nur einen oberflächlichen Eindruck von seiner Persönlichkeit – und war mit Erinnerungen seiner Mitarbeiter und Bekannten ausgeschmückt. Aus seiner näheren Verwandtschaft war niemand mehr am Leben. Anna hatte den Eindruck, dass keiner der Erwähnten ihn richtig gekannt hatte. In den englischen Zeitungen wurde er zunehmend als Verrückter dargestellt, ein Fanatiker, der den Nordpol um jeden Preis hatte erreichen wollen. Der Meinung war auch Erik gewesen, doch sie teilte diese Ansicht nicht.

Nichts in den Artikeln deutete darauf hin, dass einer der Strindbergs mit der Presse gesprochen hatte. Das überraschte Anna nicht, dafür kannte sie sie zu gut. Sie würden alles daran setzen, um Nils' Privatsphäre zu schützen.

In einem kürzeren Artikel unterhalb der Hauptgeschichte standen Zitate eines Kapitäns namens Hallen, den ein Zeitungsreporter für die Fahrt nach Kvitøya angeheuert hatte.

Außerdem gab es ein Interview mit einem Sprecher der wissenschaftlichen Kommission in Stockholm, der über die Gegenstände berichtete, die man auf der Insel gefunden hatte. Und auf einmal waren ihre Kopfschmerzen vergessen, sie setzte sich auf. Ihr Atem ging heftiger, begierig suchte sie im Text nach Hinweisen darauf, dass man Gegenstände aus Nils' Besitz gefunden hatte.

Und da stand es: Fotos. Man hatte zahlreiche Filmrollen gefunden, die wohl großteils belichtet waren. Nun befanden sie sich im Gewahrsam der Königlich-Technischen Hochschule in Stockholm, und wie es hieß, konnten die Bilder vermutlich gerettet werden. An dieser Hochschule hatte auch Nils gearbeitet. Anna lächelte matt. Sie fragte sich, ob dort noch Kollegen von ihm arbeiteten und sich an ihn erinnerten. Sie erhob sich und ging nach oben.

Sie holte die Holzdose und setzte sich aufs Bett, um den Inhalt auf der geblümten Tagesdecke auszubreiten. Sie griff nach dem kleinen Foto, das Nils von ihr gemacht hatte. Es war an einem grauenhaft kalten Wintertag entstanden. In seiner Begeisterung hatte Nils sie trotz des Frostes gedrängt, mit ihm in den Park zu gehen, damit er sein neuestes Objektiv ausprobieren konnte. Das Licht und die sonstigen Umstände seien perfekt, und vor allem entsprächen sie genau den Wetterbedingungen, die während der Expedition herrschen würden.

Anna betrachtete das Foto eingehend. Während sie jedes Detail studierte, erinnerte sie sich wieder daran, wie Nils ihr gegenüber hinter der Kamera gestanden hatte. Damals, im verschneiten Park, hatte er Hunderte von Aufnahmen gemacht und dabei mit verschiedenen Objektiven, Blendenöffnungen und Belichtungszeiten experimentiert.

Währenddessen erklärte er ihr seine Methoden und seine Beweggründe und schrieb endlos Notizen in sein Heft, während sie mit ihren eisigen Füßen stampfte, um sie zu wärmen.

»Verzeih mir«, sagte Nils schließlich und nahm sie in den Arm. »Du bist ja ganz durchgefroren. Komm, lass uns nach Hause gehen. Janne soll uns eine heiße Schokolade machen.«

»Mach dir keine Sorgen. Im Namen der Wissenschaft ertrage ich sogar Frostbeulen.«

Sie hielten sich fest umschlungen und stampften dabei unentwegt mit den Füßen auf. Nils gab Anna rasch einen Kuss auf die Wange und verstaute seine Ausrüstung in der Tasche.

Am nächsten Tag führte er sie in sein Zimmer. Dort waren überall Leinen quer durch den Raum gespannt, an denen Fotos von ihr hingen. Wie Banner wirkten die Bilder, und sie war der einzige Schmuck. Der Anblick ihres so oft vervielfältigten Porträts machte sie nervös, aber vor Verblüffung musste sie lachen. Jedes Foto war ein wenig anders, aber ihre Haltung und ihr Gesichtsausdruck blieben fast immer gleich. Sie stand neben einer hohen Fichte, hatte die Arme in die Hüften gestemmt und schaute mit einem vagen Lächeln direkt in die Kamera.

»Ich bin sehr zufrieden damit, aber beim nächsten Mal würde ich gern noch etwas anderes ausprobieren.«

»Nächstes Mal kannst du Tore bitten.«

»Diese hier sind wirklich schön geworden, finde ich«, sagte Nils und führte sie in eine Ecke des Raumes. Wie Anna bemerkte, stand dort jetzt ein Bett. Sie hoffte, Nils schlief genug. »Hier, sieh mal.«

Unbemerkt hatte Nils noch eine ganze Reihe Nahaufnahmen von ihr gemacht. Im Gegensatz zu den anderen waren diese Porträts nicht gestellt, und weil sie gerade etwas sagte, war ihr Mund leicht geöffnet, und ihre Augen funkelten, während sie ins Objektiv schaute, ohne zu ahnen, dass der Fotograf ständig den Auslöser betätigte. Ein paar widerspenstige Locken schauten unter ihrer dicken Wollmütze hervor und fielen ihr ins Gesicht. Um ihre Nase zogen sich kleine Fältchen.

»Diese Bilder sind nicht gerade schmeichelhaft. Die anderen gefallen mir besser.«

»Du siehst bildhübsch aus. Komm, ich schenke dir eins.« Nils nahm eine Aufnahme von der Leine und reichte sie ihr.

»Danke. Aber ich habe keine Ahnung, was ich damit anfangen soll.«

»Schenk es deinem Liebsten.« Lachend zog er sie auf das Bett, küsste sie und liebkoste ihre Schenkel.

Dieser Kuss und diese Umarmung fühlten sich anders an als sonst. Heftiger, als würde Nils' Leben davon abhängen, jetzt, in diesem Augenblick, hier bei ihr zu sein. Sanft küsste er ihren Hals und Nacken, mit einer Hand umfasste er ihre Brust. Anna zog ihn an sich und blickte tief in seine hellblauen Augen. In ihnen lag ein Verlangen, das sie nie zuvor gesehen hatte. Sie küsste ihn innig. Dann ließ sie sich zurücksinken und öffnete sich ihm zum ersten Mal.

Anna legte das Foto wieder in die Schatulle und schloss den Deckel, rollte sich auf die Seite, zog die Beine an die Brust und schloss die Augen. Damals, als das Schicksal der Expedition besiegelt schien, hatte sie das Haus nicht mehr verlassen können, ohne dass die Menschen sie mit gut gemeinten Beileidsbekundungen überschütteten. In ihren Ohren klang jedes Wort wie eine Anklage. Sie konnte das Haus der Larssons nicht mehr betreten, ständig erwartete sie, dass Nils hereinkäme. Sie konnte nicht mehr schlafen. So ging es nicht mehr weiter. Es gab nur einen Menschen, an den sie sich wenden konnte. Und so beschloss Anna, Schweden zu verlassen. Sie war nie zurückgekehrt.

Lieber Gil,

ich lege Dir ein Foto bei, das am Tag meiner Verlobung mit Nils Strindberg aufgenommen wurde. Es gibt zu vieles zu erklären, als dass ich es heute in einem Brief tun könnte. Die Irrungen und Wirrungen der letzten dreißig Jahre haben mich jetzt überwältigt. Wie kann ich alles niederschreiben, wo ich doch selbst keine Klarheit habe?

In meinem Leben gibt es vieles, wovon du nichts weißt, und ich werde es Dir erzählen, aber vorher muss ich nach Stockholm. Ich muss an Nils' Beisetzung teilnehmen. Bitte folge mir nicht. Vertrau einfach darauf, dass ich zurückkommen werde, wenn Du mich dann noch willst. Du sollst wissen, dass ich Dich liebe und unser gemeinsames Leben mir sehr viel bedeutet.

Anna

Gil saß mit Annas Brief in der Hand auf dem Bett. Er hatte den Umschlag mit seinem Namen auf dem Kissen gefunden, als er beim Heimkommen nach seiner Frau gesucht hatte. In der Hoffnung, dass er die wenigen Zeilen missverstanden hätte, las er sie immer wieder durch.

Dann studierte er das Foto, das Anna dem Brief beigefügt hatte. Hatte sie geglaubt, er bräuchte einen Beweis dafür, dass sie eine Vergangenheit hatte? Warum hatte sie ihm nie von dieser Verlobung erzählt? Aus Angst, er könnte eifersüchtig sein? Das war jetzt über dreißig Jahre her. Anna war gut dreißig gewesen, als sie sich kennengelernt und geheiratet hatten. Er hatte sich keinen Illusionen hingegeben und gewusst, dass er nicht der erste Mann für sie war. Aber Anna hatte ihm nichts von ihrer Vergangenheit erzählen wollen. Das hatte er besser verstanden als viele andere, und er hatte sie nie dazu gedrängt. Allerdings hatte er immer gehofft, sie würde ihm im Lauf der Zeit von sich aus mehr berichten.

Trotz Annas Bitte war Gils erster Impuls, ihr nachzufahren, sie zu suchen und nach Hause zu bringen. Aber dieser Typ Mann war er nicht. Und das wusste Anna.

Er musterte das Mädchen auf dem Foto. Diese junge Frau war nicht seine Ehefrau. Sie schrieb, dass sie wieder nach Hause kommen würde – aber was dann? Wut stieg in ihm auf. In gewisser Hinsicht hatte sie ihn die letzten zwanzig Jahre betrogen. Zwanzig Jahre geheimer Wünsche und Ängste, die sie für sich behalten hatte. Und er hatte einfältig und unbekümmert neben einer Unbekannten her gelebt. Mit einem Schlag wurde ihm klar, dass sie ihm immer nur eine Fassade gezeigt hatte, die Frau dahinter hatte er nie glücklich gemacht.

In der kommenden Woche sollten sie ihren zwanzigsten Hochzeitstag begehen. Zur Feier hatte Gil ein Wochenende in London gebucht. Zwei Übernachtungen im Hotel Claridge's und Karten für Noël Cowards *Private Lives*. Anna hatte die Rezensionen gelesen und Gil gegenüber erwähnt, dass die Komödie sehr intelligent klinge. Er hatte sich auf die Zunge beißen müssen, um ihr nichts von seiner Überraschung zu verraten. Gil sprang auf, lief zum Fenster und riss es weit auf. Keuchend atmete er die kühle Abendluft ein und begann zu weinen.

Kapitel 26

TORQUAY, ENGLAND
SEPTEMBER 1930

Das Licht der Straßenlaterne, das zum Fenster hereinfiel, beleuchtete eine friedliche Szene. Fasziniert betrachtete die Frau das Gesichtchen des Neugeborenen. Es war fest in eine zart hellblaue Decke gewickelt und zuckte manchmal ein wenig, seine Lippen öffneten und schlossen sich. Hin und wieder steckte die Kleine die rosafarbene Zunge heraus. Ihre Lider flatterten. Manchmal reckte sie ihre kleine Faust in die Luft, dann schob die Mutter sie sanft wieder unter die warme Decke zurück. Als die Frau überzeugt war, dass das Kind endlich schlief, stand sie langsam auf. Ohne den Blick abzuwenden und mit angehaltenem Atem schob sie sich ganz vorsichtig aus dem Sessel hoch. Dann trat sie behutsam an die Wiege, die neben ihrem eigenen Bett stand, und legte das Kind hinein. Sie zog den Morgenrock aus und schlüpfte zwischen die Laken.

Während sie in der Stille auf den Schlaf wartete, lag ihr Mann leise schnarchend neben ihr. Beruhigend legte sie ihm eine Hand auf den breiten Rücken und lauschte angestrengt auf das Atmen ihres Kindes. Selbst mit geschlossenen Augen hörte sie noch die unregelmäßigen Atemzüge der Kleinen. Beruhigt schlief sie ein.

Doch irgendetwas ließ sie wenig später wieder hochfahren. Bis auf das aufdringlich grelle Licht der Straßenlaterne war es dunkel im Raum. Sie drehte sich auf die Seite und schmiegte den Kopf ins Kissen. Sie schloss die Augen und bemühte sich, den Atem ihres Kindes zu hören, doch aus der Wiege drang kein Lebenszeichen. Angestrengt lauschend, die Augen noch immer geschlossen, richtete sie sich auf einen Ellbogen gestützt auf. Plötzlich klopfte ihr das Herz bis zum Hals. Sie stand auf und beugte sich über die Wiege.

Die Kleine lag genauso da, wie sie sie hingelegt hatte. Doch schon als sie die Hand ausstreckte, um ihre weiche Wange zu berühren, wusste sie, dass ihre Tochter tot war. Sie bemerkte, dass die Finger aus der Decke ragten und gegen das Kinn gepresst waren. Anna legte ihre Hand vor den kleinen Mund, spürte aber keinen Luftzug. Ihre Tochter war noch warm, als sie sie in den Arm nahm.

Unvermittelt riss Anna die Augen auf. Ihr Atem ging schwer, sie hatte die Armlehne so fest umklammert, dass ihre Fingerknöchel weiß waren. Verwirrt sah sie sich im Waggon um.

»Ist Ihnen nicht gut?« Die ältere Frau, die neben ihr saß, berührte sie leicht am Unterarm. »Ich glaube, Sie haben geträumt.«

»Mir fehlt nichts, danke.« Anna atmete tief durch und versuchte sich zu entspannen. »Wie lange noch bis Ramsgate?«

»Ungefähr eine Stunde.«

Anna dankte lächelnd, und die Frau wandte sich wieder ihrem Strickzeug zu.

Die englische Landschaft zog am Fenster vorüber. Die Finger der strickenden Frau spiegelten sich in der Scheibe. Anna gähnte herzhaft. Trotz ihrer Müdigkeit waren ihre Gedanken klar. Die Entscheidung, Torquay zu verlassen, hatte sie aus einem Impuls heraus getroffen. Rasch hatte sie Gil einen kurzen Brief geschrieben und ihm von ihrer Verlobung mit Nils berichtet. Das mit Erik hatte noch Zeit, wenn sie es ihm überhaupt erzählen würde. Sie hatte einen kleinen Koffer gepackt und war gegangen. Sie wusste nicht, wie lange sie fort sein würde. Ebenso wenig wusste sie, ob Gil sie verstehen würde.

Anna drückte sich fester in den Sitz und wandte sich ihrer Nachbarin zu. Die Haut ihrer Hände war dünn, doch ihre knotigen Finger bewegten sich geschickt. »Was stricken Sie da?«

»Ein Jäckchen für meinen Enkel. Er ist vor ein paar Tagen zur Welt gekommen. Ich fahre ihn besuchen.«

»Und Ihre Familie wohnt in Ramsgate?«

»Ja, meine Tochter mit ihrem Mann und den Kindern. Sie haben mich gefragt, ob ich nicht in ihre Nähe ziehen will, aber ich möchte nicht aus London weg. Da bin ich zu Hause.«

Anna nickte verständnisvoll.

Dreißig Jahre waren vergangen, seit sie Stockholm, Gota und die Strindbergs verlassen hatte. Erik hatte sich um alles gekümmert. Er hatte eine Stellung als Gouvernante für sie gefunden und die Überfahrt gebucht. Sie war schnell und ohne zu zögern aus Stockholm abgereist und hatte ihre Zukunft in Eriks Hände gelegt.

Ihre Flucht hatte Anna ohne Gotas Wissen geplant. Am Morgen ihrer Abreise hatte Gota ihr noch eine Liste mit Erledigungen gegeben. Kaum hatte ihre Schwester die Wohnung verlassen, hatte Anna die Liste methodisch abgearbeitet und jede Aufgabe, die erledigt war, durchgestrichen. Zum Schluss hatte sie den Zettel umgedreht, ein paar erklärende Worte darauf geschrieben und ihn auf den Tisch in der kleinen Wohnung gelegt, in der sie seit acht Jahren mit ihrer Schwester lebte. Seitdem hatte sie Gota nicht wiedergesehen.

»Sie sind wirklich geschickt«, sagte sie zu der Frau. »Das Jäckchen ist bildschön, ein richtiges Kunstwerk. Der junge Mann wird richtig schick darin aussehen.«

»Das Stricken hat meine Mutter mir beigebracht, als ich noch ein kleines Mädchen war. Können Sie nicht stricken?«

»Nein. Meine Schwester konnte es sehr gut. Sie war Schneiderin und liebte Handarbeiten – Nähen, Stricken, Sticken. Aber ich war hoffnungslos ungeschickt, bei solchen Sachen hatte ich zwei linke Hände.« Beide Frauen lachten. »Eine ältere Freundin sagte einmal, meine großen Hände wären nicht für feine Arbeiten gemacht, aber genau richtig zum Klavierspielen.« Zum Beweis spreizte Anna die Finger.

»Ach, Sie spielen Klavier. Das ist eine wunderbare Gabe.«

Lächelnd schloss Anna die Augen. Sie wollte das Gespräch mit der Frau nicht fortsetzen. Sie hatte keine Lust, ihr die Gründe für ihre Reise nach Stockholm zu erklären. Sie würde weder Gota noch die Strindbergs aufsuchen. Es war zu viel Zeit vergangen, es gab zu viel zu erklären. Sie wollte Menschen, die ihr immer noch wichtig waren, nicht belügen. Sie wollte nur Nils' Sarg sehen, ihm die letzte Ehre erweisen – sie hoffte, so endlich mit diesem Teil ihres Lebens abschließen zu können. Sie hatte Nils entsetzlich wehgetan, und Erik ebenso. Aber jetzt konnte sie nichts mehr tun, um das begangene Unrecht wiedergutzumachen. Was sie sich mehr als alles wünschte, war, einen Schlussstrich unter dieses Kapitel ihres Lebens zu ziehen, damit sie mit Gil wirklich ein neues beginnen konnte. Anna war fest entschlossen, seine Liebe nicht auch noch aufs Spiel zu setzen. Die Schatten der Vergangenheit belasteten ihre Beziehung schon viel zu lange. Und dann war da natürlich noch das Kind. Die Frau zu sehen, zu der es herangewachsen war, bedeutete Anna viel. Sie hoffte, auch das würde eine Art Abschluss sein.

Damals hatte sie es nicht erwarten können, Stockholm zu verlassen, und jetzt konnte sie es nicht erwarten, wieder dort zu sein. Niemand würde sie je verstehen. Erik hatte es versucht, aber nicht einmal ihm war es gelungen.

Als der Schaffner den Waggon betrat, hielt sie die Augen fest geschlossen. Fünfzehn Minuten später fuhr der Zug in Ramsgate ein.

ARTHUR LYNCH
BLACK AND WHITE:
A WEEKLY ILLUSTRATED RECORD AND REVIEW
7. AUGUST 1897

Andrées Ballon-Expedition zum Nordpol

Der folgende Bericht über die Abreise des Ballons *Örner* mit seinen drei wagemutigen Passagieren Messrs. Andrée, Strindberg und Frænkel folgt in weiten Teilen dem Journal Alexis Machurons, des Ballonexperten, der in Vertretung seines Onkels Lachambre, dem Hersteller des Ballons, nach Spitzbergen reiste. Die in dem Journal enthaltenen Details wurden allerdings durch Informationen ergänzt, die Machuron mir bei einem ausführlichen Gespräch am Tag seiner Rückkehr nach Paris mitteilte.

Ab Anfang Juli wuchs zunehmend die Ungeduld aller Expeditionsmitglieder, endlich aufzubrechen, denn jeder gewonnene Tag bedeutete einen Tag Sommer und Tageslicht mehr, um die vor ihnen liegende Aufgabe zu bewältigen. Insbesondere Andrée war entschlossen, sich von keinem Hindernis mehr aufhalten zu lassen. »Dieses Mal werde ich zum Pol aufbrechen«, sagte er, »koste es, was es wolle, und allen möglichen auftretenden Schwierigkeiten zum Trotz.« Am 11. Juli war er morgens sehr schweigsam und offenbar in Gedanken versunken. Gegen zehn Uhr notierte er die Messergebnisse der mitgeführten meteorologischen Geräte – Anemometer, Thermometer, Barometer etc. Der Wind kam aus Süd-Südwest.

Etwa eine Stunde später verkündete Andrée unvermittelt, er sei bereit, an diesem Tag aufzubrechen. Er rief die anderen Mitglieder der Expedition zusammen sowie den Kapitän der *Svensksund* und Machuron und befragte sie nach ihrer Meinung, als Ersten Machuron. Alle bestätigten ihn in seiner Ansicht, und um elf Uhr wurde mit den Vorbereitungen begonnen. Mit Hilfe der Matrosen der *Svensksund* machten sich die Zimmerleute daran, die Nordwand der Scheune abzureißen, während gleichzeitig die Südwand erhöht wurde, um den Ballon vor dem stark auffrischenden Wind zu schützen. Das große Problem bestand darin, ein Aufreißen der Ballonhülle an den Wänden oder Pfosten der Scheune zu verhindern, weshalb diese an exponierten Stellen mit Filz geschützt wurden. Während des Abrisses der Scheune nahm sich der Ballon mit seiner großen Höhe, dem gewaltigen Umfang und der prallen Oberfläche eher wie ein Gebäude aus als ein Objekt, das leichter als Luft sein sollte. Er rollte ein wenig hin und her, weshalb starke Riemen um seinen Umfang gespannt und an den aufrechten Streben der Scheune festgebunden wurden. Man überprüfte eingehend die gesamte Hülle, um mögliche Lecks aufzuspüren, Schwachstellen wurden ausgebessert.

All diese Arbeiten wurden mit denkbar größter Geschwindigkeit ausgeführt. An ihnen beteiligten sich alle Expeditionsmitglieder, dabei erstaunten insbesondere die herkulischen Kräfte Frænkels, der mit scheinbarer Mühelosigkeit schwere Balken und Gewichte trug, die ein normaler Mensch kaum vom Fleck bewegen konnte. Die letzte Aufgabe bestand darin, die Gondel anzubringen. Dies wurde gegen zwei Uhr unternommen, wozu die Gondel am Ring befestigt wurde, seinerseits gehalten von drei Tauen, welche an kräftige, im Boden verankerte Pflöcke gebunden waren.

Nun war alles bereit, und der feierliche Augenblick der Abfahrt war gekommen. Der Abschied war bewegend, auch wenn die Anwesenden kaum ein Wort verloren, es gab keinerlei Zeremonie. Angesichts der Eile und der Geschäftsmäßigkeit des Ablaufs blieb keine Zeit für Überflüssiges. Die Expeditionsmitglieder gaben den Zurückbleibenden herzlich die Hand, alle Anwesenden bewegten offenbar unterdrückte Befürchtungen und Gefühle. Die drei Forscher waren erstaunlich ruhig. Andrée wirkte ebenso gelassen und gefasst wie an den vorhergehenden Tagen, und sein stilles Selbstvertrauen übertrug sich auf die anderen. Frænkel war energisch und jovial, Strindberg nicht minder beherzt und entschlossen, auch wenn er ein leichtes Zittern seiner Hände nicht unterdrücken konnte.

Andrée bestieg die Gondel, sah sich prüfend um, ob auch wirklich alles war, wie es sein sollte, und rief dann mit der Stimme eines Befehlshabers: »Strindberg!« Strindberg bestieg die Gondel. »Frænkel!« Frænkel folgte ihm. »Kommt!«, sagte Andrée munter. Dann fiel kein Wort mehr.

Der Kapitän der *Svensksund* beaufsichtigte die Seeleute, die für das Durchtrennen der Taue zuständig waren. Zunächst wurden die Riemen gelockert, welche um die Mitte des Ballons gespannt waren, woraufhin er erneut zu rollen begann. Nun kam es darauf an, einen Moment des relativen Gleichgewichts abzuwarten. Sowohl der Kapitän der *Svensksund* als auch Andrée beobachteten das Luftschiff genau. Dann rief Andrée: »Alles kappen!«

Sofort setzten die Matrosen ihre Messer an, und keine Sekunde später schoss der freigesetzte Ballon hundert Meter in die Luft.

Die Zuschauer an Land riefen stürmisch »Hurra!« und »Bon voyage!«, was von den Insassen des Ballons nahezu unbeantwortet blieb, da sie ganz damit beschäftigt waren, ihren Kurs zu verfolgen. Fast unmittelbar nach dem Aufsteigen sackte der Ballon rasch ab, und die Gondel streifte die Wellen. Mittlerweile wehte ein sehr heftiger Wind, und der Ballon wurde rasch davongetragen. Er stieg auf und fuhr dann in gleichmäßiger Höhe über dem Wasser mit großer Geschwindigkeit davon. Die drei Navigatoren winkten den am Strand Stehenden mit dem Taschentuch nach, bis der Ballon außer Sichtweite am Horizont verschwand. Höchstens eine halbe Stunde war er zu sehen, doch die Zuschauenden blieben noch lange am Strand stehen und blickten unverwandt zum Horizont. Sie hatten den Beginn eines der größten Forschungsabenteuer miterlebt, die die Welt je gesehen hat.

Kapitel 27

STOCKHOLM, SCHWEDEN

MAI 1897

Eine merkwürdige Stimmung umfing Anna, sobald sie das Haus betrat. Rosalie begrüßte sie mit einem angespannten Lächeln und ging ihr in den Salon voraus. Nils sprang auf und drückte seine Verlobte fest, aber nervös an sich. Sven und Tore spielten Schach. Anna sah kurz zu, wie sie die Figuren entschlossen über das Brett bewegten, und dachte sich, dass sie die beiden Brüder noch nie derart schweigsam hatte spielen sehen. Erik lehnte am Kaminsims und klopfte mit den Fingern auf die Eichenvertäfelung. Zur Begrüßung nickte er ihr knapp zu. Oscar saß steif neben einem grinsenden jungen Mann, den Anna noch nie zuvor gesehen hatte.

»Anna, ich möchte dir Knut Frænkel vorstellen«, sagte Nils. Frænkel erhob sich und ergriff ihre Hand.

»Es tut mir leid, dass ich etwas spät komme. Ich wurde bei den Larssons noch aufgehalten«, erklärte Anna den Gastgebern.

»Das macht gar nichts, meine Liebe«, sagte Rosalie. »Wir warten noch auf Professor Andrée.«

»Kann jemand bestätigen, dass Andrée tatsächlich Professor ist? Irgendwie hat er den Titel bekommen, aber eigentlich hat er doch nur einen Abschluss in Maschinenbau von der Technischen Hochschule«, sagte Erik. Nils grinste kurz zu Anna hinüber.

»Nicht heute Abend, Erik, mein Schatz«, sagte Rosalie. »Nils fährt übermorgen. Können wir bitte alle versuchen, den Abend so schön wie möglich zu gestalten?«

Erik räusperte sich, seine Augen blitzten streitlustig.

»Mit Verlaub, Herr Strindberg« – Frænkels Direktheit überraschte Erik –, »meines Wissens hat er den Professorentitel erworben. Soweit ich weiß, ist er Professor für Physik.«

»Verzeihen Sie meine Unkenntnis, Herr Frænkel. Ich hatte keine Ahnung, dass er nicht nur Ingenieur, sondern auch Physiker ist. Ein sehr gebildeter Herr. Nils, du bist ja selbst Physiker, wusstest du, dass dein gelehrter Kapitän Professor für Physik ist?«

Nils zeigte sich diplomatisch. »Meines Wissens ist es eher ein Ehrentitel. Für seine Arbeit auf dem Gebiet der Aeronautik.«

»Und wer hat ihm den verliehen? Er sich selbst?«, fragte Erik mit gespielter Arglosigkeit.

Nils lächelte hilflos. Sein Vater kam ihm zu Hilfe.

»Erik, jetzt reicht's.« Oscar sah ernst zu Nils hinüber. »Erzähl uns von deiner Fahrt.«

Doch bevor er antworten konnte, klingelte es an der Tür. Sven und Tore unterbrachen ihr Schachspiel und richteten ihre Krawatten. Oscar drückte seine Zigarette aus, Rosalie überprüfte im Spiegel über dem Kaminsims rasch ihre Frisur. Nils stellte sich etwas näher an die Tür, um den Mann zu begrüßen, Professor hin oder her.

Janne kam allein ins Zimmer. Sie reichte Nils ein Blatt Papier. Rasch las er es durch und blickte dann in die Runde.
»Andrée kann leider nicht kommen. Seine Mutter ist gestern Abend plötzlich erkrankt und heute am frühen Morgen gestorben. Er ist zurzeit in Gränna und wird wohl morgen nach Stockholm zurückkommen.«

Einen Moment lang herrschte Stille. Anna betrachtete die Versammelten. Sie konnte Nils förmlich ansehen, wie ihm die möglichen Folgen dieses unvorhergesehenen Zwischenfalls durch den Kopf gingen. Frænkel stand die Benommenheit ins Gesicht geschrieben. Rosalie und Oscar war anzusehen, wie erleichtert sie waren. Tore hatte die Stirn vor Empörung in Falten gezogen, Sven schaute besorgt zu Nils. Erik starrte Anna unverwandt an. Sie konnte seine Miene nicht deuten – Hoffnung, Freude, Enttäuschung? Sie drehte sich wieder zu ihrem Verlobten. Es war an ihm, etwas zu sagen und das Schweigen zu brechen, aber sie sah, dass er völlig durcheinander war. Sein Blick war noch immer auf das Telegramm in seiner Hand geheftet.

»Du fährst trotzdem, stimmt's?« Tores Kummer schwang in jeder Silbe mit.

»Ich weiß es nicht«, antwortete Nils. »Die Abfahrt kann nicht verschoben werden. Günstige Bedingungen – unser Zeitfenster ist sehr klein.« Er sprach zögernd und ließ sich schwer aufs Sofa fallen. Niemand konnte genau sagen, ob er unglücklich oder erleichtert war. Rosalie ging zu ihm und nahm seine Hand.

»Vielleicht ist es ein Zeichen. Vielleicht soll diese Expedition einfach nicht sein«, sagte sie.

»Deine Mutter hat recht«, pflichtete Oscar seiner Frau bei.

»Ich meine, letztes Jahr der gescheiterte Versuch und jetzt das. Es ist doch ein Wink des Schicksals.«

»Warum telegrafierst du Andrée nicht gleich zurück?«, schlug Rosalie vor. »Sag ihm, dass du diese unerwartete Tragödie als Zeichen deutest, als Omen, dass die Expedition abgesagt werden soll. Dabei geht es dir natürlich um sein Wohlergehen. Das ist die Art des Schicksals, eine weitere Tragödie zu verhindern. Was meinst du?«

»Ich glaube nicht an Schicksal, Mama. Und Andrée auch nicht«, sagte Nils. Er hielt das Telegramm immer noch fest umklammert.

Erik trat zu seinem Bruder und nahm es ihm aus der Hand, überflog es und steckte es dann in seine Tasche.

»Ich glaube, dieses Gespräch sollten wir verschieben, bis wir wieder von Andrée gehört haben, Mama. Die Wahrscheinlichkeit ist relativ hoch, dass die Expedition abgesagt wird. Nach allem, was ich gehört habe, war Andrée seiner Mutter sehr zugetan. Nur ein sehr ungewöhnlicher Mensch würde zwei Tage nach dem Tod seiner Mutter zu einer Expedition in die Arktis aufbrechen. Wir sollten das erst einmal auf sich beruhen lassen.« Erik sprach ruhig, er wollte seinen Bruder um keinen Preis in eine bestimmte Richtung beeinflussen.

Rosalie nickte zustimmend. Ihr war bewusst, wie unklug ihr Vorschlag gewesen war.

Erik fasste Nils an den Schultern, hob ihn förmlich aus dem Sofa und sagte: »Jetzt kannst du nur abwarten, bis du wieder von Andrée hörst. Ein Professor sollte ja am besten wissen, wie es weiterzugehen hat.« Für einen Augenblick sahen alle verblüfft zu ihm, dann brachen sie in Lachen aus. Kurz hob sich der Schatten, der über ihnen hing.

»Du bist ein schreckliches Kind, Erik Strindberg«, sagte Rosalie und trocknete sich die Augen. »Und jetzt, glaube ich, ist es Zeit zu essen.« Sie ging den anderen voran zum Salon.

Nach dem Abendessen, als Frænkel nach Hause gegangen war und Anna zur Unterhaltung Klavier spielte, zupfte Nils Erik unauffällig am Rockärmel und verließ den Raum. Erik folgte ihm. Niemand außer Anna bemerkte ihr Verschwinden. Sie verspielte sich und lächelte verlegen.

Kaum hatten die beiden Männer Nils' Arbeitszimmer betreten, sah der Jüngere seinen Bruder an, wie er es in der Vergangenheit schon tausende Male getan hatte. Hoffnung lag in seinen Augen. »Glaubst du, dass die Expedition jetzt noch stattfinden wird?«

Erik zuckte mit den Schultern. »Einerseits ist Andrées Mutter, die er über alles geliebt hat, gerade gestorben. Andererseits ist er ein besessener Egozentriker, der unter extremer Engstirnigkeit leidet. Was wäre dir denn am liebsten?«

Nils machte eine vage Geste. »Ich hoffe, die Expedition wird abgesagt. Ich habe schon zu viel Zeit meines Lebens für dieses vermaledeite Unternehmen geopfert.«

Erik ließ sich aufs Bett fallen und schaute seinen Bruder verblüfft an. Dies war die Gelegenheit, auf die er die vergangenen eineinhalb Jahre vergebens gewartet hatte.

»Es ist noch nicht zu spät. Auch wenn Andrée abreist, du kannst immer noch einen Rückzieher machen.«

»Das ist unmöglich. Mein Name und meine Position an der Universität stehen auf dem Spiel. In Stockholm zählt doch nur der Ruf«, antwortete Nils bekümmert. »Das weißt du selbst. Wenn ich mich jetzt, in letzter Minute, aus dem Projekt verabschiede, ist das mein Ende. Ich bin ein Mann, der Wort hält, Erik. Wenn du in derselben Situation wärst, unter denselben Bedingungen, wie würdest du dich entscheiden?«

Erik überlegte eine Weile. Eine ehrliche Antwort würde bedeuten, die Chance verstreichen zu lassen, die sich gerade erst aufgetan hatte. Aber es ging um Nils. Er konnte ihn nicht belügen. »Ich würde fahren«, sagte er leise.

Nils nickte bekümmert. »Ich glaube nicht, dass der Ballon uns zum Pol bringen wird. Ekholms Einwände letztes Jahr waren völlig berechtigt. Und Andrée hat seitdem keine größeren Veränderungen vorgenommen.«

Erik wollte dennoch nicht aufgeben. »Wenn du glaubst, dass dein Leben auf dem Spiel steht, dann sag ab. Ich unterstütze dich bei deiner Entscheidung. Ich rede in deinem Namen mit der Presse. Ich verprügele jeden, der es wagt, dich einen Feigling zu nennen.« Er gab sich alle Mühe, seine Verzweiflung zu verbergen. »Und du kannst mit Anna nach Amerika kommen. In Chicago brauchen sie bestimmt auch Physiker. Mach im Ausland einen Neuanfang.«

Nils ging nicht auf seinen Vorschlag ein. Erik war nicht einmal sicher, ob er ihn überhaupt gehört hatte. »Letztlich wird es auf Schlitten hinauslaufen. Wir werden so weit wie möglich mit dem Ballon fahren und den Rest des Weges zu Fuß zurücklegen, unsere Vorräte werden wir auf Schlitten hinter uns herziehen. Andrée hat Frænkel vor allem deswegen ausgesucht, weil er sehr stark ist, und ich bin gesund und kräftig. Außerdem glaube ich sowieso, dass wir zu Fuß eine größere Chance haben, den Pol zu erreichen.« Er zögerte. »Wenn Andrée sich entscheidet, am Sonntag aufzubrechen, und alles schiefgeht – kümmerst du dich um Anna?«

Erik war sich sicher, dass Nils nichts von seinen Gefühlen für Anna wusste. Oder hatte er doch Verdacht geschöpft? »Wie meinst du das?«

»Kümmere dich um sie, unterstütze sie, liebe sie, wenn du kannst. Sie hat etwas an sich … manchmal bemerke ich eine Traurigkeit an ihr. Vielleicht bilde ich es mir auch nur ein.«

»Ich werde alles tun, was in meiner Macht steht, damit sie glücklich wird«, sagte Erik tonlos. Dann verließen die Brüder das Arbeitszimmer und kehrten zu den anderen zurück.

Ich sitze allein im Ballonhaus, neben mir der gut halb gefüllte Ballon. Ein kräftiger Wind aus NO pfeift durch die höheren Lagen des Ballonhauses und um den dahinterliegenden Berg. Ich bewache das Wasserstoffgerät, habe momentan aber nichts zu tun, weil es beim Befüllen keine Probleme gibt. Es ist seltsam, ein zweites Mal hier zu sitzen und mir vorzustellen, dass ich mit dem besten Mädchen der Welt verlobt bin, mit meiner heiß geliebten Anna. Ja, vielleicht vergieße ich die eine oder andere Träne, wenn ich an das Glück denke, das gewesen ist und das ich vielleicht nicht mehr wieder erleben werde. Doch was würde mich das bekümmern, wenn ich nur wüsste, dass sie glücklich ist. Aber ich weiß, dass sie mich liebt, was mich mit Stolz erfüllt, und dass meine Abreise sie sehr bewegt hat. Deshalb muss ich in meiner Trauer an sie denken und an die glücklichen Zeiten, die wir im vergangenen Winter und vor allem im Frühjahr miteinander erlebt haben. Aber ich gebe mich der Hoffnung hin. Der Ballon ist jetzt beschichtet und viel fester als im letzten Jahr, vor uns liegt der Sommer mit den günstigen Winden und dem Sonnenlicht. Warum sollte unsere Mission nicht gelingen? Davon bin ich fest überzeugt.

Nils Strindbergs Tagebuch, 23. Juni 1897

Kapitel 28

STOCKHOLM, SCHWEDEN
JULI 1897

Anna saß ihrer Schwester gegenüber und trank langsam ihren Kaffee. Bis vor einer Woche hatte Gota nie einen Blick in die Zeitung geworfen, doch seit dem Ballonstart las sie jedes noch so kleine Detail über die Expedition und die Reise der *Örnen* und widmete sich ihrer neuen Beschäftigung mit Hingabe.

Nils war im Mai von Stockholm aufgebrochen, Anna hatte ihn also seit fast zwei Monaten nicht gesehen. Der Abschied war überstürzt und unangenehm gewesen, völlig anders, als sie es sich vorgestellt hatte. Die ganze Familie war am Bahnhof gewesen, als Nils in den Zug nach Göteborg gestiegen war. Er hatte erst wenige Stunden zuvor erfahren, dass die Expedition tatsächlich stattfinden würde. Alle waren enttäuscht, selbst Tore. Sven war am frühen Morgen zu Anna nach Hause gekommen, um ihr zu sagen, dass kurz zuvor ein Telegramm von Andrée eingetroffen war, in dem es hieß, er werde die Expedition weder absagen noch verschieben.

»Mama ist am Boden zerstört und Erik auch«, sagte Sven. »Wir haben wohl alle geglaubt, dass das Ganze abgeblasen wird.«

»Was ist mit Nils?«

»Er ist entschlossen, das Beste draus zu machen. Aber vielleicht reißt er sich auch nur Mama zuliebe zusammen. Erik redet mit Engelszungen auf ihn ein, damit er nicht mitfährt, aber ich glaube, dafür ist es zu spät.«

Auf dem Weg zu seinem Waggon wurde Nils von Zeitungsreportern und Menschenmengen belagert. Seine Familie und Anna wichen zurück und warteten, dass sich die Schaulustigen zerstreuten, aber das taten sie nicht. Nils war fahrig und distanziert und warf seiner Verlobten kaum einen Blick zu. Ein flüchtiger Wangenkuss, dann war er fort, Wohlmeinende drängten ihn in den Waggon. Als der Zug anfuhr, sah Anna, dass Tore Tränen über die Wangen rannen. Sie legte ihm einen Arm um die Schultern, doch bei der Berührung zuckte er zusammen und ging zu seiner Mutter. Anna blieb alleine stehen. Tores Zurückweisung verletzte und kränkte sie.

»Mach dir wegen Tore keine Gedanken. Er ist traurig, sonst nichts«, sagte Erik. »Darf ich dich nach Hause begleiten?«

Anna schüttelte den Kopf. »Besser nicht. Du solltest bei deiner Familie bleiben.«

»Aber du gehörst auch zur Familie. Warum kommst du nicht mit zu uns?«

Anna hatte abgelehnt, an dem Tag war ihr nicht nach Gesellschaft zumute gewesen. Sie war direkt nach Hause gegangen und hatte sich ins Bett gelegt. Das war um zwei Uhr nachmittags gewesen, und sie hatte bis zum nächsten Morgen geschlafen.

»Ja, Schwesterherz, jetzt müssen wir also nach einer Taube Ausschau halten.« Gota kicherte kopfschüttelnd. »Das ist doch lächerlich.«

»Eine Taube? Wovon redest du?«

»So heißt es hier.« Gota deutete auf einen Artikel auf der ersten Seite des *Aftonbladet.* »Hier steht, dass Nils dir eine Liebesbotschaft mit einer Brieftaube geschickt hat.« Sie kicherte erneut.

Anna fragte sich, ob er das tatsächlich getan oder ob sich ein verrückter Journalist das nur ausgedacht hatte.

»Das kann ich mir bei Nils nicht vorstellen. Du vielleicht?«, fragte Gota.

Anna machte eine abwägende Geste. »Ich weiß es nicht.«

»Was meinst du, wirst du dich mit Erik treffen?« Jetzt war jeder scherzhafte Unterton aus Gotas Stimme verschwunden.

»Wohl kaum.« Wortlos stand Anna auf. Als sie den Raum verließ, hörte sie ein unterdrücktes verächtliches Lachen.

THE WORLD, NEW YORK
JULI 1897

Andrée entflogen?

Manchester, England, 12. Juli – Das Dampfschiff *Ragnhild* hat mit vier Brieftauben an Bord hier angelegt, die mit der Kennzeichnung »Nordpol-Expedition« versehen sind.

Zwei der Vögel tragen die Nummer 05 und 106.

Keine der Tauben hatte eine Nachricht bei sich. Laut Aussage des Kapitäns landeten die Vögel auf dem Dampfer, als dieser in der Nordsee unterwegs war und wirkten erschöpft.

Da die Brieftauben mit der Kennzeichnung »Nordpol-Expedition« ohne Nachricht nach Hause fliegen, ist zu vermuten, dass sie entweder durch eine Achtlosigkeit entkommen sind oder dass der Expedition, zu der sie gehörten, ein Unglück zugestoßen ist.

Möglicherweise stammen diese verirrten Brieftauben aus Prof. Andrées Ballon, mit dem er, wie man vermutet, am 1. Juli von der Däneninsel abreiste, um aus der Vogelperspektive einen Blick auf den Nordpol zu werfen. Falls die Tauben seine Boten waren, hatte er sie zweifellos aus seiner Heimatstadt Stockholm mitgenommen. Bei ihrem Flug nach Schweden hätten sie instinktiv die Nordsee überquert und waren nach einem Flug von 2300 bis 2500 Kilometern zweifellos erschöpft.

Kapitel 29

BJØRNØYA, NORWEGEN

15. JULI 1897

Der junge Mann wurde vom Kreischen der Möwen geweckt. Zweier Möwen, um genau zu sein. Während Ottosen sich den Hals verrenkte, um sie besser sehen zu können, umkreisten sie ständig den Mastkorb. Dann sah er, was ihren Unmut erregte. Ein dritter Vogel hatte sich auf dem Mastkorb niedergelassen. Um was für einen Vogel es sich genau handelte, konnte er aus der Entfernung allerdings nicht erkennen.

Ich sollte den Kapitän wecken, dachte er. Wenn der Lärm noch länger anhält, wacht die ganze Mannschaft auf. Es war Ottosens erste Nacht an Bord der *Alken*, und dem Fünfzehnjährigen war die Nachtwache übertragen worden. Das Wort »Nachtwache« erschien ihm komisch, wo die Sonne im Juli doch gar nicht unterging. Aber nach allem, was die anderen aus der Mannschaft ihm von Kapitän Ole Hansen erzählt hatten, wäre es unklug gewesen, ihn darauf anzusprechen.

Ottosen ging unter Deck und klopfte leise an die Tür des Kapitäns. Als er das Ohr an das Holz legte, hörte er Hansens kehliges Schnarchen. Er klopfte lauter.

Der Kapitän kam zur Tür, ohne die Augen zu öffnen. »Wie spät ist es?«

»Zwei Uhr, Kapitän.«

»Bei Gott, da solltest du schon einen guten Grund haben.«

»Ein seltsamer Vogel, ich glaube, es ist ein Schneehuhn, sitzt auf dem Mastkorb, zwei Möwen haben es dorthin getrieben.«

»Und?«

»Und die Möwen machen fürchterlichen Krach.«

Hansen setzte sich aufs Bett. »Junge, komm her«, trug er Ottosen auf. »Zieh mir die Stiefel an.«

Der junge Mann tat, wie ihm geheißen. Dann stand der Kapitän verschlafen auf und griff nach seinem Gewehr. Ottosen folgte ihm auf Deck.

Sobald Hansen an die frische Luft kam, öffnete er richtig die Augen und sah die Möwen, die den rastenden Vogel bedrängten.

»Das ist kein Schneehuhn, das ist eine Taube. Sie muss verletzt sein.«

Vor den Augen des Jungen feuerte Hansen in rascher Folge drei Schüsse ab. Ottosen fuhr heftig zusammen, die Salven hallten in seinen Ohren wider. Noch ehe er sich gefasst hatte, war der Kapitän schon wieder unter Deck verschwunden. Ottosen sah über die Reling ins Wasser. Drei Vögel trieben leblos auf den Wellen.

Es war keine Seltenheit, dass die *Alken* im Sommer einem weiteren Robbenfänger begegnete. Die meisten Kapitäne nutzten das warme Wetter und die günstigen Bedingungen, um gutes Geld zu verdienen, sodass sie im Winter nur selten hinausfahren mussten. Hansen freute sich, als er kurz vor Bjørnøya die *Fjert* erkannte.

»Ahoi! Komm an Bord, Fosse. Lass uns einen heben.«

Hansen und Fosse stammten beide aus Torvig und kannten sich seit ihrer Kindheit. Ihre Laufbahn hatte sich ähnlich entwickelt, ebenso wie ihre Gesichtszüge. »Danke, danke«, rief Fosse aus dem Bug der *Fjert*. »Ich bin gleich da.«

Die Männer ließen sich mit einer Flasche Wodka in Hansens Kajüte nieder und tauschten Neuigkeiten aus über ihre Familien, gemeinsame Bekannte und die Höhe- und Tiefpunkte der Saison. Einer dieser Tiefpunkte war für Hansen, dass sein junger Matrose ihn zu nachtschlafender Zeit geweckt hatte.

»Vielleicht war das eine von Andrées Tauben, die du da erschossen hast.« Fosse lachte.

»Hä? Was sagst du da?«

»Du weißt doch, Andrée, dieser verrückte Forscher mit dem Ballon. Er hat einen ganzen Schwarm Tauben mitgenommen. Offenbar will er auf dem Weg Nachrichten nach Stockholm schicken. Ein Narr.« Fosse schüttelte den Kopf über diese irrwitzige Idee und leerte sein Glas.

Hansen folgte seinem Beispiel. »Wann ist er aufgebrochen?«

Fosse warf seinem Freund einen verständnislosen Blick zu.

»Der Kerl mit dem Ballon. Wann ist er aufgebrochen?«

»Vor zwei oder drei Tagen, glaube ich.«

»Die Taube, die ich erschossen habe – die kam mir komisch vor. Vielleicht war sie müde.«

Fosse nickte zustimmend und hob das nachgefüllte Glas an die Lippen.

Als die Flasche im Lauf des Nachmittags immer leerer wurde, wuchs die Überzeugung der beiden Männer, dass die Taube tatsächlich von Andrée stammte. Von Reue überwältigt, ordnete Hansen in seinem betrunkenen Zustand an, die *Alken* solle kehrtmachen und nach Bjørnøya zurückfahren.

Die erschossene Taube wurde aus dem Wasser geborgen. Beim Untersuchen des Vogels entdeckte Hansen an einem Bein eine kleine mit Paraffin überzogene Kapsel. Darin steckte ein Stück Pergament, auf dem Andrée in seiner peniblen Schrift die genaue Position und Geschwindigkeit des Ballons am 13. Juli um 12.30 Uhr mittags angab.

Wir haben soeben für heute Rast gemacht, haben uns zehn Stunden lang mit unseren Schlitten gequält und abgeschleppt. Ich bin wirklich todmüde, muss aber noch ein wenig schwatzen. Zuerst will ich dir alles Gute wünschen, denn in diesem Augenblick beginnt ja dein Geburtstag. Ach, wie gern möchte ich dir Nachricht geben, dass es mir ausgezeichnet geht und dass uns keine Gefahr droht. Wir werden schon Schritt für Schritt heimkommen.

Ja, darum kreisen nun meine Gedanken Tag für Tag. Man hat hier so viel Zeit, nachzugrübeln, und es tut wohl, so freundliche Erinnerungen und so frohe Zukunftsaussichten zu haben und sie sich auszumalen.

(Später) Wir haben für die Nacht Lager geschlagen, Kaffee getrunken, Butterbrot mit Käse und Kekse gegessen. Jetzt stellen wir gerade das Zelt auf, und Frænkel macht die meteorologischen Beobachtungen. In diesem Moment lutschen wir an einem Karamellbonbon, das ist eine richtige Schleckerei. Ja, das ist hier sonst kein Honiglecken! Heute Abend brachte ich eine Suppe auf den Tisch, die schmeckte ganz gut. (Ich versorge nämlich den Haushalt.) Dieses Rousseau'sche Fleischpulver schmeckt ganz abscheulich. Es wird einem gleich zum Ekel. Aber wir haben die Suppe trotzdem ganz brav gegessen.

*Wir haben uns für die Nacht an einem offenen Platz
niedergelassen, rundherum Eis, Eis nach allen Seiten. Du
kennst Nansens Bilder und weißt, wie dieses Eis aussieht.
Türmungen, Wälle und Eisrinnen, die im ewigen Einerlei
mit Schmelzwasser abwechseln. Es schneit jetzt gerade
ein klein wenig, aber es ist wenigstens windstill und nicht
übermäßig kalt (− 0,8°). Ihr daheim habt sicherlich
schöneres Sommerwetter.*

*Wie seltsam ist es doch, denken zu müssen, dass wir vielleicht
noch nicht einmal zu deinem nächsten Geburtstag daheim
sind. Vielleicht müssen wir sogar zweimal überwintern.
Wer kann das heute sagen? Wir wandern langsam voran.
Vielleicht erreichen wir Kap Flora in diesem Herbst nicht
mehr, sondern müssen wie Nansen in einem Erdloch
überwintern. Arme kleine Anna, wie verzweifelt wirst du
sein, wenn wir nicht bis zum nächsten Herbst zu Hause
sind. Sei gewiss, es ist entsetzlich für mich, daran denken
zu müssen, nicht meinetwegen, denn ich fürchte mich nicht,
eine harte Zeit durchzumachen, wenn ich nur einmal
wieder heimkomme.*

Nils Strindbergs Tagebuch, 25. Juli 1897

Kapitel 30

STOCKHOLM, SCHWEDEN
JULI 1897

Er wartete an der Tür, als sie die Wohnung der Larssons verließ.

»Alles Gute zum Geburtstag, Anna. Meine herzlichen Glückwünsche.« Erik reichte ihr einen exquisiten Strauß aus Gerbera und Rittersporn. Anna wich seinem Blick aus und betrachtete stattdessen die Blumen.

»Bitte nimm sie. Der heutige Tag muss schwer für dich sein. Meine Absichten sind ehrlich. Ohne Hintergedanken, wie man so sagt.« Er lachte nervös.

Aus seinem Gesicht sprach nichts als freundliche Güte. Außerdem rührte es Anna, dass er sich an ihren Geburtstag erinnerte. »Danke. Der Tag war wirklich etwas schwierig.« Sie streckte die Arme aus, und Erik legte ihr den Strauß hinein. »Sie wind wunderschön. Schwer, aber wunderschön«, sagte sie. Über Eriks Wangen zog sich eine verlegene Röte – das hatte sie bei ihm erst ein einziges Mal erlebt.

»Darf ich dich ein Stück begleiten?«, fragte er.

»Ja, das wäre nett.«

»Kann ich dir die Blumen abnehmen? Ich fürchte fast, du siehst gar nicht, wohin du gehst.«

»Dafür wäre ich dir sehr dankbar.«

In einvernehmlichem Schweigen schlenderten sie die Prästgatan entlang, bis sie zum Hafen gelangten. Die Abendluft war sehr mild, der Geruch der See lag in der Luft. Ehe sich ihre Wege trennten, bat Erik Anna, sich zu setzen.

»Macht dir die Arbeit bei den Larssons noch Spaß?«

»Ja, sehr. Obwohl ich in letzter Zeit ziemlich durcheinander war. Ich hoffe, das wird bald besser.«

»Das wird es bestimmt. Hast du gestern Abend im *Aftonbladet* den Artikel über die Brieftaube gelesen? Das klingt doch vielversprechend.«

»Ich habe ihn gesehen, ja.«

»Eine verrückte Geschichte«, meinte er. »Du solltest mal wieder bei uns vorbeischauen. Du gehörst doch immer noch zur Familie … Und du fehlst Mutter wirklich sehr.«

Er betrachtete die Boote, die im Hafen lagen. »Wenn dir meine Gegenwart bei deinem Besuch unangenehm ist …«

»Nein, gar nicht. Ich versuche, nächste Woche zu kommen.« Aus Angst, einen festen Termin nennen zu müssen, fügte sie hastig hinzu: »Aber jetzt muss ich wirklich gehen. Vielen Dank für die Blumen.«

Erik reichte ihr den Strauß, und dabei berührte er sanft ihre Fingerspitzen. In diesem Moment hätte sich Anna am liebsten in seine Arme geworfen, hätte ihm alles versprochen, wenn sie dafür eine Minute innerer Ruhe gefunden hätte. Nur unter Aufbietung all ihrer Kraft konnte sie sich zurückhalten. Sie ignorierte alles, was ihr Instinkt ihr sagte, und wandte sich zum Gehen.

»Anna, vergiss nicht, wenn du etwas brauchst … es würde mich sehr freuen, dir zu helfen.«

»Ich komme gut zurecht.«

Sie merkte, dass Erik noch etwas auf dem Herzen hatte. Schließlich sagte er: »Ich breche morgen auf nach Amerika. Mein Zug geht um zwei Uhr.« Zögernd griff er nach ihrer Hand. »Wenn du zum Bahnhof kommen und mir eine gute Reise wünschen würdest … Nur mein Vater wird da sein. In letzter Zeit hat es in unserer Familie zu viele Abschiede gegeben. Ich glaube nicht, dass Mama noch einen ertragen könnte. Wenn du am Bahnhof wärst, das würde mir viel … Ich kann dir gar nicht sagen, was mir das bedeuten würde. Ich werde im Waggon erster Klasse sitzen.« Er ließ ihre Hand los, als sich drei Passagiere näherten, die wie Anna auf die Fähre warteten.

Anna antwortete erst, als die Fähre bereits angelegt hatte. »Das werde ich schaffen. Morgen habe ich den halben Tag frei.« Beim Weggehen spürte sie Eriks Blick in ihrem Rücken, doch sie drehte sich nicht noch einmal um.

Hier geht ein Tag wie der andere. Schlitten ziehen und sich abschleppen, essen und schlafen. Die behagliche Stunde des Tages ist gekommen, wenn wir uns zur Ruhe legen. Dann wandern die Gedanken in bessere und frohere Zeiten zurück. Jetzt aber ist das Winterlager unser nächstes Ziel. Wir hoffen, dass wir uns verbessern. Jetzt kommen die anderen zurück und ich muss mich wieder mit den Schlitten abplagen. Au revoir.

Nils Strindbergs Tagebuch, 24. Juli 1897

Sie setzte sich an einen Fensterplatz des Cafés. Der Bahnsteig lag in ihrem Blickfeld, der Zug nach Göteborg war bereits eingefahren. Langsam trank Anna einen Schluck Kaffee. Hoffentlich hatte sie Erik nicht verpasst. Sie war eigens früh gekommen. Eigentlich wollte sie gar nichts trinken, aber das Café war der beste Ort, um den Bahnsteig unauffällig im Auge zu behalten. Da der Inhaber ziemlich mürrisch wirkte, hatte sie es für besser gehalten, schnell etwas zu bestellen.

Um Viertel vor zwei sah sie Erik und seinen Vater den Zug entlanggehen. Vor dem Waggon erster Klasse blieben sie stehen und stellten die Koffer ab. Sofort nahm ein Gepäckträger sich ihrer an. Die beiden Männer sahen sich in die Augen, dann umarmten sie einander fest. Anna glaubte zu sehen, dass Eriks Füße einen Moment in der Luft schwebten. Oscar sagte seinem Sohn etwas ins Ohr. Als die Männer sich aus der Umarmung lösten, fuhr sich Oscar mit einem Taschentuch über die Augen und schnäuzte sich. Die beiden gaben sich die Hand, dann unterhielten sie sich noch kurz. Anna sah, dass Erik feierlich nickte.

Eriks Gesten und Mimik war zu entnehmen, dass er seinen Vater zu gehen bat. Oscar nickte und klopfte ihm auf die Schulter. Vater und Sohn gaben sich noch einmal die Hand. Bevor Oscar ging, legte er Erik die Hand fest auf die Wange, noch einmal wechselten sie einige Worte, dann lachten beide herzlich. Schließlich verschwand Oscar Strindberg in Richtung Bahnhofshalle. Erik sah ihm nach und warf einen Blick auf die Armbanduhr, verglich die Zeit mit der Uhr am Bahnsteig. Anna schaute ebenfalls, wie spät es war. Fünf Minuten vor zwei.

Erik schob die Hände in die Taschen und schaute den Zug entlang, dann sah er wieder auf die Uhr. Anna bemerkte, wie seine Brust sich hob und senkte. Der Pfiff zur Abfahrt ertönte,

Erik drehte sich zum Zug um. Sie fragte sich, wie lange er noch warten würde. Während er wieder auf seine Uhr schaute, sprach ein Gepäckträger kurz mit ihm. Erik nickte. Er verrenkte sich den Hals, schaute noch einmal den Bahnsteig hinauf und hinab, dann verschwand er im Waggon. Es war quälend zu verfolgen, wie er den Zug bestieg. Der Drang, zu ihm zu gehen, war überwältigend. Anna glaubte zu sehen, dass er sich die Nase an der Fensterscheibe platt drückte, als der Zug aus dem Bahnhof hinausfuhr.

Kapitel 31

Diese Flaschenpost wurde von Andrées Ballon
um 10.55 Nm Greenw. am 11. Juli 1897 bei etwa 82° Breite und
25° Länge östlich von Greenwich abgeworfen.
Wir schweben in sechshundert Meter Höhe.
All well.

Andrée Strindberg Frænkel

KOLLAFJORD, ISLAND

14. MAI 1899

Die Sonne verlor bereits an Kraft, als Fjalar Jónsson beschloss, seinen merkwürdigen Fund vom Strand nach Hause mitzunehmen. Er war zwar nicht groß, hatte aber eine seltsame Form und war schwierig zu tragen – ein massiger, von rostigem, scharfem Draht umschlossener Tropfen. Der zwölfjährige Fjalar zog seine Wolljacke aus, fädelte einen Arm durch den Draht und warf sich das Bündel über die Schulter. Zufrieden ging er dann den grasbewachsenen Abhang zum Hlit-Hof hinauf.

»Was hast du denn da gefunden? Was ist das? Lass mich mal sehen!« Katrin fing ihn an der Tür ab.

»Sei still, das geht dich nichts an. Ist Papa schon da?« Fjalar ging nicht weiter auf die Frage seiner zehnjährigen Schwester Katrin ein. Nach seinem anstrengenden Fußmarsch vom Strand hatte er keine Geduld mit der Person, die ihm sein Leben zur Hölle machte.

»Außerdem kommst du zu spät.« Mit beleidigter Miene verschwand Katrin ins Nebenzimmer, zweifellos, um sich über ihren Bruder zu beschweren.

Fjalar legte das Fundstück auf den Küchentisch und betrachtete es eingehend. Wozu das Ding dienen sollte, konnte er sich beim besten Willen nicht vorstellen. Auf jeden Fall stammte es nicht von einem Bauernhof. Vielleicht gehörte es einem Fischer, dachte er, oder es stammte von einem Kriegsschiff.

Er zog an dem großen Korken, der die einzige Öffnung verschloss. An den Rändern bröselte etwas Kork ab, doch der Korken selbst bewegte sich nicht. Sein Vater würde bestimmt wissen, was es mit diesem ungewöhnlichen Ding auf sich hatte. Hoffentlich durfte er es behalten.

»Was hast du jetzt schon wieder angeschleppt? Räum das sofort weg!«, schimpfte Fjalars Mutter, als sie in die Küche kam. Mit ihren kräftigen Händen packte sie ihn an den breiten Schultern und schüttelte ihn im Takt ihrer Worte – eine Angewohnheit, die ihren Mann immer wieder amüsierte. »Ich muss fürs Abendessen decken. Dein Vater kommt jeden Moment nach Hause, da muss das Essen auf dem Tisch stehen. Jetzt geh mit dem Ding nach draußen.«

Der Junge wusste, dass er seiner Mutter besser nicht widersprach, und nahm sein Fundstück gerade vom Tisch, als sein Vater die Tür öffnete. Seine Gestalt füllte den ganzen Türrahmen, und wie immer brachte er den vertrauten Geruch von Schafen mit sich.

»Ich kann dich ja noch im Stall schreien hören, Frau«, sagte er mit seiner kräftigen Stimme. Dann bemerkte er den Gegenstand, den sein Sohn in der Hand hielt, und fragte in einem ruhigeren Tonfall: »Was ist denn das?«

Jón Stefánssons blaue Augen funkelten, er kniete sich neben den Tisch, um das Objekt näher zu betrachten. Sand rieselte herab, als er es über den Tisch rollen ließ.

»Ich weiß nicht, Papa. Ich habe es heute Nachmittag am Strand gefunden. Vielleicht ist es ja eine Mine von einem Kriegsschiff.«

»Tut mir leid, dich zu enttäuschen, Sohnemann, aber mir sieht das eher nach einer Boje aus. Schau, es ist aus Kork. Obwohl es schwerer ist als Kork. Das hat eher einem Fischer gehört als der Marine.«

»Aber schau mal.« Fjalar deutete auf die verschlossene Öffnung. »Vielleicht ist ja was drin.«

»Ach, das ist interessant. Sollen wir mal reinschauen?«

Stefánssons Frau und Tochter hielten nervös Abstand, während Fjalar und sein Vater den Korken mit Hilfe eines Messers herauslösten.

Tatsächlich befand sich in der Boje ein kleiner Glaszylinder, der in eine Wollsocke gewickelt und mit einem kleineren Korken versiegelt war. Ringsum war der Zylinder mit einer Masse bedeckt, die Stefánsson für Bienenwachs hielt.

»Schau rein, das ist aus Stahl.«

Der Junge schob sein Gesicht so nah wie möglich an die Öffnung, dann folgte er der Aufforderung seines Vaters und schob die Hand hinein.

»Die Boje muss ganz mit Kork überzogen gewesen sein, damit sie auf dem Wasser treibt.«

Als sie den Stöpsel aus dem Glaszylinder zogen, entdeckten sie darin einen Zettel, auf dem etwas stand.

»Ich glaube, das ist Schwedisch oder Norwegisch«, sagte Stefánsson.

»Und was sollen wir jetzt machen?«, fragte Fjalar.

Nach kurzem Überlegen stand der Bauer auf, steckte den Zettel in den Zylinder zurück und diesen wieder in die Boje.

»Ich gehe nach Flateyri. Grímur wird eine Idee haben, was wir am besten machen. Er spricht Schwedisch.«

»Und was ist mit dem Abendessen?«, fragte seine Frau empört.

»Ich bin nicht lange weg, fangt ruhig schon an. Fjalar, kommst du mit?«

»Das kann genauso gut eine dumme Kinderei sein. Du vergeudest deine Zeit«, keifte seine Frau, als Stefánsson die Boje einsteckte. »Fang ja nicht an, mit dem Aufschneider zu trinken, sonst kommst du nie mehr nach Hause.«

Überglücklich schlüpfte Fjalar in seine Jacke und rannte seinem Vater hinterher zur Tür hinaus.

Wie sich herausstellte, sprach Stefánssons Freund Grímur weder Schwedisch noch Norwegisch und auch nicht Dänisch. Er sprach nichts außer Isländisch. Bei einer halben Flasche Schnaps erörterten der Bauer und der Schmied ihr weiteres Vorgehen. Um zehn Uhr beschloss man, dass Grímur die Boje am nächsten Tag an den Gouverneur in Reykjavík schicken würde.

Von Reykjavík aus wurde die Boje an einen Freund der Familie des Gouverneurs weitergeleitet, der Minister für Island in Kopenhagen war. Dieser schickte sie weiter nach Stockholm.

Als Anna die Nachricht irgendwo auf den hinteren Seiten des *Aftonbladet* entdeckte, hatte Gota schon lange das Interesse an der Zeitung verloren. Anna war froh, dass ihre Schwester den Artikel auf Seite 14 nicht gelesen hatte, denn sie hätte sich nur lautstark darüber ausgelassen, dass er viel zu kurz sei.

4. September. Strindbergs Geburtstag. Festtag. Ich weckte ihn mit Briefen von Braut und Angehörigen. Es war eine wirkliche Freude zu sehen, wie er aufstrahlte. Heute gibt es mit Rücksicht auf die festliche Bedeutung des Tages besondere Abfütterung. Zum Frühstück Bärenbraten mit Brot und Stauffers Erbsensuppe mit Bärenfleisch und Bärenfett. Mittags gebratenes Bärenfleisch, unter der Weste warm gehalten. Souper: Bärenfleisch, Brot mit Geflügelleberpastete, Staufferkuchen mit Fruchtsafttunke, Saftwasser, Trinkspruch auf Nils, Lactoserin, Schokolade.

… Strindberg feierte seinen Geburtstag damit, dass er samt seinem Schlitten gründlich plantschen ging. Wir mussten nach drei Stunden Marsch das Zelt aufschlagen und hatten dann eine sehr mühselige und zeitraubende Arbeit damit, ihn und seine Sachen trocken zu kriegen. Viel Brot und Kekse und aller Zucker waren verdorben oder beschädigt, aber wir mussten die Sachen natürlich retten, soweit möglich. Einen Teil des Brotes haben wir langsam getrocknet und können es wieder gebrauchen. Den Rest braten wir mit Bärenfleisch und in der Tunke. Den Zucker genießen wir, aufgelöst, wie er ist, in Schokolade und Kaffee. Keksbrei wird mit kaltem Wasser angerührt und mit Schokolade zusammengekocht. Das war ein recht arges Malheur und hat zur Folge, dass unser Dasein weniger angenehm wird. … Das Unheil mit Strindbergs Schlitten verdarb unsere festliche Stimmung nicht, wir waren munter und verträglich wie

immer. Auch das Universalinstrument war ins Salzwasser geraten, wir spülten es in Süßwasser ab und trockneten es. Ich glaube nicht, dass es verdorben ist. Eins von Strindbergs Chronometern scheint auch mit einem blauen Auge davongekommen zu sein. Elfenbeinmöwen umschwärmen uns und machen einen garstigen Lärm.

Andrées Tagebuch, 4. September 1897

Kapitel 32

ÅBY, PROVINZ SCHONEN, SCHWEDEN
SEPTEMBER 1899

Keuchend richtete Anna sich auf. Als sie die Augen öffnete, war sie von Dunkelheit umgeben. Sie fragte sich, ob sie gestorben war. Dann fiel ihr ein, wo sie war, und sie legte sich bedrückt wieder hin. Während sie zur Decke starrte und an ihren Traum zurückdachte, hörte sie das Atmen der anderen, die mit ihr im Zimmer lagen. Sie schloss die Augen und versuchte, sich genauer an den Traum zu erinnern, den sie für Wirklichkeit gehalten hatte, versuchte auch, zu dem Glücksgefühl zurückzufinden, das sie im Traum empfunden hatte. Aber das konnte sie hier nicht. Enttäuscht drehte sich Anna auf die Seite.

Sie betrachtete die Silhouetten der Kinder in ihren Betten und dachte über den Unterricht nach, den sie am nächsten Tag halten würde. Sie beschloss, mit einem Diktat anzufangen, dann würde sie das Einmaleins wiederholen – besonders das Vierer-Einmaleins, das bereitete ihnen immer Schwierigkeiten. Eine Pause zum Essen, gefolgt von einem Spaziergang. Aber sosehr sie sich bemühte, sich auf ihr jetziges Leben in Åby zu konzentrieren, ihre Gedanken kehrten immer wieder zu dem wunderbaren Gefühl zurück, das sie im Traum

empfunden hatte. In dem See, in der Dunkelheit, in die nur
ein dünner Mondstrahl etwas Licht brachte. Tiefer und tiefer, bis ins Nichts hinab.

Als es im Lauf der Monate immer unwahrscheinlicher geworden war, dass Nils zurückkehren würde, hatte Anna sich
der Schwermut ergeben. Sie merkte, dass sie zerbrach, war aber
nicht in der Lage, es zu verhindern. Zutiefst erschreckt, wurde
ihr eines Tages bewusst, dass sie nicht Trauer empfand, sondern Schuldgefühle. Gota konnte ihr nicht helfen. Sie hätte
nicht verstanden, dass Anna eine Mitschuld an Nils' Tod trug,
weil sie Erik geliebt hatte. Es war unmöglich zu erklären, sie
verstand es selbst kaum. Erschöpft vom ewigen Grübeln schlief
sie meistens. An manchen Tagen wagte sie sich überhaupt nicht
aus der Wohnung und wollte auch die Sicherheit des Bettes
nicht verlassen.

Als sie gebeten wurde, ihre Stellung bei den Larssons zu
kündigen, überraschte sie das nicht. Margrit Larsson erklärte
entschuldigend, Kalles und Johannas Erziehung leide durch
Annas häufige Fehlzeiten. Sie meinte, Anna habe ihre Strahl-
kraft verloren. Anna widersprach nicht.

Als Reaktion auf die Lethargie ihrer Schwester übertrug
Gota ihr ständig Aufgaben, doch sie konnte den Abgrund von
Annas Verzweiflung nicht ermessen. Immer wieder sagte sie:
»Die Zeit heilt alle Wunden«, doch Annas Kummer saß viel
zu tief, als dass er sich einfach früher oder später hätte auf-
lösen können.

Schließlich wusste sich Gota keinen Rat mehr und schickte Anna zu ihrer Cousine Ida nach Åby. Weder Anna noch Gota
hatten Ida jemals wiedergesehen, seit sie Schonen vor vielen
Jahren verlassen hatten. Ida hatte sieben Kinder, und Anna

sollte bei deren Erziehung helfen. Gota hoffte, dass die Ruhe und die Landluft Annas Schwermut heilen würden. Doch in Åby, wo sie unter Fremden lebte, verlor Anna bald jeglichen Lebenswillen.

Jetzt hörte sie den Hahn krähen. Leise erhob sie sich aus dem Bett, zündete eine Kerze an und setzte sich an den kleinen Schreibtisch in der Ecke der beengten Dachkammer, um einen kurzen Brief zu schreiben. Sie faltete den Bogen, steckte ihn unter ihr Kissen und machte dann ihr Bett. Noch im Nachthemd verließ Anna das Haus und wartete eine Weile, bis sich ihre Augen an die Dunkelheit gewöhnt hatten. Als sie die Felder in der Umgebung ausmachen konnte, hielt sie kurz nach Karl Ausschau, dem Mann ihrer Cousine, der bereits bei der Arbeit sein würde. Schnell griff sie sich ein paar Steine vom Rand eines Blumenbeetes, das Ida unter dem Fenster angelegt hatte, und trug sie ins Haus. Die Luft war kühl. Auf dem Weg in die Dachkammer holte sie Idas Nähkästchen und eine Schürze aus der Küche und machte sich dann im trüben Licht einer Lampe daran, die Steine in die große Schürzentasche zu nähen. Lange bevor sie Ida beim Herrichten des Frühstücks zur Hand gehen musste, war sie fertig.

Als die kleine Schar den See erreichte, fingen die vier Jungen sofort an, Steine und Stöcke ins Wasser zu werfen. Aus Angst, nass gespritzt zu werden, liefen die Mädchen kreischend davon. Anna hielt Frida fest an der Hand, schließlich war sie erst fünf. Das Wetter war für September noch recht warm, und Anna ging mit der Kleinen zum Seeufer, wo sie sich hinknieten und ihre Hände auf die Wasseroberfläche legten. Frida lachte vergnügt. Das Wasser war kalt.

Bald spielten die Kinder Fangen, und Frida schloss sich ihren Geschwistern an. Anna blieb allein auf der Böschung sitzen, zupfte geistesabwesend am Gras und versuchte angestrengt, sich an ihren Traum zu erinnern. Ihre Gedanken wurden von Krister, dem Ältesten, unterbrochen. »Anna, wann müssen wir zu Hause sein? Wie lange haben wir noch?«

»Es ist schon ziemlich spät, aber zehn Minuten könnt ihr noch spielen. Euer Vater braucht euch heute Nachmittag.«

Der Junge lief zu den anderen zurück. Anna starrte mit gerunzelter Stirn auf den See und fragte sich, was wohl unter der stillen Oberfläche liegen mochte. Nach einigen Minuten stand sie auf und strich den Rock glatt. Sie rief den Kindern zu, dass sie jetzt nach Hause gehen müssten, sie selbst, Anna, werde bald folgen. Die Kinder murrten, traten aber gehorsam den Heimweg an.

Kaum waren sie außer Sichtweite, löste Anna bedächtig ihre Schnürsenkel, zog die Schuhe aus und stellte sie nebeneinander auf die Böschung. Als sie bemerkte, dass sie verkehrt herum standen, stellte sie sie korrekt nebeneinander. Sie nahm die Armbanduhr ab und steckte sie in den linken Schuh. Dann zog sie ihre Jacke aus und legte sie daneben. Es war das hübsche blaue Bolerojäckchen, das Gota für sie genäht hatte. Im Lauf der Jahre war es ausgeblichen, passte ihr aber noch wie angegossen. Anna wollte nicht, dass es Schaden nahm. Sie holte die Schürze aus ihrer Tasche und band sie sich mit einem Doppelknoten um die Taille. Dann watete sie zielstrebig und furchtlos in den See. Als das Wasser ihr bis zur Taille reichte, blieb sie eine Weile stehen und genoss das Gefühl des Schlicks unter den Fußsohlen und zwischen den Zehen. Dann tauchte sie mit dem Gesicht nach unten ins Wasser.

Zwei oder drei Minuten später entdeckte Josef sie. Er hatte seine Mütze vergessen und war zurückgekommen, um sie zu holen. Da es schon zu kalt zum Baden war, glaubte er, Anna sei auf der Böschung ausgerutscht, obwohl er es merkwürdig fand, dass sie die Schuhe ausgezogen hatte. Der Junge lief in den See und packte Anna an den Knöcheln. Er wollte sie auf den Rücken drehen, doch das erwies sich als unmöglich, sie sank nur noch tiefer ins Wasser. Daraufhin ergriff er ihre Taille, und mit einem heftigen Platschen tauchte ihr Kopf aus dem Wasser auf, sie riss den Mund auf und holte verzweifelt um sich schlagend Luft. Josef zog sie an Land und setzte sich neben sie, während sie hustend im Gras lag. Das viele Wasser, das ihr dabei aus dem Mund lief, erschreckte den Zwölfjährigen.

»Ich bring dir deine Schuhe, Anna, dann sollten wir nach Hause gehen, sonst holst du dir noch den Tod.«

»Danke, Josef«, sagte Anna, als er ihr die Schuhe reichte. Er half ihr auch, die durchnässte Schürze aufzubinden.

Auf dem Rückweg verkniff sich Josef die Frage, wie sie überhaupt in den See gefallen war. Ihm war klar, dass irgendetwas nicht stimmte. Als sie beim Haus ankamen, war Anna immer noch tropfnass. Ida brachte ihr trockene Sachen und ein Glas Wodka. Josef holte den Arzt, der eine schwere Melancholie feststellte. Er verordnete das Übliche. Nach nur fünf Tagen in Åby wurde Anna vom Mann ihrer Cousine zum Bahnhof gebracht und in den Zug nach Stockholm gesetzt. Niemand hatte den Brief gefunden, den sie unter ihr Kissen gelegt hatte. Sie hatte ihn am selben Nachmittag ins Feuer geworfen. Dann hatte sie beschlossen, Erik zu schreiben.

1. Oktober 1897, New Iceland (Kvitøya). Der Abend war so wunderbar, wie man es sich nur wünschen kann. Im Wasser wimmelte es von Kleintieren, und eine Schar von sieben schwarz-weißen »jungen Lummen« schwamm umher. Auch ein paar Seehunde tauchten auf. Die Arbeiten an der Hütte gingen gut vonstatten, am 2. hofften wir, mit dem Äußern fertig zu sein. Aber es kam anders. Um halb sechs (Ortszeit) morgens am 2. hörten wir ein Krachen und Getöse, das Wasser lief in unsere Hütte. Wir sprangen eilig auf und sahen, dass unsere schöne große Eisplatte in eine Menge kleiner Schollen zerborsten war. Ein Riss hatte die Scholle gerade an der Hüttenwand entlang gespalten. Das Stück, das von unserer Scholle übrig blieb, hatte nur einen Durchmesser von 24 Metern, und die eine Wand der Hütte hing mehr am Dach, als dass sie es stützte. Das war eine schlimme Veränderung unserer Lage und unserer Aussichten. Die Hütte und die Eisscholle konnten uns keine Zuflucht mehr sein, aber wir mussten mindestens fürs Erste hier bleiben. Wir waren leichtsinnig genug, uns auch für die folgende Nacht in der Hütte zur Ruhe zu legen, vielleicht deshalb, weil der Tag sehr anstrengend war. Unsere Habe lag auf mehreren Trümmern unserer Eisscholle herum, die schwammen jetzt da und dort verstreut, und wir mussten uns beeilen. Zwei Bärenleichen, die einen Verpflegungsvorrat für drei bis vier Monate darstellten, lagen auf einer besonderen Scholle und so weiter. Zum Glück war das Wetter gut, und wir konnten flink arbeiten. Niemand hat den Mut verloren. Mit solchen Kameraden kann man durchhalten, mag kommen, was da will.

Andrées Tagebuch, 1. Oktober 1897

Kapitel 33

*Und so muss man weitermachen und zumindest ein Jahr lang die
Hoffnung bewahren und selbst danach keine zu ungünstigen
Schlüsse ziehen, denn vielleicht müssen sie weite Strecken zurücklegen,
ehe sie bewohnte Gegenden erreichen.
Momentan lese ich mit großem Interesse Nansens Buch, und in Gedanken
stelle ich mir »die drei« in derselben oder einer ähnlichen Lage vor.
Da sie Gewehre und reichlich Munition haben sowie alles, was sie für eine
Reise über das Eis und eine Zuflucht für den Winter brauchen, könnten
sie es schaffen, auch wenn es Schwierigkeiten zu überwinden gibt.
Andrée und Nils, die ich am besten kenne, sind Menschen,
die alles tun, um das Unmögliche möglich zu machen, und sie verfügen
zweifellos über genügend Klugheit, um Notfälle zu bestehen.
Andrées Ideen und Nils' Anna sind zwei gewichtige
Motivationsfaktoren, und ihre Lebenslust wird ein Übriges tun.*

Brief Oscar Strindbergs an Erik, Juni 1898

CHICAGO, ILLINOIS, VEREINIGTE STAATEN
JANUAR 1900

»Hallå, Fröken Charlier.« Es waren die ersten schwedischen
Worte, die Anna seit ihrer Ankunft in Chicago hörte, und sie
erkannte die selbstbewusste Baritonstimme sofort. Noch ehe
sie sich umdrehen konnte, stand Erik schon neben ihr, ergriff

ihre Hand und führte sie an die Lippen. Dann nahm er ihr gegenüber im Café Platz und strahlte dabei übers ganze Gesicht. »Wie schön, dich wiederzusehen. Ich freue mich so!«

Anna nickte und verschränkte die Hände fest auf ihrem Schoß. »Ich möchte dir danken für alles, was du getan hast, um mir zu helfen, nach Amerika zu kommen, und dass du diese Stelle für mich gefunden hast. Ich bin erst gestern bei den Gilchrists eingezogen, doch ich fühle mich schon sehr wohl. Mr und Mrs Gilchrist sind außerordentlich hilfsbereit und freundlich, und die Kinder sind entzückend. Meines Wissens soll ich sie …«

Erik fiel ihr ins Wort. »Warum so förmlich, Anna? Wir sind alte Freunde. Ich werde dir immer helfen.«

»Du meinst, du wirst mich immer retten.«

»Seit ich Stockholm verlassen habe, habe ich dir so oft geschrieben. Ich habe mir große Sorgen gemacht.« Sein Mitgefühl ließ seinen Ton weniger barsch klingen. »Ich habe meiner Mutter geschrieben, ihre Antwort hat mich nicht beruhigt. Ich hätte mehr unternehmen müssen. Ich hätte nicht zulassen dürfen, dass die Situation derart ausartet.«

»Ich habe deine Briefe bekommen. Ich hätte dir schreiben sollen. Du bist nicht für mein Glück verantwortlich.«

Nachdenklich klopfte er mit dem Teelöffel auf den Tisch. Als er den Blick wieder auf Anna richtete, klang er munterer. »Ich war außer mir vor Freude, als ich das Kuvert sah, meinen Namen in deiner Schrift. Aber nach dem Brief war mir klar, dass du völlig verzweifelt warst. Ich wusste sofort, was ich tun musste. Ich helfe dir gern, auf welche Art auch immer, und …« Er unterbrach sich und fuhr zurückhaltender fort: »Ich erwarte nichts dafür.«

»Danke«, sagte sie, jetzt etwas freundlicher.

Erik bestellte Tee und Kuchen. Während sie darauf warteten, unterhielten sie sich befangen über das Wetter, die Neuigkeiten aus Stockholm und die Jahrhundertwende.

»Du siehst gut aus, etwas dünner vielleicht, aber so hübsch wie eh und je.«

»Es waren die Wogen des Atlantiks, die dafür gesorgt haben, dass ich abgenommen habe. Ich werde bestimmt bald wieder runder«, sagte Anna und deutete lachend auf den mit Törtchen beladenen Kuchenständer, den die Bedienung auf den Tisch gestellt hatte.

Im Lauf des Nachmittags entspannte sich Anna zunehmend. Sie hatte Erik fast drei Jahre nicht gesehen, aber wie sie bald feststellte, hatten sich ihre Gefühle für ihn nicht verändert. Immer wieder dachte sie an den Nachmittag am Bahnhof zurück, als er auf sie gewartet hatte und sie zu feige gewesen war, zu ihm zu gehen. Anna hatte oft überlegt, wie ihr Leben wohl verlaufen wäre, wenn sie mit ihm in den Zug gestiegen und von Schweden nach Amerika gegangen wäre. Jetzt fragte sie sich, ob er sich wohl auch jemals solchen Gedankenspielen hingegeben hatte. Doch dann verbannte sie diese Überlegungen rasch aus ihrem Kopf.

Während Erik von seiner Arbeit, seinen Freunden und dem Leben in Chicago erzählte, beobachtete sie sein Gesicht. Bisweilen blieb jemand am Tisch stehen, den Erik kannte, und sie wechselten ein paar Worte. Offenbar hatte Nils Recht behalten: Erik ging es in Amerika ausgesprochen gut. Er war Partner eines führenden Architektenbüros, das sich dank des Baubooms nach dem verheerenden Brand vor dreißig Jahren einen Namen gemacht hatte. Erik sprach mit Begeisterung von den Gebäuden der Zukunft, die er »Wolkenkratzer« nannte. Er war wortgewandt und leidenschaftlich, und Anna hörte ihm gebannt zu.

»Ich kann dir zeigen, wovon ich spreche. Es würde mir gefallen, dich durch die Stadt zu führen. Du könntest einige Gebäude sehen, die ich entworfen habe«, schlug er vor.

Anna ging nicht darauf ein.

»Du hast bestimmt auch schon gehört, dass Chicago New York nicht das Wasser reichen kann, oder? Aber das ist völlig falsch.«

»Du fühlst dich hier offenbar richtig zu Hause«, sagte Anna.

»Hoffentlich wird es mir ebenso gehen. Aber fehlt dir Stockholm denn gar nicht? Nach all dem, was du für die Weltausstellung getan hast, bist du fast ein Teil der Stadt geworden.«

»Einmal hat sich jemand bei mir beschwert, er gehe nicht mehr gern durch Stockholm, weil er an jeder Ecke auf meine Scheußlichkeiten stoßen würde.«

Einen Moment lang dachten beide an eine Äußerung vor vielen Jahren zurück.

»Nein, Stockholm fehlt mir gar nicht«, fuhr Erik fort. »Ich schäme mich zu sagen, dass ich in den drei Jahren kein einziges Mal zu Hause war. Aber meine Eltern und Geschwister haben mich ein paarmal besucht. Nach ihnen sehne ich mich gelegentlich. Wenn man in ein anderes Land zieht, kann es manchmal sehr einsam sein, aber es ging nicht anders.«

Anna fühlte sich von Eriks Welt angezogen. Alles, was er sagte, fand sie interessant, und er schenkte ihr seine ungeteilte Aufmerksamkeit. Es kam ihr vor, als hätte sie seit Ewigkeiten keine derart beglückenden Stunden mehr erlebt. Er war aufrichtig um ihr Wohlergehen besorgt, und wie sie zugeben musste, war er der einzige Mensch, der ihre Zwangslage vielleicht verstehen konnte. Sicher empfand auch er so etwas wie Reue.

Über Nils sprachen sie nicht, ebenso wenig über Annas Krankheit. Die Vergangenheit wurde überhaupt nicht erwähnt, und dafür war Anna dankbar. In Stockholm, so kam es ihr vor, hatte Erik sich bemüht, eine Fassade zu wahren. Er hatte die Kontrolle übernommen, wenn die anderen nicht dazu in der Lage gewesen waren. Er hatte Stockholm verlassen, weil er sich einer Situation ausgesetzt sah, die er nicht mehr kontrollieren konnte. Bisweilen war Anna diese Fassade übertrieben vorgekommen. Aber sie hatte auch erlebt, wie sie bröckelte. Vielleicht war sie der einzige Mensch, der je sein wahres Ich gesehen hatte. Jetzt war er völlig entspannt und unbekümmert. Für ihn hatte sich Nils' Schatten gelichtet, dachte Anna.

Als es draußen dunkel wurde, leerte sich das Café allmählich. Die Bedienungen warfen den letzten Gästen ungeduldige Blicke zu. Erik bat um die Rechnung, zahlte und trat mit Anna auf die Straße. Dort richteten sie Mäntel und Hüte und streiften ihre Handschuhe über, dann standen sie verlegen lächelnd voreinander, bis Erik schließlich sagte: »Ich begleite dich zu den Gilchrists, ja?«

Beide wussten, dass die Frage weit mehr bedeutete, als es den Anschein hatte. Anna sah die gespannte Erwartung und Hoffnung in Eriks Gesicht, einen Optimismus, der ansteckend war. Nach drei Jahren schierer Verzweiflung erkannte sie in Eriks Augen etwas, wonach sie sich sehnte. Ihr war klar, welche Bedeutung ihre nächsten Worte, ihre nächsten Handlungen haben würden. Sie hakte sich bei Erik unter, und der Schnee knirschte unter ihren Füßen, als sie sich auf den Weg machten.

Kapitel 34

CHICAGO, ILLINOIS, VEREINIGTE STAATEN
AUGUST 1907

In regelmäßigen Abständen schaute Erik zur Schlafzimmertür herein, ob Anna mittlerweile aufgewacht war. Sie hielt die Augen geschlossen und hoffte inständig, er würde sie endlich in Ruhe lassen. Wie spät es war, wusste sie nicht. Sie wollte nicht auf die Uhr am Nachttisch sehen für den Fall, dass er in dem Moment hereinkäme, aber sie vermutete, dass es schon später Vormittag war. Im Zimmer wurde es stickig, sie schwitzte unter ihrer Decke. Die Tür ging leise auf, dann näherten sich Schritte. Die Vorhänge wurden geöffnet, hinter den geschlossenen Augenlidern erahnte Anna das Tageslicht.

»Liebling, wach auf! Du sollst dir etwas ansehen.«

Anna rührte sich nicht. Sie spürte seinen Atem an ihrem Ohr.

Sanft schüttelte Erik sie an der Schulter, bis sie nachgab, sich auf den Rücken drehte und in sein strahlendes Gesicht blickte. »Es ist etwas für dich gekommen. Es steht im Salon. Bitte, steh auf und sieh es dir an.«

»Was ist es denn?«

»Ein Geschenk.« Erik küsste sie zart.

Sie nahm den Pudergeruch an seinem offenen Hemdkragen wahr. Er trug nur Hemd und Hose, also ging er wohl nicht zur Arbeit. Sie wusste nicht, ob er seit der Geburt überhaupt schon einmal ins Büro gegangen war. Sie hatte jedes Zeitgefühl verloren. Anna ließ sich von ihm in den Morgenrock helfen. Auf ihrer warmen Haut fühlte er sich kühl an. Erik führte sie den Korridor entlang, er hatte ihre Augen mit seiner großen Hand bedeckt. Sie roch leicht nach Seife, aber als Anna tiefer einatmete, nahm sie auch den Hauch von etwas anderem wahr: Es war der milchige Geruch eines Säuglings. Wahrscheinlich hatte er mit seiner Tochter gespielt und sie im Arm gehalten, während er wartete, dass ihre Mutter aufwachte. Selbst in ihrem abgrundtiefen Kummer musste Anna zugeben, dass die Kleine großes Glück hatte, Erik zum Vater zu haben. Seit Albertinas Geburt hatte er klaglos viele Pflichten übernommen, die eigentlich die Mutter erfüllen sollte. Eriks Fürsorge und seine Liebe zu dem Kind beeindruckten sie sehr. Wahrscheinlich waren seine Großherzigkeit und Liebe unerschöpflich. Aber sie genügten nicht, um Anna aus ihrem Bett zu locken.

Wenn sie Tag für Tag in ihrem Schlafzimmer oder im Wohnzimmer lag, hörte sie ihn fröhlich in Babysprache mit der Kleinen reden. Sein munteres Lachen drang aus dem Kinderzimmer zu ihr herüber. So gern sie es getan hätte, so notwendig es war – sie schaffte es einfach nicht, sich aus dem Bett zu quälen.

Schließlich blieb Erik stehen. Dem Blumenduft entnahm Anna, dass sie im Salon waren. »Halt die Augen geschlossen.« Erik entfernte seine Hand und schob Anna an die richtige Stelle.

»Bist du bereit?« Anna nickte. »Dann mach die Augen auf.«

»Ach …« Mehr brachte sie nicht hervor. Der ganze Raum war umgestellt worden, um für das große Instrument Platz zu schaffen. Sie fragte sich, wie es Erik gelungen war, es in die Wohnung zu bringen. Wieso hatte sie nichts davon mitbekommen? Ihre Teilnahmslosigkeit beschämte sie nur noch mehr. Ein Geräusch an der Tür ließ sie herumfahren. Das Kindermädchen Suzanne war mit der Kleinen im Arm hereingekommen. Anna schaute zu der breit lächelnden Frau hinüber, die sich diesen Moment nicht hatte entgehen lassen wollen.

Aufgeregt führte Erik sie zu dem Flügel, zog den Hocker hervor und drängte sie, sich zu setzen. Er strahlte über das ganze Gesicht. Lächelnd öffnete Anna die glänzende, völlig unbefleckte Tastenklappe. Anna stellte sich vor, wie Erik das Holz eigens mit dem Ärmel noch einmal poliert hatte, ehe er sie holen ging. Zögernd legte sie die Finger auf die Tasten. Das Gefühl war ihr fremd.

Er stand neben ihr und wartete auf ihre Reaktion. Sie riss sich zusammen. »Er ist wunderschön. Vielen Dank. Aber völlig unnötig. Er muss ein Vermögen gekostet haben.«

»Gefällt er dir?«

»Ja, natürlich. Ich bin nur überrascht.« Unfähig, auch nur einen Finger zu bewegen, saß sie da.

Erik setzte sich neben sie und fuhr mit den Fingern über die Goldschrift oberhalb der Tastatur. »Es ist ein Salonflügel von Steinway & Sons, hergestellt aus ostindischem Rosenholz. Das klingt doch ziemlich beeindruckend, oder? Ich wünschte, du hättest mir helfen können, ihn auszuwählen, aber ich wollte dich überraschen. Hoffentlich habe ich eine gute Wahl getroffen. Spiel doch mal.« Mit einem zufriedenen Lächeln legte Erik die Hände in den Schoß.

Annas Finger lagen nach wie vor reglos auf den Tasten. Ihre Nervosität überraschte sie ebenso wie die Macht ihrer Gefühle. Bis zu diesem Moment war ihr nicht klar gewesen, wie sehr ihr das Klavierspiel gefehlt hatte. Früher hatte sie jeden Tag am Klavier gesessen, bis sie ihre Arbeit bei den Larssons aufgegeben hatte.

»Jetzt spiel doch«, bat Erik. »Auf diesen Moment freue ich mich, seit ich den Flügel gekauft habe.« Mit einem Blick zu Suzanne hinüber fügte er hinzu: »Haben wir noch Zeit? Bevor Albertina wieder gestillt werden muss?«

»Natürlich, ungefähr eine Stunde.«

»Danke, Suzanne. Mrs Strindberg wird in einer Stunde im Kinderzimmer sein.« Mit Albertina auf dem Arm ging das Kindermädchen hinaus.

Anna schloss die Augen und wartete, dass ihr ein Stück in den Sinn kam. Sie spürte Eriks gespannte Erwartung. Das zumindest war sie ihm schuldig. Sie musste die Musik mit Hingabe und Liebe spielen, um ihm für sein Mitgefühl zu danken. Langsam setzte sie an, zögernd berührten ihre Finger die Tasten. In den Tiefen ihres Gedächtnisses suchte sie nach den Noten. Allmählich wurde die Musik flüssiger, das Spiel natürlicher. Zunehmend trat ihre Umgebung in den Hintergrund, ebenso wie der Mann, der neben ihr saß. Wie befreit legte Anna ihre ganze Leidenschaft, die geballte Macht ihrer Erinnerungen in ihren Vortrag.

Als sie geendet hatte, atmete sie schwer, Schweißperlen standen ihr auf der Stirn. Ihre Finger lagen immer noch auf den Tasten. Die Intensität ihrer Gefühle erschreckte sie, starr blieb sie sitzen. Auch Erik bewegte sich nicht. Diese Aufwallung hatte ihnen beiden vor Augen geführt, was seit der Geburt gefehlt hatte. Die Gefühle von Taubheit und Leere, die Anna anfangs so fremd gewesen waren, hatten sich in ihren Alltag geschlichen. Erik hatte zusätzlich zur Rolle des Fürsorgers die Mutterrolle übernommen und sich darin eingerichtet. Anna hatte sich von ihrer Trauer überwältigen lassen und Erik gestattet, ihren Platz einzunehmen. Doch ihr Klavierspiel hatte sie beide daran erinnert, wozu Anna eigentlich fähig war. Jetzt würde es ihr schwerfallen, sich wieder ihrem Kummer zu überlassen.

»Das war wunderschön. Ich hatte ganz vergessen, wie gut du spielst. Welches Stück war es? Ich weiß, dass ich es kenne, aber ich weiß nicht, welcher Komponist es ist.«

»Händel.«

Er nickte nachdenklich. Als Anna die Hände von den Tasten nahm und in den Schoß legte, verstand er das als Aufforderung, sie auf die Wange zu küssen.

Das klang in Annas Ohren recht förmlich. Sollte es ein »Danke« sein? Sie drehte sich zu ihm und hoffte, er würde in ihren Augen lesen, was sie empfand. Er vergrub sein Gesicht an ihrem Hals, sie musste den Kopf nach hinten beugen. Seine Lippen wanderten ihre Kehle entlang bis hinunter zu ihrer Brust. Seine kräftige Hand stützte ihren Hinterkopf, mit der anderen umfasste er zärtlich ihre Brust. Der Morgenrock glitt ihr von den Schultern. Anna gab sich den Zärtlichkeiten hin, schloss die Augen und ließ den Kopf schwer in Eriks Hand sinken. Ihre Hände, mit denen sie bis jetzt den Hocker umklammert hatte, wanderten zu seinen Schultern und schoben die Hosenträger hinab. Leise stöhnte er auf und führte sie ins Schlafzimmer.

Zum ersten Mal seit der Geburt gab Anna sich ihm rückhaltlos hin. So heftig sein Verlangen auch war, immer blieb er ein zuvorkommender, zurückhaltender und aufmerksamer Liebhaber. Sacht zog er ihr den Morgenrock und das Nachthemd aus und legte sie aufs Bett. Als sie ihre Blöße bedecken wollte, hielt er ihre Arme zärtlich fest und warf die Decke auf den Boden, dann küsste er ihren ganzen Körper mit einer Hingabe, als müsste er sich erst wieder mit dessen geheimen Stellen vertraut machen, erforschte mit seiner Zunge ihr Verlangen.

Anna spürte die Anwesenheit des Kindermädchens auf der anderen Seite des Flurs und drückte ihr Gesicht ins Kissen, um die Laute ihrer Erregung zu dämpfen. Normalerweise kannte Erik als Liebhaber keine Hemmungen, doch dieses Mal war es anders. Als empfinde er Ehrfurcht und Verehrung für sie. Ihre Versuche, den Akt zu bestimmen, wies er liebevoll, aber entschieden zurück. Einmal flüsterte er: »Ich wünschte mir sehr, ich wäre bei Albertinas Geburt dabei gewesen. Du bist eine bemerkenswerte Frau, Anna. Ich liebe dich so sehr.« Rücksichtsvoll fand er eine Position, die ihre prallen Brüste nicht noch mehr belastete. Als er schließlich in sie eindrang, tat er es mit großer Vorsicht und achtete darauf, dass es ihr keine Schmerzen bereitete.

»Es tut nicht weh«, flüsterte sie. »Es fühlt sich wunderbar an.« Sie liebten sich ohne Hast und erreichten den Höhepunkt beide mit unbemühter, liebevoller Leichtigkeit.

Wenn sie und Nils sich geliebt hatten, war immer eine gewisse Dringlichkeit im Spiel gewesen. Nie hatten sie sich liebevoll dem Körper des anderen gewidmet. Allerdings hatte das womöglich eher an den damaligen Umständen gelegen als an seinen Qualitäten als Liebhaber. Während Erik sie liebevoll auf den Nacken küsste, dachte Anna an ihr erstes Mal zurück. Sie war acht Monate in Chicago gewesen, als Erik darauf bestand, sie zum Labor-Day-Wochenende nach New York mitzunehmen. Ein Firmenkunde hatte ihn eingeladen. Sie fuhren im Zug erster Klasse, und als sie sich im Waggon eingerichtet hatten, holte Erik eine kleine schwarze Schachtel aus der Jackentasche. Anna wusste sofort, was sie enthielt.

»Darf ich sie dir anlegen?«, fragte Erik.

»Ja, gern. Ich habe mich oft gefragt, was wohl aus ihr geworden ist. Ob du sie in den Laden zurückgebracht oder einer anderen Frau geschenkt hast.«

»Du überraschst mich immer wieder. Nach all dieser Zeit ist dir immer noch nicht klar, wie sehr ich dich liebe. Es hat keine einzige andere Frau gegeben, und was den Laden betrifft – ich habe den Anhänger eigens anfertigen lassen. Den gibt es kein zweites Mal.«

Bei der Ankunft in dem prachtvollen Haus am Washington Square stellte Erik sie als seine Cousine aus Stockholm vor. Für die Reise hatte er sie mit einer exquisiten Garderobe ausgestattet, und nach dem Abendessen, auf dem Weg in ihre getrennten Zimmer, flüsterte er ihr ins Ohr: »Du siehst hinreißend aus.«

Später lag sie in ihrem seidenen Nachthemd, einem weiteren Geschenk, im Bett und konnte nicht schlafen. Schließlich stand sie auf und ging, ohne weiter nachzudenken, barfuß über den Flur zu Eriks Tür und klopfte. Es war nach Mitternacht, er war noch angekleidet, hatte das Hemd aber aufgeknöpft, die Hosenträger hingen herab. Die Nachttischlampe brannte, auf dem Bett lag ein aufgeschlagenes Buch. Von ihren Gefühlen überwältigt trat Anna ins Zimmer und küsste ihn gierig auf den Mund. Als sie sich von ihm löste, zog er sie wieder an sich und schloss sie in die Arme.

In der Annahme, sie sei noch unberührt, liebte er sie mit konzentrierter Vorsicht. Als er in ihrem Gesicht kein Anzeichen von Schmerz oder Unbehagen bemerkte, sah Anna einen Moment der Erkenntnis in seinen Augen aufblitzen. Sie glaubte, er würde sofort aufhören, sie von sich stoßen, sie hinauswerfen. Sie hielt die Luft an, doch er setzte das Liebesspiel nur noch leidenschaftlicher fort. Über diesen Moment sprachen sie nie. Im ersten Morgenlicht, als ein Sonnenstrahl durch den Spalt in den Vorhängen drang, brachte Erik sie in ihr Zimmer zurück.

Jetzt, in seinem Arm, dachte Anna an jene erste Nacht zurück. Wenn es nur dies hier und sonst nichts gäbe, wäre sie glücklich. Sie sah ihm ins Gesicht. Er hatte die Augen geschlossen, doch er schlief nicht. »Woher wusstest du, dass du sanft sein musstest? Du warst so rücksichtsvoll«, sagte sie.

»Ich habe mich ein bisschen in Büchern kundig gemacht«, sagte er nüchtern und drückte sie fester an sich. »Das versteht sich doch eigentlich von selbst, oder? Nur ein Dummkopf würde so etwas überstürzen.«

»Was hast du denn gelesen?«

»Ich habe mir ein paar gynäkologische und medizinische Texte ausgeliehen.« Er klang, als gehörte das zu seiner täglichen Lektüre. Für Anna steckte er immer noch voller Überraschungen.

»Ich habe mich über die Auswirkungen von Schwangerschaft und Geburt auf den Körper einer Frau informiert. Ich wollte wissen, was vor und nach der Geburt mit dir passiert. Es war faszinierend. Es ist schiere Ignoranz, dass Männer nichts mit diesen Sachen zu tun haben wollen.«

»Ich weiß dein Interesse zu schätzen.«

Beide lachten wie die Kinder. Er drehte sich auf die Seite, stützte sich auf den Ellbogen und fuhr mit der flachen Hand ganz leicht über ihren Körper, wie ein Zauberer, der einen Trick ausführt. Dann küsste er eine Brustwarze. »Liebling, ich glaube, es ist Zeit, Albertina zu stillen.«

Verärgert darüber, dass er diesen wunderschönen Moment störte, drehte sie sich von ihm fort. Ihre Brüste pochten.

»Du hast es versprochen, Anna.« Er berührte sie an der Schulter. »Ich helfe dir bei allem, wirklich, aber du hast versprochen, die Kleine zu stillen. Es ist das Beste für sie. Und es hilft dir, sie zu lieben. Wir haben uns darauf geeinigt.«

»Aber ich liebe sie doch …«

»Aber die Bindung zu ihr, die Nähe. Der Arzt hat uns doch erklärt, dass es dir nur besser gehen kann, wenn du Albertina stillst.«

Sie wusste, dass er sich wirklich bemühte, sie zu verstehen und ihre Schwächen zu begreifen. Seine Rationalität aber war ein Hindernis, das er nicht überwinden konnte. Sie klaubte ihr Nachthemd und den Morgenrock vom Boden und ging hinaus.

Während sie Albertina die Brust gab, kam er ins Kinderzimmer. Anna saß in einem Schaukelstuhl und blickte starr auf die rhythmischen Mundbewegungen ihres Kindes. Sie hatte festgestellt, dass sie sich von dem Vorgang distanzieren konnte, wenn sie nur auf diesen einen Aspekt achtete. Erik lehnte an der Tür und betrachtete die beiden lächelnd. »Suzanne, könnten Sie uns bitte alleine lassen?«

Sobald das Kindermädchen gegangen war, schloss er die Tür und setzte sich auf den Boden vor den Schaukelstuhl. Er massierte Annas bloße Füße. »Ich möchte, dass wir heiraten«, sagte er.

Anna hielt den Blick unverwandt auf das Gesicht ihrer Tochter gerichtet. »Jetzt ist nicht der richtige Zeitpunkt. Warten wir, bis es mir wieder besser geht. Im Moment kann ich mir keine Gedanken darüber machen.«

»Wann wird je der richtige Zeitpunkt sein, Anna?« Sie wich seinem Blick aus. »Ich habe in New York um dich angehalten, und da hast du gesagt, es sei noch zu früh. Als wir feststellten, dass du schwanger bist, habe ich dir wieder einen Antrag gemacht, aber du wolltest erst die Geburt abwarten. Jetzt frage ich wieder.« Er stand auf und ging im Kinderzimmer auf und ab.

»Wir sind doch so gut wie verheiratet«, sagte sie. »Jeder glaubt, dass wir verheiratet sind. Ich verstehe nicht, was eine Zeremonie noch groß beweisen würde.«

»Mir würde es beweisen, dass du mich liebst. Wir hüten ein Geheimnis, ein skandalöses Geheimnis, und wenn irgendeiner meiner Kollegen oder Partner das herausfinden würde, würde ich nicht nur meine Stellung verlieren, sondern auch mein Ansehen in der Gesellschaft. Du bist meine Geliebte, eine ausgehaltene Frau. Ich möchte, dass du meine Ehefrau bist.«

Anna stand auf, legte sich ihre Tochter vorsichtig über die Schulter und klopfte ihr leicht auf den Rücken.

Erik ließ sich in den Schaukelstuhl fallen und schaukelte heftig vor und zurück.

Anna wickelte Albertina, packte sie fest in ein hellblaues Tuch und legte sie in die Wiege. »Psst, du weckst sie auf.«

Erik hörte zu schaukeln auf, schlug die Hände vors Gesicht und flüsterte heiser: »So lebe ich jetzt seit sieben Jahren. Ich habe dich nie um etwas gebeten. Du hast mir nicht einmal gesagt, dass du mich liebst. Ich habe gelernt, es nicht mehr zu erwarten, und kann mich damit abfinden. Seitdem du nach Chicago gekommen bist, fasse ich dich mit Samthandschuhen an und habe dir alles nachgesehen, damit du dir nicht wieder etwas antust. Aber jetzt, wo wir ein Kind haben, möchte ich, dass wir eine richtige Familie sind. Meine Tochter soll nicht mit dieser Lüge aufwachsen.« Anna sah, dass er sich nur mit Mühe beherrschte. »Himmelherrgott! Meine Familie soll erfahren, dass ich eine Tochter habe!« Albertinas Lider flackerten, aber sie wachte nicht auf.

Es stimmte, sie lebten eine Lüge. Eriks Kollegen und Freunde gingen davon aus, dass sie verheiratet waren. Anna erinnerte sich noch an die unterhaltsame Geschichte, die Erik ihnen einmal erzählt hatte und laut der er und Anna zu guter Letzt zu den Niagarafällen durchgebrannt waren. Er hatte sogar einen dünnen Silberring gekauft, den sie an der linken Hand trug. Aber seine Familie wusste nicht, dass Anna in diesem Haus lebte, und sie wusste auch nichts von Albertinas Geburt. Anna merkte, dass dieses doppelte Spiel Erik zu schaffen machte. Seit sieben Jahren übte er sich in Selbstbeherrschung. Doch sogar dieses Wissen und die Möglichkeit, Erik zu verlieren, konnten ihr unermessliches Schuldgefühl nicht aufwiegen und ihr gestatten, ein neues Leben zu beginnen.

»Es tut mir leid. Ich weiß nicht warum, aber ich kann einfach nicht.«

»Natürlich weißt du warum. Hältst du mich für dumm? Er kommt nicht zurück. Nils ist tot. Seit zehn Jahren ist er tot, und seit zehn Jahren leben wir in diesem Schwebezustand. Dass du dich so beharrlich weigerst, das zu akzeptieren, Anna, erschreckt mich.«

Anna weigerte sich nicht, Nils' Tod zu akzeptieren. Ihre Trauer um ihn hatte begonnen, als er in den Zug nach Göteborg gestiegen war. So sehr Erik sich auch bemühte, sie zu verstehen, glaubte er irrigerweise immer noch, sie hoffe nach wie vor auf Nils' Rückkehr. Anna sah keine Möglichkeit, ihm die Wahrheit zu sagen. Dass er unfreiwillig zu ihrem Mittäter geworden war. Dass ihre, Annas, Liebe zu ihm die Situation nur noch mehr erschwerte. Wie konnte sie ihm das alles erklären, ohne ihn noch mehr zu reizen, ohne einen Bruch innerhalb seiner Familie zu riskieren?

Er stellte sich zu ihr an die Wiege. Eine ganze Weile betrachteten sie ihr schlafendes Kind, bis Erik leiser sagte: »Der Abend vor Nils' Abreise, das Abschiedsessen, erinnerst du dich? Frænkel war da. Nils bekam das Telegramm von Andrée, in dem er vom Tod seiner Mutter berichtete.«

Anna nickte. Sie erinnerte sich sehr genau an den Abend. Der Hauch einer Chance hatte in der Luft gelegen. Nach Andrées Telegramm hatte sich die Stimmung gehoben. Anna wusste auch noch, dass Erik und Nils nach dem Essen aus dem Raum verschwunden und später mit besorgten, nachdenklichen Mienen zurückgekehrt waren.

»An dem Abend hat Nils mich gebeten, mich um dich zu kümmern. Er bat mich, dich, wenn er umkommen sollte, zu lieben.« Flehend sah er sie an. »Warum willst du mir nicht erlauben, die Bitte meines Bruders zu erfüllen?«

Erik gab dieses Geheimnis nicht leichten Herzens preis. Er wollte um seiner selbst willen geliebt werden und nicht, weil sein Bruder die Erlaubnis dazu gegeben hatte. Es war ein letzter, verzweifelter Versuch, Anna zur Vernunft zu bringen. Dass sie nicht darauf reagierte, trieb ihn zur Weißglut. Er hob die Stimme, und die Kleine begann zu weinen.

»Ich glaube, wenn Nils jetzt durch diese Tür käme, würdest du alles aufgeben – unser Leben hier, mich, Albertina. Ich verfluche den Moment, in dem ich mich in dich verliebt habe.« Er ließ sich schwer in den Schaukelstuhl fallen.

Diese Situation verlangte nach Ehrlichkeit, brutaler, absoluter Ehrlichkeit. Sie musste ihm alles gestehen. Dass sie ertappt worden waren. Dass Nils alles gewusst hatte und in den Tod gegangen war in dem Wissen, dass seine Verlobte und sein Bruder ihn hintergangen hatten. Sie wollte Erik sagen, wie sehr sie ihn liebte, doch dass eben diese Liebe sie ständig an ihre Untreue erinnerte. Erst wenn sie ihm alles erzählte, würde er sie endlich verstehen.

Jahrelang hatte er sich bemüht, ihre Handlungen zu einem verständlichen Bild zusammenzufügen, dabei hatten ihm wesentliche Teile gefehlt. Die Worte stiegen in ihr auf und bildeten einen Kloß in ihrer Kehle. Sie setzte sich auf seinen Schoß, legte ihm die Arme um den Hals und flüsterte ihm ins Ohr: »Du hast völlig recht. Jetzt, wo wir Albertina haben, sollten wir heiraten. Natürlich will ich dich heiraten. Wann immer du möchtest.«

Erik saß allein in dem dunklen Raum. Ein Mondstrahl fiel über den Salonflügel von Steinway & Sons. In einer Hand hielt Erik Annas kurzen Brief, mit der anderen holte er ein Taschentuch heraus und wischte sich heftig über die Augen. Als er sich etwas beruhigt hatte, ging er zur Tür.

»Suzanne, könnten Sie bitte einen Augenblick herkommen?«, rief er.

Das Kindermädchen trat in den Raum, Albertina lag auf ihrer Schulter. Liebevoll streichelte sie den Rücken der Kleinen.

»Bitte setzen Sie sich«, sagte er und nahm Suzanne das Kind ab. »Erzählen Sie mir, was heute passiert ist. Alles, eins nach dem anderen.«

Während Suzanne ihm die Ereignisse des vergangenen Tages schilderte, ging er mit Albertina im Arm auf und ab. »Nachdem Sie zur Arbeit aufgebrochen waren, ist Mrs Strindberg mit der Kleinen spazieren gegangen. Sie waren ungefähr eine Stunde fort. Als sie heimkamen, hat sie Albertina gestillt und mich dann gebeten, noch einmal mit ihr rauszugehen.« Erik nickte. »Ich fand es seltsam, schon wieder mit ihr nach draußen zu gehen, und das sagte ich ihr auch. Ich meinte, die viele frische Luft würde sie allzu müde machen ... Aber sie bestand darauf, sie sagte, der Arzt würde bald kommen, und sie wollte, dass die Kleine mindestens eine Stunde nicht im Haus wäre.«

»Waren Sie noch da, als der Arzt kam?« Zärtlich gab Erik seiner schlafenden Tochter einen Kuss auf die Stirn.

»Ja, das war gegen elf Uhr. Es war der mit dem Bart und der Brille. Der barsche Deutsche.«

»Dr. Brüner, er ist Österreicher. Ja, fahren Sie fort.« Diesen Arzttermin hatte nicht Erik für Anna vereinbart.

»Sobald er hier war, sind Albertina und ich gegangen. Als wir nach Hause kamen, war von Mrs Strindberg nichts zu sehen, und auch nicht von dem Arzt. Ich habe bis drei Uhr gewartet, dann habe ich bei Ihnen im Büro angerufen, ich dachte, es könnte etwas passiert sein. Es sieht Mrs Strindberg gar nicht ähnlich, so lange fortzubleiben … ganz alleine.« Suzanne rutschte auf dem Stuhl hin und her.

»Mehr nicht?« Erik nickte nachdenklich. »Haben Sie den Brief gelesen, den Mrs Strindberg dort hingestellt hatte?« Er deutete auf das Kaminsims am anderen Ende des Raums.

»Natürlich nicht. Es steht doch Ihr Name auf dem Umschlag.«

Um halb drei hatte Suzanne Annas Brief auf dem Kaminsims neben dem herzförmigen Anhänger liegen sehen und ihn gelesen. Sie hatte eine halbe Stunde darüber nachgedacht, ehe sie zu dem Entschluss gekommen war, dass er einen Anruf bei ihrem Arbeitgeber rechtfertigte.

Sobald Erik den Brief gelesen hatte, rief er bei der Polizei an und dann bei Dr. Brüner. Die Polizei bat um ein Foto von Anna, das ihnen bei der Suche helfen sollte. Dr. Brüner war entsetzt, als er von Annas Verschwinden hörte. Er sagte Erik, das Gespräch am Vormittag sei positiv verlaufen.

»Herr Doktor, können Sie mir sagen, wann Anna den Termin bei Ihnen vereinbart hat?«, fragte Erik.

»Vor etwa einer Woche, wenn ich mich recht entsinne. Es hat mich gewundert, sie bei mir im Büro in der Universität zu sehen. Sie wissen ja, bislang hatten immer Sie die Termine gemacht.«

»Worüber haben Sie gesprochen?«

»Das darf ich Ihnen nicht sagen, Mr Strindberg, wie Sie sicher wissen.«

»Können Sie mir irgendetwas sagen? Hat irgendetwas darauf hingedeutet, dass sie wegfahren könnte oder … dass sie sich wieder etwas antut?«

»Sie brauchen wirklich nicht gleich das Schlimmste zu befürchten«, versuchte Dr. Brüner ihn zu beruhigen. »Wahrscheinlich braucht Anna jetzt nur etwas Zeit, um wieder zu sich zu kommen. Manche Frauen fühlen sich von den Anforderungen der Mutterrolle überwältigt.«

Als der Arzt gegangen war, drückte Erik seine Tochter fest an sich. Er kannte Anna zu gut, um nicht das Schlimmste zu befürchten. Ihr Brief besagte im Grunde gar nichts, er verstand nicht genau, was die Zeilen bedeuten sollten, und hatte keine Ahnung, was in Annas Kopf vor sich ging. Allerdings war er sicher, dass sie ihr Verschwinden schon länger geplant hatte. Die Erkenntnis, dass sie ihn nie wirklich hatte heiraten wollen, dass sie seinen Antrag nur zum Schein angenommen hatte, verletzte ihn tief. Der vor ihm verheimlichte Arztbesuch war vielleicht ihr letzter Rettungsversuch gewesen. Als der fehlgeschlagen war, war sie sofort gegangen.

Er schaute auf die Uhr. Es war zwei Uhr morgens, und er hielt Albertina noch immer im Arm. Sie schlief, aber er war völlig übermüdet. Als er sich ins Bett legte, nahm er sie mit, und sie schmiegte sich in seine Armbeuge. Am nächsten Morgen, so beschloss er, würde er als Erstes einen Privatdetektiv anheuern.

Kapitel 35

STOCKHOLM, SCHWEDEN
OKTOBER 1930

Stubbendorff warf einen Blick auf die Uhr am Södra Bankohuset. Er war etwas zu früh für seinen Besuch bei Rosalie Strindberg. Um sich die Zeit zu vertreiben, schlenderte er zum Wasser und betrachtete eingehend das vierstöckige Haus, in dem Sven Strindberg mit seiner Familie und seiner Mutter lebte. Das Haus entsprach genau Strindbergs Wesen, was Stubbendorff nicht weiter überraschte. Es stand in bester Lage an der Skeppsbron mit Blick auf das emsige Treiben im Hafen desselben Namens und fiel durch seine farbenfrohe Pracht sofort ins Auge: Die kunstvoll verzierte Fassade war in einer gewagten Mischung aus Türkis- und Gelbtönen gehalten. Stubbendorff stellte sich vor, wie Strindberg allmorgendlich in einer ähnlich auffälligen Aufmachung durch die Tür trat. Er war die Skeppsbron schon häufiger entlanggegangen, und natürlich war ihm das Haus aufgefallen. Es war eindeutig das unbescheidenste Gebäude an der weitläufigen Promenade.

Um Punkt vier Uhr griff Stubbendorff nach dem schweren Türklopfer und ließ ihn dreimal gegen die Tür fallen. Während er wartete, bestaunte er den wütenden Löwenkopf und fragte sich, wo Strindberg ihn wohl aufgestöbert hatte.

Vielleicht in Florenz, dachte er sich. In Büchern hatte er Abbildungen ähnlicher Türklopfer gesehen. Ein Hausmädchen führte ihn in einen großen, nach Süden ausgerichteten Raum. Obwohl es draußen kühl war, brannte im Kamin kein Feuer, und es wäre auch überflüssig gewesen: Sonnenlicht flutete durch die Fenster herein, die Vorhänge waren weit zurückgezogen. Stubbendorff wurde klar, dass Strindberg nicht nur aus Gründen der Selbstverherrlichung in diesem Haus lebte. Das große Fenster bildete einen perfekten Rahmen für den Hafen, der so wie ein lebendiges Kunstwerk wirkte. Im Vordergrund des Bildes spazierten Menschen umher, während im Hintergrund Fischer und Seeleute auf ihren Booten der Arbeit nachgingen.

Eine Stimme riss ihn aus seinen Betrachtungen. »Guten Tag, Herr Stubbendorff. Ich bin Rosalie Strindberg.« Er wusste, dass Fru Strindberg neunundsiebzig war, doch sie sah wesentlich jünger aus. Sie hatte ihr weißes, üppiges, gewelltes Haar zurückgekämmt und im Nacken zu einem Knoten gebunden. Außerdem war sie erstaunlich groß, sie überragte ihn um knapp fünfzehn Zentimeter, was durch ihre schlanke, elegante Figur noch betont wurde.

»Es ist wirklich sehr freundlich von Ihnen, mich zu empfangen, Fru Strindberg. Ich hoffe, es geht Ihnen gut. Sie haben ein wunderschönes Zuhause, und dieser Raum ist hinreißend.«

Rosalie Strindberg sah sich im Zimmer um und nickte beifällig. Stubbendorff räusperte sich. »Ich habe sowohl Tore als auch Sven kennengelernt. Beides bemerkenswerte Menschen. Sie müssen sehr stolz sein.«

»Das bin ich auch.«

»Ich weiß nicht, ob Ihre Söhne Ihnen etwas von mir erzählt haben ...«

»Tore und Sven haben kurz von Ihnen gesprochen. Sie sagten, Sie hätten zu der Gruppe gehört, die die sterblichen Überreste meines Sohns gefunden hat.« Sie trat näher.

Ihre unumwundene Art überraschte Stubbendorff. Eigentlich hatte er sich einen anderen Einstieg überlegt, aber jetzt beschloss er, ihrem Beispiel zu folgen. »Ich habe das Lager nicht entdeckt, ich bin erst später nach Kvitøya gekommen. Aber es stimmt, ich habe viele menschliche Knochen gefunden. Sterbliche Überreste, wie Sie sagen.«

»Herr Stubbendorff, Sie müssen verstehen, dass der Fund für unsere Familie eine ziemliche Belastung darstellt. Wir haben uns vor dreiunddreißig Jahren von Nils verabschiedet, für immer verabschiedet, wir haben um ihn getrauert, haben ihm unsere Ehre erwiesen und dann unser Leben weitergelebt. Ich kann die morbide Faszination durchaus verstehen, die dieser Fund für den Rest der Welt hat, aber ich persönlich habe Nils' Tod schon vor vielen Jahren akzeptiert. Gegen das Staatsbegräbnis kann ich nichts unternehmen, aber ich sehe keinen Nutzen darin, wenn die Zeitung über Nils' Leben berichtet.«

In dem Moment erkannte Stubbendorff, was Rosalie Strindbergs jugendliches Aussehen Lügen strafte und ihr wahres Alter verriet: Lebenserfahrung und Tragik. Wie ihre Söhne hatte sie intelligente, intensiv blaue Augen, die ihr schmales, fein zisliertes Gesicht beherrschten. Aus diesen Augen betrachtete sie Stubbendorff mit ruhigem Selbstbewusstsein und Rücksichtnahme, doch sprach aus ihnen keine Seele, keine Innigkeit. Die Augen ließen Rosalie Strindberg wie eine Frau erscheinen, die ihr Leben bereits zu lange lebte.

»Das kann ich verstehen. Aber ich bin nicht als Journalist gekommen. Ich bin zwar im Auftrag des *Aftonbladet* nach Kvitøya gefahren, aber mittlerweile habe ich meine Stelle bei der Zeitung aufgegeben.«

Rosalie setzte sich in einen Sessel und lehnte sich zurück, schlug die langen Beine übereinander und verschränkte die Hände im Schoß. Stubbendorff verstand diese Geste als Aufforderung, fortzufahren.

»Ich habe auf Kvitøya unter anderem auch Nils' persönliches Tagebuch gefunden, in dem er über seine Familie und seine Freunde schrieb. Außerdem waren eine ganze Reihe von Briefen darunter, Liebesbriefe, wenn Sie so wollen, an Anna Charlier, seine Verlobte, wenn mich nicht alles täuscht.«

Rosalie Strindberg nickte ernst.

»Ich möchte, dass Anna Charlier diese Briefe liest.«

»Warum?«

Die Frage überraschte ihn. Für Stubbendorff lag die Antwort auf der Hand. »Es sind wunderschöne Briefe, sie kommen von Herzen. Ich weiß nicht, wie ihr Leben heute aussieht. Aber ich möchte sie finden und ihr die Möglichkeit geben, diese Briefe zu lesen. Wenn die Beziehung der beiden so war, wie Ihr Sohn sie in seinem Tagebuch schildert, dann könnten die Briefe ihr vielleicht helfen, einen Schlussstrich zu ziehen, denn diese Zeit muss tragisch für sie gewesen sein.«

Stubbendorff hörte selbst die Heftigkeit, mit der er sich für Anna einsetzte und diese Frau mit dem eiskalten Gesicht beschwor, Gnade walten zu lassen. Er fragte sich, weshalb das überhaupt notwendig war. Aufgrund der Tagebucheinträge und seiner Gespräche mit Sven und Tore Strindberg hatte er geglaubt, Anna Charlier sei ein Teil der Familie gewesen und nicht mehr aus dem Haus wegzudenken. Und das war doch wohl Annas Beziehung zu Rosalie, dem Familienvorstand, geschuldet gewesen.

»Ich verstehe. Darf ich das Tagebuch lesen?«

Diese Bitte hatten ihre Söhne nicht geäußert. Die bloße Vorstellung hatte Tore zu Tränen gerührt, und Sven hatte es gar nicht erst erwähnt. Stubbendorff zog das Heft aus seinem Tornister und reichte es der Frau.

»Und jetzt gehen Sie bitte und kommen in einer Stunde wieder.«

Stubbendorff spazierte am Wasser entlang. Er fühlte sich vor den Kopf gestoßen. Das war nicht die Frau, von der Sven gesprochen hatte, und auch nicht die unbeschwerte Mutter, die Nils in seinem Tagebuch beschrieb. Sie hatte nicht das geringste Interesse, über die Vergangenheit zu reden, und über Anna Charlier schon gar nicht. Stubbendorff fand sie unsympathisch. Ihre Söhne waren überraschend herzlich und großzügig gewesen, doch die Mutter hatte ihm das Gefühl vermittelt, ein dummer Schulbub zu sein. Ihr Verhalten hatte ihn gekränkt. Waren alle Mütter so? Hätte er etwas tun können, damit das Gespräch freundlicher verlief? Offensichtlich empfand sie ihn als Bedrohung. Aber warum? Hatte sie Angst vor einem Skandal, oder steckte noch mehr dahinter? Er atmete tief durch und hoffte, durch die Seeluft würde sein Kopf klarer werden. Die Sonne sank rasch auf den Horizont zu, der Wind frischte auf.

Er kam zu Carl Milles' *Sjöguden*. Das große Ungeheuer aus rotem Granit, das das Meer auslachte, hatte ihm immer schon gefallen. Er erinnerte sich noch genau an die Zeit, als Milles das Werk beendet hatte. Sieben Jahre war er alt gewesen, und sein Vater hatte ihm ein Bild der Skulptur in der Zeitung gezeigt. Die wuchtige Fülle des Meeresungetüms hatte ihn fasziniert, und dazu die ergebene Meerjungfrau mit den bloßen Brüsten, die wie eine Napfschnecke an seinem üppigen Leib hing. Vater und Sohn hatten das Foto genau studiert und sich über jede Rundung des Monsters und seines Opfers ausgetauscht.

Das Bild hatte zu Unfrieden zwischen seiner frommen Mutter und seinem weit liberaleren Vater geführt, die beiden hatten sich heftig gestritten. Seine Mutter hatte darauf beharrt, dass man einem Kind ein derart unanständiges Bild um keinen Preis hätte zeigen dürfen, und dann auch ihren Mann getadelt, dass er es sich ansah. Sein Vater hatte die Zeitung zusammengefaltet und war damit wortlos im Schlafzimmer verschwunden.

Stubbendorff hatte die ganze Aufregung nicht verstanden. Für ihn war das Doppel- und Dreifachkinn, das über den Hals des Gottes auf seinen umfangreichen Bauch fiel, weit spannender als die Brüste der Meerjungfrau. Außerdem war er noch viel zu klein, um sich Gedanken über die Absichten des Ungeheuers zu machen. Über die Motive seines Vaters konnte er natürlich nichts sagen.

Eine Stunde später war sein Vater in Mantel, Krawatte und Jackett wieder aufgetaucht.

»Hol deinen Mantel und die Mütze, Knut«, sagte er.

»Und wo willst du jetzt wieder hin?«, verlangte seine Frau in einem Ton zu wissen, den Knut noch nie von ihr gehört hatte.

»Fertig?«, fragte sein Vater ihn nur.

Er nickte etwas verschüchtert und folgte seinem Vater zur Tür hinaus. Dann waren sie, wie es ihm erschien, stundenlang gegangen, bis sie schließlich vor der Skeppsbron direkt am Hafen standen. Sein Vater kaufte Fruchteis, und sie setzten sich damit ans Wasser. Knut war erstaunt, mit welcher Konzentration sein Vater das Eis aß, es schien ihm noch besser zu schmecken als seinem Sohn. Zum ersten Mal sah er seinen Vater, wie er mit verschränkten Beinen dasaß und etwas tat, das seine Mutter zweifellos als frivol gegeißelt hätte. Stubbendorff wusste noch, dass er auf dem Heimweg seinen Mantel ausgezogen und ihn sich lässig über die Schulter geworfen hatte, um es seinem Vater gleichzutun. Beschwingt und mit roten Wangen kamen sie bei Sonnenuntergang nach Hause. Bevor sie die Stufen hinaufgingen, zog sein Vater die Zeitungsseite hervor, die den Aufruhr verursacht hatte, und steckte sie seinem Sohn augenzwinkernd in die Innentasche des Mantels.

An der Tür wurden sie von Stubbendorffs Mutter mit einer Schimpftirade empfangen. Es gehöre sich nicht, dass ein Junge ohne Mantel in der Öffentlichkeit herumlaufe. Vor dem Abendessen wurde er ins Bad geschickt. Sein Vater zog sich mit einem Buch ins Schlafzimmer zurück. Stubbendorff hatte den Zeitungsausschnitt in eines seiner Lieblingsbücher gelegt und in seiner Spielzeugtruhe versteckt.

Jetzt ging er ein letztes Mal um die Statue herum und kehrte dann langsam zu dem Haus zurück, in dem Rosalie Strindberg ihn erwartete.

Sie öffnete die Tür, noch bevor Stubbendorff den Türklopfer betätigen konnte.

»Das Ding ist grotesk.« Rosalie runzelte grimmig die Stirn und deutete auf den löwenköpfigen Türbeschlag. »Wann immer ich das Klopfen höre, schaudert es mich, und ich höre es schon seit vielen Jahren.«

Sie führte den Gast in denselben Raum wie zuvor. In der Hand hielt sie das Tagebuch ihres Sohnes. »Ich habe Sie vom Kai zurückkommen sehen.«

Ihre Stimmung war völlig umgeschlagen, sodass Stubbendorff wieder eine neue Strategie entwerfen musste. Er hatte sich für ein schwieriges Gespräch gewappnet, doch Rosalie Strindberg hatte offenbar anderes im Sinn.

»Ich habe mir den *Sjöguden* angeschaut. Als die Skulptur aufgestellt wurde, hat sie einen heftigen Streit zwischen meinen Eltern ausgelöst«, erzählte er.

»Wenn ich mich recht entsinne, war das 1913. Da müssen Sie noch sehr klein gewesen sein.«

Stubbendorff nickte und wurde aufgefordert, sich ans Fenster zu setzen, Rosalie nahm ihm gegenüber Platz. Auf dem Tisch stand ein Teetablett.

»Wissen Sie, Milles hatte eine großartige Idee, er wollte eine ganze Reihe von mythischen Skulpturen entlang der Promenade aufstellen«, berichtete sie. »Aber leider zerschlug sich der Plan, der Stadtrat war viel zu hasenfüßig und konservativ. Wir waren begeistert, als sie schließlich einwilligten, wenigstens die eine Statue hier im Hafen aufzustellen.«

»Kannten Sie ihn?«

»Ja, sicher, er und Sven waren gut befreundet. Sie haben zusammen studiert, und er war oft bei uns zu Besuch, das heißt, bis er nach Paris gegangen ist. Das war im selben Jahr, als Nils verschollen ist. Ich glaube, Sven hat einen guten Teil dazu beigetragen, dass die Stadt die Skulptur direkt vor seiner Haustür aufgestellt hat.«

»Sie ist großartig und sehr ungewöhnlich, ganz anders als die anderen Statuen in Stockholm. Sie fasziniert mich, seit ich sie das erste Mal gesehen habe.«

»Vielleicht aus nostalgischen Gründen?«

»Wie gesagt, sie hat bei uns zu Hause für ziemlichen Ärger gesorgt«, antwortete Stubbendorff. »Aber ihretwegen habe ich auch einen wunderbaren Nachmittag mit meinem Vater verbracht, was ziemlich selten vorkam. Er ist wenig später gestorben. Also ja, es sind wohl nostalgische Gründe.«

Rosalie schenkte Tee ein. »Ich möchte mich für mein Verhalten vorhin entschuldigen. Ich war ausgesprochen unhöflich. Im Lauf der vergangenen dreiunddreißig Jahre habe ich einen Großteil der Vergangenheit erfolgreich verdrängt. Aber gerade eben, als ich Nils' Tagebuch las – ich bin nicht sehr weit gekommen, ich hatte das Gefühl, in seine Privatsphäre einzudringen –, musste ich wieder daran denken, wie sehr ich an Anna hing. Das ist mit ein Grund, weshalb ich das alles vergessen wollte.«

Beide schwiegen eine Weile.

»Darf ich fragen, weshalb Sie das Tagebuch behalten haben?«, fragte sie dann.

Stubbendorff wusste, dass er damit in Treibsand geriet. Er war ein fünfundzwanzigjähriger Journalist, der bis zu diesem Zeitpunkt dank seiner sorglosen, sympathischen Persönlichkeit mühelos durchs Leben gekommen war und auch dank seines erstaunlichen Geschicks, schwierigen Situationen aus dem Weg zu gehen. Und jetzt fehlte ihm das Zeug, mit dieser schwierigen Situation umzugehen. Sein Instinkt riet ihm, sofort das Weite zu suchen, das Tagebuch ins Hafenbecken zu werfen und Bergman auf Knien um Vergebung anzuflehen.

»Vor allem, damit Anna Charlier die an sie gerichteten Briefe lesen kann, so banal das auch klingen mag.« Mehr wollte Stubbendorff dazu nicht sagen. Es war ihm peinlich zuzugeben, wie sehr er sich den Strindbergs mittlerweile verbunden fühlte, wie tief er durch Nils' Schilderungen in ihre Welt eingetaucht war. Er hatte Angst, dadurch jämmerlich und verzweifelt zu klingen.

»Das ist ein hehres Motiv, Herr Stubbendorff.« Rosalie lächelte, ein anerkennendes Lächeln, wie er meinte. »Anna Charlier ist gleichzeitig mit der Expedition verschwunden. Nach dem Juli 1897 hat sie sich langsam aus unserem Leben entfernt. Ich habe mich von Nils und dann von Erik verabschiedet, und zwei oder drei Jahre später war Anna verschwunden. Das ist sehr allmählich vor sich gegangen. Ich hätte sie gern enger an uns gebunden, aber meine Versuche trieben sie offenbar nur noch mehr von uns fort. Ich verstehe es immer noch nicht. Sie hat Nils schneller aufgegeben als alle anderen. Vielleicht wollte auch sie nur vergessen.«

»Das muss schwer für Sie gewesen sein. Wenn ich es recht verstehe, standen Sie sich sehr nah?«

»Wir hatten eine ganz besondere Beziehung. Ich hatte keine Tochter, und als Anna ins Haus kam, füllte sie für mich eine Leere, von der ich gar nicht gewusst hatte, dass sie existierte. Und als Anna dann fort war, klaffte plötzlich ein Loch. Als klar war, dass Nils nicht wiederkehren würde, habe ich natürlich nicht erwartet, dass sie ein Leben lang um ihn trauern würde. Sie war eine junge Frau, es war selbstverständlich, dass sie eines Tages heiraten und Kinder haben würde. Aber ich hatte gehofft, mitzuerleben, wie sie ihren Kummer überwindet und sich ein neues Leben aufbaut, ich hätte gern daran teilgehabt. Die Bitterkeit, die ich ihr gegenüber empfinde, hat sich im Lauf der Jahre verhärtet. Aber der Grund dafür ist meine Trauer darüber, eine Tochter verloren zu haben, so dumm das auch klingen mag.«

»Sie ist einfach spurlos verschwunden?«

»Ja. Ich habe keine Ahnung, wohin sie gegangen ist oder wo sie jetzt sein könnte. Ich wusste, dass sie Schwierigkeiten hatte, sich mit der Situation abzufinden. Ich glaube, sie hat ihre Stellung als Gouvernante aufgegeben und eine Weile bei Verwandten auf dem Land gelebt.«

»Wissen Sie, wo das war?«

»Soweit ich weiß, in der Provinz Schonen. Dort ist sie geboren. Sie müssen wissen, ihre Schwester war meine Näherin.«

»Gota?«

Rosalie hob die Augenbrauen. Dass Stubbendorff den Namen kannte, erstaunte sie sichtlich.

»Tore hat sich an ihren Namen erinnert.«

»Das ist richtig. Sie ist eines Abends zu uns gekommen, im Dezember 1899 war das. Sie war völlig außer sich. Anna war verschwunden. Sie hatte ihrer Schwester nur ein paar Zeilen geschrieben, in denen sie sie bat, die Situation zu akzeptieren. Kein Hinweis darauf, wohin sie gehen wollte. Der Brief war kurz und knapp, ausgesprochen gefühllos. Anna hatte ihn auf einen alten Zettel geschrieben. Gota flehte mich an, ihr bei der Suche nach ihrer Schwester zu helfen, aber das habe ich abgelehnt. Annas Ton war deutlich. Sie wollte nicht gefunden werden. Das musste man respektieren.«

»Und mehr stand in dem Brief nicht?«

»Nein. Drei oder vier Zeilen, das war alles.«

»Haben Sie eine Ahnung, wie ich Gota finden könnte? Haben Sie noch Kontakt zu ihr? Nach allem, was ich gehört habe, hat sie einen Mann namens Neve geheiratet – stimmt das?«

»Ja, das stimmt. Sie hat erst spät geheiratet. Das weiß ich nur von Bekannten, die sie noch beschäftigen. Als Schneiderin war Gota wunderbar, aber sie war ein richtiges Klatschweib und hat gern Unfrieden gestiftet. Völlig anders als ihre Schwester. An dem Abend habe ich Gotas wahres Wesen kennengelernt.«

»Wie das?«

Rosalie schlug die Beine übereinander, das Thema war ihr sichtlich unangenehm. »Sie hat angedeutet, dass Anna zu Erik nach Amerika gegangen sei. Mehr als angedeutet. Sie ist sogar ziemlich vulgär geworden. Und dann hat sie verlangt, dass ich etwas unternehme. Ich habe mich geweigert, kein Wort habe ich geglaubt. Gota war eine Klatschbase ersten Ranges. Ich sah keinen anderen Ausweg, als die Verbindung zu ihr abzubrechen.«

»Denken Sie, dass an ihren Andeutungen etwas Wahres hätte sein können?«

»Nein, wirklich nicht. Erik und Nils standen sich sehr nah. Erik hat seine Abreise nach Amerika eigens verschoben, um die letzten Monate mit Nils zu verbringen. Aber sie hatten eine merkwürdige Beziehung. Sosehr sie sich auch liebten, sie haben sich ständig gestritten. Schon als kleine Jungen waren sie grundsätzlich anderer Meinung, bei allem. Erik sah es als seine Aufgabe an, seine jüngeren Brüder zu beschützen, und das konnte Nils nicht ertragen«, erklärte Rosalie. »Erik war eine eindrucksvolle Persönlichkeit, das ist er heute noch. Nils stand immer in seinem Schatten, und ich glaube, er hat zeit seines Lebens um Anerkennung gerungen und wollte nicht nur Erik Strindbergs kleiner Bruder sein. Trotzdem waren sie beste Freunde, niemand kannte Nils besser als Erik.«

»Ich hätte gedacht, dass sich Anna wegen der engen Verbindung zwischen Erik und Nils auch sehr gut mit Erik verstehen würde.«

Rosalie dachte kurz nach. »Im Gegenteil, Herr Stubbendorff, so erstaunlich das klingen mag. Zwischen den beiden herrschte unterschwellig immer eine Spannung. Was der Grund für ihre gegenseitige Ablehnung war, weiß ich nicht, aber ich vermute, dass sowohl Erik als auch Anna Nils für sich haben wollten. Keiner von ihnen konnte sich mit der Rolle abfinden, die der andere in seinem Leben spielte. Aber Nils brauchte sie beide. Keiner von ihnen konnte ihm alles geben.«

»Sie waren eifersüchtig aufeinander?«

Rosalie Strindberg nickte. »Es war ein Jammer. Nils hat sie beide so geliebt, allerdings glaube ich nicht, dass er sich der Feindseligkeiten zwischen ihnen bewusst war. Erik und Anna waren immer sehr höflich zueinander. Und Nils interessierte sich viel mehr für die Nuancen der Naturwissenschaften als für die der zwischenmenschlichen Beziehungen.« Unvermittelt lachte sie laut auf, als sei ihr gerade eine amüsante, lange vergessene Erinnerung in den Sinn gekommen.

»Tore andererseits konnte seine Gefühle nicht verheimlichen. Du lieber Himmel! Für ihn war Anna eine einzige Bedrohung. Er hat seinen älteren Bruder sehr geliebt, hat ihn regelrecht verehrt, und es hat ihm überhaupt nicht gefallen, dass plötzlich Anna bei ihm im Mittelpunkt stand. Er tat immer, als wäre sie gar nicht da. Die Taktik von Dreizehnjährigen ist alles andere als subtil.« Belustigt schüttelte sie den Kopf.

Stubbendorff lachte leise. »Haben Sie eine Ahnung, wo Gota jetzt lebt?«, fragte er dann. »Ich habe ihre letzte bekannte Adresse aufgesucht, aber da war sie nicht mehr.«

»Ich habe vor zwei oder drei Jahren das letzte Mal von ihr gehört. Da hat sie in der Kindstugatan gewohnt, vielleicht sollten Sie dort einmal nachfragen. Aber ich warne Sie, Herr Stubbendorff, sie ist im Umgang keine einfache Person.«

»Danke.« Stubbendorff notierte den Straßennamen. »Wenn ich mich recht erinnere, kommt Ihr Sohn Erik bald nach Stockholm?«

Rosalie stellte ihre Teetasse auf dem Tisch ab und setzte sich auf. Sie sah aus wie ein Kind, dem sein Lieblingsnachtisch serviert wird. »Ja. Ich bin schon ganz aufgeregt, trotz der Umstände. Es ist fünf oder sechs Jahre her, seit ich sie das letzte Mal gesehen habe.«

»Erik und seine Frau?«

»Nein, Erik ist verwitwet. Er kommt in Begleitung seiner Tochter, meiner schönen amerikanischen Enkeltochter.«

»Wie alt ist sie?«

»Sie ist vor Kurzem dreiundzwanzig geworden.« Rosalies Augen begannen zu funkeln, und plötzlich sah Stubbendorff die Ähnlichkeit mit ihren Söhnen.

»Sie ist ein richtiger Sonnenstrahl, ein Geschenk des Himmels. Ihre Mutter, Eriks Frau, ist bald nach der Geburt gestorben. Er war am Boden zerstört, das können Sie sich ja vorstellen, und hat seine ganze Liebe auf das Kind gerichtet. Sie hat seinem Leben einen Sinn gegeben. Die beiden sind unzertrennlich. Erik hat nie wieder geheiratet, obwohl meine Enkeltochter in ihren Briefen andeutet, dass viele Frauen versucht haben, ihn zum Altar zu führen.«

»Wie tragisch. War seine Frau Schwedin?«

»Nein, Amerikanerin. Ich habe leider nie die Gelegenheit gehabt, sie kennenzulernen. Die beiden waren ja nicht lange zusammen, bevor sie gestorben ist. Eine stürmische Liebesbeziehung, eine schlichte Hochzeit, so erzählte mein Sohn es mir damals. Er brauchte viele Jahre, um über den Verlust hinwegzukommen, aber er hatte seine kleine Tochter zur Erinnerung, eine sehr lebendige Erinnerung.« Sie lächelte, ihr Blick wanderte zum Fenster.

»Ich habe natürlich noch andere Enkelkinder«, fuhr Rosalie fort, »und sie sind alle entzückend, aber meine wunderbare kleine Amerikanerin ist etwas ganz Besonderes.«

Sie holte vom Kaminsims die gerahmte Aufnahme einer hübschen jungen Frau, die fröhlich und unverkrampft lächelte. Ihre Locken wurden von einer Schleife aus dem Gesicht gehalten. Stubbendorff betrachtete das Foto eingehend.

»Sie hat das offene, lebhafte Wesen ihres Vaters, aber sie hat auch etwas sehr Sanftes. Das muss sie von ihrer Mutter geerbt haben. Und sie spielt wunderbar Klavier, dafür hat sie wirklich eine außerordentliche Begabung. Erik hat dafür gesorgt, dass sie die allerbeste Ausbildung bekommt. Wir stehen uns sehr nah, obwohl ich sie leider nicht so oft sehe, wie ich gern möchte. Sie kommen nächste Woche, und Sven hat mit ihnen vereinbart, dass sie bei uns wohnen.«

Rosalie verstummte und schaute zum Fenster hinaus. Ihre Augen blitzten wieder. Stubbendorff betrachtete sie und überlegte sich, wie er seine nächste Frage formulieren sollte. Im Moment war sie sich weder ihrer Umgebung noch ihres

Besuchers bewusst, sie hörte nicht das unablässige Kratzen, das sein Bleistift auf den Seiten seines Notizbuchs verursachte. Dann verblasste ihr Lächeln allmählich, und sie kehrte in die Gegenwart zurück.

»Vielen Dank, dass Sie mir so viel erzählt haben, Fru Strindberg. Sie sind mir eine große Hilfe gewesen. Aber jetzt muss ich gehen.« Stubbendorff erhob sich und steckte sein Notizbuch in den Tornister. »Ich hoffe, es werden schöne Wochen mit Ihrem Sohn und Ihrer Enkeltochter.« Er reichte Rosalie die Fotografie. »Sie ist sehr hübsch. Wie heißt sie? Ich glaube, das haben Sie mir gar nicht verraten.«

»Albertina. Albertina Rosalie Elin Strindberg. Ist das nicht ein schöner Name?«

»Doch, ein sehr schöner Name.« Im Kopf ging Stubbendorff rasch die vielen Informationen durch, die sich seit seiner Reise nach Kvitøya in seinem Kopf angesammelt hatten, und überlegte, wo er diese Namen schon einmal gehört oder gesehen hatte. Sie schienen ihm irgendwie vertraut. Dann fiel es ihm ein: Palmgrens Zettel, auf dem Albertina, Annas zweiter Name, genannt worden war und Elin, Gotas zweiter Name. Er hoffte, dass seine Miene seine Überraschung nicht verriet.

»Auf Wiedersehen, Herr Stubbendorff. Es tut mir leid, dass ich Ihnen nicht mehr sagen konnte.« Sie holte das Tagebuch vom Schreibtisch und reichte es ihrem Gast.

»Und danke, dass Sie einer alten Frau erlaubt haben, in einer Vergangenheit zu schwelgen, die Sie wahrscheinlich überhaupt nicht interessiert.«

Sie gaben sich die Hand. Stubbendorff konnte es gar nicht erwarten, ein stilles Plätzchen zu finden.

Es konnte kein Zufall sein, überlegte Stubbendorff. Er blätterte in seinem Notizbuch und verglich die Daten. Albertina musste Eriks und Annas Tochter sein. So musste es sein. Erik und Anna waren sich nicht Nils' wegen aus dem Weg gegangen, wie Rosalie glaubte – sie waren ineinander verliebt gewesen. Sven hatte richtig gelegen mit seiner Vermutung, allerdings hatte er nicht gewusst, wie weit die Gefühle der beiden gegangen waren. Nils wusste nichts davon, das ging aus seinem Tagebuch eindeutig hervor. Welchen Platz also nahm er in dieser Konstellation ein? War es möglich, dass Anna beide Brüder geliebt hatte? Als sie aus Stockholm verschwand, musste sie zu Erik nach Amerika gereist sein. Sie hatten ein Kind bekommen, und dann war Anna gestorben. Ihre Beziehung hatten sie der Familie verschwiegen, weil sie zu heikel war. Stubbendorff suchte also seit drei Wochen nach einer Toten. Er merkte, dass er heftig schwitzte. Er zog den Mantel aus und warf ihn über den nächsten Stuhl.

Er sagte sich, dass er sich freuen sollte, das Geheimnis gelüftet zu haben. Wenn er wollte, könnte er Bergman diese Geschichte für hundertfünfzig Kronen verkaufen, womöglich für mehr. Sein Chefredakteur würde sich die Finger danach lecken – eine Dreiecksbeziehung, eine gescheiterte Expedition, ein Kind der Liebe, ein tragischer, allzu früher Tod. Aber das alles minderte seine unendliche, abgrundtiefe Enttäuschung kein bisschen. Er hätte Anna Charlier lieber gefunden und ihr Nils Strindbergs Tagebuch ausgehändigt. Er konnte die Verstrickungen, die sich aus Annas Beziehung zu Erik und Nils ergeben hatten, nicht nachvollziehen, und daran würde sich jetzt vermutlich auch nichts mehr ändern. Er holte das Tagebuch aus dem Tornister, bestellte sich eine weitere Tasse Kaffee und las das Buch noch einmal von vorn bis hinten durch in der Hoffnung, doch noch ein befriedigendes Ende zu finden.

Am selben Nachmittag traf Anna im Berns Hotel in der Västerlånggatan ein. Als das Dienstmädchen ihr das Zimmer zeigte, stellte sie ihre Tasche aufs Bett, trat ans Fenster, zog die Vorhänge zurück und schaute auf die Straße hinaus. »Das Zimmer ist reizend, und es hat einen wunderschönen Ausblick. Alles ist bestens.« Sie öffnete das schwere Fenster.

»Als wunderschön hat diese Aussicht noch niemand bezeichnet, gnä' Frau. Es ist eine ganz normale Straße.«

»Sicher, aber es ist eine Straße in Stockholm. Ich freue mich, hier zu sein.«

»Das Bad ist links den Flur entlang, Frühstück ist von sieben bis neun Uhr, und zwar unten im Clubraum. Gibt es sonst noch etwas, was ich für Sie tun kann, Fru Hawtrey?«

»Nein, danke.«

Das junge Mädchen ging. Anna beugte sich weit zum Fenster hinaus. Es war fünf Uhr, auf der Straße wimmelte es von Menschen, Männer im Anzug, die mit ernster Miene die Büros verließen, und andere, die sich auf die abendlichen Zerstreuungen freuten, die die beliebte Hauptstraße bot. Ihr Lachen und Geplauder waren im Zimmer allerdings kaum zu hören. Morgen gehe ich auch dort entlang, dachte Anna, gleich nach dem Frühstück, und schaue, wie sehr sich alles verändert hat. Sie erinnerte sich an die vielen Male, die sie mit Nils dort entlangspaziert war, und an das eine Mal mit Erik. Sie gähnte. Fünf Tage war sie von Torquay unterwegs gewesen, das zehrte an den Kräften. Sie war erleichtert gewesen, als der Zug endlich in Stockholm eingefahren war.

Jetzt, in diesem Zimmer mit Blick auf die Västerlångga-tan, fühlte sie sich wie im Rausch. Am liebsten wäre sie auf die Straße hinausgelaufen und hätte sich unter die Passanten gemischt, um durch die engen Gassen zu gehen, die sie seit dreißig Jahren nicht mehr betreten hatte. Sie fragte sich, wie sehr sich die Stadt verändert haben mochte. Ob es wohl die Brauerei in der Stensbastugränd noch gab? War das Haus der Larssons noch immer in diesem warmen Gelbton gestrichen? Wurden die Gäste der Strindbergs noch immer von dem brül-lenden Löwen begrüßt? Anna schloss die Augen und wandte sich ab. Als sie die Augen wieder aufschlug, fiel ihr Blick auf das Bett, das ihr förmlich zuzuwinken schien. Sie zog die Schuhe aus und legte sich hin.

Kapitel 36

CHICAGO, ILLINOIS, VEREINIGTE STAATEN
DEZEMBER 1916

Die Tür zum Schlafzimmer ihres Vaters stand offen, und es brannte Licht. Albertina hatte nach einem bösen Traum nicht wieder einschlafen können, und wann immer das passierte, stieg sie aus ihrem Bett und kroch zu ihrem Vater. Sein Bett war so groß, und sie war so klein, dass er es meistens gar nicht bemerkte, wenn sie zu ihm unter die Decke schlüpfte. Am Morgen beschwerte er sich dann immer, sie habe ihn mit ihrem Schnarchen beim Schlafen gestört, aber sie wusste, dass es ihm im Grunde gut gefiel, wenn sie sich beim Aufwachen an seinen Rücken schmiegte.

Sie lauschte an der Tür. Aus dem Badezimmer drangen Geräusche, es klang, als würde er baden. Die Neunjährige beschloss, sich schlafend zu stellen, damit ihr Vater sie nicht wecken und in ihr Zimmer zurückschicken würde, wenn er sie beim Zubettgehen schlafend vorfand. Auf Zehenspitzen schlich sie zum Bett und sprang hinein. Es war kalt, sie kuschelte sich unter die Decke, nur ihr Gesicht war zwischen den aufgebauschten Daunen noch zu sehen. Sie fand das Bett ihres Vaters viel bequemer als ihr eigenes. Glücklich schmiegte sie den Kopf ins Kissen.

Dann sah sie die Brieftasche ihres Vaters auf dem Nachttisch liegen. Sie spitzte die Ohren, Wasser plätscherte in der Wanne. Er wusch sich.

Auf allen vieren kroch Albertina über das Bett zum Nachttisch und schlug die Brieftasche auf, lautlos wie ein Dieb. Ihr Vater bewahrte darin mehrere Fotografien auf: Eine von ihr, aufgenommen an ihrem fünften Geburtstag, ein Familienfoto mit ihren Großeltern und Onkeln, das auch auf dem Kaminsims stand, und ein Bild von ihrem Vater mit Onkel Nils, als sie beide noch klein waren. Dann gab es noch ein Foto von einer Frau, die sie nicht kannte und von der sie glaubte, es sei ihre Mutter. Das war die Aufnahme, die sie am meisten interessierte.

So klein sie noch war, hatte Albertina die Ähnlichkeit zwischen sich und dieser Frau sofort bemerkt. Am deutlichsten war sie bei den lockigen Haaren und den braunen Augen, aber die Frau auf dem Bild kräuselte ihre Nase auch auf genau dieselbe Art, wie Albertina es bei sich im Spiegel gesehen hatte. Ihr Vater machte sie jedes Mal darauf aufmerksam.

Vorsichtig zog sie das Foto aus dem ledernen Fach, setzte sich im Schneidersitz aufs Bett und studierte das Gesicht. Das hatte sie schon oft getan. Vor einiger Zeit hatte sie aus Langeweile den Inhalt seiner Brieftasche auf dem Boden ausgebreitet und dabei aus Zufall das Foto entdeckt. Da ihr Vater es ihr nie gezeigt hatte, traute sie sich nicht recht, ihn danach zu fragen. Zwar hatte er ihr nie verboten, seine persönlichen Gegenstände zu berühren, trotzdem hatte es für sie den Reiz des Unerlaubten. Damals hatte sie sich gefragt, warum er ihr die Aufnahme nie gezeigt hatte. Wahrscheinlich, weil er dann traurig werden würde. Auf jeden Fall hatte Albertina sich angewöhnt, das Bild regelmäßig herauszunehmen und das Gesicht der Frau zu betrachten.

An diesem Abend versuchte sie sich vorzustellen, wie die Dame wohl sprechen würde. Dem weißen Hintergrund nach zu urteilen, war das Foto im Schnee aufgenommen worden. Zwar gab es in Chicago sehr viel Schnee, trotzdem glaubte Albertina, dass es in Schweden gemacht worden war. Einen Baum wie den, der hinter der Frau stand, hatte sie in Chicago noch nie gesehen. Andererseits hatte ihr Vater gesagt, dass ihre Mutter Amerikanerin gewesen sei und ihr Name Constance und dass sie sehr bald nach der Geburt gestorben sei. Vor ihrem Tod hatte Constance angeblich zu Albertinas Vater gesagt: »Wenn unsere Prinzessin alt genug ist, um das zu verstehen, dann sag ihr, dass ich sie sehr liebe und immer bei ihr sein werde.«

Der Name ihrer Mutter gefiel Albertina nicht besonders, aber die Geschichte von ihrem Tod regte ihre Fantasie an. Von ihren letzten Worten abgesehen hatte ihre Mutter ihr nur noch einen herzförmigen Anhänger hinterlassen, den Albertina aber noch nicht tragen durfte. Wenn sie ihn sehen wollte, holte ihr Vater das Schmuckstück, das er bis zu ihrem sechzehnten Geburtstag für sie aufbewahrte, aus einer abgeschlossenen Schreibtischschublade in seinem Büro, öffnete die Schachtel und stellte sie auf den Tisch, damit Albertina es bewundern konnte. Das tat ihr Vater mit gemessenen Bewegungen, er zögerte jeden Schritt bei diesem Ritual hinaus, um die Vorfreude seiner Tochter noch zu steigern. Denn obwohl sie genau wusste, was in dem Samtkästchen lag, war eben diese Vorfreude für sie fast das Schönste. Einmal nur hatte er ihr das Schmuckstück angelegt, sie wusste noch genau, wie kalt und schwer es sich angefühlt hatte. Weil sie wusste, dass es einmal auf der Haut ihrer Mutter gelegen hatte, fühlte sie sich ihr dabei irgendwie näher.

Albertina hörte, wie ihr Vater in der Wanne aufstand und sich abtrocknete. Rasch steckte sie das Bild zurück, klappte die Brieftasche zu und legte sie wieder an ihren Platz auf dem Nachttisch. Dann kuschelte sie sich unter die Decke und schloss fest die Augen.

Als ihr Vater ins Schlafzimmer kam und ihre zusammen-gekniffenen Augen sah, machte er laut »Hmm!« und lächelte. Dann legte er sich ins Bett, und sie robbte zu ihm und legte ihren Kopf in seine Armbeuge.

Kapitel 37

STOCKHOLM, SCHWEDEN
OKTOBER 1930

»Danke, dass Sie eingewilligt haben, mich zu empfangen, Fru Neve. Ich hoffe, mein Besuch ist für Sie keine Last.«

»Nein, gar nicht, Herr Stubbendorff. Dieser Tage macht es mir Freude, Besuch zu bekommen.« Gota ging ihm in ihre Wohnung voraus. Sie trug ein eng anliegendes Kleid und hatte die Lippen kräftig rot geschminkt.

»Kommt der Fotograf auch gleich?«

»Ich fürchte, es kommt niemand mehr, Fru Neve.«

»Aber Sie sind doch Journalist.« Ihre Enttäuschung schlug sehr rasch in Empörung um. »Am Telefon haben Sie mir gesagt, dass Sie Journalist sind und mit mir über Anna sprechen wollen.«

»Das stimmt auch. Aber ich bin nicht im Auftrag einer Zeitung hier.« Es war nicht seine Absicht gewesen, Gota hinters Licht zu führen. Im Gegenteil, er hatte geglaubt, ihr gegenüber besonders deutlich gewesen zu sein. Er wiederholte, was er in dem Telefongespräch gesagt hatte: »Ich bin der Journalist, der Andrées Lager auf Kvitøya besucht hat. Es tut mir leid, wenn Sie den Eindruck haben, ich hätte Sie in die Irre geführt, Fru Neve.« Seine zuvorkommende Art beschwichtigte sie. Als Berichterstatter hatte er das immer wieder erlebt: Gota Neve hoffte, dass durch ihre indirekte Verbindung zu Andrées Expedition etwas Ruhm auf sie abfärben würde. Sie hatte sich selbst in die Irre geführt.

»Weshalb möchten Sie sich denn über meine Schwester unterhalten?«

»Ich habe dort in dem Lager mehrere Sachen entdeckt, die einmal Nils Strindberg gehörten, dem Verlobten Ihrer Schwester.« Gota nickte. »Es gibt ein Tagebuch, von dem ich glaube, dass Ihre Schwester es gern lesen würde.«

»Ich habe keine Ahnung, wo sie ist«, beschied sie ihn knapp. »Sie ist 1899 verschwunden, und seitdem habe ich sie nie mehr gesehen. Das war vor dreißig Jahren. Ich habe keine Ahnung, wo man nach ihr suchen könnte.« Sie ließ sich in einen unförmigen Sessel fallen. Ihre Oberweite sprengte fast die Nähte ihres Mieders. »Möchten Sie etwas zu trinken, Herr Stubbendorff?«, fragte sie.

Höflich dankend lehnte er ab, er wollte dieses Gespräch nicht über Gebühr in die Länge ziehen. »Sie und Ihre Schwester haben zu der Zeit zusammengelebt?«

»Bis sie davongelaufen ist, haben wir immer zusammengelebt. Wir waren unzertrennlich«, sagte sie trotzig, als wollte ihr jemand widersprechen. Sie strich ihren Rock glatt.

Stubbendorff sank der Mut. Er hatte gehofft, Rosalie Strindberg hätte Gota in ein allzu schlechtes Licht gerückt. »Und Sie haben in all den Jahren überhaupt nie von Anna gehört? Sie haben keine Ahnung, wohin sie gegangen sein könnte?«

»Ich hatte einen Verdacht«, sagte sie schmallippig. »Wie Sie sich denken können, war ihr Verschwinden ein schwerer Schlag für mich. Aber ich bin drüber weggekommen. Die Zeit heilt alle Wunden, wie man so schön sagt.« Sie lächelte selbstzufrieden.

Stubbendorff nickte, obwohl Gotas Äußerung ihn irritierte. Seiner Ansicht nach konnte man das Verschwinden eines Geschwisters nie verwinden. Tore Strindberg zum Beispiel dachte immer noch jeden Tag an seinen Bruder.

»Es gibt Grund zu der Annahme, dass Ihre Schwester vor einigen Jahren gestorben sein könnte, womöglich um 1907.« Er hoffte, Gota Neve damit aufzurütteln. Sein Unbehagen ihr gegenüber wuchs mit jeder Minute. Sie rutschte im Sessel hin und her und strich sich sorgsam übers Haar.

»Das kann durchaus sein. Ich habe jedoch keine Nachricht von ihrem Tod erhalten.« Sie gab sich keine Mühe, Trauer vorzutäuschen. »Herr Stubbendorff, für mich ist meine Schwester seit 1899 tot«, sagte sie. »Seit sie weggelaufen ist.«

Stubbendorff tat, als würde er sich Notizen machen, doch in Wirklichkeit dachte er über die Frau nach, die ihm gegenübersaß, und fragte sich, welche Strategie er nun verfolgen sollte. Seine ursprüngliche Absicht, ihr bei diesem Besuch Nils Strindbergs Tagebuch zu geben, hatte er bereits verworfen. Bei der Vorstellung wurde ihm fast körperlich übel. Diese Frau war kalt und gefühllos. Primitiv. Aber er fragte sich, ob sie nicht vielleicht Dinge wusste, die ihm weiterhelfen konnten. Gota brannte förmlich darauf zu reden, sie machte sich gern wichtig und betrachtete ihr Wissen über Anna als kostbaren Schatz. Eigentlich brauchte Stubbendorff das Gespräch nur in die richtigen Bahnen zu lenken.

»Fru Neve, können Sie mir etwas über Annas Beziehung zu Erik Strindberg sagen?«

Ihr Gesicht hellte sich auf, und sie beugte sich vor. »Darüber kann ich Ihnen eine ganze Menge erzählen. Sind Sie sicher, dass Sie keinen Kaffee möchten? Oder vielleicht einen kleinen Schnaps?«

Stubbendorff schüttelte den Kopf.

»Erik Strindberg war in sie verliebt. Das war nicht zu übersehen. Anna andererseits wusste nicht, was oder wen sie wollte. Sie hätte sich für Erik Strindberg entscheiden sollen. Jede Frau, die ihre fünf Sinne beisammen hatte, wollte Erik Strindberg, aber sie hat ihn seines Bruders wegen links liegen lassen. Sicher, Nils war auch attraktiv, aber ein bisschen undurchschaubar – konfus, so würde ich ihn nennen. Die wirklich gute Partie war Erik.«

»Wissen Sie, ob Ihre Schwester eine Beziehung zu Erik hatte?«

»Keine echte Beziehung, wenn Sie das meinen, aber sie haben herumgeschäkert.« Gota zwinkerte verschwörerisch. »Einmal habe ich die beiden ertappt, und ein paarmal hat er sie bei uns in der Wohnung besucht. Was genau zwischen ihnen vorfiel – das bleibt Ihrer Fantasie überlassen.«

Stubbendorff ging auf ihren komplizenhaften Ton nicht ein. »Aber Ihres Wissens hatte Nils keine Ahnung von dieser Affäre?«

»Nein, bestimmt nicht. Das Ganze war 1897 sowieso vorbei, als Erik nach Amerika gegangen ist.« Sie verschränkte die Hände auf dem Schoß. »Ich habe auf Anna eingeredet, mit ihm zu fahren. Jeder wusste doch, wie unwahrscheinlich es war, dass Nils zurückkehren würde. Aber sie hat sich geweigert. Sie ist in Stockholm geblieben und hat sich in Selbstmitleid gesuhlt.«

»In Selbstmitleid gesuhlt?«

»In ihrem Kummer, Herr Stubbendorff.« Einen Moment lang war Gota Neves Miene eiskalt, dann besann sie sich. »Sie hat den ganzen Tag geschlafen, sie hat ihre Stelle als Gouvernante verloren und sich völlig vernachlässigt, nicht mehr anzusehen war sie. Als ich es nicht mehr ertragen konnte, habe ich sie aufs Land geschickt, zu unserer Cousine in Åby. Ich dachte, die frische Luft würde ihr helfen, wieder zur Besinnung zu kommen. Und dann hat das dumme Ding versucht, sich umzubringen. Ins Wasser wollte sie gehen. Haben Sie so was Albernes schon mal gehört? Nein? Ich auch nicht. Auf jeden Fall ist sie nach Stockholm zurückgekommen, und keine sechs Monate später ist sie weggelaufen.«

»Und weshalb ist sie Ihrer Ansicht nach weggelaufen, Fru Neve?«

»Das ist eine interessante Frage, Herr Stubbendorff.« Gota überlegte eine Weile. »Ihr war die ganze Situation peinlich. Sie hatte ihr Leben in Stockholm verpfuscht und wollte alles hinter sich lassen.«

»Stand das auf dem Zettel, den sie Ihnen geschrieben hat?«

»Auf dem Zettel stand rein gar nichts, Herr Stubbendorff. Die Mühe hätte sie sich auch sparen können.« Sie sah ihn an. »Woher wissen Sie von dem Zettel?«

»Ich habe mit Rosalie Strindberg gesprochen. Sie hat mir erzählt, dass Sie sie an dem Abend, als Ihre Schwester verschwunden ist, aufgesucht haben. Sie hat Sie als Schneiderin über den Klee gelobt, Fru Neve.«

Gota lächelte abschätzig. »Rosalie war keine Hilfe. Sie hatte Beziehungen, die hat sie wahrscheinlich heute noch.« In ihrem Ton schwang Verachtung mit. »Aber sie hat keinen Finger gekrümmt, um mir bei der Suche nach Anna zu helfen, und den Gedanken, dass Anna zu Erik nach Amerika geflohen sein könnte, hat sie weit von sich gewiesen. Sie hätte die Möglichkeit gehabt, meine Schwester zu finden, sie hätte nur ihrem Sohn ein Telegramm zu schicken brauchen oder jemand anderem, den sie in Chicago kannte, oder …« Gota unterbrach sich und machte eine vage Geste, mit der sie ihren Satz zu beenden versuchte. »Wie auch immer, sie hat den Zettel gelesen und dann eiskalt gesagt, ihr käme es vor, als wollte Anna nicht gefunden werden. Sie würde schon zurückkommen, wenn sie so weit sei. Man müsse ihr Zeit lassen, sagte sie. Sind dreißig Jahre lang genug, frage ich Sie?«

Stubbendorff nickte und machte wie wild Notizen, die völlig überflüssig waren. Er wollte nichts wie weg aus der Gegenwart dieser Frau. Er stellte sich Annas Trauer und Kummer vor und dazu diese Schwester, die nicht das geringste Verständnis für sie aufbrachte. Stubbendorff wusste nicht, weshalb Anna Stockholm verlassen hatte, und er war sich sicher, dass Gota es ebenso wenig wusste, ihrer prahlerischen Gewissheit zum Trotz.

Stubbendorff hatte zunehmend das Gefühl, Strindbergs Tagebuch vor unberechtigtem Zugriff bewahren zu müssen. Es war weit mehr als ein historisches Fundstück: Dieses Büchlein war das Tor zu einer anderen Welt. Die Menschen, die Strindberg dort beschrieb, waren für den Journalisten lebendig geworden, er hatte Anteil an ihrem Alltag und ihren Träumen. Er wusste nicht, ob es noch möglich oder nicht schon zu spät war, aber er wollte allen, die in diesen ausführlichen Schilderungen vorkamen, Frieden bringen. Lieber würde er das Tagebuch der Wissenschaftskommission aushändigen als dieser Gota Neve.

»Vielen Dank, dass Sie sich so viel Zeit genommen haben, Fru Neve. Jetzt muss ich aber wirklich gehen. Mein aufrichtiges Beileid wegen Ihrer Schwester.«

»Sind Sie sicher, dass Sie nicht doch noch eine Kleinigkeit möchten?«

»Nein, wirklich nicht, Fru Neve. Sie haben mir heute Nachmittag schon so viel gegeben.« Im Laufschritt eilte Stubbendorff aus dem Haus.

Stubbendorff hatte es sich angewöhnt, durch die dunklen Straßen der Staden mellan broarna zu streifen, der Altstadt, wenn er nicht schlafen konnte. Es war sinnlos, sich zum Schlafen zwingen zu wollen. So stand er auch diese Nacht auf, zog sich an und wanderte bis zum Sonnenaufgang durch Stockholm. In diesen Stunden war sein Kopf ganz klar, dann gelang es ihm am besten, sich von den Ereignissen zu distanzieren und sich auf die Tatsachen zu konzentrieren. Wenn er durch dieselben Straßen ging wie Anna, Erik und Nils, könnte er – so hoffte er –, alles, was passiert war, aus ihrer Perspektive sehen. Über die Djurgårdsbron nach Djurgården und zurück zur Lilla Nygatan, vorbei an Tore Strindbergs Haus. Manchmal blieb er davor stehen und betrachtete es. An anderen Tagen landete er am Skeppsbron und saß neben Sven Strindbergs Haus mit Blick auf den *Sjöguden*.

Nach seinem Gespräch mit Gota Neve war Stubbendorff unsicher, wie er weitermachen sollte. In zwei Tagen würde die Trauerfeier stattfinden. Erik Strindberg und seine Tochter schliefen in diesem Moment in einem Haus ganz in der Nähe, und der Gedanke, dass Anna tot war, lähmte ihn.

Während er draußen in der Kälte saß und sich mit steifen

Fingern eine neue Zigarette anzuzünden versuchte, kam Stubbendorff zu dem Schluss, dass er mit Erik Strindberg sprechen musste. Die Vorstellung bereitete ihm Unbehagen. Doch vielleicht war Erik der Schlüssel zu dem Geheimnis. Aber wenn er, Stubbendorff, mit ihm sprach, wollte er vorher im Besitz wirklich aller Informationen sein. Hatte Anna Stockholm aus Trauer über Nils' Verschwinden verlassen, oder weil sie Erik liebte? Aber wenn sie Erik wirklich geliebt hatte, weshalb hatte sie dann einen Selbstmordversuch unternommen? In dieser Tragödie gab es noch einiges, was er nicht wusste. Wütend drückte er die Zigarette aus. Die Einzige, die ihm seine Fragen beantworten könnte, war Anna.

In den Morgenstunden ging er noch einmal Nils' Tagebuch und seine eigenen Aufzeichnungen durch und kam zu dem Ergebnis, dass Tore das einzige Teilchen in dem Rätsel war, das nicht ganz passte. Rosalie hatte von seiner ablehnenden Haltung gegenüber Anna gesprochen, und Tore selbst hatte einen Zwischenfall erwähnt, bei dem er der Verlobten seines Bruders großes Unrecht getan hatte. Womöglich hatte Rosalie ja recht, womöglich war er nur eifersüchtig gewesen, weil sich sein geliebter älterer Bruder mit einer Frau abgab, aber das musste er genau wissen. Er würde Tore noch einmal besuchen.

Kapitel 38

STOCKHOLM, SCHWEDEN

OKTOBER 1930

Um zehn Uhr war Stubbendorff auf dem Weg in die Lilla Nygatan. Eine Stunde zuvor hatte er Tore Strindberg angerufen, der ihm sagte, um halb elf habe er Zeit. Es war hell, als der Journalist am Morgen in seine Wohnung zurückkehrte, das Café hatte gerade geöffnet. Die »nächtlichen Wanderungen« seines Mieters machten Skarsgård neugierig, weshalb er Stubbendorff nach dessen Rückkehr erst einmal mit Fragen durchlöcherte. Skarsgård war überzeugt, dass er den unverhofften Geldsegen in Bars und Bordellen durchbrachte. Zu seinem Ärger antwortete Stubbendorff so einsilbig wie eh und je. Er trank zwei Tassen starken, sehr süßen Kaffee, aß ein Marmeladenbrot, dann badete er, rasierte sich und machte sich wieder auf den Weg.

Trotz des Schlafmangels leuchteten seine Augen, er schritt schwungvoll aus und hatte eine frische Gesichtsfarbe – ein unbeteiligter Zuschauer hätte ihn gut und gern für einen von Leidenschaft und Zielstrebigkeit beflügelten jungen Mann an seinem Hochzeitstag halten können.

Auf halber Strecke erkundigte er sich bei einem Passanten nach der Zeit und setzte danach seinen Weg mit doppel-

ter Geschwindigkeit fort. In die Lilla Nygatan bog er im Laufschritt ab, und als er schließlich vor der Haustür stand, holte
er keuchend Luft. Er ließ sich ein oder zwei Minuten Zeit, um
wieder zu Atem zu kommen, dann klingelte er. Eine konven-
tionell gekleidete Agneta öffnete die Tür.

»Wie schön, Sie wiederzusehen, Herr Stubbendorff.« Ihr
linker Mundwinkel verzog sich zu einem reizvollen, wenn
auch leicht spöttischen Lächeln.

»Ganz meinerseits.« Stubbendorff schaute zu Boden und
studierte seine Schuhe. Er spürte, wie ihm das Blut in die Wangen stieg. »Ich hoffe, mein Anruf kam nicht ungelegen.«

»Keineswegs.«

Sie führte ihn durch den überfüllten Flur zum Atelier,
klopfte kurz an die Tür und schob sie ein Stück auf. »Herr
Stubbendorff ist gekommen. Darf ich ihn hineinbringen?« Sofort wurde die Tür ganz geöffnet, Tore Strindberg nahm Stubbendorffs Hand und schüttelte sie kräftig.

»Danke, Agneta. Bitte bring uns Kaffee.« Sie verschwand,
und Strindberg, der Stubbendorffs Hand noch immer nicht los-
gelassen hatte, zog ihn wie ein aufgeregtes Kind quer durchs
Atelier. Vor drei im Halbkreis aufgestellten Staffeleien blieb
er stehen. Auf jeder stand ein Blatt Papier, auf dem verschiedene Perspektiven eines segelschiffartigen Bauwerks zu sehen waren.

»Die Skizzen für das Denkmal?«, fragte Stubbendorff.

»Ja, die ersten Entwürfe. Was sagen Sie dazu? Ich habe
mich mehr als gefreut, als Sie anriefen. Ich hatte mir schon
überlegt, wie ich Sie wohl aufspüren könnte. Ihre Worte haben mich zu diesem Werk inspiriert.«

»Sie sind zu freundlich, Herr Strindberg.« Als Stubbendorff die Entwürfe studierte, schnürte es ihm die Kehle zu. In seinen Augen erinnerten die Skizzen an einen Schiffsbug, der das Wasser durchschnitt. Auf dem Segel war eine Zeichnung zu sehen, die vermutlich die Route zeigte, welche die Forscher mit dem Ballon und dann zu Fuß über das Eis genommen hatten.

»Ich habe bei der Kommission angerufen, und sie konnten mir anhand von Andrées Tagebuch die exakte Route der Expedition beschreiben. Die hat er immer genau notiert. Das Ganze wird aus Stein sein und ungefähr sechs Meter hoch werden«, erklärte Strindberg.

Stubbendorff trat näher. »Unglaublich, diese Reise. Ich habe Andrées Logbuch gelesen, aber wie gewaltig das Unterfangen tatsächlich war, wird einem erst klar, wenn man die Strecke vor sich sieht.«

Tränen stiegen Stubbendorff in die Augen. Strindberg legte ihm eine Hand auf den Rücken.

»Denken Sie sich nichts. Das ist genau die Reaktion, die ich mir erhoffe. Ich habe bei der Arbeit selbst mehr als genug Tränen vergossen.«

Stubbendorff lächelte.

»Sie sind sprachlos – das ist immer ein gutes Zeichen.« Strindberg lachte. »Kaffee?«

Stubbendorff nickte. »Die Skizzen sind sehr anrührend. Das Denkmal wird Sie und Ihren Bruder gleichermaßen ehren.«

»Vielen Dank für Ihren Rat. Ohne Sie wäre der Skizzenblock leer geblieben.«

Schweigend tranken die Männer ihren Kaffee. Nach einer Weile schlenderte Stubbendorff, die Tasse in der Hand, durchs

Atelier und betrachtete nachdenklich Strindbergs Skulpturen, Radierungen und Skizzen. Er fühlte sich außerordentlich privilegiert: Er durfte Tore Strindbergs Arbeiten einfach so ansehen und einen ersten Blick auf eine Skulptur werfen, die vielleicht seine bedeutendste sein würde. Er wandte sich Strindberg zu. »Ich hoffe, Sie haben nichts dagegen, wenn ich …«

Strindberg hatte es sich auf dem Sofa bequem gemacht, ein Lächeln umspielte seine Lippen. Mit einer Geste bedeutete er dem jungen Mann, mit seiner Besichtigung fortzufahren. »Herr Stubbendorff, sind Sie ein Kunstliebhaber?«

»Ja, doch. Allerdings habe ich mir selten die Mühe gemacht, Museen oder Ausstellungen zu besuchen. Ich fürchte, ich habe viel Zeit mit anderen, weniger erhabenen Dingen vergeudet. Die Galerie Ihres Bruders hat mir die Augen geöffnet. Er ist ein begnadeter Kurator.«

»Er macht seine Arbeit wirklich außerordentlich gut. Außerdem ist er eine einnehmende Persönlichkeit.« Strindberg lächelte. »Und was führt Sie heute zu mir, Herr Stubbendorff? Um was handelt es sich bei der heiklen Sache, die Sie besprechen möchten?«

Stubbendorff stellte seine Tasse auf den Tisch und nahm dem Künstler gegenüber Platz. Zuvor hatte er sich einen Plan zurechtgelegt, wie er das Gespräch führen wollte, doch nun, hier im Atelier, wo Tore Strindberg entspannt auf dem Sofa saß, erschien ihm das zu förmlich. Er beschloss, mit ihm zu reden wie mit einem Freund.

»Ich habe mich vergangene Woche mit Ihrer Mutter unterhalten.« Strindberg nickte. »Sie hat mir bei meiner Suche nach Anna Charlier ein großes Stück weitergeholfen. Aber sie hat auch etwas erwähnt, was mich stutzen ließ.«

Strindberg hob fragend die Augenbrauen.

»Sie hat von Ihrem damaligen Verhältnis zu Anna gesprochen. Offenbar haben Sie sie abgelehnt?«

Der Künstler setzte sich auf und stellte seine Tasse ebenfalls auf den Tisch. Dann legte er die Hände aneinander und stützte die Ellbogen auf die Knie. »Das muss man leider so sagen.«

»Als ich neulich bei Ihnen war, sagten Sie zum Schluss, Sie hätten ihr großes Unrecht getan und würden sich gern bei ihr entschuldigen.«

Strindberg nahm den Kopf zwischen die Hände. Seine Fingernägel waren mit getrocknetem Gips verkrustet, sodass seine Fingerspitzen wie der Teil einer Skulptur aussahen.

»Ich hatte gehofft, Sie könnten mir etwas mehr über Ihr Verhältnis zu Anna sagen«, meinte Stubbendorff. Er war etwas angespannt. Gut möglich, dass Tore das Tagebuch verlangen, ihm die Tür weisen und seine Familie vor dem zudringlichen Reporter warnen würde.

Nach einer Weile fuhr sich der Künstler durchs Haar und hob den Kopf. »Ich möchte meinem Geständnis etwas vorausschicken.«

Stubbendorff nickte verständnisvoll.

»Ich war ein Junge. Vierzehn. Und ich war dumm. Bitte messen Sie mich nicht an dem, was ich damals tat.«

Mittlerweile war Stubbendorff klar geworden, dass nicht er derjenige war, der angespannt war. Tore war drauf und dran, ihm etwas zu gestehen, das wohl seit dreißig Jahren auf ihm lastete.

»Natürlich nicht.«

»Es wird mir guttun, darüber zu sprechen. Es mir von

der Seele zu reden, wie man so sagt.« Er lächelte matt, räusperte sich und sah seinem Gesprächspartner freimütig ins Gesicht.

»Als Anna zu uns kam, habe ich sie richtig gern gehabt. Sie war lustig und warmherzig, und sie hatte überhaupt nichts dagegen, dass ich Nils ständig hinterherlief und seine Zeit in Anspruch nahm. Sie war für jeden Spaß zu haben und konnte genauso ausgelassen sein wie ich. Ich kannte keine anderen Frauen außer meiner Mutter, und sie war für mich wie eine Schwester.

An dem Abend, an dem Nils uns sagte, dass er auf jeden Fall bei Andrées Expedition dabei sein würde, wurde ich Zeuge einer Begebenheit, die ich damals nicht verstand.« Strindberg stand auf und stellte sich ans Fenster. »Im Gegensatz zu den anderen war ich ganz aufgeregt und begeistert, dass mein Bruder ein Held werden würde. Mama schickte mich ins Bett. Sie hatte sich geärgert, weil ich Nils unterstützte. Aber ich war so aufgeregt, dass ich nicht schlafen konnte.«

Stubbendorff nickte.

»Etwas später habe ich dann unter meinem Fenster im Garten etwas gehört. Die Nacht war drückend heiß, das Fenster stand offen. Es war Anna, sie saß dort und hat leise vor sich hingesummt, irgendein trauriges Lied. Ich weiß noch genau, wie ich dachte, dass es gar nicht zu Anna passte, so unglücklich zu sein. Dann kam Erik zu ihr hinaus, und die beiden haben sich geküsst, ziemlich leidenschaftlich. Ich war außer mir, richtig wütend. Erik hat ihr seine unsterbliche Liebe gestanden, und sie haben sich gestritten. Alles habe ich nicht verstanden, aber ich sehe noch genau vor mir, wie Anna neben Erik saß und seine Hand nahm. Der Ausdruck auf ihrem Gesicht war unverkennbar. Sie hat ihn auch geliebt. Selbst für einen dummen Jungen wie mich war das nicht zu übersehen.«

»Und das haben Sie Nils erzählt?«

»Nein, nie. Aber von dem Tag an habe ich Anna nur noch mit Verachtung gestraft.« Fassungslos schüttelte er den Kopf. »Ich habe sie gehasst, abgrundtief. In meinen Augen hatte sie meinen Bruder hintergangen, den neuen Nationalhelden von Schweden.«

»Aber auf Erik waren Sie nicht wütend?«

Strindberg lachte kurz auf. »Natürlich nicht. Erik war mein Bruder, der konnte nichts falsch machen. Nils war mein bester Freund, aber Erik war mein Idol. Wir standen uns nicht so nah, aber Erik war genau das, was ich einmal werden wollte: selbstbewusst, stark, gut aussehend, erfolgreich, unterhaltsam … In meinen Augen war er vollkommen.« Strindberg seufzte. »Ich fühle mich jetzt schon leichter, Herr Stubbendorff. Eine Beichte ist tatsächlich ausgesprochen befreiend.«

»Aber weshalb fühlen Sie sich denn schuldig? Weil Sie zu Anna nicht so freundlich waren, wie …«

Strindberg hob eine Hand. »Ich bin noch nicht fertig.« Er setzte sich neben seinen Besucher. »Zwei Monate nachdem Nils zum zweiten Mal abgereist war, war allen klar, dass er nicht zurückkommen würde. Wir bekamen keine einzige Nachricht von ihm. Für die Familie war das eine schreckliche Zeit. Ich war der Letzte, der die Hoffnung aufgab, und als ich es dann tat, war ich am Boden zerstört. Ich kam mir vor, als hätte ich Nils eigenhändig umgebracht.«

Strindberg holte tief Luft, ehe er fortfuhr. »Etwa zu der Zeit, vielleicht auch kurz danach, kam Anna uns besuchen. Ich war hier, in diesem Zimmer, Nils' Arbeitszimmer. Für mich war es ein Trost, seine Gerätschaften und seine Bilder um mich zu haben. Ganz oft lag ich auf seinem Bett und drückte das Gesicht in sein Kissen. Ich hatte panische Angst vor dem Tag, an dem es nicht mehr nach ihm riechen würde. An jenem Tag platzte Anna herein, während ich hier auf dem Bett lag. Wahrscheinlich hatte sie etwas Ähnliches im Sinn.«

Stubbendorff versuchte sich vorzustellen, wie Anna Charlier das Gesicht im Kissen ihres Verlobten vergrub.

»Ich war abscheulich zu ihr. Ich habe sie angeschrien und ihr gesagt, ich hätte Nils von ihrer Affäre mit Erik erzählt. Er sei in dem Wissen gestorben, dass sie ihn nicht liebe. Sie hat versucht, mit mir zu reden, aber ich habe ihr gar nicht zugehört. Für mich gab es nur Schwarz und Weiß. Sie ist aus dem Zimmer gelaufen, und danach habe ich sie nie wieder gesehen. Natürlich hatte ich es Nils nicht erzählt. Ich habe Anna nur angeschrien, um meinen Kummer abzureagieren.« Strindberg fuhr sich mit einem farbverschmierten Taschentuch über die Augen.

Mit einem Schlag konnte Stubbendorff Annas weitere Entscheidungen verstehen. Es musste sie unendlich gequält haben zu glauben, ihr Verlobter sei in dem Wissen gestorben, dass sie seinen Bruder liebte. Sicher war sie von Schuld- und Schamgefühlen überwältigt worden. Das erklärte ihren Selbstmordversuch und ihre Flucht aus Stockholm.

Mitfühlend legte Stubbendorff Strindberg eine Hand auf die Schulter. »Sie waren noch jung und todunglücklich, weil Sie ihren heiß geliebten Bruder verloren hatten. Man kann Ihnen das nicht zum Vorwurf machen.«

Er brachte es nicht über sich, Strindberg zu sagen, dass Anna tot war.

»Jetzt, wo ich aus eigener Erfahrung weiß, dass es mit der Liebe nicht immer so einfach ist, wünschte ich, ich wäre netter zu ihr gewesen.«

»Mit Erik haben Sie nie darüber gesprochen?«

Strindberg schüttelte den Kopf. »Zu der Zeit, als das passiert ist, war er schon in Amerika. Als ich ihn dann wiedersah, wollte ich die Vergangenheit nicht wieder aufrühren. Wir hatten uns gerade erst mit Nils' Tod abgefunden. Ich war noch ein Junge. Wie hätte ich ein so heikles Thema mit ihm besprechen können?«

»Das kann ich nachvollziehen. Danke, dass Sie mir das alles erzählt haben. Es hilft mir, Anna Charlier besser zu verstehen.«

Strindberg sammelte sich einen Moment, dann faltete er sein Taschentuch bedächtig zusammen, ehe er es wieder einsteckte.

»Ich bin froh, dass ich es Ihnen erzählt habe, Herr Stubbendorff. Ich wusste, dass Sie es verstehen würden. Sie haben die Seele eines Künstlers, davon bin ich überzeugt. Es gibt nicht nur Schwarz und Weiß, sondern viele verschiedene Grautöne, meinen Sie nicht auch?«

Stubbendorff nickte nachdenklich.

»Wie kommen Sie mit Ihrer Suche nach Anna voran? Haben Sie schon eine heiße Spur?«

»Nein, leider nicht. Aber ich gebe mich nicht geschlagen. Und wenn ich sie tatsächlich finde, werde ich ihr natürlich ausrichten, dass Sie gern mit ihr sprechen möchten.« Stubbendorff fehlte einfach der Mut, dem Künstler die Wahrheit zu sagen.

»Danke. Ich kann die Vergangenheit nicht rückgängig machen, aber ich würde sie gern um Verzeihung bitten und ihr sagen, dass mir meine Worte seit Langem wirklich sehr leidtun. Ich hoffe, sie ist glücklich geworden.«

»Je mehr ich über Anna Charlier erfahre, desto vielschichtiger kommt sie mir vor. Vielleicht ist sie eine viel komplexere Persönlichkeit, als ihren Mitmenschen jemals klar war.«

»Werden Sie teilnehmen an der Beisetzung, Gedenkfeier oder wie immer sie das nennen?«, fragte Strindberg.

»Sosehr mich die Menschenmassen schrecken, ich glaube, ich werde hingehen. Irgendwie bin ich viel zu sehr in die Lebensgeschichte von Anna und Ihrem Bruder verstrickt.« In die Geschichte der ganzen Familie Strindberg, hätte Stubbendorff am liebsten gesagt, doch er wollte nicht anmaßend klingen.

»Das verstehe ich gut, Herr Stubbendorff. Sie haben schon viel Zeit und Mühe auf die Suche nach Anna verwendet. Wenn man es recht bedenkt, hat sie sich damals in einer ziemlich ungewöhnlichen Situation befunden. Eine Dreiecksbeziehung, würde ein Schriftsteller wohl sagen, oder? Wie ich sehe, hat das Ihre Fantasie angeregt.«

Zum Abschied schloss Strindberg seinen Besucher fest in die Arme und ließ ihn erst nach ein paar Sekunden wieder los. Stubbendorff sagte: »Nochmals vielen Dank für Ihre Hilfe. Ich empfinde es als große Ehre, dass ich Ihnen bei Ihrer Arbeit auch etwas helfen konnte.«

»Wenn das Denkmal nächstes Jahr auf dem Norra kyrkogården eingeweiht wird, möchte ich, dass Sie an meiner Seite stehen, Herr Stubbendorff.«

Stubbendorff war überwältigt. Rasch trat er auf die Straße hinaus und atmete tief durch. Er hatte wieder einen Kloß in der Kehle, und trotzdem keimte Hoffnung in ihm auf. Gerade hatte er einen wesentlichen Hinweis in dem Rätsel um Anna Charlier erhalten. Doch auch damit wollte er sich noch nicht zufrieden geben. Nachdem er das Tagebuch unerlaubterweise behalten und sich auf die Suche gemacht hatte, sah er es als seine Pflicht an, eine Person ausfindig zu machen, der er es aushändigen konnte. Vielleicht war Erik Strindberg diese Person.

Anna stellte fest, dass sie vor dem Haus der Strindbergs in der Lilla Nygatan angelangt war. Sie blieb auf der gegenüberliegenden Straßenseite stehen und betrachtete es fast eine halbe Stunde lang. Es sah noch genauso aus wie in ihrer Erinnerung. Zwar hatten die Vorhänge im Wohnzimmer eine andere Farbe, und auch der entsetzliche Türklopfer war entfernt worden, aber im Großen und Ganzen hatte sich nichts verändert. Anna fragte sich, ob es wohl noch jemandem aus der Familie gehörte.

Die Haustür ging auf, und ein Mann trat auf die Straße. Einen Moment zögerte er, als wollte er seine Umgebung betrachten, doch dann lehnte er sich an die Hauswand und ließ den Kopf sinken, bis sein Kinn die Brust berührte. Als er wieder aufschaute, wirkte er irgendwie selbstsicherer. Anna versuchte zu erkennen, ob er irgendeine Ähnlichkeit mit der Familie hatte. Doch der junge Mann war erheblich kleiner als alle Strindbergs, die sie kannte, sein Haar war weißblond, und seine Haut war so unglaublich blass, dass sie rosarot zu schimmern schien, so als hätte er Sonnenbrand oder wäre peinlich berührt. Sein Gesichtsausdruck war wach und freimütig, aber da war noch etwas – er hatte etwas Schelmisches an sich. Er strich sich das Haar aus der Stirn, warf sich den Tornister über die Schulter und ging seiner Wege. Anna hatte noch niemanden gesehen, bei dem der Ausdruck »federnder Gang« wirklich zutraf, bei diesem Mann war das aber der Fall. Sie glaubte nicht, dass er der Sohn einer der Brüder war. Zwar wusste sie nicht, zu welcher Art Mann Tore herangewachsen war, aber als Junge hatte er rabenschwarze Haare gehabt, genau wie Sven und seine Mutter, und war recht athletisch gewesen. Anna ließ den Fremden erst aus den Augen, als er in einem Café verschwand.

Sie blieb eine weitere halbe Stunde stehen in der Hoffnung, jemanden zu sehen, den sie früher vielleicht gekannt hatte. Als sie ihren Posten schließlich verließ, kam sie an dem Café vorbei und überlegte, ob sie hineingehen und etwas essen sollte. Bevor sie weiterging, warf sie einen Blick ins Innere. Der junge Mann saß an einem Tisch und schrieb wie wild in ein Notizbuch, neben ihm stand eine Tasse Kaffee, die noch unberührt wirkte. Er schaute auf und warf der hübschen Frau auf der anderen Seite des Fensters ein Lächeln zu. Ihm gefiel, wie sich ihr Haar ungeordnet auf dem Kopf auftürmte. Das entsprach zwar nicht der neuesten Mode, war aber ausgesprochen schmeichelhaft. Und so dunkle Augen wie die ihren hatte Stubbendorff noch nie gesehen, die Pupillen waren kaum von der Iris zu unterscheiden. Die Frau schien ihn mit einem einzigen Blick zu erfassen, dann lächelte sie und ging weiter Richtung Stenbastugränd.

Kapitel 39

STOCKHOLM, SCHWEDEN
OKTOBER 1930

Es war Stubbendorffs dritter Besuch im Haus an der Skeppsbron, der Löwenkopf war ihm mittlerweile vertraut. Der Journalist ließ den Klopfer dreimal schwer gegen die Eingangstür
fallen.

»Guten Morgen, Herr Stubbendorff.« Das Dienstmädchen
öffnete ihm und führte ihn in den Salon. Der Blick durch
das große Fenster beeindruckte ihn auch dieses Mal. »Ich sage
Herrn Strindberg Bescheid, dass Sie da sind.«

Er ging zum Kaminsims und betrachtete die Aufnahme
von Albertina. Ein Bild von Anna hatte er noch nie gesehen,
er kannte sie nur aus den Schilderungen in Nils' Tagebuch. Er
fragte sich, ob die Ähnlichkeit, die ihm jetzt so frappant erschien, nur auf seinem Wissen beruhte, dass sie Annas Tochter war, oder ob diese Ähnlichkeit tatsächlich bestand. Kas-
tanienbraune Locken und braune Augen – von beiden sprach
Nils recht häufig.

»Guten Morgen, Herr Stubbendorff. Ich bin Erik Strindberg.«

Stubbendorff drehte sich um und stand einem Mann gegenüber, dessen Gestalt den Türrahmen füllte.

»Meine Brüder und meine Mutter haben ein Loblied auf Sie gesungen. Es freut mich sehr, Sie kennenzulernen.«

Eriks Händedruck war fest, ebenso wie seine Stimme. Stubbendorff machte sich auf ein schwieriges Gespräch gefasst.

»Es ist sehr freundlich von Ihnen, mich zu empfangen, Sie sind ja gerade erst angekommen. Wie finden Sie Stockholm nach dreißig Jahren Abwesenheit?«

Die Männer unterhielten sich eine Weile über die Dinge, die sich in den vergangenen Jahrzehnten in der Stadt verändert hatten. Da Stubbendorff nicht besonders groß war, fühlte er sich in der Gegenwart von erheblich größeren Menschen ausgesprochen unwohl. Gleichgültig, um wen es sich handelte, er kam sich klein und minderwertig vor. Doch Erik war die Verbindlichkeit in Person, freundlich bot er seinem Gast einen Sessel an und nahm ihm gegenüber Platz. Stubbendorff vermutete, dass sich ein Mann von Eriks Statur einem kleinen Menschen gegenüber womöglich genauso unbehaglich fühlte.

Ihr Geplauder wurde unterbrochen, als das Dienstmädchen ein Tablett mit Kaffee brachte. Strindberg lehnte sich zurück und schaute zum Hafen hinaus, seine Finger spielten gedankenverloren auf der Armlehne.

»Ich habe meine Familie immer wieder einmal hier besucht, aber dieses Mal erscheint mir die Stadt doch sehr verändert. Vielleicht liegt das aber auch am Anlass.«

Stubbendorff nickte nachdenklich.

»Meine Familie hat mir berichtet, dass Sie auf Kvitøya Nils' Tagebuch gefunden haben?«

»Richtig.«

»Und Sie möchten es Anna Charlier geben?«, fragte Erik, während er Kaffee einschenkte.

»Das war ursprünglich mein Plan«, antwortete Stubbendorff. »Aber mittlerweile habe ich erfahren, dass Anna Charlier tot ist.«

Erik stellte die Kanne unsanft aufs Tablett. Als er aufsprang, schwappte Kaffee aus den Tassen. »Was? Tot? Von wem haben Sie das erfahren?«

Erik stand in voller Größe neben Stubbendorffs Sessel, seine Augen forderten eine sofortige Antwort. Er war nicht wütend, überhaupt nicht, vielmehr wirkte er getroffen, fassungslos. Die Nachricht von Annas Tod hatte ihm eindeutig einen Schlag versetzt. War es vielleicht möglich, dass Stubbendorff, sich getäuscht hatte?

»Bitte, setzen Sie sich doch wieder«, bat Stubbendorff. »Ich sollte weiter ausholen. Aber ich muss offen reden, Herr Strindberg.«

Erik setzte sich, beugte sich vor und sagte ruhiger: »Im Lauf der Jahre habe ich gelernt, dass das die einzig richtige Art zu reden ist, Herr Stubbendorff.«

»Auf meiner Suche nach Anna Charlier habe ich sehr viele delikate und persönliche Informationen erfahren, insbesondere hinsichtlich der Beziehung zwischen Ihnen und Anna.«

Erik hob den Kopf. In seinen wachen blauen Augen lag keinerlei Unfreundlichkeit.

»Angefangen hat es mit Sven. Er sagte, seiner Ansicht nach hätten Sie sich zu Anna hingezogen gefühlt. Ihre Mutter allerdings hat behauptet, die Beziehung zwischen Ihnen und Anna sei immer recht angespannt gewesen. Sie hat das mit gegenseitiger Eifersucht wegen Nils erklärt.«

Da Erik seinem Besucher nur ernst ins Gesicht sah, fuhr Stubbendorff fort. »Die wichtigste Information, die ich von Ihrer Mutter bekam, war der vollständige Name Ihrer Tochter: Albertina und Elin sind Namen aus der Familie Charlier. In meinen Augen konnte das kein Zufall sein.«

»Es ist auch kein Zufall, Herr Stubbendorff.«

»Als Ihre Mutter mir dann erzählte, Ihre Frau sei verstorben, dachte ich …«

»Natürlich, das ist die logische Schlussfolgerung.« Erleichtert lehnte sich Erik im Sessel zurück.

»Aber warum hat niemand anderer sie gezogen? Ihre Mutter …«

»Was Nils und Anna betrifft, sieht Mama nur das, was sie sehen will.«

Stubbendorff nickte.

»Anna hat nie viel über ihre Herkunft gesprochen. Sie kam aus einer bäuerlichen Familie, und ich glaube, sie hatte Angst, die Leute könnten auf sie herabblicken. Die Sorge hätte sie sich wirklich nicht zu machen brauchen.« Ein wehmütiger Ausdruck zog über Eriks Gesicht. »Doch meines Wissens ist Anna noch am Leben.«

»Aber Sie wissen nicht, wo sie ist?«

»Ich habe sie seit dem Tag, als sie Albertina und mich verließ, weder gesehen noch von ihr gehört. Das war im September 1907.« Abrupt nahm er Stubbendorff ins Visier, Bitterkeit lag in seiner Stimme. »Aber wenn sie in diesem Moment irgendwo ist, dann in Stockholm. Sie würde diese Trauerfeier um nichts in der Welt verpassen.«

Trotz der Anspannung im Raum stieg in Stubbendorff angesichts dieser Information eine gewisse Zuversicht auf. Es war recht wahrscheinlich, dass Anna noch lebte, sie wäre jetzt neunundfünfzig. Und es war gut möglich, dass sie jetzt, in diesem Moment, in Stockholm weilte.

»Verzeihen Sie, Herr Strindberg, aber ich würde gern noch mehr über Ihre Beziehung zu Anna erfahren. Jetzt, wo ich weiß, dass sie höchstwahrscheinlich am Leben ist und obendrein in Stockholm, möchte ich Sie um Ihre Hilfe bitten, um sie aufzuspüren. Ich glaube, das geht nur, wenn ich die ganze Geschichte kenne, und ich habe den Eindruck, dass Sie ein aufrichtiger Mensch sind.«

Erik seufzte tief und nahm wieder Platz. »Mit wem haben Sie sich noch unterhalten?«

»Mit Ihren Brüdern, Ihrer Mutter und mit Annas Schwester Gota.«

Ein Lächeln zog über Eriks Gesicht. »Das war vielleicht eine Frau! Sie war verzweifelt auf der Suche nach einem reichen Mann, irgendeinem. Ich glaube, dem galt ihr Sinnen und Trachten. Weder Nils noch ich konnten glauben, dass sie und Anna Schwestern sein sollten, so unterschiedlich, wie sie waren. Anna war so ...« Kurz unterbrach er sich. »Anmutig.« Ungläubig schüttelte er den Kopf. »Sie müssen wissen, Gota war der Grund, weswegen Anna mich anfangs zurückgewiesen hat.«

»Ach ja?«

»Das war im Sommer 1894. Anna ist mir sofort aufgefallen, ich habe mich Hals über Kopf in sie verliebt. Aber sie hat meine Annäherungsversuche abgewiesen. Später habe ich erfahren, dass sie Gota nicht verletzen wollte. Nils und ich haben uns ständig über Gota lustig gemacht, aber natürlich nicht in Annas Gegenwart. Schon damals hatte ich das Gefühl, dass sie nicht auf Annas Seite stand.«

Stubbendorff machte ein fragendes Gesicht.

»Es gab eine Zeit, da hätte Anna die Hilfe ihrer Schwester dringend gebraucht.«

»Als Ihr Bruder verschollen ist?«

Erik nickte. »Ich will nicht zu theatralisch klingen, aber es war wirklich eine Frage von Leben und Tod. Gota konnte nicht verstehen, wie schlecht es ihrer Schwester tatsächlich ging.«

»Sie kam mir in der Tat etwas einfältig vor.«

»Sie sind zu freundlich, Herr Stubbendorff. Aber genug von Gota. Erzählen Sie mir lieber, weshalb Sie sich überhaupt auf die Suche nach Anna gemacht haben. Das interessiert mich viel mehr.«

»Als ich das Tagebuch Ihres Bruders fand und die Briefe an Anna, hat mich das sehr berührt. Alles, was er geschrieben hat«, erklärte Stubbendorff. »Ich glaube nicht, dass er je gedacht hat, sie würde sie eines Tages wirklich lesen. Ganz im Gegenteil. Ich glaube, Ihr Bruder wusste, wie aussichtslos seine Situation war. Das ist ja genau das Erstaunliche an diesen Briefen – seine Hoffnung inmitten seiner trostlosen Lage. Die Erinnerung an Anna hat Ihren Bruder am Leben erhalten. Wenn ein Mensch mich derart schätzen würde, würde ich das gern erfahren. Ich fand einfach, dass Anna die Briefe lesen sollte.«

Erik erhob sich, rief nach dem Dienstmädchen und bat es, noch mehr Kaffee bringen. Dann setzte er sich wieder, legte den Kopf in den Nacken, schloss die Augen und umfasste die Armlehnen. Während Stubbendorff wartete, dass er weiterspräche, beobachtete er sein Gesicht. Erik Strindberg war sein absolutes Gegenteil. Mit seinen neunundfünfzig Jahren war er immer noch attraktiv, und wie bei seinem Bruder Sven unterstrich sein ergrautes Haar nur sein markantes Erscheinungsbild. Er war offen, freimütig und beruflich ausgesprochen erfolgreich. Trotzdem hatte er nie geheiratet.

Als der Kaffee gebracht wurde, öffnete Erik die Augen und richtete sich auf. »Ich weiß nicht genau, wie ich anfangen soll, Herr Stubbendorff. Sie müssen wissen, dass ich niemandem je davon erzählt habe, auch meiner Tochter nicht. Sie weiß nichts von ihrer Mutter. Als sie sich nach ihr erkundigte, habe ich eine Geschichte erfunden. Sie glaubt, ihre Mutter sei bald nach ihrer Geburt gestorben.«

Er schenkte Kaffee nach. »Versprechen Sie mir, dass Albertina die Identität ihrer Mutter nicht erfährt«, sagte er. »Es ist grausam zu erfahren, dass man von der eigenen Mutter verlassen wurde, selbst in ihrem Alter noch und unabhängig von den Gründen.«

Nachdem Stubbendorff Stillschweigen gelobt hatte, sagte Strindberg: »Dann fange ich beim Anfang an.«

Damit begann Erik, in großer Ausführlichkeit von seinem Verhältnis zu Anna Charlier zu erzählen, angefangen mit der ersten Begegnung am Mittsommerabend vor sechsunddreißig Jahren. Er sprach von ihrer Liebelei, dem wachsenden Gefühl von Verbundenheit, dem Brief, den sie ihm nach Chicago geschickt hatte und in dem sie ihn um Hilfe bat, von der Geburt Albertinas und schließlich von ihrem Verschwinden. Bisweilen zog ein zweifelnder Ausdruck über sein Gesicht, manchmal holte er ein Taschentuch aus der Jackettasche und trocknete sich beiläufig die Augen. Gelegentlich fiel ihm ein lustiges Detail aus ihrem kurzen gemeinsamen Leben ein, und er lachte dröhnend. Doch im Großen und Ganzen schilderte er die Geschichte seiner Beziehung zu Anna Charlier erstaunlich emotionslos.

Überwältigt von der Fülle an Information steckte Stubbendorff sein Notizbuch bald in den Tornister und ließ sich von Strindbergs Geschichte mitreißen. »Es ist erstaunlich, dass Ihr Bruder nie etwas gemerkt hat«, meinte er, als sein Gastgeber geendet hatte.

»Wenn Sie Nils gekannt hätten, würde Sie das nicht wundern.« Erik lächelte. »Er ging völlig in seiner Arbeit auf, ihm ist selten etwas aufgefallen, was außerhalb seines Labors vor sich ging.« Er schwieg einen Moment und lachte dann kurz auf.

»Nur einmal hatte ich den Verdacht, dass er vielleicht doch etwas von meinen Gefühlen wusste, aber ob das stimmt, werde ich nie erfahren. Ich hatte Anna vorgeschlagen, reinen Tisch zu machen und Nils alles zu gestehen. Das hat sie vehement abgelehnt. Aber wissen Sie was?« Er beugte sich wieder vor. »Er hätte es verstanden und sich für uns gefreut. Manchmal stelle ich mir vor, wie anders mein Leben verlaufen wäre, wenn ich es ihm trotz Annas Einspruch erzählt hätte. Es war eine merkwürdige Situation, Herr Stubbendorff, eine Frau so sehr zu lieben und doch zu wissen, dass diese Liebe durch einen Verrat belastet war.«

»Haben Sie versucht, sie zu finden?«

»Natürlich. Ich habe sofort die Polizei eingeschaltet, und als die Suche nach ihr ohne Erfolg blieb, habe ich einen Privatdetektiv engagiert. Die Polizei war sicher, dass sie noch am Leben war. Und der Detektiv hat eine Spur gefunden. Ein Angestellter der Reederei Cunard Line hat sie auf einem Foto wiedererkannt, sie hatte bei ihm eine Überfahrt nach England gebucht.«

»Und haben Sie dort nach ihr gesucht?«

»Darüber habe ich nachgedacht, aber irgendwann ist mir wohl klar geworden, dass sie nach England gegangen ist, weil sie nicht von mir gefunden werden wollte.«

»Sie hat Sie wirklich tief verletzt, nicht wahr?«

Erik gab keine Antwort, doch die Gefühle standen ihm ins Gesicht geschrieben. Nach einer Weile sagte er: »Annas Arzt, der ihren Zustand damals sehr gut kannte, meinte, sie würde eines Tages zurückkehren. Ich hoffte nur, dass ihr nichts passierte und sie heimkommen würde, wenn schon nicht meinetwegen, dann Albertina zuliebe. Selbst nach dreiundzwanzig Jahren frage ich mich, ob ich Anna wiederhaben wollte, wenn sie jetzt durch die Tür käme.« Strindberg lachte. »Meine Tochter würde mich einen gefühlsduseligen Idioten nennen.«

»Jemanden zu lieben, ist weder idiotisch noch rührselig.«

»Danke, Herr Stubbendorff, es ist nett von Ihnen, das zu sagen. Aber ich kann nicht leugnen, dass ich bisweilen das Gefühl habe, mich durch meine Liebe zu Anna zum Narren gemacht zu haben.« Er seufzte. »Sie scheinen sich mit dem Thema gut auszukennen – sprechen Sie aus eigener Erfahrung?«

»Leider nicht. Was ich über die Liebe weiß, stammt aus Romanen und Kinofilmen. Ich bin nicht gebunden.« Um das Thema zu wechseln, fuhr Stubbendorff fort: »Wenn ich es recht verstanden habe, glaubte Anna, dass Nils von Ihrer Beziehung zu Anna erfahren hatte und in dem Wissen starb, hintergangen worden zu sein. Das könnte erklären, weshalb sie oft verzweifelt war und sich nicht auf ein Leben mit Ihnen und Albertina einlassen konnte.«

Erstaunt sah Erik ihn an. »Wie kommen Sie darauf?«

»Tore hat etwas in der Art erwähnt. Eine Begegnung mit Anna, die ihn gequält hat. Ohne seine Erlaubnis möchte ich ungern mehr darüber sagen.«

Erik nickte. »Natürlich. Also hat Anna geglaubt, Nils habe von unserer Beziehung gewusst?«

»Ich glaube, ja.«

Mit einem schweren Seufzen ließ Erik den Kopf in die Hände sinken.

»Ich möchte, dass Anna Nils' Briefe liest«, fuhr Stubbendorff unbeirrt fort. »Es wäre für sie sicher eine große Erleichterung zu wissen, dass er sie sehr liebte, als er starb. Sie hat dreiunddreißig Jahre im Bewusstsein einer großen Schuld gelebt.«

Strindberg erhob sich, trat ans Fenster und schaute mit verschränkten Armen auf den Hafen hinaus. Ihm war anzusehen, dass er diese Information zu verdauen versuchte und darüber nachdachte, wie diese Ereignisse sein Leben beeinflusst hatten.

»Eine unselige Fügung des Schicksals?« Er richtete die Frage mehr an sich als an Stubbendorff. Dann drehte er sich zu ihm. »Ich habe ihre Melancholie immer als Zeichen ihrer unsterblichen Liebe zu Nils verstanden. Wie dumm von mir. Jetzt wird mir alles klar. Ihr Verhalten, ihre Trauer, ihr Verschwinden … Ich war blind.« Strindberg lächelte. »Es ist erstaunlich, was einem im Nachhinein klarwerden kann. Erstaunlich, aber grausam.«

Langsam fasste er sich wieder. »Wissen Sie, sie fehlt mir immer noch, und ich kann sie nicht vergessen, egal, wie sehr ich es auch versuche. Meine Tochter erinnert mich tagtäglich an sie. Die beiden sind sich in vieler Hinsicht sehr ähnlich.«

»Inwiefern?«

»Beide sind voller Elan und intelligent. Selbstironisch, aber auch selbstbewusst, wenn auch auf eine stille Art. Ganz unwillentlich hat Anna mir beigebracht, meinen Stolz zu zügeln. Und dann sind sie beide auf unaufdringliche Art sehr schön.«

Strindberg holte aus seiner Tasche eine schwarze Brieftasche und reichte Stubbendorff das verblasste Porträt einer jungen Frau, das vor einem weißen Hintergrund aufgenommen war. Die mit Sommersprossen gesprenkelte Nase war gekräuselt, der Mund stand offen, weil die Frau gerade redete. Die Locken lugten wirr unter ihrer Wollmütze hervor, die braunen Augen schienen sich ins Kameraobjektiv zu brennen. »Das habe ich Nils geklaut und trage es seit über dreißig Jahren mit mir herum. Ziemlich lächerlich, oder?«

»Sie ist wirklich sehr schön.« Stubbendorff deutete zum Foto auf dem Kaminsims. »Ihre Tochter sieht ihr ausgesprochen ähnlich.«

»Manchmal war ich so wütend auf Anna, konnte sie so wenig verstehen, dass ich am liebsten alle Vernunft fahren lassen wollte. Ich habe mit Psychiatern und Ärzten gesprochen und mich selbst mit Psychologie beschäftigt. Ich habe Anna mit Fragen bedrängt, und ein paarmal wollte ich sie in meiner Verzweiflung und Hilflosigkeit verlassen oder hinauswerfen. Dann habe ich ihr in die Augen gesehen und plötzlich war meine Verzweiflung wie fortgeblasen.« Er steckte das Foto in die Brieftasche zurück.

»Anna ist hier, Herr Stubbendorff, in Stockholm. Das weiß ich. Ich glaube nicht, dass sie mich oder Albertina aufsuchen wird, aber sie wird morgen bei der Trauerfeier sein. Mit mehr kann ich Ihnen leider nicht dienen.«

»Wieso sind Sie sich so sicher?«

»Dass mein Bruder verschollen ist, hat ihr Leben geprägt und sie zu dem Menschen gemacht, der sie ist. Würden Sie an ihrer Stelle nicht auch beim letzten Kapitel dabei sein wollen?«

Stubbendorff wusste genau, was Erik Strindberg meinte. »Sie haben mir sehr viel mehr erzählt, als ich erwartet hatte. Vielen Dank, dass Sie mir Ihre ganze Geschichte anvertraut haben. Es tut mir leid, dass Ihr Leben nicht anders verlaufen ist. Ich wünschte, Sie und Anna hätten miteinander glücklich werden können.«

Kurz herrschte Schweigen.

»Kommen Sie morgen zur Trauerfeier?«, fragte Strindberg dann.

Stubbendorff nickte.

»Am Donnerstagabend, nach der Einäscherung, veranstalten wir hier eine kleine Feier. Wir haben in den letzten dreißig Jahren viel zu viel getrauert. Das hätte Nils nie und nimmer gewollt. Ich möchte Sie gern einladen, als Gast der Familie daran teilzunehmen.« Er lächelte. »Meinen Brüdern würde es gefallen, wenn Sie kämen, und Bertie – also Albertina – wird sich bestimmt freuen, mit einem Gleichaltrigen reden zu können. Was meinen Sie?«

»Wenn ich den privaten Kreis nicht störe?«

»Überhaupt nicht. Sie wissen schließlich mehr über meine Familie als ich, Knut.« Erik lachte herzlich.

Kapitel 40

KÖNIGLICH SCHWEDISCHE
AKADEMIE DER WISSENSCHAFTEN
STOCKHOLM, SCHWEDEN
FEBRUAR 1895

Andrée erhob sich und trat ans Pult. Er atmete tief durch und schloss kurz die Augen, um sich zu sammeln. Die Mitglieder rutschten ungeduldig auf ihren Stühlen herum und beäugten ihn mit kritischen Blicken. Er räusperte sich und trank einen Schluck Wasser, dann begann er in gestelztem Ton zu reden.

»Meine Herren, die Geschichte der geografischen Entdeckungen ist zugleich eine Geschichte großer Gefahren und Leiden.« Er stockte und verstummte kurz, blickte von seinen Aufzeichnungen auf und trank noch einen Schluck Wasser. Währenddessen studierte er die vor ihm liegenden Seiten. Einen Moment lang verschwammen die Wörter vor seinen Augen. Er konnte kaum zwanzig Sekunden gezögert haben, doch das Murren im Publikum gab ihm zu verstehen, dass er rasch fortfahren musste. Sein Ruf, sein Lebenswerk, seine größte Hoffnung standen auf dem Spiel. Er umklammerte das Rednerpult so fest, dass seine Knöchel weiß wurden. Andrée zwang sich zur Konzentration. Jedes Wort stand klar und deutlich vor ihm. Er fuhr fort.

»Immer, wenn Forscher in unbekannte Regionen vordrangen, in die endlosen Wüsten Australiens, Asiens, Afrikas und in die Prärien Nordamerikas, oder wenn sie sich durch den Dschungel von Südamerika oder Zentralafrika kämpften, litten sie unter Entbehrungen und mussten zahllose Hindernisse überwinden, von denen sich keiner eine Vorstellung machen kann, der nicht am eigenen Leibe Ähnliches erfahren hat.

Doch in einem warmen oder tropischen Klima besitzen praktisch alle Hindernisse fast unweigerlich auch Vorteile. So stellen sich etwa Eingeborene dem Forscher häufig in den Weg, doch ebenso oft erweisen sie sich als freundliche Helfer. Trotz der sengenden Sonne bringt die Wüste auch eine üppige Vegetation hervor, die als Zuflucht dienen kann.«

Wieder legte Andrée eine Pause ein, nun allerdings nicht aus Nervosität. Ernst blickte er den Männern, die vor ihm saßen, ins Gesicht und trat hinter dem Pult hervor. Seine Aufzeichnungen ließ er zurück.

»Die Kälte der Arktis«, fuhr er feierlich fort, »kann nur töten.«

Der Satz hatte die gewünschte Wirkung. Ein paar Sekunden murmelten die Zuhörer untereinander. Als das Publikum gerade genug Zeit gehabt hatte, seine Bemerkung zu verarbeiten, fuhr Andrée fort.

»Die Schwierigkeiten, die sich Forschern beim Überwinden des vereisten Polarmeeres stellen, sind im wahrsten Sinne des Wortes unvorstellbar. In der Eiswüste gibt es keine Oasen, keine Vegetation, keinen Brennstoff, keine menschlichen Bewohner, es gibt nur eine einzige weite Eisfläche, die überquert werden will. Bis heute sind alle Versuche gescheitert, die zentralen Regionen des Polarmeeres mit dem Schiff zu erreichen.

Als einzige Möglichkeit, das Packeis auf dem Weg zum Nordpol zu überwinden, hat sich der Schlitten erwiesen. Doch ob nun von Hunden oder von Menschen gezogen, niemand ist mit dem Schlitten jemals bis zum Pol gekommen.« Andrée verschränkte die Hände hinter dem Rücken und schritt zum linken Rand der Bühne.

»Ist es also nicht an der Zeit«, fuhr er fort und ließ den Blick zu den Zuhörern auf der Galerie schweifen, »das Problem von Grund auf zu überdenken und zu fragen, ob es nicht vielleicht andere Möglichkeiten gibt, um diese Weiten zu überwinden?«

Mittlerweile war alle Anspannung von Andrée abgefallen, seine Gesten waren geschmeidig. So vertraut, wie er mit seinem Thema war, empfand er das offensichtliche Interesse der Zuhörer als anregend.

»Ja!«, rief er emphatisch. »Es ist in der Tat die Zeit gekommen, die Frage neu zu überdenken, und wir brauchen auch nicht lange zu suchen, um ein Transportmittel zu finden, das für diesen Zweck wie geschaffen ist. Es ist der Ballon. Nicht der erträumte, ersehnte und perfekt zu steuernde Ballon, denn den gibt es noch nicht, sondern der Ballon, der bereits existiert und der nur deshalb so gering geschätzt wird, weil sich das Augenmerk vor allem auf seine Nachteile richtet. Doch ein solcher Ballon kann den Forscher sicher an den Pol und wieder nach Hause bringen, mit einem solchen Ballon kann man die Reise über die Eiswüste bewältigen.«

Im Publikum riefen einige »Hört, hört!«. Andrée nickte zufrieden, ehe er ans Ende seiner Einleitung kam.

»Diese Worte mögen kühn klingen, wenn nicht gar tollkühn, doch ich bitte Sie, Ihr abschließendes Urteil erst zu fällen, wenn Sie meine Argumente vernommen haben. Ich bin mir sicher, dass Sie dann anders urteilen werden. Wir müssen lediglich überkommene Ansichten über Bord werfen und die Tatsachen mit all ihrem Gewicht in die Waagschale werfen.«

Andrée sprach noch eine gute Stunde weiter und schilderte mit der ihm eigenen Akribie die Details seiner geplanten Expedition. Von der Herstellung des Ballons über die mitzunehmenden Vorräte, die günstigste Windgeschwindigkeit und Lufttemperatur für Ballonfahrten bis hin zur umjubelten Heimkehr beschrieb und rechtfertigte, erläuterte und verteidigte er jeden Aspekt seines Projekts.

Gegen Ende seines Vortrags hielt der Forscher kurz inne und trocknete sich die Stirn. Sein Atem ging schwer, seine Kehle kratzte vom Rauch in dem fensterlosen Saal. Er gönnte sich noch einen Schluck Wasser. Einen Moment kehrte er seinen Zuhörern den Rücken und stützte sich mit einem Arm am Pult ab. Beim letzten Teil seiner Rede war er von frischer Energie beflügelt.

»Und wer, frage ich Sie, erfüllt die Voraussetzungen für ein solches Unterfangen besser als wir Schweden?« Mit gespielter Fassungslosigkeit hob er die Hände, auf seinem Gesicht lag ein Ausdruck erstaunten Unglaubens. Aus dem Publikum erschollen erneut zustimmende Rufe. Andrée trat wieder ans Pult.

»Als hochzivilisierte Nation, die sich seit ungeahnten Zeiten durch den größten Heldenmut auszeichnet, die in der Nähe zur Polarregion lebt, mit deren klimatischen Eigenheiten vertraut und von der Natur selbst dazu ausgestattet ist, ihnen zu trotzen, können wir kaum leugnen, dass wir in dieser Hinsicht gewissermaßen in der Pflicht stehen. Sind wir Schweden nicht vor allen anderen Nationen dazu aufgerufen, diese große Herausforderung anzunehmen?« Im Publikum erhob sich wieder ein Murmeln. Andrée wartete, dass es sich legte, ehe er zum triumphalen Schluss seiner Rede ansetzte.

»Ebenso, wie wir von den Völkern Mittel- und Südeuropas erhoffen und erwarten, dass sie Afrika erforschen, erwarten sie von uns, dass wir diese weiße Region des Planeten erforschen! Mein Glaube trügt mich nicht!«

Jubelnd erhob sich das Publikum, und der tosende Beifall übertönte die Einwände der wenigen Zweifler.

Kapitel 41

Im Namen des schwedischen Volkes grüße ich die irdischen Überreste der
Polarfahrer, die vor mehr als drei Jahrzehnten die Heimat verließen.
Sie zogen aus, die Antwort auf eine Frage zu suchen, die schwer wie keine
zu beantworten ist. Sie gingen hin und entschwanden unserem Blick
in der Ferne. Ihr eigenes Schicksal hat der Fragen Zahl nur vermehrt.
Nun endlich sind sie doch heimgekommen!
Vergeblich war unsere Hoffnung, sie lebend zu begrüßen und den
Erfolg mit ihnen zu feiern. Wir beugen unser Haupt vor dem traurigen
Ende. Uns bleibt nur, ihnen Dank zu sagen für ihren Opfermut im
Dienst der Wissenschaft.
Friede sei ihrem Andenken!

König Gustav, 5. Oktober 1930
St.-Nikolai-Kirche, Stockholm

STOCKHOLM, SCHWEDEN
OKTOBER 1930

So dicht, wie sich die Menschen drängten, konnte Anna ihren
Schirm nicht öffnen. In fünf Reihen hintereinander standen
die Zuschauer am Slottsbacken, hielten durchnässt ihre schlaf-
fen Fähnchen empor und versuchten mit allen Mitteln, den
besten Blick auf die Straße zu ergattern. Anna strich sich das
nasse Haar aus der Stirn, stellte sich auf die Zehenspitzen und

verrenkte sich den Hals, um über die vielen Köpfe hinweg-
zublicken, doch sie sah nichts. Der vor ihr Stehende gab seinen Platz auf und lief über die Straße in der Hoffnung, von
dort mehr zu sehen. Anna rückte nach. Der Nebel, der den
Glockenturm der Storkyrkan verhüllte, ließ sie schaudern.

Die vielen Köpfe um sie her drehten sich alle gleichzeitig
wie auf Befehl. Erwartungsvoll beugten sich die Zuschauer
vor. Anna hörte jemanden sagen, er könne einen Wagen ausmachen. Sie wartete. Schließlich war über das beständige Plät-
schern der Regentropfen hinweg das Brummen eines Motors
zu hören. Ein Mann, der neben ihr stand, hob seinen Sohn
auf seine Schultern. »Ich kann sie sehen, Papa«, rief der Kleine.
»Jetzt kommen sie. Drei Autos!«

Annas Herz schlug wie wild, die Kehle wurde ihr eng. Während Tausende von Zuschauern den Blick auf die Straße hefte-
ten, sah sie angespannt auf den Bürgersteig und atmete tief
durch. Regen lief ihr über die Nasenspitze und tropfte herab.
Die Menge drängte nach vorn und riss sie mit. Als sie wieder
aufschaute, war die Prozession genau auf ihrer Höhe angekommen. Auf den offenen Wagen stand jeweils ein Eichensarg mit
einem Kranz in den Nationalfarben. Die Wagen waren so nah,
dass Anna die Gesichter der Chauffeure im Inneren sehen
konnte und den Regen, der von den glänzenden Holzsärgen
spritzte.

Jedem Wagen folgten die Angehörigen des darauf aufge-
bahrten Toten. Ihrer Panik zum Trotz nahm Anna sie genau
in Augenschein. Sie hoffte, Erik und ihre Tochter unter den
Trauernden ausmachen zu können. Angestrengt studierte sie
die kleine Gruppe, die den ersten Sarg begleitete. Sie erkannte
niemanden. Sicher würde Andrées Sarg den Anfang der Pro-

zession bilden. Wenn sie sich recht erinnerte, hatte er weder Frau noch Kinder gehabt, und seine Mutter war kurz vor dem Aufbruch gestorben. Bei den Hinterbliebenen, die sich mit ausladenden schwarzen Schirmen vor dem Regen schützten, musste es sich um Nichten, Neffen und weitläufigere Verwandte handeln.

Bald kam der zweite Wagen in Sicht. Anna reckte sich, konnte aber von ihrem Platz aus nichts als Schirme erkennen, ein wahres Zeltdach schwarzer Schirme, unter dem sich die Angehörigen verbargen. Als der Zug Annas Höhe erreichte, stieß sie einen spitzen Schrei aus, sodass der Junge, der auf den Schultern seines Vaters thronte, ihr einen verwunderten Blick zuwarf. Erik ging neben seinen beiden Brüdern. Anna schloss die Augen und erinnerte sich daran, wie sie ihn das letzte Mal gesehen hatte. Er hatte an der Schlafzimmertür gelehnt und ihr lächelnd zugesehen, wie sie sich frisierte.

»Du siehst wunderhübsch aus«, hatte er gesagt. »Es freut mich so, dass du wieder auf den Beinen bist.« Er war zu ihr gekommen und hatte das Gesicht in ihrem Haar vergraben. »Was hast du heute vor?«

»Ich dachte, ich sollte mit Albertina im Lincoln Park spazieren gehen und die Wärme genießen. Der Winter kommt früh genug.«

»Das ist eine gute Idee. Ich wünschte, ich könnte mitkommen. Es klingt himmlisch – mit meinen beiden Liebsten in der Sonne durch den Lincoln Park spazieren.« Glücklich hatte er sie an sich gedrückt. »Aber die Arbeit ruft.«

Er hatte sich auf die Bettkante gesetzt und sich die Schnürsenkel gebunden. Als er sich aufrichtete, betrachtete sie ihn ernst. Dann streckte er die Arme nach ihr aus, und sie ging zu

348

ihm, nahm seine Hände und setzte sich auf seinen Schoß. Erik umarmte sie, auf eine völlig andere Art als sonst. Aus Dankbarkeit, dachte sie. Er war dankbar, dass sie bald heiraten würden. Anna umschloss sein Gesicht und küsste ihn leidenschaftlich.

»Ich liebe dich, Erik.« Es war die Wahrheit, aber sie sagte es zum ersten Mal.

»Ich liebe dich auch, Anna.« Er schmiegte das Gesicht in die weiche Mulde zwischen ihrem Hals und ihrer Schulter. In diesem Moment des Glücks hörte sie ihn flüstern: »Danke.«

Dann war er zur Arbeit gegangen. Es war das letzte Mal, dass sie ihn gesehen hatte, bis zu diesem Moment. In den dazwischen liegenden Jahren war sein Haar grau geworden. Kein Wunder, dachte sie. Bei Albertinas Geburt war es schon grau gewesen. Über Oscar Strindbergs weißen Schopf hatte sie immer lächeln müssen, er hatte wie ein Mopp auf seinem großen Kopf gesessen und seine glatte Haut Lügen gestraft. Erik hatte Falten im Gesicht bekommen, aber er sah noch immer gut aus. Er wirkte beeindruckend, wie er als stattliche Erscheinung zwischen dem schlaksigen Sven und dem kompakten Tore einherging.

Hinter den Brüdern ging Rosalie, sie hatte sich bei einer sehr viel jüngeren Frau untergehakt. Anna musterte die junge Frau eingehend. Sie wusste sofort, dass es ihre Tochter war. Anna erkannte in Albertinas Aussehen sich selbst, und in ihrem Auftreten Eriks Selbstbewusstsein. Während sie dort im strömenden Regen stand, ließ sie ihren Tränen freien Lauf.

Willkommen zu Hause! Willkommen, Andrée! Willkommen, Strindberg! Willkommen, Frænkel! Viele Jahre wart ihr fort,

*und nun empfangen wir lediglich die Überreste der prächtigen
Instrumente, die für eine unstillbare Sehnsucht und klar-
sichtige Leistungen geschaffen waren. Wenn unser Planet
in vielen Millionen Jahren tumben Welten die Legende vom
Untergang unserer Rasse in eisigen Wüsten berichten mag,
wird die Geschichte vom Ende des letzten Menschen dann
jener ähneln, die euer Andenken erstrahlen lässt? Alles Ver-
gängliche ist bloßer Schein. Aus dem Schein steigt schließlich
die Wirklichkeit empor! Der Schleier fällt. Der Geist lebt.
Jesus sagt: »Gott ist der Gott der Lebenden.«*

Erzbischof Nathan Söderblom, 5. Oktober 1930
St.-Nikolai-Kirche, Stockholm

Als der dritte Wagen die Zuschauermengen passiert hatte,
scharten sich die Menschenmassen um ihn und folgten traum-
wandlerisch der Prozession zur Storkyrkan. Stubbendorff reih-
te sich in den bedächtig dahinschreitenden Zug ein. Einge-
zwängt zwischen seinen Landsleuten, war es ihm unmöglich,
den Wasserpfützen auf dem Slottsbacken auszuweichen, und
bis sie den Dom erreicht hatten, waren seine Schuhe völlig
durchnässt. Dem feierlichen Anlass entsprechend hatte er den
Kopf nicht bedeckt, doch als er sich das Wasser aus dem Gesicht wischte und in der Menge nach einem bestimmten Gesicht Ausschau hielt, wünschte er sich sehr, er hätte einen Hut
aufsetzen können.

Er wusste, dass seine Mission zum Scheitern verurteilt war.
Die Zuschauer hatten sich vom Regen nicht abhalten lassen,
zu Tausenden waren sie gekommen. Anna Charlier an diesem
Tag hier zu finden, würde unmöglich sein. Peinlich berührt

und beschämt stellte Stubbendorff fest, dass er sich nichts sehnlicher wünschte, als nach Hause zu gehen, etwas Trockenes anzuziehen, sich ins Café zu setzen und eine Tasse von Skarsgårds stärkstem Tee zu trinken. Selbst die Vorstellung, sich die bösartigen Bemerkungen des Mannes anhören zu müssen, schmälerte nicht sein Verlangen, diesen Ort zu verlassen.

Es musste wohl zehn Uhr sein. Der Gottesdienst, der für halb elf angesetzt war, sollte neunzig Minuten dauern. Danach würden die Särge noch drei Tage in der Kirche aufgebahrt bleiben. Die Welle der Anteilnahme hatte die Behörden überrascht, und so hatten sie im letzten Moment beschlossen, der Bevölkerung die Möglichkeit zu geben, den Forschern ihren Respekt zu erweisen. Diese drei Tage waren vermutlich seine beste Chance, Anna Charlier zu finden. Die Aussicht war zwar gering, trotzdem hatte Stubbendorff sich vorgenommen, zweiundsiebzig Stunden vor dem Dom Wache zu halten. Eine andere Möglichkeit blieb ihm nicht. Sosehr er sich auch wünschte zu gehen, er blieb bei seinem Plan. Als die Särge in die Kirche getragen wurden, erklang aus zehn Kanonen donnernder Salut. Die Zeremonie konnte beginnen.

Der strömende Regen war zu einem Nieseln geworden, als Stubbendorff sah, wie die Strindbergs die Kirche verließen. Sie wurden zu drei getrennten Wagen geführt, die Verschläge wurden aufgerissen. Stubbendorff bemerkte, dass Eriks Blick über die Menge schweifte, ehe er zu seiner Mutter in den Wagen stieg. Bildete er es sich nur ein, oder hoffte auch Erik, Anna irgendwo zu entdecken?

Als sich die letzten Kirchgänger zerstreut hatten, begann die Polizei, Barrikaden zu errichten, um die Schlange der Wartenden, die sich vor dem Dom gebildet hatte, in geordnete Bahnen zu lenken. Schließlich setzte sich die Menge träge in Bewegung und glitt auf das Kirchenportal zu.

Nachmittags schließlich kam die Sonne heraus, der Nebel um den Glockenturm hatte sich aufgelöst. Stubbendorff schaute auf die Uhr, bevor er den Dom betrat. Es war drei Uhr.

Die Prozession bewegte sich das Mittelschiff hinauf, und jetzt schließlich konnte Stubbendorff auch die drei Särge sehen, die mit Blumen und Flaggen beladen unter der Kanzel standen. Die Polizei sorgte dafür, dass der Menschenstrom nicht zum Stillstand kam, doch es dauerte lange, bis Stubbendorff die Särge endlich erreichte.

Die Trauernden gingen im Halbkreis um die Särge herum und verließen die Kirche durch das linke Seitenschiff. Es überraschte Stubbendorff, dass viele von ihnen weinten – und fast alle Blumen oder Andenken mitgebracht hatten. Stubbendorff legte nichts auf die Särge, ihr Anblick bewegte ihn erstaunlicherweise nicht. Bloße Knochen in Holzkisten, die am Donnerstag eingeäschert wurden. Das war nicht, was diese Männer in Wirklichkeit hinterlassen hatten. Strindbergs Vermächtnis lag sicher in Stubbendorffs Tornister. Andrées und Frænkels Tagerbücher und andere Gegenstände befanden sich in der Obhut der Wissenschaftskommission.

Nachdem er die Särge umrundet hatte, konnte Stubbendorff endlich ungehindert auf die Versammlung blicken, die sich durch das Mittelschiff näherte. Er verrenkte sich den Hals, um die Gesichter zu mustern, doch eine Frau, die Anna Charlier ähnlich sah, konnte er in der Menge nirgends entdecken.

Anna setzte sich in ein Café und wartete, dass es zu regnen aufhörte. Als die Kanonen donnerten, stellte sie ihre Tasse auf den Unterteller und schloss die Augen. Die anderen Gäste glaubten, sie würde beten, doch das tat sie nicht. Sie wünschte sich, dass der Salut einen Schlusspunkt setzen würde. Momentan lagen die Überreste ihres Verlobten in einer Kiste, und wenn diese eingeäschert und Nils zur letzten Ruhe gebettet wäre, so hoffte sie, würde sie endlich frei sein. Seit Jahrzehnten hielt sie die Vergangenheit gefangen, und sie war von Zweifeln, Reue und Erinnerungen fast verzehrt worden. Anna wünschte sich nichts sehnlicher, als dass dies die letzte Station einer Odyssee sein würde, die vor sechsunddreißig Jahren begonnen hatte. Als das Echo der Kanonen verhallt war, öffnete sie die Augen und trank ruhig weiter ihren Kaffee. Wenn es nicht mehr regnete, würde sie zum Dom gehen, wo die Särge standen.

Stubbendorff bezog Position neben dem Eingangsportal. Er zündete sich eine Zigarette an und lehnte sich erschöpft an die Mauer. Von hier aus hatte er alle im Blick, die den Dom betraten. Sein Magen knurrte. Als er die Zigarette zu Ende geraucht hatte, kramte er in seiner Tasche nach einem Apfel. Er hoffte, er würde nicht zu lange warten müssen.

Anna stellte sich an das Ende der Schlange. Sie konnte den Dom in der Ferne ausmachen. Alle paar Minuten machte sie einen oder zwei Schritte nach vorn. Als sie noch rund hundert Meter entfernt war, begann sich die Schlange etwas zügiger zu bewegen, und in der Abenddämmerung hatte sie schließlich den Eingang erreicht.

Stubbendorff ging ein Stück die Schlange entlang und warf einen Blick zur Kirchturmuhr. Viertel nach fünf. Er stützte die Hände in den Rücken und streckte sich. Er beschloss, sich wieder in die Schlange einzureihen. Dort war die Chance, Anna Charlier zu entdecken, nicht minder groß, und das Anstehen versprach zumindest eine gewisse Abwechslung. Mit großen Schritten begab er sich ans Ende der Schlange.

Im Inneren des Doms verbreiteten Kerzen ein warmes Licht, das meditative Flüstern der Menschen hatte etwas Tröstliches. Anna war erst einmal hier gewesen, damals nach einem Sonntagsspaziergang mit Nils. Die Strindbergs waren nicht fromm, ebenso wenig wie Anna, aber sie wusste noch, dass Nils und sie mindestens eine halbe Stunde schweigend dort gesessen und die Erhabenheit des Baus bewundert hatten. Das war zu dem Zeitpunkt ihrer Beziehung gewesen, als sie erst anfingen, sich auch am Wochenende zu treffen. Deswegen hatte es Anna merkwürdig berührt, als Nils ihre Hand ergriff, sie leicht drückte und erst wieder losließ, als sie aus dem Dom ins Freie traten. So wenig Erfahrung Anna mit solchen Dingen hatte, war ihr doch klar, dass diese Geste nichts Romantisches an sich hatte. Es war Nils einfach wichtig gewesen, diesen Moment ganz persönlich mit ihr zu teilen. So war er gewesen.

Ohne jede Beklommenheit näherte sie sich den Särgen, die unter den Blumenbergen kaum auszumachen waren.

»Wissen Sie, in welchem Sarg Strindberg liegt?«, fragte sie einen Polizisten. Er deutete auf den mittleren. Sie nickte zum Dank und holte aus ihrer Tasche einen kleinen Strauß Maßliebchen, den sie zum Schutz in einen Seidenschal gewickelt hatte.

Stubbendorff, der auf der Altarseite der Särge stand, sah eine Frau, die den Kopf beugte und deren Gesicht hinter kastanienbraunen Locken verborgen war. Als sie den Schal von ihrem Sträußchen nahm und aufschaute, wusste er sofort, dass es Anna war – die Frau, die ihm draußen vor dem Café an der Lilla Nygatan aufgefallen war. Sorgfältig zupfte sie die Blumen zurecht.

Stubbendorff verfolgte, wie sie die Maßliebchen auf den Sarg legte, für einen Moment die Augen schloss, ein kurzes Innehalten nur, mehr nicht. Als sie sie wieder öffnete und sich erneut in die Schlange einreihte, bemerkte sie seinen Blick und schaute auf. Ihre Augen waren unergründlich.

»Anna?«, flüsterte er. »Anna Charlier?«

Sie nickte.

Stubbendorff trat näher zu ihr.

»Können wir uns unterhalten? Ich heiße Knut Stubbendorff.«

Sie nickte ein weiteres Mal.

»Ich kenne Sie aus der Lilla Nygatan. Ich habe Sie gesehen, als Sie in der Nähe ein Haus verlassen haben, und dann setzten Sie sich dort in ein Café und haben in ein Notizbuch geschrieben. Sind Sie mit den Strindbergs verwandt?«

Ihre freimütige Frage verwunderte Stubbendorff, er hatte nicht damit gerechnet, einer derart selbstbewussten Frau zu begegnen.

»Nein.«

Als sie aus dem Dom hinaustraten, war die Sonne untergegangen, allmählich wurde die Schlange etwas kürzer. Sie fanden eine freie Bank gleich neben dem Dom. Beide seufzten erleichtert, als sie sich darauf niederließen. Sie lächelten einander an.

»Es war ein sehr langer Tag für mich, Herr Stubbendorff, und ich bin keine junge Frau mehr. Worüber möchten Sie sich unterhalten? Ich gehe davon aus, dass es etwas mit den Strindbergs zu tun hat?«

»Ich war der Leiter der zweiten Gruppe, die nach Kvitøya kam.«

»Sind Sie Wissenschaftler?«

»Ich bin Journalist, oder vielmehr, ich war Journalist. Das *Aftonbladet* hat mich nach Kvitøya geschickt.«

»Sie haben also die Überreste, Unterlagen und Habseligkeiten der Männer gefunden?« Anna sprach jedes Wort sehr betont aus. »Ich habe in der Zeitung von Ihnen gelesen.«

»Ja, richtig. Sie haben die Geschichte verfolgt?«

»Ich lebe jetzt in England. Mein Mann fand die Sache ausgesprochen spannend, er hat mich auf dem Laufenden gehalten.«

»Ist Ihr Mann auch in Stockholm?«

Sie schüttelte den Kopf.

Bevor Stubbendorff Anna Charlier das Tagebuch übergab, wollte er mehr über sie erfahren, doch sie gab offenbar ungern etwas von sich preis. Sie war aus Stockholm geflohen und dann aus Chicago, ohne auch nur die geringste Erklärung abzugeben. Ob ihr Mann wusste, dass sie in Schweden war? Er fragte sich, welchen Grund sie haben sollte, mit ihm, Stubbendorff, über ihr Leben zu sprechen.

»Das Haus an der Lilla Nygatan – dort lebt jetzt Tore mit seiner Familie«, setzte er an.

Ruhig schaute sie zum Dom hinüber. Sie hatte die Beine übereinandergeschlagen, die Hände ruhten in ihrem Schoß.

»An dem Tag, als Sie mich aus dem Haus kommen sahen, haben wir uns über Sie unterhalten.«

Ihre Miene veränderte sich noch immer nicht. Nach einer Weile fragte sie erneut: »Worüber möchten Sie mit mir reden?«

Widerstrebend holte Stubbendorff das Tagebuch aus dem Tornister und reichte es ihr. »Das habe ich auf Kvitøya gefunden«, sagte er. »Es hat Nils Strindberg gehört.«

Sie nahm das Buch und fuhr mit dem Daumen über den Einband.

»Ich dachte mir, dass Sie es vielleicht lesen möchten.«

»Sie haben nach mir gesucht?«

»Seit ich von Kvitøya zurückgekommen bin.«

»Sie sind sehr beharrlich, Herr Stubbendorff. Das kann nicht einfach gewesen sein.«

»Das war es auch nicht. Ich habe meine ganze Hoffnung auf den heutigen Tag gesetzt. Erik Strindberg sagte mir, dass Sie bei der Trauerfeier höchstwahrscheinlich dabei sein würden.«

Sie lachte leise.

»Aber ich habe Sie beinahe übersehen. Ich habe am Eingang gestanden und gar nicht bemerkt, wie Sie in den Dom gegangen sind ... Unglaublich, dass ich Sie beinahe verpasst hätte.«

»Darf ich das mitnehmen?«, fragte Anna. »Ich lese es morgen, wenn ich wacher bin.«

Stubbendorff sah sie prüfend an.

»Keine Sorge, Herr Stubbendorff«, sagte Anna. »Ich werde nicht wieder verschwinden. Sie können mir vertrauen.«

Ein Blick in ihre ernsten braunen Augen versicherte Stubbendorff, dass er ihr tatsächlich vertrauen konnte.

»Möchten Sie morgen in meinem Hotel mit mir zu Abend essen? Ich wohne im Berns Hotel an der Västerlånggatan. Um sechs. Mit Nachnamen heiße ich jetzt Hawtrey, falls Sie nach mir fragen müssen.«

Vorsichtig steckte Anna das Tagebuch in ihre Tasche. Stubbendorff sah, dass sie leer war. Sie wünschten sich einen angenehmen Abend, dann sah er ihr nach, wie sie den Trångsund entlangging. Eine merkwürdige Taubheit befiel ihn, er blieb auf der Bank sitzen. Es war vorüber.

Er hatte sich vorgestellt, dass ein Glücksgefühl ihn überwältigen würde, wenn seine Suche endlich erfolgreich abgeschlossen sein würde. Er hatte geglaubt, er würde in die nächste Kneipe stürzen und zur Feier des Tages eine Lokalrunde ausgeben. Doch das Bedürfnis hatte er nicht. Ganz im Gegenteil, er blieb noch eine ganze Stunde still auf der Bank sitzen. War das seine Reaktion auf die Zurückhaltung, mit der Anna das Tagebuch entgegengenommen hatte? Er hatte etwas anderes von ihr erwartet. Oder war es einfach, weil er niemanden hatte, mit dem er feiern konnte? Als er sich schließlich auf den Heimweg machte, fiel ihm auf, wie leicht sein Tornister jetzt war.

Kapitel 42

STOCKHOLM, SCHWEDEN
OKTOBER 1930

Anna saß allein im Dom und richtete den Blick unverwandt auf die Särge unter der Kanzel. Geistesabwesend spielte sie mit dem herzförmigen Anhänger an ihrem Hals. Der Kirchenraum war nur von Kerzen erleuchtet. Sie runzelte die Stirn, dann wandte sie sich zum Gehen.

Sie durchquerte das breite Schiff und gelangte zum Ausgang. Doch als sie den schweren Griff drehte, öffnete sich die Tür nicht. Sie versuchte, ihn nach oben zu drehen. Nichts. Ihr Herz begann zu rasen.

Anna hämmerte gegen die schwere Tür. Als ihr niemand zu Hilfe kam, wurde sie panisch. Sie schrie um Hilfe, dann wurde ihr bewusst, wie vergeblich das war, und sie verstummte. Die Fäuste taten ihr weh. Dann hörte sie ein vertrautes Geräusch: das tröstliche Knistern von brennendem Holz. Anna drehte sich zum Altar um und sah, dass die Särge in Flammen standen. Sie lief auf sie zu, doch die Hitze war zu groß, sie musste zurückweichen.

Bald füllte Rauch den ganzen Dom und die Flammen loderten an den Statuen des heiligen Nikolaus und Petrus empor. Wieder schrie sie um Hilfe, dann verkroch sie sich unter einer Kirchenbank ganz hinten im Gotteshaus. Erst als der Rauch sie vollends umhüllte, wachte Anna aus ihrem Traum auf.

Ihre Augen wanderten zu dem Tagebuch, das auf dem Schreibtisch in der Ecke des Zimmers lag. Sie betrachtete es, bis ihr die Lider nach einer Stunde schwer wurden und sie widerwillig die Augen schloss.

Stubbendorff war überrascht und enttäuscht. Er hatte gedacht, die Schlaflosigkeit würde ein Ende haben, sobald er Anna Strindbergs Tagebuch überreicht hatte. Würde er denn nie wieder schlafen können?

Eine halbe Stunde später stand er vor der Storkyrkan. Die Uhr am Glockenturm zeigte kurz nach drei. Trotz der späten Stunde, der Dunkelheit und der kühlen Luft herrschte auf dem Platz reges Treiben. Immer noch standen Menschen vor der Kirche um Einlass an. Stubbendorff überlegte, ob er sich noch einmal anstellen sollte, doch dann setzte er sich lieber auf die Bank, auf der er mit Anna gesessen hatte, zündete sich eine Zigarette an und betrachtete das Schauspiel.

Inzwischen herrschte eine heitere Stimmung, ein krasser Gegensatz zum Ernst des vergangenen Tages. Paare schlenderten Arm in Arm über den Platz, sogar Familien mit kleinen Kindern standen vor der Kirche an. Immer wieder rannten ein paar der Kleinen ans vordere Ende der Schlange oder zählten die Menschen, die noch vor ihnen warteten. In der Zwischenzeit hatten sich auch fliegende Händler auf dem Platz eingestellt und boten Blumen, Fähnchen, Glögg, Krapfen, Ingwerbrot und Zimtschnecken feil. Das Ganze wirkte eher wie eine Mittsommernachtsfeier und nicht wie eine Trauerandacht.

Stubbendorff lehnte sich zurück und sog tief den Rauch der Zigarette ein. Er ließ den Kopf in den Nacken fallen, Erschöpfung übermannte ihn, er schloss die Augen.

»Stubbendorff! Stubbendorff!« Er schreckte hoch und schaute, wer ihn da so überschwänglich begrüßte. »Welche Überraschung, Sie hier zu sehen. Wenn das kein Spektakel ist! Ein famoser Anblick! Finden Sie nicht auch?« Direkt vor ihm stand Bergman, in ein paar Metern Abstand warteten eine magere Frau und drei Kinder.

»Herr Bergman, was für eine Überraschung.« Stubbendorff erhob sich und trat seine Zigarettenkippe aus.

»Unfassbar, dass wirklich das *Aftonbladet* für das Ganze verantwortlich ist, nicht?« Der Herausgeber grinste breit und machte eine ausladende Geste.

»Es ist in der Tat beeindruckend«, sagte Stubbendorff. »Sie können sehr zufrieden sein.«

»Bin ich auch. Das Interesse ist noch größer, als wir gehofft hatten. Diese ganze Geschichte – die Entdeckung des Lagers, die Ankunft der Leichen, die wachsende Spannung bis zur Trauerfeier, und jetzt das.« Ungläubig schüttelte er den Kopf. »Der Verleger ist aus dem Häuschen. Die Verkaufszahlen sind in die Höhe geschossen.«

»Das glaube ich gern.«

»Und was machen Sie so dieser Tage?«

Seine Kündigung beim *Aftonbladet* war der drastischste Schritt, den Stubbendorff in seinem bisherigen ziellosen Leben unternommen hatte. Bergman hatte diesen Entschluss allerdings als einen Schritt in die völlig falsche Richtung betrachtet und ihm heftig davon abgeraten. Seine Liste von Gründen, weshalb der junge Reporter es jenseits der grauen Redaktionstüren zu nichts bringen würde, zielte einzig darauf ab, Stubbendorffs Selbstbewusstsein zu zerstören und ihn zu demütigen. Obwohl der Journalist immer mehr in Wut geraten war, hatte er sich jede bösartige Replik verkniffen und das Büro erhobenen Hauptes verlassen. Doch jetzt war er arbeitslos, ihm sank der Mut. Hatte Bergman eventuell doch recht gehabt?

»Ich habe noch ein paar Eisen im Feuer. Wie sagt man doch so schön: Die Gottlosen haben keinen Frieden.«

»Das stimmt, das stimmt in der Tat.« Bergman klopfte ihm auf die Schulter. »Freut mich zu hören.«

Die dünne Frau flüsterte Bergman etwas ins Ohr.

»*Tempus fugit*, Stubbendorff. Ich sollte zusehen, dass die Kinder ins Bett kommen.«

»Eine sehr gute Idee. Schön, Sie wiedergesehen zu haben.«

Stubbendorff sah Bergman und seiner Familie nach. Er beneidete die Kinder. Nicht um ihren Vater, sondern um den friedlichen Schlaf, in den sie gleich sinken würden.

Auf ein herzhaftes Frühstück hatte Anna keinen Appetit. Sie schlief lange, nahm ein Bad und widmete sich mit großer Sorgfalt der Toilette. Um zehn Uhr schließlich rief sie beim Zimmerservice an und bestellte Kaffee und Toast. Sie saß am Schreibtisch und betastete das Heft, das mit Bindfaden zusammengebunden vor ihr lag. Nachdem sie gegessen und ihren Kaffee getrunken hatte, löste sie den Knoten und begann zu lesen.

Kapitel 43

STOCKHOLM, SCHWEDEN
OKTOBER 1930

Als Anna das Tagebuch zu Ende gelesen hatte, band sie die Seiten sorgsam wieder zusammen und dachte eine Weile über das Gelesene nach. Schließlich wurde ihr die ganze Bedeutung der Zeilen bewusst, und sie begann zu weinen. Tränen der Erleichterung, des Bedauerns und der Trauer liefen ihr über die Wangen und tropften auf das Buch. Als sie sich ausgeweint hatte, legte sie sich aufs Bett. Wenige Minuten später war sie eingeschlafen.

Anna fasste nach dem Türklopfer am Haus der Strindbergs an der Lilla Nygatan und hob ihn zaghaft an. In den Augen des Löwen lag etwas Spöttisches. Bald war Weihnachten, sie konnte der Familie nicht länger aus dem Weg gehen. Von der Expedition hatten sie nach wie vor nichts gehört. Anna klopfte einmal, dann erneut, dieses Mal etwas fordernder. Wartend stand sie in der Kälte. Merkwürdig, dass niemand zur Tür kam. Also betätigte sie die Klinke, und die Tür sprang sofort auf. Auf der obersten Stufe stampfte sie mit den Füßen fest auf und der Schnee fiel von ihren Stiefeln. Sie trat in den Flur. Im Haus war es ungewöhnlich still.

Nachdem sie Stiefel, Mantel, Handschuhe und Schal abgelegt hatte, streckte Anna den Kopf zur Wohnzimmertür hinein. Im Kamin brannte ein Feuer und erhellte den Raum, doch er war leer. Sie zog den Kopf zurück, ließ die Tür aber einen Spaltbreit offen, sodass ein fahler Feuerschein in den Flur fiel. Langsam ging sie weiter. Am Fuß der Treppe blieb sie stehen. Auch oben brannte kein Licht. Gerade wollte sie in die Dunkelheit hinaufsteigen, als sie aus dem hinteren Teil des Hauses ein Geräusch hörte.

Vorsichtig ging sie weiter und versuchte, möglichst keinen Lärm zu machen, um das Geräusch zu identifizieren. Doch ihr Atem ging zu laut, so flach sie auch Luft holte, er hallte laut in ihren Ohren wider. Als sie vor der Tür zu Nils' Arbeitszimmer stand, legte sie ein Ohr an das von Tore gemalte Schild, das jeden warnte einzutreten. Hinter der Tür war ein gedämpftes Stöhnen zu hören. Auf Annas leises Klopfen hin erstarb das Geräusch. Sie klopfte wieder. Im Raum dahinter blieb es still. Sie drückte auf die Klinke und trat in die Dunkelheit.

Die Gestalt, die an der gegenüberliegenden Wand auf dem Bett lag, war kaum auszumachen. Die Vorhänge vor den großen Fenstern waren geöffnet, ein Mondstrahl fiel ins Zimmer und streifte den Körper. Es war Tore, der weinend auf Nils' Bett lag, das Gesicht im Kissen vergraben. Anna setzte sich auf die Bettkante und legte dem Jungen eine Hand auf die Schulter.

»Lass mich in Ruhe«, fuhr er auf.

»Was ist denn los? Was ist passiert?«

»Nils ist weg und kommt nie mehr wieder.«

»Das darfst du nicht sagen, das darfst du nicht einmal denken. Er kommt wieder. Dafür liebt er uns alle viel zu sehr.«

Der Junge setzte sich auf dem Bett auf und fuhr sich heftig über die Augen, zog laut die Nase hoch und wischte die Hand am Ärmel ab. Dann stand er auf und schaute Anna böse an. »Aber du liebst Nils nicht.«

»Was sagst du da? Wieso denkst du das?« Sie wollte aufstehen, aber Tore drückte sie mit beiden Händen aufs Bett und zwang sie, sitzen zu bleiben.

»Ich habe dich und Erik im Garten gesehen. Ihr habt euch geküsst, und er hat gesagt, dass er dich liebt.«

Wie vor den Kopf geschlagen schaute Anna den Jungen an und sah seinen Schmerz. Dann endlich fand sie Worte. »Nein, Tore. Das ist Jahre her. Es war eine Dummheit und ist schon lange vorbei.« Ihr Widerspruch klang kraftlos angesichts der Wut des Jungen.

Er ließ sich nicht beschwichtigen, und sie floh vor seinem anklagenden Blick ans Fenster. Er tat nichts, um sie daran zu hindern. Draußen fiel unablässig Schnee.

»Du wolltest ihn vor seiner Abfahrt nicht heiraten. Das war sein größter Wunsch, und du hast dich geweigert. Du liebst ihn nicht. Ich hasse dich, Anna. Lass mich in Ruhe.«

Anna wurde von Scham überwältigt. Verzweifelt überlegte sie, wie sie dem Jungen alles erklären konnte.

»Wir heiraten, sobald er zurückkommt. Erik hat mich früher einmal geliebt, aber jetzt nicht mehr. Es wird alles gut werden. Du brauchst dir keine Gedanken zu machen.« Ihr beschwichtigender Ton verfehlte seine Wirkung.

»Nichts wird gut werden, und ihr werdet auch nie heiraten, weil ich Nils alles erzählt habe. Bevor er abgefahren ist, habe ich ihm von dir und Erik erzählt. An dem Morgen, bevor er zum Bahnhof gegangen ist.«

Das also war die Erklärung für Nils' Geistesabwesenheit damals am Bahnhof, deswegen war er ihr gegenüber so distanziert gewesen! Und sie hatte geglaubt, die Ursache für sein Verhalten seien die Bewunderer gewesen und die Reporter, die um seine Aufmerksamkeit buhlten. Anna schluckte schwer, ehe sie sprach.

»Aber das stimmt doch alles gar nicht. Du bist viel zu jung, du kannst das doch alles überhaupt nicht verstehen. Das, was du Nils erzählt hast, war deine kindliche Version dessen, was du zu sehen geglaubt hast.«

Doch Annas Erklärungsversuche steigerten Tores Wut nur noch. »Ich weiß genau, was ich gesehen habe. Wenn Nils zurückkommt, wird er dich nicht heiraten, und wenn er tot ist, dann ist er gestorben im Wissen, dass du Erik liebst und nicht ihn.« Mit seiner patzigen Gehässigkeit wirkte Tore plötzlich so jung, wie er tatsächlich war. »Das ist alles nur deine Schuld, Anna. Ich wünschte, Nils hätte dich nie kennengelernt. Ich wünschte, du wärst diejenige, die stirbt.«

Schluchzend warf er sich aufs Bett. Anna ging benommen zur Tür hinaus in den Flur, wo sie sich ihrem Kummer und Elend überließ.

Das Kissen unter Annas Kopf war nass, Tränen rannen ihr aus den geschlossenen Augen. Verwirrt wachte sie auf und drehte sich auf den Rücken. Den Raum kannte sie nicht. Immer noch weinend stützte sie sich auf den Ellbogen und sah sich um. Dann fiel es ihr wieder ein: Sie war nicht im Haus der Strindbergs, sie lag auf ihrem Bett im Hotel. Langsam versiegten die Tränen. Sie trocknete sich die Augen und putzte sich lautstark die Nase, dann sank sie auf das durchnässte Kissen zurück.

Ihr Atem ging schwer, und ihre Stirn war schweißnass. Ein Blick auf die Uhr verriet ihr, dass es bereits vier Uhr nachmittags war. Obwohl sie mehr als zwei Stunden geschlafen hatte, fühlte sie sich immer noch erschöpft. Andererseits verspürte sie ein Gefühl, das sie seit vielen Jahren nicht mehr empfunden hatte: Zuversicht.

Einer der Ärzte, die sie auf Eriks Wunsch hin in Chicago aufgesucht hatte, hatte ihre Träume als Wahnvorstellungen bezeichnet. Der Ausdruck hatte sie geärgert, schließlich implizierte er Wahnsinn oder, schlimmer noch, dass ihre Träume keinen Bezug zur Wirklichkeit hätten. Annas Ansicht nach waren die Träume alles andere als Wahnvorstellungen, im Gegenteil, viele Jahre lang waren sie die Realität gewesen, in der sie gelebt hatte. Derart tief hatten sie sich in ihre Seele eingegraben, dass sie fast schon glaubte, ohne diese Träume kein vollwertiger Mensch mehr zu sein. Doch als sie nun im Hotelzimmer lag und an die Decke starrte, war sie überzeugt, dass die Träume ein Ende gefunden hatten. Anna hoffte sehr, dass die Trauerfeier, Nils' Tagebuch und der Anblick ihrer schönen Tochter ihren Kummer ein für alle Mal beenden würden, aber gleichzeitig fragte sie sich doch beklommen, was als Nächstes geschehen würde.

Kapitel 44

STOCKHOLM, SCHWEDEN
OKTOBER 1930

Stubbendorff wartete am Fuß der Treppe. Als die Standuhr in der Hotelhalle sechs Uhr schlug, schaute er nach oben, um zu sehen, ob Anna herunterkäme. Doch als er sich umdrehte, stand sie bereits vor ihm, das Tagebuch in der Hand. Hier, in der Helligkeit der Eingangshalle, verstand Stubbendorff die Bewunderung, die Anna Charliers Schönheit hervorgerufen hatte.

Sie trug ein dunkles Kostüm. Der Rock war wadenlang, das Jackett war auf Taille geschnitten und betonte ihre breiten Schultern, die im Gegensatz zu ihrer schmalen Taille standen. Und auch ohne Absätze war sie mindestens fünf Zentimeter größer als Stubbendorff.

Als er ihr in den Speisesaal folgte, fragte er sich verwundert, wie sie ihre widerspenstige Lockenfülle mit den wenigen Haarnadeln zu bändigen verstand. Auch wenn ihr Haar von Grau durchsetzt war, erkannte er das Kastanienbraun, von dem Nils immer wieder geschwärmt hatte. Sie setzten sich einander gegenüber. Anna lächelte. Ihr ungeschminktes Gesicht bildete den perfekten Rahmen für ihre außergewöhnlichen Augen. Stubbendorff glaubte, in ihren dunklen Pupillen die Qualen der vergangenen dreißig Jahre erkennen zu können. Anna legte das Tagebuch auf den Tisch.

Schweigend saßen sie da und tranken ihr Wasser. Anna sprach als Erste.

»Danke, dass Sie nach mir gesucht haben. Ich habe das Tagebuch jetzt gelesen.« Sie trank noch einen Schluck Wasser. »Es war eine seltsame Erfahrung.«

Wieder verärgerte ihre uneindeutige Reaktion ihn. »Was meinen Sie damit?«

»Wenn man mehrere Jahre mit einer bestimmten Überzeugung gelebt hat, wird sie allmählich zur Wahrheit und färbt den Blick auf alles. Wenn sich diese Wahrheit dann als unzutreffend herausstellt, ist das verstörend, selbst wenn die falsche Vorstellung sehr schmerzlich war.«

Sie holte tief Luft und griff nach ihrem Glas. »Wahrscheinlich klingt das alles etwas wirr. Ich kannte einmal ein junges Mädchen, das aus Eitelkeit sehr lange verschwieg, dass sie ausgesprochen schlecht sehen konnte.«

»Eine Brille tragen zu müssen, war für sie eine schlimmere Vorstellung, als möglicherweise blind zu werden?«, fragte Stubbendorff nach.

Anna nickte. »Als sie schließlich doch eine Brille bekam, beklagte sie sich wochenlang. Nicht wegen ihres Aussehens, sondern weil ihr die alte, verschwommene Sicht der Welt besser gefallen hatte. Sie brauchte eine ganze Weile, um sich an die klare Wahrnehmung zu gewöhnen.«

»Ich verstehe. War das kleine Mädchen vielleicht Ihre Schwester?«

Anna lachte. In dem Moment brachte die Bedienung die Vorspeisen. »Sie haben Gota kennengelernt?«

Stubbendorff nickte.

»Nein, es war nicht Gota. Es war ein Kind, das ich hier in Stockholm unterrichtet habe. Ein anderes eitles Mädchen.«

Als sie die Vorspeise gegessen hatten, fragte Anna: »Weiß Gota, dass ich in Stockholm bin?«

»Nein. Sie denkt, Sie seien gestorben.«

Anna erschrak nicht. »Gut. Das ist besser so. Aber Sie haben mit Erik Strindberg gesprochen.«

»Ja. Und auch mit seiner Mutter und seinen Brüdern. Sie waren alle sehr hilfsbereit, und sie machen sich immer noch viele Gedanken um Sie. Tore tun die Umstände Ihrer letzten Begegnung sehr leid, wirklich sehr leid.«

Und dann begann Stubbendorff zu erzählen. Freimütig berichtete er ihr das Wesentliche von jedem Gespräch. Er redete schnell und mitreißend. Anna hörte schweigend zu. Ihr entging nicht, wie stolz der junge Mann auf seine Leistung war und auf die Informationen, die er zusammengetragen hatte. Dies war der Moment, auf den er gewartet hatte.

Aber was maßte er sich an, Vermutungen über eine Situation anzustellen, die er unmöglich verstehen konnte? Anna kam es vor, als hätte er sich vom Moment hinreißen lassen und völlig vergessen, mit wem er gerade sprach. Was war seine Absicht? Wollte er sie verurteilen? Beeindrucken?

»Und Rosalie Strindberg haben Sie auch sehr gefehlt. Ihr Verschwinden hat sie tief getroffen.«

Anna schob ihren Teller beiseite und betrachtete ihre Hände. »Offenbar haben Sie mein Leben akribisch durchleuchtet, Herr Stubbendorff. Was haben Sie vor?«

»Nichts Schlechtes, wenn das Ihre Sorge ist. Nachdem ich das Tagebuch gefunden hatte, habe ich es gelesen, und es hat mich sehr bewegt. Sie haben Ihrem Verlobten, Ihrem damaligen Verlobten, so viel Mut und Optimismus gegeben. Ich glaube, seine Briefe an Sie haben in mir etwas ausgelöst. Ich wollte Sie einfach finden und Ihnen das Tagebuch aushändigen.« Er sah ihr direkt in die Augen.

»Aber als ich im Lauf meiner Suche immer mehr über Ihr Verhältnis zur Familie Strindberg herausfand, hat mich die Geschichte zunehmend gefesselt, das muss ich zugeben. Ich war regelrecht besessen davon, die Wahrheit zu erfahren. Hoffentlich bin ich Ihnen damit nicht zu nahe getreten.«

»Selbstverständlich sind Sie das«, sagte sie unumwunden. »Mittlerweile sollten Sie mein Leben in allen Einzelheiten kennen.«

»Bis zu dem Zeitpunkt, als Sie Chicago verlassen haben«, räumte Stubbendorff ein.

»Ich frage mich nur, was Sie mit der Information vorhaben. Ich mache mir Sorgen um meine Tochter und meinen Mann.«

Das Hauptgericht wurde serviert, das Gespräch geriet ins Stocken. Anna schob die Kartoffeln auf ihrem Teller herum, während Stubbendorff überlegte, wie er auf ihre Frage antworten sollte.

»Ich wollte nur meine Neugier befriedigen, sonst nichts«, sagte er dann. »Ich möchte niemanden erpressen oder anderweitig Profit daraus schlagen. Mir ging es nur darum, Sie zu finden und Ihnen das Tagebuch zu geben. Aber im Lauf der Zeit bin ich in das Leben aller Beteiligten eingetaucht, zumindest emotional.«

»Sie meinen, Sie haben das Leben der Beteiligten einfach zu dem Ihren gemacht?«

Stubbendorff verschlug es die Sprache. Erik hatte Annas Augen wirklich korrekt beschrieben: Sie besaßen die Fähigkeit, selbst die strahlendste Fassade zu durchdringen. Anna sagte die Wahrheit, und sie war die Erste, die den Mut besaß, sie tatsächlich zu äußern. Erik hatte Andeutungen gemacht, war aber zu höflich gewesen oder hatte sich zu geschmeichelt gefühlt, um deutliche Worte zu finden. Auch Tore hatte Stubbendorffs wahre Absicht erkannt, aber geschwiegen, aus Dankbarkeit, sich von seiner Schuld befreien zu können.

Das war sein Motiv gewesen, seit er in seiner Kajüte an Bord der *Isbjørn* Nils Strindbergs Tagebuch gelesen hatte. Warum hätte er sich sonst auf das mühevolle Unterfangen einlassen sollen, die Dokumente zu retten? Warum sonst hätte er sich mit solchem Enthusiasmus in dieses Projekt gestürzt? Die Gelegenheit, einen Blick in das Leben eines anderen Menschen zu werfen, eines Menschen mit Träumen und Hoffnungen, die weit größer waren als seine eigenen, war unwiderstehlich gewesen. Er hatte gehofft, dass der Ruhm eines anderen seine eigene Bedeutungslosigkeit überstrahlen würde.

Er war neidisch, das gab er bereitwillig zu. Neidisch auf die Familie, neidisch auf Beziehungen, die vor Jahrzehnten begonnen hatten. Was für ein jämmerlicher Wurm er doch war, sich in die Welt einer Familie zu stehlen und sich dann zu ärgern, wenn das Ergebnis nicht so ausfiel, wie er es sich erhofft hatte.

»Ich kann mich nur bei Ihnen entschuldigen. Es war mir vorher überhaupt nicht klar, aber ja, das ist genau das, was ich getan habe. Dafür schäme ich mich wirklich sehr.«

Anna sah, wie sehr sie ihn mit ihren Worten getroffen hatte. Vielleicht war sie zu direkt gewesen. Sie beugte sich vor, lächelte verständnisvoll und legte ihre Hände auf die seinen. »Seien Sie nicht so streng mit sich. Sie sagten, Nils' Tagebuch habe Sie berührt und Sie hätten mich finden wollen. Vielleicht haben sie unterwegs einfach manchmal das Ziel etwas aus den Augen verloren.« Sie lachte. Es war ein melodiöses, sorgloses Lachen, die anderen Gäste drehten die Köpfe nach ihr um. »Und ich muss zugeben, mit den Augen eines Außenseiters betrachtet, ist die Geschichte wirklich spannend. Aber jetzt sollten wir essen und uns nachher weiter unterhalten, ja?«

»Behalten Sie das Tagebuch?«

Sie schüttelte den Kopf. »Das gehört Ihnen, Herr Stubbendorff.«

Nach dem Essen gingen sie die paar Schritte zum Wasser. Anna schlang sich ihr Tuch fester um die Schultern und atmete tief ein. »Dieser Geruch hat mir gefehlt – Salz und Fisch, und dazu der frische Wind. Das ist wahrscheinlich der Grund, weshalb ich in England die Küste so liebe.«

»Wohnen Sie dort am Meer?«

Sie nickte. »Zuerst in Ramsgate, da habe ich meinen Mann kennengelernt. Nach dem Krieg sind wir nach Torquay gezogen. Eine wunderschöne Gegend. Als ich Gil kennenlernte, war er bei der Marine, aber der Krieg hat seine Spuren hinterlassen. Als er heimkam, wollte er zwar immer noch am Meer wohnen, aber seiner Gesundheit zuliebe musste er ein ruhigeres Leben führen.«

»War er verwundet worden?«

»Er war Oberbootsmann auf einem Kriegsschiff, der *Indefatigable*. Es wurde von den Deutschen versenkt. Von der

Mannschaft mit über tausend Leuten haben nur drei überlebt. Gil war einer von ihnen.«

Überrascht sah Stubbendorff sie an.

»Er fand es schwierig, mit seinen Schuldgefühlen zurechtzukommen, die er als Überlebender hatte.«

Stubbendorff bot Anna eine Zigarette an. Sie lehnte ab und ging allein weiter. Als er sie eingeholt hatte, fragte er: »Haben Sie und Gil Kinder?«

Sie schüttelte den Kopf.

»Denken Sie manchmal an Albertina?«

»Sehr oft. Ich habe sie bei der Trauerfeier gesehen. Sie ist wunderschön. Das hat Erik gut gemacht. Er war und ist ein aufopferungsvoller Vater.«

Stubbendorff setzte zu einer Frage an, doch Anna hob abwehrend die Hand. »Aber jetzt wieder in ihr Leben zu treten – dafür ist es zu spät. Ich kann Albertina keine Mutter sein. Wir drei werden keine Familie mehr. Dann würde sie mich fragen, weshalb ich gegangen bin. Es hatte nichts mit ihr zu tun. Aber ich bin froh, dass ich sie gesehen habe. Die Ungewissheit hat mich immer gequält. Ich hätte sie gern kennengelernt.«

»Sie glaubt, dass ihre Mutter bald nach der Geburt gestorben ist. Das hat ihr Vater ihr gesagt.«

Anna nickte. »Tja, das bin ich wohl auch.«

»Erik und Albertina wohnen hier in Stockholm bei Sven.« Stubbendorff drehte sich um und deutete auf das Haus am Skeppsbron. »In diesem Haus dort, dem bunten. Das ist Svens Haus.«

Sie betrachtete es einen Moment lang. »Was für ein Zufall«, sagte sie ruhig.

»Möchten Sie Erik sehen? Vielleicht könnte er Ihnen etwas von Ihrer Tochter erzählen. Ich habe das Gefühl, dass er Sie gern sehen würde. Ich glaube, er liebt Sie immer noch. Er hat nie geheiratet.«

Anna lehnte sich ans Geländer und schaute zu den Lichtern der kleinen Insel Skeppsholmen hinüber. Stubbendorff sah, dass sie über seinen Vorschlag nachdachte. Dann sagte sie lächelnd: »Sie sind ein richtiger Romantiker. Sie möchten, dass Ihre Geschichte wie im Märchen endet.«

»Lieben Sie ihn noch?«

Anna schaute ihn einen Moment lang an, dann packte sie ihn fest an den Schultern. »Aber natürlich!«, sagte sie mit Nachdruck. »Es ist ein unglaubliches Gefühl, das endlich offen zugeben zu können. Wie dumm ich doch war und wie schwach. Dass ich mich so lange von Schuldgefühlen habe beherrschen lassen! Ich möchte, dass Erik das weiß. Vielleicht wäre das ein Trost für ihn, aber jetzt ist es zu spät.«

Anna machte kehrt und ging zum Hotel zurück. Stubbendorff folgte ihr, doch sie schwiegen, bis sie den Eingang erreicht hatten. »Fru Hawtrey, eine Sache verstehe ich immer noch nicht. Mir ist klar, dass mich das nichts angeht, aber ich habe mit meiner Neugier sowieso schon alle Grenzen des Anstands überschritten.«

Er wartete auf Erlaubnis, fortzufahren. Sie hob leicht die Augenbrauen.

»Wenn Sie Erik liebten, warum haben Sie sich dann für Nils entschieden?«

»Das ist eine logische Frage, Herr Stubbendorff.« Sie überlegte kurz. Wie konnte sie dem jungen Mann das verständlich machen?

»Bei Erik war es Leidenschaft. Er war stark, lebhaft, voller Energie – er hat Gefühle in mir ausgelöst, die kein anderer auslösen konnte. Seine Anziehungskraft war für mich überwältigend. Ich weiß, dass es ihm mit mir genauso ging.«

Stubbendorff nickte langsam, während sie überlegte.

»Nils und ich waren Freunde, gute Freunde. Ich glaube, wir haben uns durch unsere freundschaftlichen Gefühle in eine Liebesbeziehung treiben lassen. Ich habe Nils wirklich geliebt, aber es war eine ganz andere Art Liebe als diejenige, die ich für Erik empfinde. Ist das nachvollziehbar?«

»Absolut«, sagte Stubbendorff leise, obwohl er keinerlei Erfahrung mit der Liebe hatte, gleichgültig welcher Art.

»Ich dachte, meine Gefühle für Erik wären eine flüchtige Verliebtheit. Bis mir klar wurde, wie sehr ich mich tatsächlich zu ihm hingezogen fühlte, war ich mit Nils verlobt. Mir fehlte die Willenskraft, unsere Verlobung zu lösen. Ich brachte es nicht übers Herz, Nils wehzutun, die Beziehung zu Erik andererseits konnte ich auch nicht beenden. Kurz gesagt, Herr Stubbendorff, ich bin für den Scherbenhaufen meines Lebens selbst verantwortlich.«

»Aber Nils hat so kraftvoll über Sie geschrieben. Sie waren alles für ihn.«

»Ich weiß. Aber es ist seltsam: Ehrlich gesagt war ich verblüfft. Ja, wir haben uns geliebt, aber nicht so, wie er es beschrieb.«

»Seine Fantasie?«

»Nicht ganz.« Anna seufzte. »Was er schrieb, stimmte schon, aber es war eine ausgeschmückte Wahrheit. Vielleicht hat ihm gegen Ende der Gedanke an etwas Größeres die Kraft gegeben, weiterzugehen. Ich wünschte, ich könnte Ihre Frage beantworten. Wie können ich oder Sie je ermessen, was er durchmachte? Aber er hat wunderschöne Worte gefunden. Ich möchte gern glauben, dass die Gefühle, von denen er schrieb, aufrichtig waren.«

Anna sah, dass Stubbendorff mit ihrer Erklärung haderte. »Nils war … es ist schwer zu beschreiben. Er war weniger lebenstüchtig als Erik, und er war leicht zu verletzen. Das war wohl auch der Grund, weshalb ich es nicht über mich brachte, unsere Beziehung zu beenden.

Sie sind enttäuscht, dass Nils' Briefe nicht die ganze Wahrheit sind, dass unsere Beziehung nicht die große Liebe war, die Ihnen vorgeschwebt hat.« Stubbendorffs Enttäuschung stand ihm ins Gesicht geschrieben. »Meine große Liebe war Erik. Ihm gehörte mein Herz.«

»Warum wollen Sie ihn dann nicht sehen?«

Anna schüttelte nur den Kopf.

»Wenn Sie gewusst hätten, dass Tore gelogen hatte, oder wenn diese eine Begegnung mit Tore nie stattgefunden hätte – hätten Sie Erik dann geheiratet?«

Sie zuckte mit den Schultern. »Für solche Spekulationen ist es zu spät.« Sie bemerkte sein Unbehagen und sagte heftiger: »Das ist alles nicht so einfach. Mein Leben ist von einer Lüge bestimmt worden, das ist nicht mehr zu ändern.«

Annas Ton wurde weicher, denn sie wollte, dass er sie verstand. »Von dem Tag an haben mich jahrelang Träume von Nils' und meinem Tod gequält. Dann kamen sie lange Zeit nicht wieder, doch vor Kurzem kehrten sie zurück. So grauenvoll diese Träume auch waren, fand ich sie auf bestimmte Art auch tröstlich. Ein Psychiater hat sie einmal als Wahnvorstellungen bezeichnet, was ich damals weit von mir gewiesen habe. Aber inzwischen ist mir klar geworden, dass es tatsächlich Wahnvorstellungen waren, die auf meine eigene falsche Wahrnehmung zurückgingen. Doch ein Zurück gibt es nicht. Nichts lässt sich mehr ändern. Alles ist so passiert, wie es eben passiert ist, so tragisch das in Ihren Augen auch sein mag. Ich kann nur versuchen, die Welt jetzt etwas klarer zu sehen.«

Unerwartet schloss sie Stubbendorff in die Arme. Er überließ sich ihrer Umarmung und hörte die letzten Worte, die sie ihm ins Ohr flüsterte: »Ich bin froh, dass Sie mich gefunden haben, Herr Stubbendorff. Danke für alles, Sie waren sehr freundlich. Am Freitagabend fahre ich nach Hause, zu Gil – da ist jetzt mein Leben. Und Sie sollten jetzt Ihr Leben leben.«

Damit drehte sie sich um und verschwand im Hotel.

Bis zum Sonnenaufgang wanderte er durch die Straßen. Er rauchte, hing seinen Gedanken nach, bisweilen setzte er sich, dann wieder murmelte er vor sich hin. So ging er im Mondlicht durch die Stadt und wartete darauf, dass sich ihm der Sinn der vergangenen zwölf Stunden offenbaren möge. Annas Erklärungen zum Trotz war Stubbendorff unzufrieden, und das Tagebuch lag bleischwer in seinem Tornister. Zwar war es ihm gelungen, mit Anna zu sprechen, doch er war noch immer enttäuscht. Es traf ihn bis ins Mark, dass die Liebe zwischen Anna und Nils nicht den Beschreibungen in Strindbergs Tagebuch entsprochen hatte. Er war entsetzt, dass Anna die Situation akzeptierte und sich weigerte, das Tagebuch zu behalten. Sie versagte sich die Möglichkeit, den Blick auf die Vergangenheit zu ändern. Diese Weigerung schmerzte ihn. Nach Stubbendorffs Ansicht war es für Anna und Erik nicht zu spät.

Stubbendorff dachte über einen Ausdruck nach, den Anna verwendet hatte: eine ausgeschmückte Wahrheit. Eine schöne Wortwahl. Wahrscheinlich schmückte sich jeder die Wahrheit mehr oder minder aus. Vor seinem geistigen Auge entstand das Bild eines kunstvollen Teppichs, auf dem sämtliche Ereignisse eines Lebens zu einem großen Kunstwerk verwoben waren. Als Künstler liegt es in unserer Hand, das Werk zu gestalten und nach Belieben einzufärben, so wie Nils es getan hatte. Was Anna betraf, so hatte man ihr den falschen Faden gegeben. Nachdem sie jetzt in Stockholm gewesen war und das Tagebuch gelesen hatte, würde sie wohl anfangen, einen neuen Teppich zu weben und sich an den langsamen und schmerzhaften Prozess machen, die Erinnerungen der vergangenen dreißig Jahre sorgsam aufzutrennen und ein neues Werk zu beginnen.

Als er seine Wohnung erreichte, öffnete Skarsgård gerade das Café. Mit einer Geste lehnte er das Angebot seines Vermieters ab, sich auf einen Kaffee zu ihm zu setzen, stieg die Stufen zu seinem Zimmer hinauf, schloss die Tür und legte sich angezogen aufs Bett. Keine Minute später war er eingeschlafen.

Kapitel 45

Die Sonne berührte um Mitternacht den Gesichtskreis.
Landschaft in Brand. Schnee ein Flammenmeer.

Andrées Tagebuch, 31. August 1897

STOCKHOLM, SCHWEDEN
OKTOBER 1930

Am Abend des Tages, an dem die sterblichen Überreste von Salomon August Andrée, Knut Frænkel und Nils Strindberg eingeäschert worden waren, ging Knut Stubbendorff zu Sven Strindbergs Haus an der Skeppsbron. Das Tagebuch hatte er dabei. Ein paar Meter vor der Haustür blieb er stehen. Er kam sich wie ein Eindringling vor. Mit einer hastigen Bewegung strich er sich das Haar aus der Stirn und rückte den Krawattenknoten zurecht, dann warf er einen kritischen Blick auf seine Schuhe. Sie waren abgestoßen und ungepflegt. Ihm wurde bewusst, dass er ziemlich verwahrlost aussah. Panik erfasste ihn, der Drang, auf der Stelle kehrtzumachen, war fast übermächtig. Wer würde ihn vermissen? Aber das Verlangen, das letzte Kapitel dieser langen Geschichte zu erfahren, überwog sein Schamgefühl.

Im Flur wurde er von Gelächter, Stimmengewirr und Kindergeschrei begrüßt. Noch bevor er dem Dienstmädchen seinen Mantel gegeben hatte, stand Erik schon bei ihm und gab ihm die Hand. Dann wurde er durch das halbe Haus in ein Esszimmer gezogen. Tore eilte auf ihn zu und drückte ihm einen Kuss auf jede Wange, um ihn dann seiner Frau und den vier Kindern vorzustellen.

Doch ihre Namen hatte Stubbendorff sofort wieder vergessen. Sven reichte ihm ein Glas Champagner. Er trug einen Anzug in leuchtendem Blau, seine Weste hatte die Farbe von Butter. Rosalie führte Stubbendorff zu einem Sessel am Fenster, wo die Erwachsenen saßen und sich unterhielten. Hier wurde ihm auch Svens Frau vorgestellt, die ihm wiederum die Namen ihrer Kinder nannte, die am anderen Ende des Raums saßen und spielten. Auch diese Namen hatte Stubbendorff schnell wieder vergessen.

»Meine Enkeltochter ist noch nicht da, Herr Stubbendorff«, sagte Rosalie. »Sie ist die Einzige, auf die wir noch warten.«

»Als ich Albertina sagte, dass sich ein junger Mann zu uns gesellt, ist sie in Panik auf ihr Zimmer geflohen. Wahrscheinlich muss sie sich erst pudern und parfümieren, bevor sie sich wieder zu uns traut«, sagte Erik.

»Erik, mach dich nicht über sie lustig. Es ist das Vorrecht einer jeden jungen Dame, ihren Auftritt zu planen«, mahnte Rosalie, um nur wenige Sekunden später hinzuzufügen: »Und hier ist sie also.«

Erik ging zu seiner Tochter, gab ihr einen Kuss auf die Wange und flüsterte ihr etwas ins Ohr. Dann nahm er sie an die Hand.

»Herr Stubbendorff, ich möchte Ihnen meine Tochter Albertina vorstellen.«

Stubbendorff erhob sich, und die junge Frau reichte ihm die Hand. Albertina überragte ihn um ganze fünf Zentimeter. Als sein Blick hoffnungsvoll zu ihren Schuhen wanderte, musste er feststellen, dass sie keine Absätze hatten.

»Knut, sprechen Sie Englisch?«, fragte Erik.

Stubbendorff nickte.

»Das Schwedisch meiner Tochter ist miserabel und praktisch unverständlich. Sie spricht nur Amerikanisch.«

»Papa! Mein Schwedisch ist exzellent. Er beliebt zu scherzen, Herr Stubbendorff.« Leiser ergänzte sie: »Aber wenn Sie sich lieber auf Englisch unterhalten, lassen Sie es mich wissen.« Sie lächelte kokett, und die anderen lachten. Stubbendorff konnte sich nicht erinnern, abseits der Kinoleinwand jemals Amerikanisch gehört zu haben.

Stubbendorff fand Albertina wunderschön. Den Schnitt ihres lilafarbenen Kleides hatte er noch nie zuvor gesehen, und aus welchem Material es war, konnte er nur raten. Wahrscheinlich Seide, dachte er. Es fiel weich über ihre Hüften und endete auf halber Wadenhöhe. Von vorn war es ausgesprochen schlicht, ärmellos mit einem einfachen Mieder. Doch wenn sie sich umdrehte, sah man, dass der Ausschnitt am Rücken bis unter ihre Schulterblätter reichte, und etwas tiefer, dort, wo die Taille am schmalsten war, prangte eine große Schleife.

Er war sich nicht sicher, ob sie wirklich ungeschminkt war, aber man sah etliche Sommersprossen auf ihren Wangen und der Nase. Als einzigen Schmuck trug sie um den Hals einen herzförmigen Silberanhänger.

Plötzlich wurde Stubbendorff bewusst, dass er die junge Frau angaffte. Er räusperte sich. »Wir können uns in jeder Sprache unterhalten, die Ihnen behagt, Fröken.«

Kopfschüttelnd wandte Erik sich den anderen in der Gruppe zu.

»Sie sind mehrsprachig?«, fragte Albertina mit aufrichtigem Interesse.

Stubbendorff nickte nur und hoffte, sie würde nicht weiter nachfragen. Er wollte nicht überheblich wirken. Doch sie gab sich nicht zufrieden.

»Also?«

»Englisch, Französisch und Deutsch ... und etwas Italienisch.« Er war froh, dass die anderen mittlerweile in ein eigenes Gespräch vertieft waren. Er fragte sich, wie es ihm gelungen war, sich lächerlich zu machen, noch ehe er auch nur einen Schluck von dem Champagner getrunken hatte, den er in der schweißfeuchten Hand hielt.

»Ach, und mehr nicht?« Lachend berührte Albertina ihn am Arm. »Das ist bemerkenswert. Ich beneide Sie, Herr Stubbendorff. Ein wunderbares Talent. Sie sind also viel gereist?«

»Nein, gar nicht. Zu meiner Schande muss ich gestehen, dass ich Schweden erst einmal verlassen habe.« Und zwar erst kürzlich, auf der Reise nach Kvitøya, hätte er hinzufügen können, doch das Eingeständnis wäre ihm allzu peinlich gewesen.

Als Albertina lächelte, suchte er in ihrer Miene nach einem Anzeichen von Herablassung, doch vergebens. Sie war eine perfekte Mischung ihrer Eltern. In ihrem Äußeren sah er fast nur Anna – ihre Figur, die Haare, die Lippen und die warmen Augen. Doch ihr Verhalten und ihre Mimik erinnerten vor allem an ihren Vater. Wenn ihre Mundwinkel sich zu einem Lächeln verzogen, kam Eriks Persönlichkeit zum Vorschein. Und wenn ihre Augen fragend in sein Gesicht schauten, taten sie das mit der Entschlossenheit und Wissbegierde des Vaters.

Rosalie bat die Versammelten, zum Essen Platz zu nehmen. Der Tisch war prachtvoll mit Blumen, Porzellan, Silber und Kristall gedeckt. Stubbendorff hatte man zwischen Tore und Albertina platziert, eine Sitzordnung, die ihm sehr zusagte. Die Kinder saßen an einem kleineren, nicht minder festlichen Tisch am Fußende des großen. Nachdem Erik einen kurzen, aber von Herzen kommenden Trinkspruch ausgebracht hatte, begann man zu essen.

Die Brüder tauschten Geschichten über Nils aus. Gebannt lauschte Stubbendorff dem munteren Plaudern, dem freundlichen Spott, den bewegenden Erinnerungen. Alle unterhielten sich laut und angeregt, Albertina zuliebe halb auf Schwedisch, halb auf Englisch. Es herrschte ein kontrolliertes Chaos, an dem die Frauen kräftig mitwirkten. Stubbendorff fragte sich, ob es wohl in allen Familien so zuging und ob seine sprachlose Beziehung zu seiner Mutter die Abweichung von der Norm war.

»Sag mir, dass es nicht stimmt, Bruder«, meinte Sven mit einem Blick auf Erik. »Mama hat gesagt, dass du womöglich ganz in Stockholm bleiben willst.«

»Doch, das stimmt«, antwortete Erik und hielt sein Glas hoch. »Champagner, Bier und Schnaps haben mich daran erinnert, dass die Prohibition verboten gehört.«

»Deine Liebe zum Alkohol treibt dich also nach Hause. Es gibt zweifellos weniger hehre Gründe für eine Heimkehr, nur wollen sie mir gerade nicht einfallen.« Alle lachten.

»Und wie meine Tochter das Schwedische misshandelt, gehört ebenfalls verboten. Sie muss nach Hause kommen und Schwedin werden. Um ehrlich zu sein, ich auch. Wir sind viel zu lange fort gewesen.«

»Albertina, vielleicht kann Herr Stubbendorff dir mit deinem Schwedisch helfen?« Sven hob die Augenbrauen und zwirbelte theatralisch die Enden seines Schnurrbarts. Stubbendorff spürte, wie ihm die Röte ins Gesicht schoss.

»Ich wäre dankbar für jede Hilfe, die Herr Stubbendorff mir geben könnte, Onkel«, antwortete sie ungerührt.

»Ja, Herr Stubbendorff.« Tore beugte sich zu ihm. »Erzählen Sie doch, haben Sie Anna gefunden? Das interessiert uns alle brennend.«

Am Tisch wurde es mucksmäuschenstill. Stubbendorff warf einen Blick zu Erik, der ihm fast unmerklich zunickte. Er räusperte sich und sprach in die Runde.

»Ja, es freut mich zu sagen, dass ich sie gefunden habe. Ich sah sie zufällig nach der Trauerfeier in der Storkyrkan.«

»Und? Wie geht es ihr? Wie sieht sie aus?«

»Sei still, Mama«, warf Tore ein. »Lass ihn erzählen.«

»Es geht ihr sehr gut. Wir haben uns am Montagabend zum Essen getroffen, nachdem sie das Tagebuch gelesen hatte. Aus meiner Sicht war es ein sehr bemerkenswerter Abend. Sie endlich zu sehen und mit ihr zu reden … Anfangs war sie etwas ärgerlich, weil ich mich so in ihr Leben eingemischt hatte, aber als ihr klar wurde, dass ich nichts Böses im Schilde führe, hat sie ganz offen mit mir gesprochen.«

In der nächsten Stunde wurde Stubbendorff von der Familie mit Fragen überschüttet, die er so zurückhaltend wie möglich beantwortete. Erik sagte kein Wort. Der Journalist sah, wie er die Informationen erst einmal in sich aufnahm.

»Wie schade, dass sie nie Kinder bekommen hat«, sagte Rosalie. »Anna wäre eine wunderbare Mutter gewesen. Sie war eine großartige Gouvernante.«

Alle am Tisch stimmten ihr zu. Stubbendorff war erleichtert, als der Nachtisch serviert wurde und das Gespräch eine andere Richtung nahm.

Abgelenkt von Moltebeeren mit Sahne, die es zum Dessert gab, wandte sich die Tischrunde unbeschwerteren Themen zu. Der Geräuschpegel schwoll an, sodass niemand die Frage hörte, die Tore seinem Nachbarn flüsternd stellte: »Glauben Sie, dass sie mir vergeben hat?«

Stubbendorff nickte. Er sah dem Künstler in die Augen, sie schimmerten feucht.

»Sie kann Sie verstehen. Auch wenn die Vergangenheit Anna fast ihr ganzes Leben lang belastet hat, hegt sie keinen Groll, gegen niemanden. Und ich glaube, das meint sie ehrlich.«

»Danke für Ihre Aufrichtigkeit. Ich bin froh, dass Anna das so empfindet, das Schwierigste wird sein, mir selbst zu vergeben.« Strindberg richtete den Blick wieder auf sein Dessert.

Albertina hatte als Erste ihr Mahl beendet. Verstohlen warf Stubbendorff einen Blick zu ihr hinüber und musste verlegen feststellen, dass sie ihn unverhohlen ansah.

»Herr Stubbendorff, was Sie in den letzten Wochen erlebt haben, ist wirklich unglaublich. Jetzt müssen Sie doch richtig zufrieden sein, dass Sie Anna schließlich gefunden und ihr das Tagebuch übergeben haben. Das ist wirklich beachtlich«, sagte sie.

Er lächelte. Auch wenn er es völlig anders empfand, nickte er dennoch.

»Und dass sie die intimsten Gefühle und Gedanken ihres Liebsten lesen durfte – nur Ihnen ist es zu verdanken, dass sich der Wunsch meines Onkels erfüllt hat.«

»Vielen Dank für Ihre freundlichen Worte, aber ich glaube wirklich, Sie überschätzen, was ich getan habe.«

»Unsinn!«, widersprach sie. »Sie haben alles Recht der Welt, stolz auf Ihre Leistung zu sein.«

Stubbendorff wandte sich wieder dem Nachtisch zu.

»Hat Anna das Tagebuch behalten?«, fragte Albertina.

Bedächtig schüttelte er den Kopf.

»Darf ich es lesen?«

Stubbendorff überlegte, welche Folgen das haben würde. Albertinas Bitte überraschte ihn. Sie war die einzige Person, die er dafür nicht in Betracht gezogen hatte.

Als sie sein Zögern bemerkte, fuhr sie eindringlicher fort: »Mein Vater redet sehr oft von Onkel Nils. Als er nicht vom Nordpol zurückkam, hat Papa nicht nur einen Bruder verloren, sondern auch seinen besten Freund. Und wenn jetzt die Möglichkeit besteht, ihn etwas besser kennenzulernen … Ich würde gern mehr von dem Mann erfahren, an den mein Vater sich erinnert.«

Und plötzlich fügte sich alles zusammen: Albertina war diejenige, der er das Tagebuch geben musste! Schließlich war sie die einzige Person, die es unbeeinflusst von der Vergangenheit lesen konnte. Sie würde die Worte so verstehen, wie Nils sie geschrieben hatte. Und sie würde, ganz ohne es zu wissen, etwas über ihre Mutter erfahren.

»Natürlich. Ich habe es dabei.«

Sie legte ihre Hände auf die seinen. Ihm stockte der Atem. Doch als Rosalie schließlich alle in den Salon bat, war der Bann gebrochen. Albertina wollte der Gesellschaft etwas vorspielen.

»Da sehe ich die Ähnlichkeit am deutlichsten«, sagte Erik. »Beim Klavierspielen. Ihre unglaubliche Fingerfertigkeit. Die Leidenschaft, mit der sie die Tasten berührt. Die Art, wie sie die Augen schließt und sich im Takt der Musik wiegt. Dann ist sie Anna am ähnlichsten.«

Nach Albertinas Vortrag hatte Stubbendorff Erik um ein Gespräch unter vier Augen gebeten. Erik war mit ihm ins Wohnzimmer gegangen und hatte sich in denselben Sessel gesetzt, in dem er beim ersten Gespräch mit dem Journalisten gesessen hatte. Er strich sich über die Stirn, streckte die Beine aus und lehnte sich mit einem verträumten, vom Alkohol beschwingten Lächeln zurück. Die Augen hatte er geschlossen.

Stubbendorff wusste nicht genau, wie er anfangen sollte und was er überhaupt zu bezwecken hoffte, wenn er Erik sagen würde, dass Anna ihn liebte. Anna hatte ihm ihre Pläne klar und deutlich mitgeteilt. Sie würde am kommenden Abend aus Stockholm abreisen. Stimmte das wirklich? Versuchte er, ein Happy End zu arrangieren? Schließlich brach Erik das Schweigen.

»Sie möchten mir sicher von Anna erzählen.«

Stubbendorff nickte.

»Erzählen Sie mir, wie es ihr geht. Mir ist aufgefallen, dass Sie mit Ihren Antworten bei Tisch sehr zurückhaltend waren.«

Stubbendorff berichtete ihm in aller Ausführlichkeit von seinem Abend mit Anna Hawtrey. Erik hielt die Augen die ganze Zeit über geschlossen.

»Sie wollte das Tagebuch nicht behalten, aber ich glaube, sie war froh, es gelesen zu haben.«

Da erst öffnete Erik die Augen.

»Sie hat gesagt, dass sie die Welt jetzt klarer sehe.«

»Tore hat heute, nach der Einäscherung, ein Geständnis vor mir abgelegt«, sagte Erik. »Nachdem alle anderen gegangen waren, sah ich ihn allein in der Kapelle sitzen. Er hat geweint. Ich dachte, es sei wegen der Trauerfeier, aber das stimmte nur zum Teil. Er erzählte mir, was er im Garten gesehen und Anna gegenüber behauptet hatte. Immer wieder hat er sich bei mir entschuldigt, denn er meinte, er habe mein Leben zerstört und Annas auch.«

»Er empfindet sehr tief.«

»Das tun wir alle, Knut.« Erik richtete sich auf.

»Ich glaube, meine Familie – zumindest Tore und Sven – hat einen Verdacht, wer Albertinas Mutter ist. Sie ist jetzt dreiundzwanzig, genauso alt wie Anna, als sie uns das erste Mal besuchen kam, und sie sehen die Ähnlichkeit. Beide haben ihre Mimik beobachtet und ihre Bewegungen verfolgt. Sie werden sicher Stillschweigen bewahren, aber ich muss sagen, es ist tröstlich zu wissen, dass sie mein Geheimnis kennen, auch wenn wir nie darüber sprechen werden.«

»Sie liebt Sie immer noch.«

Eriks Gesicht war ausdruckslos.

»Anna hat mir gesagt, dass sie Sie immer lieben wird, und ich habe den Eindruck, sie würde Ihnen ihr Verhalten gern persönlich erklären.« Stubbendorffs verzweifelter Versuch, die beiden zusammenzubringen, blieb wirkungslos.

Und dennoch ließ er nicht locker.

»Wie ich schon sagte, sie möchte nicht in Albertinas Leben eindringen, aber sie liebt Sie immer noch.«

Erik erhob sich, ging zum Kamin und nahm das Bild seiner Tochter in die Hand.

»Sie ist bis morgen Abend im Berns Hotel an der Väster-långgatan.«

Als Erik sich umdrehte, lächelte er.

»Sehen wir mal«, sagte er. »Und jetzt sollten wir zu den anderen zurückkehren.«

Sven erwartete sie bereits, in einer Hand hielt er eine Flasche Schnaps, in der anderen zwei Gläser. Albertina saß noch am Klavier und spielte beiläufig eine Melodie, die Stubbendorff nicht kannte. Ihre Großmutter saß mit einem Glas in der Hand hinter ihr und summte leise. Kinder und Ehefrauen waren nicht mehr im Raum. Vermutlich brachten die Mütter ihre Kleinen ins Bett. Sven schenkte Erik und Knut großzügig ein.

»Knut«, begann er, »in Ihrer Abwesenheit haben wir uns über Sie unterhalten. Und wir sind zu dem Schluss gekommen, dass die Familie Ihnen etwas schuldet. Ein Geschenk zum Dank dafür, dass Sie das Tagebuch unseres geliebten Bruders vor der wissenschaftlichen Kommission gerettet und es nach Hause gebracht haben.« Erik und Tore riefen begeistert »Hoch!«

Benommen warf Stubbendorff Erik einen fragenden Blick zu.

»Ich bin derselben Meinung. Wir haben Ihnen wirklich viel zu verdanken.«

Sven erklärte: »Also haben Tore und ich eine Liste von Leuten zusammengestellt, einflussreichen Leuten in ganz Europa, die sich Ihrer annehmen werden, wenn Sie sich bei Ihnen melden. Wir glauben, dass Sie Ihre vielen Talente im Ausland gut einsetzen könnten. Nutzen Sie sie, um die Welt zu bereisen und Ihren Horizont zu erweitern.«

Stubbendorff wollte antworten, doch Sven schnitt ihm das Wort ab.

»Erik, könntest du alle Namen dazuschreiben, die dir in Amerika einfallen? Bis jetzt stehen auf der Liste vor allem Leute aus Künstlerkreisen. Deine Bekannten auf dem Gebiet der Architektur und aus der besseren Gesellschaft Chicagos werden da eine großartige Ergänzung sein.«

Erik ließ sich nicht lange bitten.

Währenddessen griff Albertina Stubbendorffs Arm und führte ihn zum Sofa.

»Ich hoffe, Sie finden uns nicht vermessen«, sagte sie. »Aber wir glauben einfach, dass Sie Großes leisten können, wenn Sie nur die Gelegenheit dazu haben. Wir verlangen im Gegenzug bloß eines.«

Fragend hob er den Kopf.

»Dass Sie uns regelmäßig schreiben und uns über Ihre Fahrten, Fortünen und Fährnisse auf dem Laufenden halten.« Sie lächelte herzlich, und zum ersten Mal verstand er, was es bedeutete, Schmetterlinge im Bauch zu haben.

»Das finde ich überhaupt nicht vermessen.« Er räusperte sich, um einen Trinkspruch auszubringen. Normalerweise war er entsetzlich nervös, wenn er aus dem Stegreif sprechen musste, aber nicht an diesem Abend. Er erhob sich.

»Ich möchte Ihnen ganz herzlich für dieses großzügige Geschenk danken und für Ihre Hilfe bei meiner Suche nach Anna Charlier.« Er schaute die Versammelten der Reihe nach an. »Vor allem aber danke ich Ihnen für Ihre Aufrichtigkeit. Für mich war es eine Ehre und ein Vergnügen, Sie alle kennenzulernen. Und zu guter Letzt möchte ich das Glas auf Nils erheben.«

Alle taten es Stubbendorff gleich und riefen ein zweites Mal: »Hoch!«

Seine Wange kribbelte dort, wo Albertina ihn zum Abschied geküsst hatte. Er berührte die Stelle, während er die Liste der Namen durchging. Er kannte keinen von ihnen. Stubbendorff legte sich wieder aufs Bett und dachte über seine Zukunft nach. Von Bergmans Bonuszahlung hatte er noch siebzig Kronen. Außerdem hoffte er, dass Skarsgård ihm die Miete zurückgeben würde, die er im Voraus bezahlt hatte. Das war allerdings nicht sicher, dafür müsste er Skarsgård schon in der richtigen Stimmung antreffen. Das Geld sollte reichen, um nach Paris zu fahren, dachte er sich. Der oberste Name auf der Liste war der des Direktors des Musée Rodin. Und eigentlich war es doch gleichgültig, wohin er als Erstes fuhr. Also schloss er einfach die Augen und schlief sofort ein.

Kapitel 46

STOCKHOLM, SCHWEDEN
OKTOBER 1930

Um zehn Uhr morgens stand Erik vor dem Berns Hotel. Einen Moment blieb er stehen und klopfte mit seinem Stock auf das Pflaster, dann schaute er die Västerlånggatan hinauf und hinab.

Als er das Haus verließ, hatte Albertina ihn nach seinen Plänen für den Vormittag gefragt, und er hatte behauptet, er sei mit einem alten Bekannten verabredet. Sie hatte ihm ein Kompliment wegen seines Anzugs und seines Aussehens gemacht und gesagt, ihr sei nie klar gewesen, wie gut Stockholm ihm bekommen würde.

Ein Hotelportier fragte ihn, ob er Hilfe brauche. Er verneinte, überquerte rasch die Straße und zog sich in ein Café zurück. Von seinem Platz am Fenster aus hatte er das Hotel gut im Blick. Er bestellte bei der hübschen Bedienung eine Tasse Kaffee und nahm den Hut ab.

Passanten und Gäste, die ihn dort sitzen und Kaffee trinken sahen, vermuteten wahrscheinlich, er warte auf jemanden. Und da seine Augen auf das gegenüberliegende Gebäude gerichtet waren, mussten sie davon ausgehen, dass er auf einen Hotelgast wartete. Doch damit hätten sie falsch gelegen.

Als dieselbe Bedienung ihm eine zweite Tasse Kaffee brachte, sah Erik auf die Uhr. Seit fünfundvierzig Minuten saß er da und überlegte, wie er vorgehen sollte. Nachdem er der Kellnerin gedankt hatte, zog er das Foto von Anna aus der Brieftasche, studierte es eingehend, führte es kurz an seine Wange und steckte es dann an seinen Platz zurück.

Er beugte sich etwas vor, um einen besseren Blick auf den Eingang des Hotels zu haben. Als er sich wieder aufrichtete, lächelte er wehmütig.

»Möchten Sie vielleicht etwas zu essen bestellen?«, fragte die Bedienung.

»Nein danke.«

Es war ein großes Hotel, und durch die breiten Glastüren gingen zahlreiche Menschen ein und aus. Viele von denen, die das Hotel verließen, kamen direkt ins Café. Erik bat die Kellnerin schließlich doch noch um eine Speisekarte, die er studierte, ohne etwas zu bestellen.

Die Zeit verging, und als er das nächste Mal auf seine Uhr sah, war es bereits fünf Minuten vor zwölf. Das Café füllte sich zusehends mit hungrigen Mittagsgästen. Erik stand auf, suchte in seiner Tasche und legte schließlich fünf Kronen auf den Tisch. Dann setzte er den Hut auf und ging hinaus.

Draußen blieb er einen Moment stehen und schaute zum Himmel hinauf. Es war ein warmer, strahlend schöner Tag. Noch eimmal blickte er auf den Eingang des Hotels. Dann stellte Erik seinen Stock fest auf die Erde, als setzte er einen letzten, endgültigen Schlusspunkt, und ging davon.

Nachwort

Die Idee zu diesem Roman kam mir beim Lesen eines Artikels im *New Yorker*. Er trug den Titel »The Ice Balloon«, geschrieben hatte ihn Alex Wilkinson. Es überraschte mich, dass ich noch nie zuvor etwas über S. A. Andrée und seine Expedition, die 1897 zum Nordpol startete, gehört hatte. Was für ein irrwitziges Unterfangen, dachte ich. Bis zum Jahr 1900 hatten mehr als tausend Forschungsreisende beim Versuch, den Nordpol zu erreichen, ihr Leben gelassen. Der einzige Mensch, der diese Reise in einem Ballon angetreten hatte, sei S. A. Andrée gewesen, schrieb Wilkinson.

Andrée unternahm zwei Versuche, den nördlichsten Punkt der Erde zu erreichen. Der erste, der im Sommer 1896 von Spitzbergen aus erfolgen sollte, scheiterte bereits am Boden, denn die Wetterbedingungen machten einen Aufstieg unmöglich. Der zweite Versuch im darauffolgenden Jahr endete mit einer Tragödie. Bis zum Jahr 1930 rätselte die Welt darüber, ob und wie Salomon August Andrée, Nils Strindberg und Knut Frænkel den Tod gefunden hatten.

Im August 1930 entdeckte eine norwegische Forschungsmannschaft auf Kvitøya (die auch die ›Weiße Insel‹ genannt wird) die Leichen zweier Männer. Die kleine Insel im Arktischen Ozean ist fast vollständig von einer Eiskappe bedeckt. Bis dahin war Kvitøya unter Robben- und Walfängern als die

»unzugängliche Insel« bekannt. Erst der ungewöhnlich warme Sommer hatte es ermöglicht, die normalerweise von Eis umgebene Insel überhaupt zu erreichen.

Abgesehen von den Gebeinen der Forscher stieß man auch auf Überreste ihres letzten Lagers. Mehrere der Fundstücke trugen den Stempel »Andrée's Pol. Exp. 1896«. Nach über dreißig Jahren hatte die Welt nun endlich Gewissheit über das Schicksal von Andrée, Strindberg und Frænkel.

Einige Wochen später wurde der Journalist Knut Stubbendorff zu Recherchezwecken im Auftrag seiner Zeitung nach Kvitøya entsandt. Zwischenzeitlich war das Eis auf der Insel noch mehr geschmolzen, sodass Stubbendorff nun auch die Überreste des dritten Forschers, wissenschaftliche Aufzeichnungen und private Tagebücher der Männer entdeckte. Die Aufzeichnungen enden in der ersten Oktoberwoche 1897, was auf den Todeszeitpunkt hindeutet. Während ihrer drei Monate in der Arktis hatten die Männer akribisch Tagebuch geführt, daher ließ sich die Route, die sie zunächst durch die Luft und dann über das Eis genommen hatten, im Nachhinein ziemlich exakt verfolgen.

Der Ballon verlor schon bald nach dem Start an Höhe, und Andrée war gezwungen, auf dem Eis zu landen. Die Forscher begannen einen Fußmarsch über die Eiswüste, dabei zogen sie Proviant und Ausrüstung auf Schlitten hinter sich her. Weder die Kleidung noch die Ausrüstungsgegenstände waren wirklich sorgfältig ausgewählt und erwiesen sich schnell als untauglich. Auf einen Fußmarsch über Eis waren die Männer schlicht nicht vorbereitet. So erreichten sie keines der beiden Vorratslager auf Franz-Joseph-Land bzw. auf Seven Islands.

Tragischerweise driftete das Eis nach Süden ab, ein Umstand, der die Forscher schließlich nach Kvitøya brachte.

Allein die Geschichte der Ballonreise in die arktische Wildnis an sich bietet schon spannendes Material, mich jedoch interessierte mehr noch die Beziehung zwischen Nils Strindberg und seiner Verlobten Anna Charlier. Strindbergs Tagebuch enthielt einige Briefe an Anna. Manche davon waren in Kurzschrift verfasst, wohl, um sie vor fremden Augen zu schützen. Das akribische Führen von Tagebüchern war in dieser Zeit unter Forschern weit verbreitet, denn die Aufzeichnungen ließen sich nach erfolgreicher Rückkehr wunderbar veröffentlichen oder dienten als Dokumentation einer gescheiterten Expedition, die ebenfalls veröffentlicht werden konnte. Man kann vermuten, dass Strindberg tatsächlich glaubte, Anna würde seine Aufzeichnungen eines Tages zu Gesicht bekommen.

Bei meinen Recherchen zur Expedition und deren Teilnehmern fand ich heraus, dass Nils Strindberg, Großcousin und Patenkind des Dramatikers August Strindberg, aus einer wohlhabenden, erfolgreichen Familie stammte, in der fast jeder eine künstlerische Ader hatte. Sein Vater Oscar war Geschäftsmann, schrieb aber unter dem Pseudonym »Occa« Gedichte. Die Freizeitbeschäftigungen der Brüder entsprachen denen, die ich im Roman schildere. Nils spielte Geige und war Hobbyfotograf. Die Familie hat mich sehr beeindruckt.

Über Anna ist nicht viel bekannt. Sie verdingte sich als Gouvernante, spielte Klavier und scheint eine Art Freigeist gewesen zu sein. Angeblich schwamm Anna nackt im See, als Nils sie das erste Mal sah. Sicher ist, dass sie den Verlust ihres Verlobten nie verwunden hat. Nachdem er verschollen war, verbrachte sie immer wieder Zeiten im Krankenhaus oder im

Sanatorium, ansonsten lebte sie wohl mit der Familie Strindberg. Irgendwann hat sie den Engländer Gilbert Hawtrey geheiratet, doch die Erinnerung an Nils hat sie ihr Leben lang
verfolgt. So wies sie ihren Ehemann an, die Asche ihres Herzens neben Nils Strindberg zu begraben. Nach Annas Tod über-
führte Hawtrey, der seiner Frau treu ergeben gewesen sein
muss, eine silberne Dose mit der Asche an Tore Strindberg nach
Schweden. Im Jahre 1949 erfüllte dieser Annas letzten Wunsch.

Die Dose trug folgende Inschrift:

Asche vom Herzen der
Anna Albertina Constancia Hawtrey, geb. Charlier
Neben dem Grab von Nils Strindberg zu beerdigen,
mit dem sie 1897 verlobt war –
möge der Große Dirigent ihnen beiden gestatten,
an der Sphärenmusik teilzuhaben

Die Geschichte dieser inbrünstigen Liebe berührte mich, doch
ich hatte den Eindruck, dass diese Liebe dem Leser keine hin-
reichende Erklärung für Annas Zusammenbruch liefern würde. Daher erfand ich im Lauf meiner Arbeit am Roman die
Beziehung zwischen Anna und Nils' Bruder Erik. Schuldgefühle und Bedauern waren meiner Ansicht nach erheblich rea-
listischere Gründe. Stubbendorffs Spurensuche, die schließlich
das Rätsel aufdeckt, bildet den Rahmen für diese Geschichte.
Seine Rolle als Detektiv und seine persönliche Entwicklung
vom gelangweilten Reporter zum reisenden Journalisten sind
Produkte meiner Fantasie.

Der Tagebuchauszug in Kapitel 9, in dem Nils beschreibt,
wie er als Kind mit seinem Bruder Tore im Zelt übernachtet

hat, der Geburtstagsbrief an Anna und die vereinzelten Aufzeichnungen, die Stubbendorff beim Lesen von Nils' Tagebuch in Kapitel 3 so berühren, sind frei erfunden. Alle anderen Zitate und Auszüge im Roman stammen aus dem Buch *Mit dem Ballon dem Pol entgegen* von Salomon August Andrée, herausgegeben von Detlef Brennecke (Edition Erdmann 2002). Abgesehen von dem Zeitungsartikel »Andrées tollkühne Reise« am Ende von Kapitel 16 sind alle zitierten Zeitungsausschnitte authentische Quellen der Zeit.

Das Buch *The Ice Balloon: One Man's Dramatic Attempt to Discover the North Pole by Balloon* von Alec Wilkinson, erschienen 2012, liefert einen umfassenden, genau dokumentierten Überblick über Andrées Expedition und über arktische Forschungsreisen im Allgemeinen. Zwei weitere Bücher halfen mir bei der Recherche zum Thema Ballonfahrt und zur Reise der drei Forscher nach Kvitøya: *Ingenieur Andrées Luftfahrt* von Per Olaf Sundman (dtv, 1996) und *Challenge to the Poles – Highlights of Arctic and Antarctic Aviation* von John Grierson aus dem Jahr 1964.

Unter dem Nordlicht ist eine frei erfundene Geschichte, die eine wahre Begebenheit nacherzählt. Sie schildert die Beziehung zwischen Nils Strindberg und Anna Charlier und eine tollkühne Reise zum Nordpol. Obwohl viele Personen tatsächlich existierten und meine Beschreibungen vielleicht Ähnlichkeiten mit ihnen aufweisen, ist dieses Buch zu weiten Teilen ein Produkt meiner Fantasie.

Danksagung

Mein größter Dank gilt dem Team von Hachette in Australien. Ganz besonders möchte ich mich bei Bernadette Foley dafür bedanken, dass sie mich während des gesamten Prozesses mit freundlicher Unterstützung und Besonnenheit begleitet hat. Außerdem bedanke ich mich für die exzellenten Ratschläge, die Gründlichkeit und Akribie meiner Lektorinnen Sara Foster, Elizabeth Cowell und Kate Stevens, die ich über alles zu schätzen weiß. Mein Dank geht auch an den Experten im Verlagswesen Paul Kenny für seine klugen Worte und Einsichten. Schließlich möchte ich erwähnen, dass *Unter dem Nordlicht* ohne die unablässige Ermutigung meines Mannes Chris, der mir trotz seines zeitintensiven Berufs als Journalist stets mit Rat und Tat zur Seite stand, nie entstanden wäre.